बाहोड़ी

बाहोड़ी

देशवर्धन सिंह

प्रभात
पेपरबैक्स
www.prabhatbooks.com

प्रकाशक

प्रभात पेपरबैक्स

प्रभात प्रकाशन प्रा. लि. का उपक्रम

4/19 आसफ अली रोड, नई दिल्ली–110002

फोन : 23289777 • हेल्पलाइन नं. : 7827007777

इ–मेल : prabhatbooks@gmail.com ❖ वेब ठिकाना : www.prabhatbooks.com

संस्करण

प्रथम, 2022

मूल्य

तीन सौ रुपए

मुद्रक

आर–टेक ऑफसेट प्रिंटर्स, दिल्ली

BAHODI

novel by Shri Deshvardhan Singh

Published by **PRABHAT PAPERBACKS**

An imprint of Prabhat Prakashan Pvt. Ltd.

4/19 Asaf Ali Road, New Delhi-110002

ISBN 978-93-5521-275-7

₹ 300.00

परम श्रद्धेय

दादाजी स्वर्गीय **श्री बस्तीराम रांकावत**

दादीजी स्वर्गीय **श्रीमती चूका देवी रांकावत**

को समर्पित...

आप दोनों को मैं बहुत याद करता हूँ...

भाग–1

: 1 :

साँझ ढल चुकी थी। अँधेरा हो गया था। कमरे की छत से लटकी लालटेन की जलती लौ का वह मंद–मंद प्रकाश घर में अँधेरे पर विजय पाने को उद्यत था। रोज की तरह आज भी उस घर की वही दास्तान थी। पति–पत्नी के बीच कहासुनी, लड़ाई–झगड़ा, चीखना–चिल्लाना, मारना–पीटना, किंतु आज इंतहा ही हो गई।

"बाहोड़ी सुबह से भूखा है। अपने बारे में नहीं तो जरा अपने मासूम बच्चे के विषय में तो सोचिए। घर में दो जून की रोटी ठीक से नहीं बन पाती। पिछले तीन महीनों से कमरे का भाड़ा नहीं चुकाया। मेरे कपड़े इतने फटेहाल हैं कि बाहर जाने से लज्जा लगती है। दिहाड़ी से जो कुछ भी कमाते हो, सब दारू पीकर उड़ा देते हो, और तो और, मेरी दिहाड़ी भी छीन लेते हो। ऊपर से लोगों का कर्ज और किए बैठे हो। तुम्हारा दारू पीना जरूरी है···या बाहोड़ी के स्कूल की फीस भरना? नहीं है मेरे पास रुपए। रोज–रोज कहाँ से लाऊँ?" पाऊली ने बाहोड़ी को अपने सीने से लगाते हुए अपने पति संपत को कातर व रुआँसे कंठ–स्वर से कहा।

"तुम्हारी इतनी जुर्रत···पढ़–लिखकर कौन सा साहब हो जाएगा···मेरी तरह मजूरी ही तो करनी है इसे।" एक जोरदार भर्राती हुई बड़ी ही कर्कश आवाज हुई और वह बेरहमी से मारपीट करने लगा। कभी बाल पकड़कर घसीटता, तो कभी लात–घूँसे बरसाता। फिर कोई चीज हाथ में आने पर उसी से मारधाड़ करने लगता। और गाली–गलौज···।

पाऊली पीड़ा से निरंतर कराह रही थी तो कभी चीत्कार उठती और नौ साल का वह मासूम बाहोड़ी डरा–सहमा, अपने अश्रुपूरित नेत्र लिये अपनी माँ के आँचल में छुपने का प्रयत्न कर रहा था।

फिर पाऊली की दिहाड़ी छीनकर मारपीट करता हुआ वह थक–हारकर चूर हुआ तो बड़ी भद्दी भाषा का प्रयोग करते हुए लड़खड़ाता हुआ बाहर चला गया।

किंतु पाऊली के सिर पर लगी वह चोट बहुत गंभीर थी। भृकुटी के पास एक गहरा घाव था, जिससे निरंतर लहू की धारा निस्सरित हो रही थी। लहू से सना उसका एक हाथ बाहोड़ी के चेहरे को स्नेह से स्पर्श कर रहा था और आँखों में ममत्व का सागर उमड़ रहा था। कठिनता से कहा, "राम…बेटे, मुझसे एक वादा करो।"

बाहोड़ी ने सजल आँखों से बड़ी मासूमियत से कहा, "कैसा वादा माँ?"

पाऊली ने कठिनता से कहा, "…यह कि…तुम जीवन में एक अच्छे इनसान बनोगे अ्…और किसी से किया हुआ वादा कभी नहीं तोड़ोगे।"

जवाब में सहमति में वह केवल अपना सिर ही हिला सका और पाऊली का हाथ निढाल होकर जमीन पर गिर पड़ा।

बाहोड़ी पाऊली का हाथ अपने हाथ से उठाकर अपने गालों से लगाता, कभी अपने हाथों से उसके चेहरे को सहलाता, तो फिर कभी लहू से सने पाऊली के हाथ, सिर और शरीर पर चोट के अनेक गहरे निशान देखकर सिहर उठता। अपने हाथों की उँगलियों से अपनी आँखों के अश्रुकण पोंछता, फिर छलक आते। पाऊली के चेहरे पर हाथ फेरते हुए वेदनापूर्ण कंठ-स्वर से कहा, "माँ, क्या तुम्हें नींद लगी है? तुम कुछ कहती क्यों नहीं? मुझसे बात करो ना माँ। तुम्हीं मुझसे रूठ जाओगी तो मैं किससे बात करूँगा? मुझे प्यार कौन करेगा माँ? माँ…।" कहते हुए उसकी आँखों के कोनों से दो बूँद गरम-गरम अश्रुकण छलककर उसके गालों पर लकीर बनाते हुए पाऊली के चेहरे पर गिर पड़े। वह उठकर दौड़ा-दौड़ा बाहर आया। मदद के लिए चिल्लाया, किंतु उस काली-घनी अँधेरी रात में उसकी सुननेवाला वहाँ कोई नहीं था। फिर आस-पड़ोस के लोगों ने रोज की कहानी जानकर-सुनकर भी अनसुना कर दिया। निराश होकर वह वापस भीतर की ओर दौड़ पड़ा।

किंतु पाऊली सदा के लिए निद्रा के आगोश में समा चुकी थी। एक अनंत चिरनिद्रा। फिर कभी नहीं उठने को और रात का वह गहरा सन्नाटा मानो काटने को दौड़ता हो। सारी रात वह पाऊली के पार्थिव देह से लिपटा सिसक-सिसककर रोता रहा।

: 2 :

आज दो दिन हो गए पाऊली की मृत्यु को। बाहोड़ी तभी से भूखा है। भूख से पेट की आँतें टूटने लगी थीं और लबों को मानो वक्त की मार ने सिल दिया हो, किंतु संपत को उसकी अब भी कोई परवाह नहीं। सुबह आँख खुलते ही उसे दारू

पीने की तलब लगी रहती है। खाना नसीब हो या न हो, बिना दारू के साँस लेना भी उसके लिए मानो दुश्वार है। यह एक प्रकार का मानसिक रोग नहीं, तो और क्या है?

दिन का तीसरा पहर समाप्त होने को था। साँझ ढलने को आई थी। अपनी खाट पर लेटे हुए ही संपत को यकायक ही कुछ स्मरण हुआ तो सहसा उठ बैठा हुआ। भय से उसका चेहरा पसीना-पसीना हुए जा रहा था। आज आखिरी दिन है, यदि शफीक भाई से लिया कर्ज उसने नहीं चुकाया तो वह बेमौत मारा जाएगा। कुछ देर उसने सोच-विचार किया, फिर बाहोड़ी को अपने साथ लेकर शफीक भाई के ठिकाने की ओर शीघ्रता से चल दिया।

शफीक भाई एक बहुत बड़े चर्चित बार-रेस्तराँ का मालिक है। मुंबई शहर के एक बहुत बड़े इलाके में उसकी गहरी धाक है और सरकारी महकमे में भी उसके नाम का सिक्का चलता है। अपनी बनाई शराब उसके रेस्तराँ में पानी की तरह परोसी जाती है। इसी से देर रात तक उसके रेस्तराँ में शराबियों एवं जुआरियों का जमघट लगा ही रहता है। इसी की आड़ में वह सोने व हीरों की तस्करी करता है, जो उसका मुख्य धंधा है।

करोड़ों रुपयों की धन-संपदा होने के बाद भी सादगी पसंद शफीक भाई एक आम आदमी की तरह ही जीना पसंद करते हैं। अपनी धन-संपदा का उन्हें जरा भी अभिमान नहीं है। उनके सादगीपूर्ण व्यक्तित्व को देखकर उनके बहुत धनाढ्य व प्रभावशाली होने का अनुमान कोई बिरला ही लगा पाए। गरीबों व निस्सहायों के लिए वे किसी फरिश्ते से कम नहीं। सदैव उनकी मदद को वे तत्पर खड़े रहते हैं। शफीक भाई के पास अधिकतर वे ही लोग काम करते हैं, जिनका बचपन से कोई नहीं था, जहाँ काशी व अब्दुल उनके अपने बचपन के साथी भी हैं और उनके मुख्य आदमी भी।

: 3 :

अँधेरा हो गया था। शफीक भाई के बार-रेस्तराँ में शराबियों व जुआरियों का जमघट लगा था। तरह-तरह की शराब परोसी जा रही थी। एक ओर बहुत से युवक-युवतियाँ म्यूजिक सिस्टम की बहुत तेज कान-फोड़ू आवाज पर शराब के नशे में झूम रहे थे, तो बहुत से लोग कसीनों की टेबलों के चहुँओर खड़े दाँव खेल रहे थे। बहुत ही आकर्षक व रंग-बिरंगी नृत्य करती लाइटों की चकाचौंध के बीच सभी लोग अपने-अपने आनंद में डूबे मदमस्त थे।

ठीक सामने शीशे का बना एक बहुत बड़ा, बहुत ही सुंदर शोकेस है, जिसमें विभिन्न प्रकार की बहुत महँगी-महँगी शराब सजाई गई हैं। इसी शोकेस पर काशी व अब्दुल तीन-चार अन्य सहायकों के साथ ग्राहकों को शराब देने में व्यस्त हैं। शोकेस के पास ही अपनी कुरसी पर बैठे शफीक भाई अपनी पैनी निगाहों से चहुँओर अपने कार्य के संचालन पर नजर रखे हुए हैं। उनके सभी आदमी अपने-अपने कार्य करने में व्यस्त थे। कुछ उनके पास शोकेस पर काशी व अब्दुल के साथ ग्राहकों को शराब दे रहे थे, तो कुछ टेबलों पर वेटर के रूप में कार्य कर रहे थे। कोई म्यूजिक सिस्टम का कार्य देख रहा था, तो कोई लाइटिंग का। कोई कसीनों की टेबलों पर दाँव खेल रहे लोगों के साथ व्यस्त था, तो कोई सफाई करने में। सभी ओर लोगों की भीड़, बहुत शोर-शराबा और लोगों का निरंतर आना-जाना लगा था।

ठीक उसी समय संपत ने बाहोड़ी के साथ भीतर आने को द्वार पर कदम रखा ही था कि शोर-शराबे को चीरते हुए भीतर से एक रोबदार कड़कड़ाती हुई आवाज आई, "संपत, आज अगर तूने मेरे पैसे नहीं लौटाए तो तेरी खैर नहीं।" कहते हुए शफीक भाई अपनी कुरसी से उठ खड़े हुए।

डर के मारे संपत की जान हलक तक आई थी और शरीर दारू के नशे में कँपकँपा रहा था। संपत लड़खड़ाता हुआ भीतर आया और झट से बाहोड़ी को शफीक भाई की ओर आगे धकेल दिया और स्वयं उनके पैर पकड़कर विलाप करने लगा, "मुआफी चाहता हूँ, भाई। मेरे पास आपका कर्ज चुकाने को इसके सिवा और कुछ नहीं है।"

यह सुनकर शफीक भाई के हृदय की ज्वाला भड़क उठी। अपने पैर छुड़ाकर दूर होते हुए क्रोधित कंठ-स्वर से कहा, "हरामखोर···! यह कहते हुए तुझे जरा भी शर्म नहीं हुई···! जा, जाकर चुल्लू भर पानी में डूब मर। अधेड़ कहीं का।"

संपत ने अपने कँपकँपाते हुए दोनों हाथ जोड़कर कातरकंठ से कहा, "भाई, मेरी लुगाई चल बसी। सब पैसे खर्च हो गए। मेरे पास आपका कर्ज चुकाने को और पैसे नहीं हैं और शायद कभी चुका भी नहीं पाऊँ।"

"नामुराद···चल बसी नहीं होगी, पैसों की खातिर उस अभागन को तूने पीट-पीटकर मार डाला होगा और अब अपने बेटे को बेचने का जघन्य अपराध करते हुए तुझे जरा भी शर्म नहीं होती। लानत है तुझ पर। धिक्कार है···! तुझसे निकृष्ट पुरुष इस धरती पर नहीं।"

"आप ठीक कहते हैं, भाई। इस दारू की लत ने मुझे भीतर से खोखला कर दिया है। इसने मुझे मानसिक रोगी बना दिया है। लाख जतन करने पर भी मैं इसे छोड़

पाने में असमर्थ हूँ। अच्छे-बुरे का जरा भी भान नहीं रहता। होता भी है तो यह मुझे गलत करने को मजबूर करती है।" फिर अपने कँपकँपाते हुए हाथ जोड़कर अश्रुपूरित नेत्रों से विनती करने लगा, "मैं बाहोड़ी की परवरिश नहीं कर पाऊँगा। भाई, आप बहुत दयावान हैं। आप इसे अपने पास रखोगे तो मेरा वादा है कि यह उम्र भर आपके यहाँ कोई भी काम करेगा।" साथ ही बाहोड़ी को झकझोरते हुए भर्राती हुई आवाज में कहा, "बाहोड़ी···सुना नहीं तुमने···वादा करो। मैं कहता हूँ···वादा करो।"

डर के मारे बाहोड़ी सहमति में केवल अपना सिर ही हिला सका।

यह सब देख शफीक भाई का हृदय द्रवित हो गया। बाहोड़ी पर बड़ी दया आई। हृदय की ज्वाला भड़क उठी तो संपत को पकड़कर एक जोरदार झटके के साथ बाहोड़ी से दूर धकेलते हुए तेज कंठ-स्वर से कहा, "नीच···! दूर हो जा मेरी नजरों से।" संपत का लड़खड़ाता हुआ शरीर सँभल नहीं सका, इसी से वह फर्श पर गिर पड़ा। शफीक भाई ने अपनी जेब से दो हजार रुपए का एक नोट निकालकर संपत की ओर फेंकते हुए कहा, "···और अपना यह मनहूस चेहरा दोबारा मुझे कभी नहीं दिखाना।"

संपत पगलाया हुआ गिरते-सँभलते, लड़खड़ाते हुए उस नोट का पीछा करने लगा। फिर उसे पाकर अपने कँपकँपाते हुए दोनों हाथ जोड़कर शफीक भाई का शुक्रिया अदा करने लगा।

फिर एक बिजली सी कड़कती हुई आवाज हुई, "हरामखोर···फौरन दफा हो जा यहाँ से।"

और संपत दो हजार का नोट पाकर खुशी में झूमते हुए, लड़खड़ाता हुआ बाहर चला गया।

शफीक भाई ने बाहोड़ी पर निगाह डाली तो वह डरा-सहमा सा अपना सिर नीचे झुकाए चुपचाप खड़ा था। देखकर लगा, मानो वह दो-तीन दिन से भूखा हो। इसी से उन्होंने शोकेस पर काम कर रहे अपने आदमियों से कहा, "काशी··· अब्दुल···इसे कुछ खाने को दो···और काम सिखाओ।"

"जी भाई।" दोनों की एक साथ आवाज आई।

: 4 :

शफीक भाई का आलीशान घर उनके कसीनो बार से कुछ ही दूरी पर है, जहाँ वे अपनी पत्नी जशोदा बेगम और अपने आठ वर्षीय बेटे अरमान के

साथ रहते हैं और हाँ, सबसे मजे की बात यह कि घर में राम व रहीम दोनों की आराधना व इबादत की जाती है और भगवद् गीता व कुरान शरीफ, दोनों पढ़ी जाती हैं। घर में खाना पकाने के सिवा अन्य सभी भीतरी और बाहरी कामकाज उनका नौकर रहीम चाचा करते हैं या किसी से करवा देते हैं, किंतु उन्हें नौकर कहना बड़ा रूढ़ लगता है। पंद्रह वर्ष पूर्व एक सड़क हादसे में अपना पूरा परिवार—पत्नी व दो बच्चों को खोने के बाद रहीम चाचा का अब कोई नहीं है। तभी से रहीम चाचा शफीक भाई के पास ही रहते हैं। उनसठ वर्षीय रहीम चाचा एक नेकदिल और भले मानुष हैं। उम्र में रहीम चाचा शफीक भाई से करीब बीस वर्ष अधिक हैं। इसी से शफीक भाई भी रहीम चाचा को पितातुल्य मानकर उनका बहुत आदर करते हैं।

रात के तीन बजे होंगे। सड़कों पर दौड़ते अनगिनत वाहन। अपने गंतव्य की ओर दौड़-भाग करते लोग। भीड़भाड़, लोगों व वाहनों का शोर-शराबा। बाबा, रे बाबा। मानो यह शहर कभी सोता ही नहीं। तभी शफीक भाई बाहोड़ी के साथ अपने घर पहुँचे। शफीक भाई के साथ बाहोड़ी को देख जशोदा बेगम और रहीम चाचा दोनों ही उसके विषय में जानने को बहुत जिज्ञासु थे।

शफीक भाई ने उनकी जिज्ञासा को विराम लगाते हुए थके-हारे कंठ-स्वर से कहा, "यह बाहोड़ी है। उस शराबी संपत का बेटा।"

अपने पिता के लिए शराबी शब्द सुनकर बाहोड़ी को भीतर-ही-भीतर बहुत शरम हुई। उसका बालमन पानी-पानी हो गया, मगर यह एक कड़वा सच था और वह यह पहली बार नहीं सुन रहा था।

जशोदा बेगम ने चिंतित होते हुए कहा, "तो आप इसे यहाँ क्यों लाए हैं?"

"वह हरामी अपना कर्ज चुका न सका तो इसे यहाँ छोड़ गया।"

"हे···राम···! तो यह पाप आपने क्यों किया?"

"जशोदा, यकीन मानो, उस नरक से कहीं बेहतर होगा इसका भविष्य।"

"क्या एक स्मगलर की जिंदगी अच्छी होती है?"

"क्या···! तुमने मुझे स्मगलर कहा?" शफीक भाई का अभिमान मानो पलभर में पानी हो गया।

"हाँ। एक स्मगलर को स्मगलर नहीं तो और क्या कहूँ?"

पास खड़े रहीम चाचा की ओर मुड़ते हुए शफीक भाई ने आदरपूर्वक कहा, "चाचा आप बाहोड़ी को भीतर ले जाइए। अब यह आपके साथ रहेगा और हाँ, इसे कुछ खाने को दीजिएगा।"

"···हमारी बात अभी पूरी नहीं हुई है।" जशोदा ने खीझकर बीच में टोकते हुए कहा।

रहीम चाचा बाहोड़ी को अपने साथ भीतर ले गए।

शफीक भाई ने शांत व सहज भाव से कहा, "जशोदा, यकीन मानो, मेरी जिंदगी इतनी भी बुरी नहीं है।" फिर अभिमानवश कहा, "तुम जानती हो ना, लोग मेरा कितना सम्मान करते हैं। बड़े-बड़े रईस और नेता-अभिनेता भी मेरे आगे अपना सिर झुकाते हैं। फिर तुम जानती हो, मेरे जीवन का एक ही उसूल रहा है। रास्ता कोई भी चुनो, आखिर तक चलना मायने रखता है।"

जशोदा ने उदास मन से कहा, "तुम मानो या न मानो, किंतु यह एक कड़वा सच है। तुम बहुत अच्छे हो शफीक, किंतु लोग तुम्हें एक स्मगलर के रूप में भी जानते हैं। बुराई और अच्छाई दोनों ही इनसान की पहचान बन जाती हैं। लोग तुम्हें दयालु, दानी कहते हैं, किंतु उस वक्त मेरा सिर नीचे झुक जाता है, जब कोई पीठ-पीछे तुम्हें स्मगलर कहता है।"

"ओह···हो···। अब उपदेश देना बंद भी करो।" शफीक भाई ने जशोदा बेगम को आलिंगन कर अपनी बाँहों में भरते हुए कहा, "क्या शोहर जब देर रात को घर लौटकर आता है तो उसकी बेगम उससे यही सब बातें करती है?"

"अरे···आप···यह क्या कर रहे हैं? कोई देखेगा तो क्या कहेगा?" जशोदा ने खुद को शफीक भाई की बाँहों से मुक्त होने का असफल प्रयत्न करते हुए लजाकर कहा।

"क्या कहेगा?"

"मालूम नहीं, मैं तुमसे इतना प्यार क्यों करती हूँ?"

"बस इतना ही काफी है कि तुम मुझसे प्यार करती हो। मैं तो तुमसे प्यार करने की कोई वजह नहीं ढूँढ़ता।"

"क्या कोई वजह होनी चाहिए?"

"क्या वजह जरूरी है?"

"बिल्कुल नहीं।"

"अच्छा यह बताओ, हमारा शहजादा अरमान कहाँ है?"

जशोदा ने उदास होते हुए कहा, "होगा वहीं, अपने कमरे में। इस बार भी फेल होते-होते रहा है। कहता है, पढ़ाई में मन नहीं लगता। मैं तो अब्बूजान का काम सँभालूँगा।"

शफीक भाई ने चिंतित होते हुए क़हा, "अल्ला···खैर करे। नहीं जशोदा, उसे

पढ़ना ही होगा। पढ़-लिखकर उसे एक अच्छा इनसान बनना है। अभी वह नादान है, किंतु तुम देखना एक दिन वह पढ़-लिखकर अपने अब्बा का नाम रोशन करेगा। लोग यह नहीं कहेंगे कि अरमान शफीक भाई का बेटा हैं, बल्कि लोग कहेंगे कि शफीक भाई अरमान के अब्बू हैं।"

जशोदा ने खुद को मुक्त कराते हुए उदास मन से कहा, "इतना गुमान भी ठीक नहीं। आपकी शह ने ही उसे बिगाड़ रखा है। कभी उसके विद्यालय जाकर उसके अध्यापकों से मिले भी हो? हर वक्त अपने गैर-कानूनी कामों में उलझे रहते हो। अरमान बहुत बिगड़ गया है शफीक...वह बहुत झगड़ालू हो गया है। हर रोज कक्षा में अपने साथियों से छोटी-छोटी बातों पर लड़ाई-झगड़ा करता है। खून पीने को उतारू रहता है। न छोटों का लिहाज रखता है, न बड़ों का। आप तो उसके विद्यालय जाते नहीं, सब मुझे ही सुनना पड़ता है।"

"जशोदा...जशोदा...जशोदा। शांत हो जाओ। अभी वह बच्चा है। नासमझ है। धीरे-धीरे समझ जाएगा।" फिर शांत होकर कहा, "जानती हो जशोदा, मेरे जीवन में सिर्फ एक ही खलिश है कि मैं कभी विद्यालय नहीं जा पाया। मेरे पास सब कुछ होते हुए भी लोग पीठ-पीछे मुझे अँगूठाछाप कहते हैं। मैं नहीं चाहता कि हमारा बेटा अरमान भी मेरी जिंदगी जिए। मैं चाहता हूँ कि वह पढ़-लिखकर बहुत अच्छा इनसान बने और इज्जत की रोटी कमाए। मेरी तरह नहीं, जिसके सामने लोग डर के मारे या अहसान तले दबे होने के कारण अपना सिर झुकाते हैं।"

जशोदा ने चिंतित भाव से कहा, "अब आप ही समझाइएगा उसे।"

शफीक भाई ने सहमति में अपना सिर हिलाते हुए आश्वासन दिया।

: 5 :

सुबह बाद से लेकर देर रात तक बार-रेस्तराँ में शफीक भाई, काशी और अब्दुल के बताए सभी कार्य करना ही बाहोड़ी की दिनचर्या बन गई। कभी किसी टेबल पर शराब पहुँचाना, कभी किसी को खाने-पीने की सामग्री पहुँचाना, कभी कोई टेबल साफ करना, तो कभी फर्श साफ करना या फिर लोगों के जूठे बरतन साफ करना। ऊपर से शफीक भाई, काशी व अब्दुल का दिनभर का वह किच-किच, "देख, जरा सँभलकर। ध्यान से। तुझसे ज्यादा महँगा है। गिरा मत देना कंबख्त। ठीक से साफ करना। तोड़-फोड़ मत देना।" यह सब सुनना उसकी आदत सी हो गई।

उस दिन शफीक भाई के बार-रेस्तराँ में बहुत भीड़ थी। चारों ओर शोर-शराबा, नाच-गाना और रंग-बिरंगी लाइटों की चकाचौंध थी। बहुत से पुरुष व महिलाएँ शराब के नशे में जमकर झूम रहे थे, तो कुछ लोग टेबल-कुरसियों पर बैठे शराब व अन्य ठंडे पेय पदार्थों और विभिन्न प्रकार की खाद्य-सामग्री का भोग करते हुए, उस खूबसूरत शाम का जमकर लुत्फ उठा रहे थे, साथ ही शुरू हो गया बाहोड़ी का रोजाना का नियमित कार्य। निश्चित टेबल नंबर पर हर थोड़ी देर में काशी व अब्दुल द्वारा दिया गया सामान पहुँचाना और साथ ही उस खाद्य-सामग्री में से उनके द्वारा बताई गई विशेष खाद्य-सामग्री के विषय में अमुक व्यक्ति को केवल इशारा भर करना। बाहोड़ी भी इस कार्य में पारंगत हो गया था। यह सारा कार्य शफीक भाई की निगरानी में होता है। शफीक भाई भी बाहोड़ी के कार्य से बहुत प्रसन्न है, क्योंकि बहुत कम उम्र में ही बाहोड़ी सभी कार्य बहुत अच्छे से कर रहा था, जो बड़े-बड़े भी नहीं कर पाते थे, जिसका मुख्य कारण बाहोड़ी का सुकांतिवान, गंभीरतायुक्त, अतिसुंदर, प्रगाढ़ मुसकान के साथ वह मासूम-सा मुखड़ा था, जो हर किसी को लुभाता था।

बार में जहाँ लोग सिर्फ शराब पीने या अपनी गर्लफ्रेंड्स के साथ नाच-गाना करने या अय्याशी करने आते हैं, वहाँ साथ में रेस्तराँ चलाना बाहोड़ी को समझ नहीं आता। यह सब विचित्र इसलिए भी था, क्योंकि अधिकतर लोग चाय, कॉफी, पिज्जा, बर्गर या अन्य खाद्य-सामग्री बहुत अधिक मात्रा में जूठी ही छोड़कर चले जाते हैं, मानो वे यहाँ किसी ओर वजह से आते हों और काम खत्म होते ही उन्हें जाने की बड़ी जल्दी लगी हो, मगर उसे इसका राज उस दिन पता चला, जब वह कुछ खाद्य-सामग्री व शराब इत्यादि पेय पदार्थ अपने हाथों में थामे बड़ी सावधानी के साथ एक टेबल पर पहुँचाने जा रहा था, किंतु फर्श पर कुछ पेय पदार्थ फैला होने का उसे ज्ञान नहीं रहा और वह फिसलकर फर्श पर गिर पड़ा, साथ ही उसके हाथों में पकड़ी सारी सामग्री भी फर्श पर गिरकर बिखर गई और साथ में फर्श पर बिखरे पड़े थे कुछ अति चमकीले, छोटे-छोटे दाने व सुनहरे बिस्किट्स, जो गिरने पर भी सुरक्षित थे। ये सब देख शफीक भाई, काशी व अब्दुल तमतमा उठे। दौड़े-दौड़े बाहोड़ी के पास आए और बरस पड़े, "कंबख्त, क्या देखकर नहीं चल सकता? शराबी की औलाद··· ! क्या नशे में है? हरामखोर··· ! एक छोटा सा काम भी ठीक से नहीं कर सकता।" यह सब सुनकर बाहोड़ी का स्वाभिमान पानी-पानी हो गया। दिल को गहरी ठेस पहुँची। सिर के ऊपर आसमान बहुत छोटा लगने लगा। जाने उससे कौन सा गुनाह हो गया··· ! आँखें डबडबा आईं उस मासूम की, किंतु आँखों

का पानी आँखों में ही सूखकर रह गया। मुँह से एक उफ् तक नहीं किया। बिजली की भाँति शीघ्रता से सारे चमकीले दाने व सुनहरे बिस्किट्स इकट्ठे कर शफीक भाई के हाथों में रख दिए और डर के मारे अपना सिर नीचे झुका लिया, मगर शफीक भाई को यह नागवार गुजरा। बस एक तमाचा मारना ही शेष रह गया था, तो शफीक भाई ने आवेशवश यह कार्य भी पूरा कर दिया। उस तमाचे की आवाज बार-रेस्तराँ में गुंजायमान हो उठने के साथ ही बाहोड़ी सँभल नहीं सका और घुटनों के बल फर्श पर गिर पड़ा, साथ ही एक रोबदार कर्कश आवाज हुई, "जितना जल्दी हो सके, फर्श साफ करके फिर से काम पर लग जा।"

बाहोड़ी के मुँह से एक डरी-सहमी सी आवाज हुई, "जी मालिक।"

पूरा फर्श साफ करने के दौरान बाहोड़ी उन चमकीने दानों व उन सुनहरे बिस्किट्स के विषय में ही सोचता रहा। उसे उनके विषय में ठीक से तो ज्ञात नहीं था, क्योंकि इससे पहले उसने ये कभी देखे न थे, किंतु यह संदेह बहुत प्रबल हुआ कि कुछ गलत है। हाँ, पूर्णतया विश्वास भी नहीं हो पा रहा था। फिर कुछ समय बाद जब पूरा फर्श साफ हो गया तो वह वापस उसी कार्य पर लग गया। बहुत सावधानी के साथ। सब कुछ पहले जैसा ही हो चुका था। हाँ, इतनी देर में लोगों के चेहरे जरूर बदल चुके थे। अब उन्हीं टेबलों पर नए चेहरे दिखाई दे रहे थे। वही शोर-शराबा, वही गहमागहमी, मानो अभी कुछ देर पहले हुई घटना का किसी को कोई भान नहीं, मगर अब यह कार्य करते हुए बाहोड़ी के हाथ जरा कँपकँपा रहे थे। मन में उस संदेह की वजह से कि कहीं कुछ गलत है। उसे आखिरी समय पर अपनी माँ को किया अपना वादा याद आ रहा था, किंतु वह मजबूर था। चुप था। रात के करीब दो बज चुके थे। बाहोड़ी बहुत थका-हारा लग रहा था। उसने एक टेबल पर शराब के साथ ठंडा पेय पदार्थ व कुछ अन्य खाद्य-सामग्री पेश किया और बहुत विनम्रता से उनका अभिवादन किया। उस टेबल पर उपस्थित वह पुरुष बहुत धनाढ्य रहा होगा। जब वह भोजनादि से निवृत्त होकर जाने को हुआ और बाहोड़ी उसकी टेबल साफ कर रहा था, तब उस धनाढ्य पुरुष ने बाहोड़ी की ओर कुछ रुपए बढ़ाए और रख लेने को कहा, किंतु बाहोड़ी ने इनकार करते हुए विनम्रतापूर्वक कहा, "इसके लिए शुक्रिया साहेब, किंतु माफ कीजिएगा, मैं टिप नहीं लेता।"

बाहोड़ी के स्वाभिमान का सम्मान करते हुए, उस धनाढ्य पुरुष ने बाहोड़ी को मुसकराकर देखते हुए अपने पैसे वापस अपनी जेब में रख लिये और अपनी राह पर आगे बढ़ गया। बाहोड़ी भी वापस टेबल साफ करने में व्यस्त हो गया।

किंतु बाहोड़ी का यह स्वाभिमान देख दूर शोकेस के पास खड़े शफीक भाई

बहुत प्रभावित हुए। उनका हृदय एक बार फिर द्रवित हो गया। उन्होंने बाहोड़ी के भीतर एक ज्वाला को महसूस किया, जिसे वे मन-ही-मन ज्वालामुखी में बदलने का निश्चय कर चुके थे। बाहोड़ी में उन्होंने मानो खुद को देखा हो, मगर साथ ही शाम को हुई उस घटना पर जब काशी व अब्दुल ने उसे बहुत भला-बुरा कहा और उन्होंने स्वयं उसे एक जोरदार तमाचा मारा था, उन्हें बहुत दुःख हुआ। मन-ही-मन बहुत ग्लानि हुई। मन में बाहोड़ी के लिए माफीनामा था। जी कर रहा था कि वे बाहोड़ी को सीने से लगा लें, किंतु यह करना उनके लिए बड़ा दुष्कर था, क्योंकि उनकी उम्र और उनका अहंकार इसके आड़े आ रहा था, मगर बाहोड़ी के लिए उनके हृदय में एक अलग ही जगह बन गई, जो पहले किसी और के लिए कभी न थी।

: 6 :

भोर होने से ठीक पहले का घना अँधेरा था। अभी कुछ देर पहले ही वह बार रेस्तराँ से रुखसत होकर घर आया था। सब सो रहे थे, इसी से घर में गहरी शांति व्याप्त थी। अरमान के कमरे के ठीक बाहर बरामदे में बिस्तर लगाकर रहीम चाचा सो रहे थे और उनके पास ही बाहोड़ी के भी सोने को एक साधारण सी चटाई, चादर व तकिया लगा था।

किंतु बाहोड़ी अभी भी पास ही बालकनी में शांत भाव से खड़ा, किसी गहरे चिंतन में डूबा था। आसमान में टिमटिमाते उन असंख्य सितारों व उनके बीच चमकते उस आधे चाँद को वह स्पष्ट देख सकता था। चंद्रमा का दूधिया प्रकाश निरंतर शहर पर बरस रहा था, मानो आसमान से अपार शांति बरस रही हो, जिसमें डूबकर मन अठखेलियाँ करना चाहता हो। ठंडी-ठंडी पवन बह रही थी और दूर से आती समंदर की लहरों की गर्जना निरंतर उस अपार शांति को तोड़ते हुए उसके कानों को सुनाई पड़ रही थी, किंतु मन की अशांति उस मासूम के चेहरे पर स्पष्ट झलक रही थी।

वह अब भी वही सब सोच रहा था। अभी गुजरी हुई शाम को हुई उस घटना के विषय में और खुद के विषय में। उन चमकीले दानों व सुनहरे बिस्किट्स के विषय में। काशी व अब्दुल के कहे बहुत भले-बुरे के विषय में और उस पर शफीक भाई द्वारा मारे तमाचे के विषय में, जो अभी भी उसके कानों में रह-रहकर गूँज रहा था। फिर अपने शराबी पिता के विषय में कि वह शराब पीकर जाने कहाँ पड़ा होगा?

किसी सड़क किनारे या फिर शहर के किसी गंदे नाले में और अंत में, अपनी माँ के विषय में। उसका अपार स्नेह व करुणा का स्मरण आने से उसकी आँखें डबडबा आईं। अश्रुपूरित नेत्रों से आसमान में सितारे अपवर्तित दिखाई पड़ने लगे और चंद्रमा का प्रकाश भी छितराया हुआ दिखाई पड़ने लगा। इन सबके बीच वह खुद को भविष्य में देखने का प्रयत्न कर रहा था।

भोर हो चुकी थी। बाहोड़ी अभी भी अपने अश्रुपूरित नेत्र लिये, गहरे चिंतन में डूबा बालकनी में खड़ा था। तभी एक करुणामयी मधुर आवाज उसके कानों में सुनाई पड़ी, "माँ की याद आ रही है ?" रहीम चाचा ने पास आकर बाहोड़ी के साथ बालकनी में खड़े होते हुए कहा।

बाहोड़ी सहमति में केवल सिर हिलाते हुए अपने हाथों की उँगलियों से अपनी आँखों के अश्रुकण पोंछकर आसमान में निगाह गड़ाए चुप खड़ा रहा।

रहीम चाचा ने करुणकंठ से कहा, "आनी ही चाहिए। मुझे भी अपनी माँ की बहुत याद आती है। मेरी भी उम्र तुम्हारे जितनी ही थी, जब माँ का देहांत हो गया और पिता सौतेले थे, जिन्हें मैं पसंद नहीं था, न ही उन्हें मेरी कोई परवाह थी। सो घर से निकाल दिया। यहाँ हर किसी की कहानी बहुत दुःखद है।"

बाहोड़ी ने एक बार गहरी सूक्ष्म निगाह से रहीम चाचा की ओर देखा, फिर सड़क पर निगाह जमाए आते-जाते लोगों और वाहनों की गतिविधियों को देखने लगा। रहीम चाचा बाहोड़ी की भाव-भंगिमा को समझने का प्रयत्न कर रहे थे।

"तुम कुछ कहोगे नहीं, बाहोड़ी। हमेशा चुप-चुप रहते हो। क्या चुप रहने की कसम खाई है तुमने ?"

बाहोड़ी कुछ न बोला। चुप था। जवाब से नाउम्मीद होकर रहीम चाचा भी सड़क पर निगाहें जमाए आते-जाते लोगों और वाहनों की गतिविधियाँ देखने लगे।

एक लंबी निःशब्दता को तोड़ते हुए एक बहुत ही मासूम और जिज्ञासापूर्ण स्पष्ट आवाज हुई, "क्या हम कुछ ऐसा करते हैं, जो गैर-कानूनी है या फिर अपराध है ?"

रहीम चाचा ने जरा भी एतराज न करते हुए शांत व सहज भाव से बाहोड़ी की ओर देखते हुए कहा, "बाहोड़ी, क्या बात करने के लिए तुम्हारे पास कोई और विषय नहीं ?"

"मैंने देखा आज।" बाहोड़ी ने सड़क पर निगाह जमाए ही निर्भीकता से कहा।

"क्या देखा तुमने ?" रहीम चाचा के स्वर अब गंभीर होने लगे थे।

"मुझे लगता है, हम सोने और हीरों की स्मग्लिंग करते हैं और मैं जानता हूँ कि यह गैर-कानूनी है।"

रहीम चाचा ने गंभीरता से कहा, "तो फिर यही ठीक। बस अपना मुँह बंद रखो। जितना कहा जाए, सिर्फ उतना करो। अगर शफीक भाई को तुम्हारे ये विचार मालूम हुए तो वे तुमसे बहुत नाराज होंगे।"

बाहोड़ी को मानो किसी का भय नहीं। वह अब भी जस-का-तस खड़ा था। रहीम चाचा ने शांत भाव से कहा, "शफीक भाई इस धंधे को बुरा नहीं मानते, क्योंकि इससे किसी की जान-माल को कोई खतरा नहीं, न ही उन्हें धंधे में हथियारों का इस्तेमाल करना पसंद है।"

"अच्छी शराफत है।"

कुछ देर रहीम चाचा बाहोड़ी को आश्चर्य भरी निगाहों से देखते रहे। बाद में अपनी चुप्पी तोड़ते हुए सहज भाव से कहा, "मैं सोचता था, तुम बोलते ही नहीं, किंतु आज मालूम पड़ा कि तुम बोलते भी अच्छा हो और इससे कहीं ज्यादा अच्छा सोचते भी हो, मगर एक बात अच्छे से जान लो बाहोड़ी, यहाँ वही होता है, जो शफीक भाई चाहते हैं। यही आखिरी सच है।"

बाहोड़ी के कोमल मन पर क्या बीत रही थी, यह रहीम चाचा अच्छी तरह महसूस कर सकते थे। कुछ देर उन्होंने बाहोड़ी को एकटक देखते हुए उसकी हृदय की वेदना को महसूस किया, फिर सहृदयता से कहा, "थक गए होगे। सुबह हो गई है। अब तुम्हें सोना चाहिए। इससे शरीर व मस्तिष्क को आराम मिलेगा। मुझे अब घर की सफाई करनी है, फिर कुछ देर बाद अरमान को स्कूल छोड़कर आना है। सो अब तुम सो जाओ। शाम को फिर तुम्हें काम पर लगना है।" कहते हुए रहीम चाचा बाहोड़ी के सिर पर स्नेह से हाथ रखकर सीढ़ियाँ उतरते हुए नीचे की ओर चले गए।

और बाहोड़ी···! वह अब भी वहीं बालकनी में खड़ा था। जहाँ से हर रोज वह अरमान को विद्यालय जाते हुए देखता है। वह अपनी माँ से किए वादे के विषय में सोच रहा था कि वह जीवन में एक अच्छा इनसान बनेगा, मगर उसके पिता उसे किस राह पर छोड़कर चले गए, जिससे उसे घृणा होती है। वह एक बार फिर स्वयं को भविष्य के गलियारों में ढूँढ़ने का प्रयत्न कर रहा था, तभी उसकी नजर नीचे अरमान पर पड़ी, जिसे रहीम चाचा विद्यालय लेकर जा रहे थे। अरमान को देख उसे स्वयं से बड़ी घृणा हुई, किंतु वह कर भी क्या सकता था। मजबूर था। उसकी आँखें भर आईं। नींद आँखों से कोसों दूर होते हुए भी, वह अपने बिस्तर पर जाकर धड़ाम से गिर पड़ा।

: 7 :

आज बार–रेस्तराँ से घर आने में बहुत देर हो गई। रोजाना रात तीन–चार बजे आना होता है, मगर आज सुबह हो गई। रहीम चाचा भी अपने दैनिक कार्यों में व्यस्त हो गए, किंतु बाहोड़ी अभी भी अखबार के कुछ कटे–फटे टुकड़ों को पढ़ने में मशगूल था, जिन्हें वह बार–रेस्तराँ से लेकर आया था। अरमान अपने कमरे में एक बड़े से शीशे के सामने खड़ा, विद्यालय जाने को तैयार हो रहा था। उसने अपनी कमीज के कॉलर को ठीक किया। गले में बँधी टाई को ठीक किया। कमर पर बेल्ट को ठीक किया। फिर अपने चेहरे पर बने चोट व खरोंच के निशानों को दर्पित भाव से किसी योद्धा की तरह गहरी निगाह जमाए देखने लगा, जो अकसर सहपाठियों के साथ लड़ाई–झगड़ा होने से बनते–बिगड़ते रहते हैं और यह कोई नई बात नहीं। स्वभाव से वह मासूम, किंतु चेहरे पर बने चोट व खरोंच के निशान उसके झगड़ालू होने की स्पष्ट गवाही देते हैं।

अरमान विद्यालय जाने को शीघ्रता से बाहर आया तो उसकी नजर बाहोड़ी पर पड़ी, जो अब भी अखबार के उन फटे–पुराने टुकड़ों को पढ़ने में मशगूल था। यह देख अरमान वहीं थम गया। कुछ देर चुप खड़े देखते रहने के बाद उसने आवाज लगाई, "बाहोड़ी।"

किंतु बाहोड़ी पढ़ने में इतना मशगूल था कि उसे सुनाई ही नहीं पड़ा।

अरमान ने पास आकर फिर पुकारा, "बाहोड़ी…!"

अरमान को अपने समक्ष खड़ा पाकर उन अखबार के टुकड़ों को समेटकर बाहोड़ी खड़ा हो गया, किंतु कुछ न बोला। चुप रहा।

अरमान ने स्वार्थपरक भाव से कहा, "हूँ…। लगता है, तुम्हें पढ़ने का बहुत शौक है, बाहोड़ी।"

बाहोड़ी ने सहमति में अपना सिर हिलाते हुए सहज व शांत भाव से कहा, "हाँ। क्या तुम मुझे अपनी किताबें दे सकते हो? मैं पढ़कर तुम्हें वक्त पर लौटा दूँगा।"

अरमान ने कुछ देर सोचा, फिर कहा, "हाँ…हाँ, क्यों नहीं, किंतु एक शर्त है।"

"मुझे स्वीकार है।" बाहोड़ी ने तत्क्षण कहा।

"तुम्हारी हिम्मत का जवाब नहीं, बाहोड़ी…! शर्त जाने बिना ही स्वीकार है…! फिर भी मैं तुम्हें बता देता हूँ कि तुम्हें मेरा सारा होमवर्क करना होगा और हाँ, इस बात का किसी को पता न चल पाए…बोलो मंजूर है?"

"मंजूर है।" बाहोड़ी ने दृढ़तापूर्वक स्पष्ट कंठ–स्वर से कहा।

"तो फिर आज से मेरी सारी किताबें तुम्हारी। चाहो तो भीतर जाकर अभी ले लो। पढ़कर वापस ठीक से रख देना। फिर होमवर्क वापस आकर बताऊँगा।" कहते हुए वह विद्यालय जाने को सीढ़ियाँ उतरकर नीचे चला गया।

: 8 :

पूरा एक सप्ताह बीत गया। रात तीन-चार बजे जैसे ही बाहोड़ी बार-रेस्तराँ से घर लौटता, तुरंत ही अरमान की किताबों में खो जाता, साथ ही अरमान के विद्यालय जाने से पहले उसका पूरा गृहकार्य करना।

किंतु आज जल्दी सुबह भोर होने से ठीक पहले घना अँधेरा था। जशोदा बेगम किसी कार्य से जल्दी उठ गई। बाहर आई तो उसे अपने कानों में किसी के किताब पढ़ने की मधुर आवाज सुनाई पड़ी। सिर उठाकर देखा तो उसे ऊपर रोशनी दिखाई दी। सोचा अरमान होगा, किंतु उसे यकीन नहीं हुआ। फिर अपने बेटे की आवाज वह अच्छी तरह पहचानती थी। उससे रहा नहीं गया। जिज्ञासावश सीढ़ियाँ चढ़ते हुए वह ऊपर खिंची चली आई। सामने बाहोड़ी किताब पढ़ने में मशगूल था और बीच-बीच में रुककर लिखने का भी कार्य कर रहा था। जशोदा बेगम यह देख बहुत अचंभित भी थी और बाहोड़ी से बहुत प्रभावित भी हुई। बरबस ही हृदय में करुणा का सागर उमड़ आया। मन में विचार हुआ कि काश¨! अरमान होता। करुणकंठ से धीमे से पुकारा, "बाहोड़ी।"

किंतु बाहोड़ी किताब पढ़ने में इतना तल्लीन था कि उसे कुछ सुनाई ही नहीं पड़ा।

जशोदा बेगम ने पास आते हुए फिर पुकारा, "बाहोड़ी।"

जशोदा बेगम को अपने समक्ष खड़ा पाकर बाहोड़ी सकपका गया। डर के मारे फटाक से किताब को पीछे छुपा लिया और सिर झुकाए चुप बैठा रहा।

बाहोड़ी के पास ही अन्य किताबें व कॉपियाँ देखकर जशोदा बेगम ने उसके पास बैठते हुए सहज भाव से कहा, "किताबें छुपाने की आवश्यकता नहीं है, बाहोड़ी। क्या तुम अरमान का होमवर्क कर रहे हो?"

बाहोड़ी ने कातरकंठ से जवाब दिया, "नहीं मालकिन, मैं तो¨बस¨यूँ¨ ही¨। होमवर्क के बदले अरमान मुझे अपनी किताबें पढ़ने को देता है।" कहकर वह चुप हो गया।

"हूँ¨! अब समझ आया कि आजकल विद्यालय में अरमान के अध्यापक

अचानक उसकी इतनी प्रशंसा कैसे करने लगे।" जशोदा बेगम ने कुछ देर वहीं बैठे सोच-विचार किया, फिर उठकर सीढ़ियाँ उतरते हुए नीचे चली गई।

इधर बाहोड़ी पसीने-पसीने हुए जा रहा था। यह सोचकर कि मालकिन यह सब मालिक से कहेगी तो उसे बहुत डाँट पड़ेगी। इसी से डर के मारे वह चुपचाप दुबककर सो गया।

दिन के ग्यारह बजे थे। शफीक भाई अभी-अभी उठे थे। वे अपने दैनिक कार्यों से निवृत्त हुए और नहा-धोकर चाय-नाश्ता करने के बाद खाली बैठे थे। पास ही जशोदा बेगम भी बैठी थी। शफीक भाई के शांत व प्रसन्न स्वभाव को समझते हुए जशोदा बेगम ने धीरता से कहा, "शफीक, बाहोड़ी को पढ़ने का बहुत शौक है। उसे विद्यालय भेजना चाहिए।"

यह सुनकर शफीक भाई भीतर-ही-भीतर बहुत क्रुद्ध हुए, किंतु जाहिर नहीं किया। चुप बैठे रहे। जशोदा बेगम ने जवाब आने का इंतजार किया, किंतु नाउम्मीद होकर कहा, "वह रात को घर आने के बाद देर तक अरमान की किताबें पढ़ता रहता है। उसे पढ़ने का बहुत शौक है, शफीक।"

एक कर्कश व रोबदार आवाज हुई, "तुम जानती हो जशोदा, मैंने उसे पूरे दो हजार रुपए में खरीदा है और साथ में उसके उस शराबी बाप का सारा कर्ज माफ किया है! वह मेरे लिए सिर्फ एक खरीदा हुआ गुलाम है। उसे वही करना होगा, जो मैं चाहूँगा।"

"खरीदा हुआ गुलाम···!" जशोदा बेगम के मुँह से बरबस ही शब्द हुए।

शफीक भाई को अपनी गलती का अहसास हो चुका था, किंतु उन्होंने फिर भी अहंकारवश कहा, "हाँ, ऐसा ही समझो। उसे वही सब करना होगा, जो मैं कहूँगा।"

"ओह···! तो अब आप इनसानों की खरीद-फरोख्त भी करने लगे हैं।" जशोदा बेगम ने व्यंग्यात्मक भाव से कहा।

यह सुनकर शफीक भाई ने एक तीक्ष्ण निगाह से जशोदा बेगम की ओर देखा। उनकी आँखें और चेहरे के भाव स्पष्ट कह रहे थे कि वे ऐसे इनसान नहीं, जो इनसानों की खरीद-फरोख्त करें और ऐसा उनकी बेगम जशोदा सोच रही है, इस पर उन्हें यकीन नहीं हो रहा था।

जशोदा बेगम ने शफीक भाई के पास आकर उनके कंधे पर अपना हाथ रखते हुए शांत भाव से कहा, "शफीक तुम उसका जीवन खरीद सकते हो, उसके कर्म खरीद सकते हो, किंतु उसका जमीर कभी नहीं खरीद पाओगे।"

शफीक भाई कुछ नहीं बोले। चुप बैठे रहे।

जशोदा बेगम ने आगे कहा, "शफीक, आज वह बच्चा है। मजबूर है, किंतु कल जब वह बड़ा होगा, तब वह अपने वजूद की तलाश करेगा। तब वह अपनी जिंदगी जीना चाहेगा। बाहोड़ी वह लड़का है, जिसे तुम गुलाम बनाकर अपने पास नहीं रख सकते। यदि तुम उसे अपने पास रखना चाहते हो तो उसे आजाद रखकर ही रख सकते हो।"

शफीक भाई ने शांत होकर कहा, "अच्छा जशोदा, तुम क्या चाहती हो?"

"मैं चाहती हूँ कि तुम बाहोड़ी को विद्यालय भेजकर उसकी नजरों में अच्छे बनो। यकीन मानो सिर्फ पढ़ाई करने के लिए वह तुम्हारे लिए कुछ भी करेगा, साथ ही अरमान को भी अच्छा साथी मिल जाएगा।"

शफीक भाई ने सहमत होते हुए कहा, "अच्छा, तुम जिद करती हो तो मैं उसे विद्यालय जाने की इजाजत देता हूँ। वह जब तक चाहे पढ़े, किंतु याद रहे, विद्यालय का समय उसका और शेष समय वह वही करेगा, जो मैं चाहूँगा।"

"उसके लिए इतना काफी है, शफीक।" जशोदा ने विनय भाव से कहा, साथ ही आगे कहा, "जानते हो शफीक, तुम उस दिन प्यार करने की वजह पूछ रहे थे। यही वजह है। तुम काम कितने ही बुरे करते हो, मगर दिल के बुरे नहीं हो।"

"तुम मेरी प्रशंसा कर रही हो या मुझे ताना मार रही हो? फिर तुम हमेशा मेरे कामों को बुरा कहती हो।"

"क्योंकि यह गलत है और यह तुम मुझसे ज्यादा अच्छे से जानते हो।"

"अच्छा बाबा, ठीक है। यह गलत है।" कहते हुए जशोदा बेगम को अपनी बाँहों में भरकर चुटकी लेते हुए कहा, "क्या बीवी से प्यार करना भी गलत है?"

"आप फिर शुरू हो गए।" जशोदा बेगम ने शरमाकर कहा।

: 9 :

प्यासे को पानी मिल जाए तो उसे और क्या चाहिए। विद्यालय जाना बाहोड़ी के लिए ऐसा था, मानो खुले आसमान में उड़ने के लिए उसे पंख मिल गए हो और शफीक भाई उसके लिए किसी खुदा से कम नहीं। उसके दिल में उनके लिए बहुत गहरा सम्मान भाव उत्पन्न हो गया। न ही अब बार-रेस्तराँ के किसी कार्य से उसे कोई शिकायत थी। दिन-पर-दिन बीतते गए, बाहोड़ी शफीक भाई के कार्यों को पहले से भी बहुत अच्छे से अंजाम देने लगा। जिस गति से वह शफीक भाई के कार्यों को अंजाम देता था, उससे कहीं अधिक तेजधार वह पढ़ाई में था। शाम होते

ही बार-रेस्तराँ जाना और वही सब कार्य करना। रात तीन-चार बजे घर लौटकर सुबह विद्यालय के समय तक पढ़ना, साथ ही अरमान का भी गृहकार्य करना। फिर अरमान के साथ विद्यालय जाना और विद्यालय से वापस आकर रातभर की नींद पूरी करना और शाम होते ही वापस बार-रेस्तराँ पहुँचना। यही बाहोड़ी की दिनचर्या हो गई।

विद्यालय का मध्याह्न भोजन का समय था। अधिकांश बच्चे अपना टिफिन खोले उद्यान में बैठे भोजन करने में व्यस्त थे। बहुत से बच्चे खेलने-कूदने में व्यस्त थे। चारों ओर बच्चों का कोलाहल था। अरमान भी अपने दोस्तों के साथ खेलने-कूदने में मस्त था।

वहीं बाहोड़ी हमेशा इस समय उद्यान के एक कोने में पेड़ों की ठंडी छाँव तले एक लकड़ी की बेंच पर बैठ जाया करता है और सभी बच्चों व उनकी गतिविधियों को बड़े शांत व सौम्य भाव से देखता रहता है और असमाँ, जो बाहोड़ी की सहपाठी है, वह हमेशा दूर खड़ी बाहोड़ी को देखती रहती है, किंतु आज जब बाहोड़ी वहाँ बैठा था तो असमाँ अपने हाथ में अपना टिफिन पकड़े अपने छोटे-छोटे कदम चंचलता से बढ़ाते हुए बाहोड़ी की ओर खींची चली आई। असमाँ आकर बेंच के दूसरे कोने पर चुपचाप बैठ गई। असमाँ चुप बैठी थी, किंतु उसका चंचल स्वभाव कभी अपने पैर हिलाना, कभी नृत्य करती चंचल आँखों से बाहोड़ी की ओर देखना या फिर कभी बेवजह ही अपना स्कूल बैग छेड़ना इत्यादि। बाहोड़ी को अपने एकांत में एक मनभावन खलल महसूस हो रहा था। तभी असमाँ ने चंचलता से पूछा, "तुम्हारा नाम बाहोड़ी है ना?"

बाहोड़ी ने सहज भाव से कहा, "...हाँ। क्या तुम मुझे जानती हो?"

असमाँ ने तपाक से जरा पास खिसककर कहा, "हाँ-हाँ, क्यों नहीं? तुम अरमान के साथ जिस बिल्डिंग के फ्लैट में रहते हो, उसके सामनेवाली बिल्डिंग में ठीक तुम्हारे सामने ही तो हमारा फ्लैट है। मैं अकसर तुम्हें बालकनी में खड़े पाती हूँ।"

"ओह...!"

"तुम्हारा टिफिन कहाँ है? क्या तुम्हारी अम्मी ने तुम्हारे लिए टिफिन नहीं भेजा?"

बाहोड़ी ने अपना सिर झुकाकर गंभीरता से कहा, "वो अब इस दुनिया में नहीं है।"

यह जानकर असमाँ को बड़ा दुःख हुआ। सहानुभूतिपूर्वक कहा, "ओह...!

मुझे माफ कर दो, मुझे मालूम नहीं था।" फिर तपाक से अपना टिफिन खोलते हुए कहा, "मेरा नाम असमाँ है। तुम कुछ खाओगे? मेरे पास पास्ता है।"

"नहीं, मुझे भूख नहीं है। फिर मैंने अरमान के साथ खा लिया है।" बाहोड़ी ने सहज भाव से कहा।

असमाँ ने उदास होकर बाहोड़ी के कंधे पर सहानुभूतिपूर्वक अपना हाथ रखते हुए कहा, "क्या मेरी बात का तुम्हें बुरा लगा?"

"नहीं, मैं ठीक हूँ।"

"तो फिर थोड़ा सा ही खा लो। मुझे अच्छा लगेगा।"

बाहोड़ी ने असमाँ का हठी स्वभाव जानकर पास्ता खाना स्वीकार किया। पास्ता खाते-खाते ही बाहोड़ी ने जिज्ञासावश पूछा, "तुमने अपने गले में यह क्या लटका रखा है?"

असमाँ ने उत्सुकता से कहा, "ओह यह··· ! यह स्टेथोस्कोप है। मैं बड़ी होकर अपने अब्बू की तरह डॉक्टर बनूँगी। लो, तुम्हें तुम्हारे दिल की धड़कन सुनाती हूँ।" और स्टेथोस्कोप का एक हिस्सा बाहोड़ी के कानों में लगाकर तथा दूसरा हिस्सा उसके दिल पर लगाकर चंचलता से पूछा, "तुम्हें कुछ सुनाई पड़ा··· ?"

बाहोड़ी के चेहरे पर बरबस ही एक प्यारी सी मुसकराहट छा गई और उल्लासपूर्वक मुसकराते हुए कहा, "हाँ, बहुत जोरों से धक्-धक् सुनाई दे रही है।" कहते हुए उसके मुँह से हँसी का फव्वारा छूट पड़ा।

कुछ देर असमाँ बाहोड़ी को खुलकर हँसते हुए देखती रही, फिर पूछा, "तुम यहाँ अकेले क्यों बैठे रहते हो?"

बाहोड़ी ने सहज भाव से कहा, "मुझे शोर-शराबा पसंद नहीं है।"

"ओह··· ! कूल डूड हो··· !" असमाँ ने चंचलता से कहा।

बाहोड़ी इसका अर्थ ठीक से नहीं जानता था। इसी से तथा असमाँ की चंचलता को अपने ही आश्चर्य से देखे जा रहा था।

असमाँ ने चंचलता से बाहोड़ी की आँखों में देखते हुए पूछा, "तुम्हें सब बाहोड़ी कहकर क्यों पुकारते हैं, जबकि कक्षा में तुम्हारा नाम राम है? फिर बताओ, तुम्हारा नाम राम किसने रखा?"

"माँ मुझे प्यार से राम कहकर पुकारती थी।" बाहोड़ी ने अपनी माँ के दुलार, करुणा और ममत्व में भाव-विभोर होकर कहा।

यह देख असमाँ ने गंभीरता से कहा, "तुम्हें अपनी माँ की बहुत याद आती है ना राम··· ।"

राम··· ! बहुत समय बाद उसने यह नाम किसी के मुँह से सुना था। उसने शांत भाव से असमाँ की ओर देखते हुए गंभीरता से कहा, "हाँ, वह मुझसे बहुत प्यार करती थी।"

"क्या मैं तुम्हें राम कहकर पुकार सकती हूँ?"

"हाँ, क्यों नहीं?"

"अच्छा, किंतु तुम्हारा नाम बाहोड़ी किसने रखा?"

"मेरे बाबा ने।"

"और इसका मतलब?"

"इसका मतलब फालतू होता है। एकदम बेकार, क्योंकि उनके लिए मैं किसी काम का नहीं था। ऊपर से दो वक्त की रोटी और खिलानी पड़ती थी। इसलिए वे मुझे बाहोड़ी कहकर पुकारते थे।" बाहोड़ी ने उदास कंठ-स्वर से कहा।

असमाँ ने संकोचित भाव से पूछा, "राम···तुम्हारे बाबा कहाँ हैं?"

बाहोड़ी ने विरक्त भाव से कहा, "मालूम नहीं···शायद किसी शराबखाने में।"

"ओह···!" असमाँ के मुँह से यकायक ही शब्द हुआ।

बाहोड़ी ने संकोचित भाव से पूछा, "असमाँ, क्या तुम्हारे बाबा भी शराब पीते हैं?"

असमाँ ने गर्व से कहा, "नहीं, मेरे बाबा शराब नहीं पीते।"

"क्या वे तुम्हारी अम्मा को मारते हैं?"

"नहीं। मेरे बाबा मेरी अम्मा को क्यों मारेंगे? वे तो अम्मा और मुझसे बहुत प्यार करते हैं।"

"तो क्या प्यार करनेवाला किसी की जान भी ले सकता है?"

"नहीं, किंतु तुम ऐसा क्यों पूछते हो?" असमाँ ने झुँझलाहट के साथ पूछा।

"फिर मेरे बाबा ने मेरी अम्मा को पीट-पीटकर क्यों मार डाला? फिर अपना कर्ज माफ करवाने के लिए और शराब पीने के लिए चंद रुपयों की खातिर मुझे भी गैरों को बेच दिया। क्या वे मेरी अम्मा और मुझसे प्यार नहीं करते थे?" कहते हुए उसका गला रुद्ध हो गया और आँखें डबडबा आईं।

यह सुनकर असमाँ के कोमल हृदय को भी बड़ा दुःख हुआ। उसकी भी आँखें डबडबा आईं। वह कुछ कह न सकी। अपने अश्रुपूरित नेत्र लिये चुप बैठी थी। सहानुभूतिपूर्वक बाहोड़ी के कंधे पर हाथ रखा तो बाहोड़ी की आँखों में ठहरा जल अश्रुधारा बनकर बाहर छलक पड़ा। असमाँ बाहोड़ी के हृदय की पीड़ा सहज ही महसूस कर सकती थी। उसकी आँखों में ठहरा जल भी बाहर छलक पड़ा। तभी

विद्यालय में घंटी की आवाज सुनाई पड़ी और मध्याह्न के भोजन का समय समाप्त हो गया। सभी बच्चे अपना खेल-तमाशा छोड़कर शोरगुल करते हुए, अपनी-अपनी कक्षाओं की ओर दौड़ पड़े। बाहोड़ी अपने हाथों की उँगलियों से अपनी आँखों के अश्रुकण पोंछकर उठ खड़ा हुआ, साथ ही असमाँ भी अपनी हाथों की उँगलियों से अपनी आँखों के अश्रुकण पोंछकर उठ खड़ी हुई और करुणकंठ से बोली, "राम··· प्लीज अब तुम कभी रोना नहीं, क्योंकि तुम रोते हो तो मुझे भी रोना आता है।" फिर धीमे से बाहोड़ी का हाथ अपने हाथ में पकड़ते हुए कहा, "अब से तुम मेरे सबसे अच्छे दोस्त हो।"

यह सुनकर तथा असमाँ के चेहरे की भाव-भंगिमा पढ़कर बाहोड़ी जरा मुसकराया। यह देख असमाँ भी मुसकराई और दोनों एक-दूजे का हाथ पकड़े अपनी कक्षा की ओर दौड़ पड़े।

: 10 :

जब भी बाहोड़ी बालकनी में खड़ा कुछ सोचता रहता है, सामने असमाँ भी अपने घर की बालकनी में खड़ी नटखट-चुलबुली हरकतें करते हुए बाहोड़ी का ध्यान अपनी ओर आकृष्ट कर उसे हँसाने का प्रयत्न करती रहती है। विद्यालय में कक्षा में साथ बैठना, मध्याह्न के समय में साथ खेलना-कूदना या वहीं उद्यान के कोने में पेड़ की छाँव तले बेंच पर बैठे एक-दूजे से बातें करना और अपना टिफिन साझा करना आम हो गया। इसी से बाहोड़ी व असमाँ की दोस्ती दिन-प्रति-दिन घनिष्ठ होती गई।

एक दिन बाहोड़ी व असमाँ दोनों वहीं उद्यान के कोने में पेड़ की ठंडी छाँव तले बेंच पर बैठे अपना टिफिन साझा करते हुए एक-दूजे से बातें कर रहे थे मानो किसी बात को लेकर वे आपस में वाद-विवाद कर रहे हों और असमाँ उस पर बहुत हावी हुए जा रही थी। तभी अरमान दौड़ा-दौड़ा वहाँ आया और बहुत रोमांचित होकर हाँफते-हाँफते बोला, "बाहोड़ी, चलो मैच देखने चलते हैं।"

"कहाँ?" बाहोड़ी ने संकोचित भाव से पूछा।

"वानखेड़े स्टेडियम।"

"तुम्हारा दिमाग तो खराब नहीं हो गया है, अरमान?" असमाँ ने टोकते हुए कहा।

"तुम चुप रहो, असमाँ।" अरमान ने जरा क्रुद्ध होकर कहा।

अरमान का असमाँ को इस तरह टोकना बाहोड़ी को भी पसंद नहीं आया। फिर बाहोड़ी ने शफीक भाई से डर के मारे गंभीरतापूर्वक सहज भाव से कहा, "मालिक बहुत डाँटेंगे, अरमान।"

अरमान मानो मैच देखने के लिए आग-बबूला हुए जा रहा था। बेसब्री से कहा, "उन्हें कौन बताएगा, बाहोड़ी? तुम या मैं या फिर असमाँ?" अरमान ने असमाँ की ओर देखते हुए कहा।

"हूँ···।" असमाँ ने अपना मुँह बिगाड़कर दूसरी ओर फेरते हुए अपना गुस्सा जाहिर किया।

"बाहोड़ी, प्लीज चलो ना। मैं अपने सबसे पसंदीदा खिलाड़ी सचिन तेंदुलकर को अपनी आँखों के समक्ष रूबरू खेलते हुए देखना चाहता हूँ। क्या तुम मुझे अपना छोटा भाई नहीं मानते?"

"तुम्हीं तो मेरे छोटे भाई हो।" बाहोड़ी ने अटूट श्रद्धा भाव से कहा।

"तो फिर क्या तुम अपने छोटे भाई के लिए इतना भी नहीं कर सकते? चलो ना प्लीज···।"

बाहोड़ी ने सहमत होते हुए कहा, "अच्छा, मगर हम यहाँ से निकलेंगे कैसे? देखते नहीं, मुख्य द्वार पर खड़े उन दो मुस्टंड गार्ड्स को। फिर यह विद्यालय नहीं, मानो कैदखाना हो। चारों ओर ऊँची-ऊँची दीवारें।"

"हम कैंटीन के ट्रक में बैठकर निकलेंगे।" अरमान ने धीरे से कहा।

"क्या···!" अब तक चुप असमाँ के मुँह से यकायक ही शब्द हुआ। आगे अपना गुस्सा झाड़ते हुए कहा, "इतना दिमाग पढ़ाई में क्यों नहीं लगाता बेवकूफ।"

अरमान अभिमानवश जरा मुसकराया, फिर कहा, "हाँ···वही तो अपने बार-रेस्तराँ में भी बेकरी पहुँचाता है।"

"तुम भी अरमान···! मगर उसने मालिक से कह दिया तो अपनी खैर नहीं।"

"फिर समझो, उसकी भी खैर नहीं। अब चलो भी।"

"मैं भी चलूँगी।" असमाँ ने बाहोड़ी को हठी स्वभाव से कहा।

अरमान ने सहमत होते हुए कहा, "हाँ-हाँ, क्यों नहीं? तुम भी चलो। बहुत मजा आएगा।"

बाहोड़ी ने टोकते हुए कहा, "नहीं असमाँ, तुम कहीं नहीं जा रही। अपनी कक्षा में जाओ।"

"फिर तुम दोनों भी कहीं नहीं जा रहे। मैं यहाँ सबसे कह दूँगी।"

"ओह हो बाहोड़ी तुम भी···! असमाँ चलना चाहती है तो चलने दो ना, वरना

हम भी नहीं चल पाएँगे।"

"हाँ, तुम भी नहीं जा पाओगे।" असमाँ ने नटखट स्वभाव से कहा।

"अरमान, हम यह ठीक नहीं कर रहे हैं।"

"अब तुम सोचना बंद भी करो, बाहोड़ी। जल्दी चलो। ट्रक निकल जाएगा।"

...और तीनों कैंटीन की ओर दौड़ पड़े।

वानखेड़े स्टेडियम के बिल्कुल पास ही एक पच्चीस मंजिला इमारत थी, जिसका निर्माण कार्य किसी कारण से बंद पड़ा था। न ही किसी को इसकी कोई परवाह लगती थी। बाहोड़ी, अरमान और असमाँ, तीनों इसी इमारत के सबसे ऊपर टेरेस पर बैठे थे, जहाँ से वे दूर तक शहर को आसानी से देख सकते थे, साथ ही पूरे स्टेडियम की गतिविधियों को भी बड़ी आसानी से देखा जा सकता था। हाँ, सब बौने जरूर दिखाई पड़ रहे थे। पूरे स्टेडियम में दर्शकों का हुजूम उमड़ा था। खचाखच भरे स्टेडियम में एक भी सीट खाली नजर नहीं आ रही थी। हजारों की तादाद में दर्शकों के शोर-शराबे से मानो पूरा शहर गुंजायमान था। इतना शोर व इतने दर्शक हों भी क्यों नहीं, यह भारत और पाकिस्तान के बीच सीरीज का निर्णायक मुकाबला था, जो किसी महायुद्ध से कम नहीं था। दोनों ही देशों की नाक का सवाल था।

इमारत के टेरेस से खिलाड़ियों की गतितिधियाँ तो सहज ही दिखाई पड़ रही थीं, कमेंट्री की आवाज भी ठीक से सुनाई पड़ रही थी, किंतु ऊँचाई अधिक होने के कारण खिलाड़ियों के चेहरे स्पष्ट दिखाई नहीं पड़ रहे थे। इससे बाहोड़ी व असमाँ भी उकताने लगे। तभी अरमान ने मुसकराते हुए अपने स्कूल बैग में धीरे से हाथ डाला और एक दूरबीन निकाली, जिसका उपयोग शफीक भाई हमेशा समुद्र में यॉट पर जाते वक्त किया करते हैं। दूरबीन देख असमाँ व बाहोड़ी भी रोमांचित हो उठे। तीनों में छीना-झपटी शुरू हो गई, "पहले मैं...पहले मैं...नहीं, पहले मैं।"

मगर अरमान भारी पड़ा। दूरबीन अपनी आँखों से लगाकर फैंसिंग के पास बैठा स्टेडियम की ओर देखने लगा। अब दर्शकों व खिलाड़ियों के चेहरे वह स्पष्ट देख सकता था। तभी क्रिकेट का भगवान् सचिन तेंदुलकर हाथ में बल्ला पकड़े बैटिंग के लिए तैयार दिखाई पड़ा तो मानो वह अपने जीवन के सबसे बड़े ख्वाब को सच होते हुए देख रहा हो। मुँह से यकायक ही शब्द हुए, "सचिन तेंदुलकर...! बाहोड़ी मुझे यकीन नहीं हो रहा...! मेरे सामने सचिन तेंदुलकर खेल रहा है।"

असमाँ से अब रहा नहीं गया। झटाक से दूरबीन छीनकर अपनी आँखों से लगाते हुए कहा, "अब खुद ही देखते रहोगे? लाओ, मुझे भी देखने दो।"

असमाँ भी बहुत रोमांचित हो उठी। मुँह से बरबस ही शब्द हुए, "हाँ···रे··· अरमान···! ये तो सचिन तेंदुलकर ही है।" फिर अन्य खिलाड़ियों और मैदान में अन्य गतिविधियों को देखकर उसने अपने हाथों में पकड़ी दूरबीन को बाहोड़ी की आँखों पर लगाते हुए उत्सुकता से कहा, "तुम भी देखो, राम। तेंदुलकर खेल रहा है···!"

बाहोड़ी ने भी अपने हाथों से दूरबीन को पकड़ते हुए सचिन व अन्य खिलाड़ियों को खेलते हुए देखा तो वह भी बहुत रामांचित हो उठा, मगर शायद दूरबीन उसके लिए अधिक आश्चर्यकारी थी। मुँह से यकायक ही शब्द हुए, "अरे वाह···! यह दूरबीन तो वाकई बहुत कमाल की चीज है।"

"हाँ, यह वाकई बहुत कमाल की चीज है।" असमाँ ने तपाक से चुटकी लेते हुए कहा।

असमाँ का बाहोड़ी की ओर अत्यधिक झुकाव देख अरमान को मन-ही-मन बाहोड़ी से ईर्ष्या हुई, किंतु अरमान भी बाहोड़ी को अपना बड़ा भाई मानता था, क्योंकि बाहोड़ी उसके हर कार्य में उसका साथ देता व उसकी हर ख्वाहिश पूरी करने की पूरी कोशिश करता, किंतु असमाँ का बाहोड़ी की ओर झुकाव अकसर उसकी बाहोड़ी से ईर्ष्या का कारण बनता। उसने धीरे से झपटकर बाहोड़ी से दूरबीन ली और अपनी आँखों से लगाते हुए कहा, "बाहोड़ी, अब मुझे वापस भी दो। मुझे सचिन की बैटिंग देखनी है।"

बाहोड़ी ने सहज भाव से कहा, "हाँ-हाँ देखो, वैसे भी मुझे क्रिकेट में कोई दिलचस्पी नहीं। मैं तो सिर्फ तुम्हारे लिए यहाँ आया हूँ।"

यह सुनकर अरमान के दिल में कुछ देर पहले जो बाहोड़ी के प्रति ईर्ष्या हुई, वह पलभर में ही समाप्त हो गई।

अब अरमान दूरबीन से मैच देखने का पूरा आनंद ले रहा था और बाहोड़ी व असमाँ ऐसे ही मैच का दृश्य देखते हुए तथा अपने हाथों से स्टेडियम की गतिविधियों की ओर इशारा करते हुए एक-दूजे से बतिया रहे थे। फिर अरमान ने तो जोर-शोर से कमेंट्री करना भी आरंभ कर दिया, "···सचिन तेंदुलकर शॉट खेलने को तैयार। ओवर की आखिरी बॉल। सामने है रावलपिंडी एक्सप्रेस और ये सचिन के बल्ले से एक और करारा शॉट। बॉल तेजी से बाउंड्री लाइन की ओर जाते हुए। बौखलाए हुए शोएब अख्तर और ये एक और चौका! या···हू···।"

अरमान की कमेंट्री सुनते हुए असमाँ व बाहोड़ी के मैच देखने का आनंद भी मानो दोगुना हो गया हो। तीनों ही बहुत रोमांचित थे।

कुछ देर बाद आसमान में छाए काले घने बादलों ने भी मानो जश्न मनाना शुरू कर दिया हो। झमाझम बारिश शुरू हो गई। मैच भी बंद हो गया।

अरमान कुछ उदास हुआ, किंतु अगले ही क्षण वह अपनी जगह से उठ खड़ा हुआ और अपने दोनों हाथ फैलाकर आसमान की ओर ऊपर देखते हुए बारिश का आनंद लेने लगा। बाहोड़ी व असमाँ भी खड़े हो गए। असमाँ नटखट अंदाज में अपनी जगह ही उछल-उछल कर बारिश का आनंद ले रही थी, किंतु बाहोड़ी अपनी जगह पर ही खड़ा बारिश में भीगने का आनंद लेते हुए शांत भाव से उन दोनों को देख रहा था।

अरमान ने शहर को दूर तक निहारते हुए कहा, "जानते हो बाहोड़ी, मैं बड़ा होकर क्या बनना चाहता हूँ?"

"टपोरी।" असमाँ ने अपनी जगह पर उछलते-उछलते ही तपाक से कहा और उपहासपूर्वक जोर से खिलखिलाकर हँस पड़ी।

अरमान को असमाँ की बात और उस पर खिलखिलाकर हँसना बिल्कुल पसंद नहीं आया। क्रुद्ध होते हुए कर्कश कंठ-स्वर से कहा, "तुम चुप रहो, असमाँ। मैंने तुमसे नहीं, बाहोड़ी से पूछा।" कहते हुए उसके चेहरे पर ऐसे भाव थे, मानो वह कुछ अनिष्ट कर बैठेगा।

डर के मारे असमाँ का उछलना स्वतः ही बंद हो गया और वह चुप रह गई। उसने एक निगाह बाहोड़ी की ओर देखा तो बाहोड़ी के चेहरे पर एक धीमी सी प्रगाढ़ मुसकान व्याप्त थी, जिसे देखकर उसका डर हवा हो गया और वह सहजता से बाहोड़ी के पास आकर खड़ी हो गई।

बाहोड़ी ने शांत व सहज भाव से पूछा, "क्या बनना चाहते हो?"

अरमान ने दर्पित भाव से कहा, "मैं एक दिन बहुत बड़ा आदमी बनूँगा। मेरे बाबा की तरह मेरे पास भी बेशुमार दौलत होगी और मैं इस शहर का बादशाह।" कहते हुए उसके चेहरे पर पैसों के प्रति एक अजीब सा पागलपन स्पष्ट झलक रहा था।

बाहोड़ी के पास ही खड़ी असमाँ ने भी तपाक से कहा, "…और मैं डॉक्टर। मैं बड़ी होकर डॉक्टर बनूँगी और बीमार व गरीब लोगों को ठीक करूँगी।" और वह किसी डॉक्टर की भाँति अभिनय करने लगी।

बाहोड़ी शांत भाव से असमाँ और अरमान को देख रहा था, क्योंकि बाहोड़ी का अरमान के प्रति बहुत लगाव था। जवाब में बाहोड़ी ने सहज भाव से कहा, "हाँ, क्यों नहीं अरमान। अल्लाह-ताला तुम्हारी हर ख्वाहिश पूरी करे।" फिर असमाँ की

ओर देखते हुए मुसकराकर कहा, "और असमाँ तुम तो डॉक्टर ही हो।"

अरमान के प्रति बाहोड़ी का प्रेम देख असमाँ से रहा नहीं गया। उसने थोड़ा और पास होकर स्नेहपूर्वक पूछा, "और राम··तुम बड़े होकर क्या बनना चाहते हो?"

बाहोड़ी के प्रति असमाँ का इतना स्नेह देख अरमान एक विषैली मुसकराहट के साथ बाहोड़ी को उपहासित भाव से देख रहा था।

बाहोड़ी ने शांत व सहज भाव से कहा, "मैं बड़ा होकर एक अच्छा इनसान बनूँगा।"

यह सुनकर अरमान उपहासपूर्वक जोर-जोर से हँस पड़ा, "हा··हा··हा··।" फिर कहा, "तुम वही बनोगे, जो मेरे अब्बा चाहते हैं। ये मत भूलो बाहोड़ी कि तुम एक खरीदे हुए गुलाम हो।" और फिर हँसने लगा, "हा··हा··हा··।"

यह सुनकर बाहोड़ी चुप रह गया। दिल बैठ सा गया। 'खरीदा हुआ गुलाम··!' अरमान के इन शब्दों ने बाहोड़ी ही नहीं, असमाँ के हृदय को भी आहत किया। असमाँ ने धीरे से बाहोड़ी का हाथ पकड़ लिया। कुछ हिम्मत हुई तो बाहोड़ी ने गंभीरता से कहा, "बहुत देर हो गई है, अरमान। चलो, अब घर लौट चलें।" कहते हुए वह सीढ़ियों की ओर बढ़ गया।

अरमान ने असमाँ की ओर देखा तो असमाँ ने अपना मुँह बिगाड़कर तिरस्कारपूर्ण दृष्टि से अरमान की ओर देखते हुए शब्द किया, "हूँ··।" और बाहोड़ी के पीछे-पीछे सीढ़ियों की ओर बढ़ गई।

और उनके पीछे अरमान भी चल दिया।

बरसात अब पूर्णतया रुक चुकी थी और विद्यालय का समय समाप्त हुए बहुत देर हो चुकी थी। अरमान व बाहोड़ी के घर नहीं आने से जशोदा बेगम व रहीम चाचा बहुत चिंतित थे। शफीक भाई भी उन्हें सब जगह ढूँढ़कर आए थे। असमाँ के अम्मी-अब्बू भी बहुत चिंतित थे। वे भी शफीक भाई के घर उनके आने का इंतजार कर रहे थे और शफीक भाई तो मानो आग-बबूला हुए जा रहे थे।

तभी घर में अरमान, बाहोड़ी व असमाँ का प्रवेश हुआ। अरमान व असमाँ को सकुशल देख शफीक भाई की जान में जान आई, किंतु वे बाहोड़ी पर जमकर बरस पड़े।

एक जोरदार कड़कड़ाती हुई आवाज हुई, "कंबख्त··! साला शराबी की औलाद, क्या इसलिए तुझे स्कूल पढ़ने को भेजता हूँ। गधा कहीं का। बेवकूफ।" कहते हुए उन्होंने निकट आकर एक जोरदार तमाचा बाहोड़ी के गाल पर जमा दिया,

किंतु यह तमाचा बाहोड़ी को नहीं, मानो असमाँ को पड़ा हो। वह जोर से चिल्लाई, "यह शैतानी दिमाग अरमान का था। इसी को मैच देखना था। यही हमें लेकर गया।"

"तुम चुप रहो, असमाँ।" शफीक भाई बहुत क्रुद्ध थे।

असमाँ चुप रह गई। बाहोड़ी भी सकपकाया हुआ था, किंतु मुँह से उफ् तक नहीं किया। अपने गाल पर अपना हाथ लगाए चुप खड़ा था। जशोदा बेगम अरमान को डाँट रही थी, मगर उस कंबख्त के चेहरे से वह विषैली मुसकराहट हटाए नहीं हटती। असमाँ को भी उसके अम्मी व अब्बू डाँट रहे थे, किंतु असमाँ को स्वयं को पड़ रही डाँट से कोई फर्क नहीं, किंतु बाहोड़ी को पड़ रही डाँट और शफीक भाई द्वारा उसे तमाचा मारने से उसके कोमल हृदय को बहुत पीड़ा हुई, किंतु शफीक भाई का गुस्सा देख अब असमाँ क्या किसी के भी मुँह से एक उफ् तक निकलना मुश्किल था। वे अब भी बाहोड़ी पर बरस रहे थे।

"बड़ा तीस मारखाँ समझता है अपने आप को। क्या सोचा था, पता नहीं चलेगा?" कहते हुए वे एक और तमाचा जमाने को हुए कि जशोदा बेगम ने बीच में आकर टोकते हुए कहा, "अब बस भी कीजिए। बच्चा ही तो है। फिर गलती इस एक की थोड़े ही है। आपका यह लाड़ला क्या कम है? यह सब इसी खुराफाती दिमाग की उपज है...मैं कहती हूँ...हाँ...।"

"मगर इसने गलती की है। इसकी सजा मिलेगी। एक सप्ताह तक स्कूल जाना बंद। केवल रेस्तराँ में काम करोगे। तुम अरमान से एक वर्ष बड़े हो, बाहोड़ी। तुम्हें उसका ध्यान रखना चाहिए, बजाय उसकी शैतानियों में साथ देने के।" कहकर भीतर जाते-जाते कहा, "और उस बेकरी मास्टर की तो खैर नहीं।"

असमाँ को भी उसकी अम्मी उसका हाथ पकड़कर खींचते हुए अपने घर ले जाने लगी। असमाँ बाहोड़ी के हृदय की पीड़ा सहज ही महसूस कर सकती थी। उसके मुँह से बरबस ही शब्द हुआ, "बाहोड़ी...!" किंतु वह कुछ कर न सकी।

बाहोड़ी अपना सिर झुकाए, अपना एक हाथ गाल पर लगाए, चुप्पी साधे किसी मूर्ति की भाँति खड़ा था।

तभी जशोदा बेगम ने स्नेह से बाहोड़ी के सिर पर अपना हाथ रखा और करुणकंठ से कहा, "बाहोड़ी, मालिक की बात का बुरा नहीं मानते। उनका क्रोध क्षणिक होता है। शाम तक शांत हो जाएगा, किंतु अब ऐसा दुबारा नहीं करना बेटे।"

अपने सिर पर एक करुणामयी हाथ पाकर बाहोड़ी के हृदय की पीड़ा कुछ कम हुई। ऐसा लगा, मानो माँ का आँचल मिल गया हो। दबी सी आवाज हुई, "जी मालकिन।"

: 11 :

समय का चक्र अपनी निर्धारित गति से अबाध रूप से गतिमान था। बार-रेस्तराँ में फर्श व टेबल साफ करनेवाला वह दो हाथ का लड़का आज सोलह वर्ष की बहुत कम उम्र में शफीक भाई की आँख-कान-नाक व दाएँ हाथ का कार्य करेगा, यह कौन जानता था! जहाँ काशी व अब्दुल भी अब हर कार्य बाहोड़ी की अगुवाई में करते हैं और शफीक भाई भी बाहोड़ी का बहुत मान रखते हैं। बिना उसकी सलाह के, वे भी कोई कार्य नहीं करते हैं साथ ही बाहोड़ी पढ़ाई में भी अव्वल रहता है। वहीं अरमान को पढ़ाई करना, मानो बोझ मालूम पड़ता है। हाँ, इम्तिहान में नकल करके पास होने का हुनर उसे बहुत अच्छे से आता है।

समय-दर-समय बाहोड़ी का अरमान के प्रति स्नेह बहुत प्रगाढ़ होता गया, मानो अरमान वास्तव में उसका छोटा सगा भाई ही हो। वहीं असमाँ व बाहोड़ी की दोस्ती भी इतने समय में बहुत घनिष्ठ हो चुकी थी, किंतु अरमान को सदा से इस दोस्ती से घृणा ही रही है, क्योंकि वह मन-ही-मन असमाँ को चाहता है, मगर वह यह भलीभाँति जानता है कि असमाँ उसे कुछ खास पसंद नहीं करती, वह तो बाहोड़ी को पसंद करती है और बाहोड़ी का भी असमाँ के प्रति झुकाव सहज ही स्पष्ट नजर आता है। फिर क्योंकि अरमान बाहोड़ी को अपना बड़ा भाई माने या न माने, किंतु वह उसे अपना सबसे अच्छा दोस्त जरूर मानता है, किंतु प्रेम पर किसका नियंत्रण रहा है। यह स्वाभाविक है। जहाँ एक ओर असमाँ व बाहोड़ी की मित्रता दिन-प्रति-दिन और अधिक घनिष्ठ होती जा रही थी, वहीं अरमान का एकतरफा प्रेम भी था, किंतु वह यह जाहिर नहीं करता।

: 12 :

रात के दो बजे थे। बार-रेस्तराँ में रोज की तरह बहुत गहमागहमी थी। वही भीड़, वही चकाचौंध और वही शोर-शराबा। हर दिन की तरह शफीक भाई शोकेस के पास अपनी कुरसी पर बैठे थे। पास ही अब्दुल व काशी भी खड़े थे। बाहोड़ी शफीक भाई के किसी कार्य से बाहर गया था। काशी व अब्दुल कुछ उखड़े-उखड़े से चिंतित थे। वहीं शफीक भाई बार-रेस्तराँ में अपने हर कार्य पर पैनी निगाह जमाए सूक्ष्मतया निरीक्षण कर रहे थे।

तभी काशी ने चिंतित भाव से कहा, “भाई, बाहोड़ी पर इतना भरोसा ठीक नहीं।”

अब्दुल भी काशी से सहमत होते हुए चिंतित भाव से बोला, "हाँ भाई, काशी ठीक कहता है। हम बाहोड़ी पर कुछ ज्यादा ही भरोसा कर रहे हैं।"

शफीक भाई कुछ न बोले। चुपचाप पूर्ववत् अपने कामकाज को सूक्ष्मदृष्टि से देख रहे थे।

कुछ देर की निःशब्दता तोड़ते हुए अब्दुल ने चिंतित भाव से कहा, "भाई, वैसे वह बहुत शांत व चुप रहता है, किंतु जब बोलता है तो सबकी बोलती बंद कर देता है। वह बहुत तेज है। हर कार्य को बिजली की फुर्ती से अंजाम देता है···।"

काशी ने भयवश कहा, "···और जब मार-धाड़ करता है तो ऐसा लगता है, मानो उस पर खून सवार हो। रूह काँप उठती है। उस वक्त वह किसी की नहीं सुनता। दुश्मन की हड्डियाँ तोड़ने में जाने उसे आनंद मिलता है। न ही उसे किसी का भय। कहीं ऐसा न हो, कल को वह हमारे ही उसूलों को तोड़े और हमें ही नुकसान पहुँचाए?"

"हाँ भाई, मुझे भी यही डर है।" अब्दुल ने सहमत होते हुए कहा।

शफीक भाई कुछ न बोले। चुप बैठे शांत भाव से उन्हें सुनते रहे और उनकी चिंता को महसूस कर रहे थे।

शफीक भाई को चुप देख काशी व अब्दुल भी चुप हो गए और एक-दूसरे को देखने लगे। एक लंबी चुप्पी तोड़ते हुए शफीक भाई ने सहज भाव से गंभीरतापूर्वक कहा, "तुम बेवजह ही चिंतित हो। क्या उसने तुम्हें अपमानित किया है? या फिर हम में से किसी और को या फिर अब वह निर्णय स्वयं लेने लगा है?"

"जी नहीं, भाई।" काशी व अब्दुल के मुँह से एक साथ शब्द हुए।

"क्या उसने हमारे उसूल तोड़े हैं?"

"नहीं।"

"क्या उसने किसी की जान ली है?"

"जी नहीं, भाई।"

"क्या किसी की जान बख्शी है?"

"बहुतों की।" अब्दुल ने कहा, साथ ही काशी ने भी सहमति जताई।

"फिर डरने की आवश्यकता नहीं है। उसके हर कार्य पर मेरी नजर है। तुम्हारा चिंता करना व्यर्थ है। उसका स्वभाव ऐसा ही है। तुम निश्चिंत रहो।" शफीक भाई ने काशी व अब्दुल की चिंता दूर करते हुए स्पष्ट कंठ-स्वर से कहा।

इसी से काशी व अब्दुल का दिल हलका हुआ।

: 13 :

दिन का तीसरा पहर समाप्त होने को था। बाहोड़ी शफीक भाई के किसी कार्य से निपटकर वापस शहर लौट रहा था। श्रावण मास का महीना था। दिनभर बरसने के बाद बरसात कुछ देर पहले ही थमी थी। आसमान में दुधिया श्वेत-धवल बादल हवा में तैर रहे थे। वातावरण बहुत स्वच्छ व नमीयुक्त था। बाहोड़ी अपनी गाड़ी सड़क किनारे छोड़कर समुद्र किनारे चला आया। बरसात से मिट्टी गीली होने के कारण उसने कुछ ही कदम दूर पत्थरों की ओर रुख किया। फिर एक पत्थर पर आरामदायक मुद्रा में बैठकर वह समुद्र के क्षितिज पर अस्ताचल की ओर बढ़ चले उस सुनहरे सूरज को देखते हुए, उस खुशगवार मौसम का लुत्फ उठाने लगा। ठंडी-ठंडी मंद-मंद मनभावन हवा बह रही थी। समुद्र सामान्य दिनों की अपेक्षा आज कुछ शांत सा था। समुद्र की सतह पर धीमी-धीमी लहरें अठखेलियाँ कर रही थीं। आसमान में उड़ान भरते उन समुद्री शिकारी परिंदों की चिल्ल-पौ बहुत ही कर्णप्रिय थी। मिट्टी की वह भीनी-भीनी महक श्वास-दर-श्वास शरीर में भीतर गहराई तक समाकर उसके आनंद को उत्प्रेरित कर रही थी। बादल अब सूर्य की उन सुनहरी किरणों के स्पर्श में आने से किन्हीं स्वर्ण-पर्वतों की भाँति दिखाई पड़ रहे थे और पूरा आसमान भगवा रंग में रँग गया। प्रकृति के इस अकल्प्य दृश्य को मानो वह सदा के लिए खुद में समेट लेना चाहता हो।

अभी कुछ ही देर हुई थी कि दूर समुद्र किनारे लोगों को हुजूम उमड़ने लगा और भारतमाता के जयघोष से पूरा आसमान गुंजायमान हो उठा। अपनी जगह से उठकर बाहोड़ी के कदम बरबस ही उनकी ओर खिंचे बढ़ चले। देखते-ही-देखते एक के बाद एक मंत्री, सांसद, विधायक, कलेक्टर, पुलिस अधीक्षक व स्थानीय अधिकारी वहाँ पहुँचने लगे और हजारों की तादाद में जनसैलाब जमा हो गया। पास आकर देखा तो वहाँ सेना के जवान और आला-अधिकारी एक शहीद के अंतिम संस्कार की तैयारी कर रहे थे, जिसने अपनी मातृभूमि की रक्षा, अखंडता और संप्रभुता के लिए साहसपूर्वक आतंकवादियों से लड़ते हुए हँसते-हँसते अपने प्राण न्योछावर कर दिए और वीरगति को प्राप्त हुआ। हर आँख नम थी और उसकी वीरता, शहादत और सम्मान में सभी नतमस्तक थे।

तिरंगे में लिपटे माँ भारती के उस वीर सपूत की पार्थिव देह को सम्मानपूर्वक सभी लोग श्रद्धासुमन अर्पित कर रहे थे। एक-एक कर उसके सभी साथी जवान, सेना के आला-अधिकारी, मंत्री और सभी अधिकारीगण भी पुष्पचक्र अर्पित कर

सलामी देते हुए श्रद्धांजलि दे रहे थे। फिर मातृभूमि के जयघोष और वीरगति को प्राप्त हुए शहीद की अमरता के गगनभेदी नारों के बीच जब सेना के जवानों और अधिकारियों द्वारा पूरे सैन्य सम्मान के साथ शहीद को गार्ड ऑफ ऑनर दिया गया और उसके महज तीन वर्ष के रोते-बिलखते बेटे से चिता को मुखाग्नि दिलवाई गई तो भीड़ में खड़े बाहोड़ी की आँखें बरबस ही भर आईं। खुद से घोर घृणा हुई। अपने आप से इतनी घृणा उसे जीवन में पहले कभी नहीं हुई। लोगों की भीड़ से निकलकर वह सड़क किनारे खड़ी अपनी गाड़ी की ओर बढ़ गया।

□

भाग-2

: 1 :

बाहोड़ी अब अट्ठारह वर्ष का हुआ है। शरीर सौष्ठव की दृष्टि से गौर वर्ण वाला ऊँची कद-काठी, हृष्ट-पुष्ट, सुडौल-मांसल, मजबूत व सुगठित होने के कारण उसके रोबदार व्यक्तित्व में एक अद्‌भुत चुंबकीय आकर्षण है, जो हर किसी को बरबस ही अपनी ओर आकृष्ट करता है। कुदरत ने उसे खुले दिल से सुंदरता प्रदान की है, जिससे वह अप्रतिम रूप का धनी है, साथ ही स्वभाव से वह अपनी उम्र से बहुत पहले ही परिपक्व है।

सुंदर आकर्षक बड़ा कपाल, तीक्ष्ण नाक व गुलाबी सुंदर ओष्ठ उसकी गंभीर, गोलाकार, सुकांतिवान मुखाकृति पर सुंदरता में चार चाँद लगाते हैं। बड़ी-बड़ी, काली-काली, तेज-तर्रार, नशीली आँखें, जिनमें चमक ऐसी कि सामने खड़े किसी भी व्यक्ति के दिलोदिमाग में सहज ही झाँककर देखने की क्षमता रखती है और आँखों में जलाल ऐसा कि नजर उठाकर देख ले तो दुश्मन के हौसले पस्त पड़ जाएँ। निगाहें इतनी पैनी कि एक पल को समंदर के क्षितिज पर तो पलक झपकते ही अगले ही क्षण अपने पैरों तले जमीन पर। शरीर में फुर्ती ऐसी, मानो कमान की प्रत्यंचा पर चढ़ा तीर अपने लक्ष्य को पाने को उद्विग्न हो।

वह अपने अतीत से कहीं बेहतर जिंदगी जी रहा था। पूरे शहर में अब शफीक भाई व बाहोड़ी के नाम का सिक्का चलने लगा था, किंतु मन-ही-मन उसे यह हर रोज कचोटता है कि न चाहते हुए भी उसे शफीक भाई के सभी गैर-कानूनी काम करने पड़ते हैं, इतना ही नहीं, क्योंकि शफीक भाई ने अपने सभी कार्यों का भार अब उसके कंधों पर डाल दिया है तो उसे ही सब कार्यों की अगुवाई भी करनी पड़ती है और हाँ, गलती की कोई गुंजाइश नहीं। इस सबके बाद भी उसने भीतर अपने पवित्र मन को बुराई की काली छाया से सर्वथा मुक्त व सुरक्षित रखा था। एक तरफ अपनी माँ को किया वादा था तो दूसरी ओर अपने पिता द्वारा जबरन दिलवाया वादा। इसी उलझन व कशमकश में वह अपने भीतर के अच्छे इनसान को जीवित रखने को प्रयत्नशील था।

: 2 :

प्रकृति के रंगमंच पर बहुत ही मनमोहक दृश्य था। गुलाबी आसमान में दूर समुद्र के क्षितिज पर सूर्य अस्ताचल की ओर बढ़ चला था। आसमान में कलरव करते मँडराते हुए वे समुद्री परिंदें ऐसे लग रहे थे, मानो उस स्वर्णिम दिव्य तेजवान पुष्प के इर्द-गिर्द भौंरे मँडरा रहे हो। समुद्र ने भी मानो सूर्य के उस सुनहरे मखमली प्रकाश की चादर ओढ़ी हो और जोर-शोर से निरंतर उठती लहरें, मानो हवाओं के साथ ताल-से-ताल मिलाकर कोई संगीत सजा रही हो।

बाहोड़ी समुद्र किनारे नरम रेत पर बैठा समुद्र के क्षितिज पर अस्ताचल की ओर बढ़ते हुए सूर्य को अपलक देख रहा था। पास ही असमाँ भी कुछ उदास सी बैठी कभी बाहोड़ी को देख रही थी तो कभी समुद्र के क्षितिज पर अपने गंतव्य की ओर बढ़ते सूर्य को। समुद्र की उस अपार ऊर्जा, उसकी विशालता व उसकी गहराई का भान होने पर मस्तिष्क से शब्द और विचार प्रायः विलुप्त से हो जाते हैं। भीतर एक अपार शांति, जिसमें मन-मस्तिष्क स्वतः ही डूबे चले जाते हैं।

ठीक उसी वक्त बाहोड़ी को महसूस हुआ कि कोई उसे छिपकर देख रहा है। एक अपनत्व भरा अहसास, जिसे वह पहले भी अनेक जगह कई बार महसूस कर चुका था, किंतु आज इस अहसास के साथ एक अजनबी अहसास की भी बू आ रही थी, जिससे वह असहज महसूस कर रहा था। कुछ देर वह उस अहसास को महसूस करता रहा, फिर धीरे से पीछे मुड़कर सूक्ष्म निगाहों से पत्थरों पर दूर तक निरीक्षण किया, किंतु वहाँ कोई नहीं था, सिवाय उसके पास बैठी असमाँ के, जो कुछ उदास सी थी।

वह सही था। वह अहसास था, उसके पिता संपत का। जो अकसर उसे छिपकर देखते रहते हैं। संपत शराब का लती था। इसी लत ने उसे अपनी पत्नी का हत्यारा बना दिया और अपनी इकलौती संतान को बेचने को भी विवश कर दिया किंतु उसके सीने में एक पिता का दिल भी धड़क रहा था।

एक लंबी निःशब्दता को तोड़ते हुए असमाँ ने कुछ उदास कंठ-स्वर से कहा, "राम··· हमारा विद्यालय पूरा हो गया है।"

बाहोड़ी ने असमाँ की उदासी को महसूस करते हुए हामी भरते हुए कहा, "हाँ··· ।"

"तुमने एक बार फिर अव्वल स्थान पाया है।"

"हाँ··· तुमने भी अच्छे अंक पाए हैं। फिर तुमने तो डॉक्टरी की पढ़ाई के लिए

जो इम्तिहान दिया था, उसमें भी उम्दा स्थान पाया है।" कुछ ठहरकर फिर कहा, "मुझे खुशी है कि तुम्हारा डॉक्टर बनने का ख्वाब पूरा होने जा रहा है।"

असमाँ ने कोई जवाब नहीं दिया। उदास सी चुप बैठी थी।

कुछ देर की नि:शब्दता को तोड़ते हुए बाहोड़ी ने कहा, "किंतु तुम इतनी उदास क्यों हो? मुझे उम्मीद थी कि तुम इस बात से बहुत खुश होगी।"

"मैं डॉक्टर नहीं बनना चाहती।" असमाँ ने गंभीरता से कहा।

"क्या··· ! डॉक्टर नहीं बनना चाहती हो··· ! तो क्या मेरी तरह माफिया बनना चाहती हो?" बाहोड़ी ने अचंभित होने के साथ ही चुहलबाजी करते हुए पूछा।

इस पर असमाँ ने गुस्सा होते हुए अपने हाथ की मुट्ठी बंद कर बाहोड़ी के बाजू पर मारते हुए अपनी नाराजगी व्यक्त की, किंतु कुछ न बोली।

बाहोड़ी ने थोड़ा पास खिसककर सहज भाव से पूछा, "असमाँ, जब से तुम आई हो, मैं तुम्हारी उदासी को महसूस कर रहा हूँ। आखिर बात क्या है? अब बताओ भी।"

"मैं परेशान हूँ कि अब हम साथ नहीं पढ़ पाएँगे। फिर तुम आगे पढ़ोगे या नहीं? क्या शफीक भाई तुम्हें कॉलेज जाने की इजाजत देंगे?"

बाहोड़ी ने एक लंबी गहरी साँस भरकर छोड़ते हुए कहा, "बस इतनी सी बात।"

असमाँ ने खीझते हुए गहन चिंता भाव से कहा, "तुम्हारे लिए बहुत छोटी होगी, क्योंकि तुम हर परिस्थिति में खुश रहना जानते हो··· संभव है मेरे बिना भी, मगर मैं नहीं जानती। मैं तुम्हारे बिना खुश नहीं रह सकती। फिर यदि तुम आगे नहीं पढ़ोगे तो क्या जीवन भर माफिया ही रहोगे··· !"

असमाँ के खीझने पर बाहोड़ी ने मुसकराकर कहा, "शफीक भाई को मेरे आगे पढ़ने से जरा भी एतराज नहीं है। मैं जब तक चाहूँ, पढ़ सकता हूँ। फिर इतना बड़ा शहर है, एक कॉलेज में न सही, हम दोनों अपने शहर में ही तो हैं। हम जब चाहे, मिल सकते हैं।"

यह सुनकर असमाँ के चेहरे पर जो उदासी व्याप्त थी, वह पलक झपकते ही विलुप्त हो गई और चेहरा पूर्णिमा के चाँद की भाँति चमकने लगा। आँखें सितारों की भाँति नृत्य करने लगीं। उत्साहपूर्वक पूछा, "क्या तुम सच कहते हो?"

"हाँ··· डॉक्टर साहिबा क्यों नहीं? और एक बात अच्छे से जान लो, मैं इस दुनिया में कहीं भी रहूँ, मेरी हर खुशी तुम्हीं से है। मेरे जीवन की वास्तविक संपदा एकमात्र तुम्हीं हो, इसलिए ऐसा फिर कहकर मेरे हृदय को ठेस नहीं पहुँचाना।"

बाहोड़ी ने पूर्ण विश्वास के साथ कहा।

"मुझे माफ कर दो, राम···मैं फिर नहीं कहूँगी।" कहते हुए असमाँ खुशी से सराबोर होकर बाहोड़ी को आलिंगन करते हुए लिपट गई।

यह पहली बार था, जब असमाँ ने बाहोड़ी को आलिंगन किया और अचानक···! इसकी उसे उम्मीद न थी। इसी से बाहोड़ी निर्णय कर पाने की स्थिति में नहीं था कि वह क्या करे। वह अपनी प्रेमिका के उस सुखदायी अहसास को कुछ देर महसूस करता रहा, फिर धीरे से असमाँ के बाजुओं को स्नेह से पकड़कर कुछ दूर करते हुए उसकी आँखों में देखते हुए गंभीरता से कहा, "असमाँ, तुम डॉक्टर बनोगी। तुम्हारा ख्वाब पूरा होगा। इससे बड़ी खुशी मेरे लिए और कोई नहीं होगी।"

बाहोड़ी के हृदय में अपने लिए इतना सम्मान पाकर असमाँ के हृदय में भी बाहोड़ी के लिए बहुत सम्मान हुआ।

सूर्य अस्त हो चुका था और अँधेरा छाने लगा था।

असमाँ ने शुष्क कंठ–स्वर से कहा, "राम, क्या अब तुम अभियांत्रिकी करोगे? तुमने बहुत अच्छे अंक हासिल किए हैं।"

बाहोड़ी ने सहज व शांत भाव से कहा, "लगता तो यही है। वैसे भी मेरी आगे की पढ़ाई अरमान की पढ़ाई पर निर्भर करती है और उसकी दिलचस्पी बी.टेक करने में ही दिखाई पड़ती है। फिर मुझे सिर्फ स्नातक की दरकार है, क्योंकि मेरा सपना अभियांत्रिकी नहीं, मैं तो अपने देश के खुफिया विभाग में अधिकारी बनकर दुश्मनों से अपने देश की रक्षा करना चाहता हूँ।"

असमाँ कुछ देर गर्वित भाव से बाहोड़ी को देखती रही, फिर चिंता भाव से कहा, "किंतु राम···! क्या शफीक भाई तुम्हें इसकी इजाजत देंगे?"

बाहोड़ी चुप रह गया। एक लंबी गहरी साँस भरकर छोड़ते हुए कहा, "मालूम नहीं।"

असमाँ ने कुछ सोचते हुए पूछा, "किंतु तुम खुफिया विभाग में क्यों जाना चाहते हो?"

"क्योंकि मैं दुश्मनों के सारे राज जानता हूँ।"

असमाँ और बाहोड़ी का वार्त्तालाप जारी था। उसी वक्त संपत, जो अब तक पत्थरों के पीछे छिपकर बाहोड़ी को देख रहा था, उसने देखा कि दूर एक बंदूकधारी पत्थरों की आड़ में छिपकर बाहोड़ी पर निशाना साध रहा है। आवाज लगाकर उसे सचेत करना उसके लिए संभव न था, क्योंकि वह इतना दुर था कि समुद्र की लहरों की थर्राहट भरी आवाज में उसकी आवाज नहीं पहुँच पा रही थी। फिर शराब ने

उसकी आवाज को बिल्कुल निष्प्रभाव कर दिया था। संपत को कुछ सूझ नहीं रहा था कि वह क्या करे।

मन-ही-मन विचार हुआ, "वह बाहोड़ी की हत्या करना चाहता है। मेरे बेटे की हत्या करना चाहता है।" उसका गला सूख गया और चेहरा पसीने-पसीने हो गया। उसने अपने कँपकँपाते हुए हाथ में पकड़ी शराब की बोतल को देखा, फिर उस बंदूकधारी की ओर जो अपनी स्थिति ले चुका था और बाहोड़ी पर गोली चलाने ही वाला था। उसने आप-ही-आप कहा, 'एक शराबी की जिंदगी भी क्या जिंदगी होती है। लानत है ऐसी जिंदगी पर।' और अपने कँपकँपाते हुए हाथ में पकड़ी शराब की बोतल को मुँह से लगाकर एक घूँट शराब गटकी, फिर अपनी जिंदगी पर थूकते हुए शराब की बोतल को फेंककर लड़खड़ाता हुआ बाहोड़ी की ओर दौड़ पड़ा। अपने अवरुद्ध कंठ से उसे सचेत करने की नाकाम कोशिश करते हुए, "बाहोड़ी⋯! बेटे⋯! बचो⋯। कोई तुम्हें मारना चाहता है⋯।"

समुद्र की लहरों की जोरदार थर्राहट भरी आवाज के बीच धीरे से एक आवाज हुई, "ठाक्⋯।"

किंतु ठीक उसी वक्त संपत बाहोड़ी के सामने आ गया और सीने में गोली लगने से वह जोर से कराहकर जमीन पर गिर पड़ा। वह बंदूकधारी तो अपनी असफलता से नाखुश और चकित था ही, अचानक हुई इस घटना से बाहोड़ी और असमाँ भी निस्तब्ध थे। कुछ समझ नहीं आ रहा था कि वह क्या करे। तभी वह बंदूकधारी, जो हतप्रभ सा दूर खड़ा उस स्थिति को देख रहा था, समुद्र में खड़े किसी जहाज का प्रकाश उसके चेहरे पर पड़ा। दुश्मन का चेहरा स्पष्ट दिखाई पड़ा तो बाहोड़ी उसकी ओर कमान से निकले तीर की भाँति लपका। यह देख वह बंदूकधारी भय से पसीने हुए वहाँ से तेजी से भागने लगा। अब मृत्यु उसके पीछे थी, किंतु अपने पिता, जो दर्द से कराहते हुए बाहोड़ी को पुकार रहे थे, उसके तेजी से आगे बढ़ते हुए कदम वहीं थम गए। सीने में क्रोध का ज्वालामुखी दहक उठा, मानो उसकी जान लेने में वह जरा भी नहीं हिचकिचाता, किंतु दुश्मन के वहाँ से बचकर भाग निकलने के मलाल के साथ वह दौड़ते हुए संपत के पास आया और तीव्र कंठ-स्वर से कहा, "एंबुलेंस⋯!"

असमाँ मानो सदमे में थी। वह कुछ कह सकने की स्थिति में नहीं थी। वह बहुत घबराई हुई थी, किंतु बाहोड़ी के शब्द सुनकर उसकी निष्क्रियता टूटी। घबराहट के मारे शब्द हुए, "हाँ⋯हाँ⋯!" और फुर्ती से अपनी कँपकँपाती हुई उँगलियाँ अपने फोन पर चलाने लगी।

संपत पथराई आँखों से करुण भाव से बाहोड़ी को अपलक देख रहा था। बाहोड़ी ने भी अपने पिता का अपने प्रति यह अपार स्नेह जीवन में पहली बार देखा। यह रूप सदा से बहुत भिन्न था। इसमें स्वार्थ नहीं था, घृणा नहीं थी, न जीवन के प्रति मोह था, न शराब के प्रति आसक्ति थी। एक पिता का अपने पुत्र के लिए विशुद्ध बलिदान था। उसकी पथराई हुई आँखों में स्नेह का सागर उमड़ रहा था और था तो केवल पश्चात्ताप। वह थोड़ा पास आया और अपने पिता का सिर धीरे से उठाकर अपनी गोद में भर लिया।

संपत की आँखों से जलधारा फूट पड़ी। कठिनता से कहा, "जीवित रहते तो कोई अच्छा कार्य कर न सका, सोचा जाते-जाते करता जाऊँ। शायद मालिक थोड़ी रहमत बरते।"

बाहोड़ी की आँखें डबडबा आईं। संपत ने अपने कँपकँपाते हुए दोनों हाथ जोड़कर कठिनता से कहा, "त्…तुम्हारी माँ बहुत अच्छी और भली औरत थी। इ… इस कंबख्त शराब ने मुझे भीतर से खोखला कर दिया। मेरा सब कुछ छीन लिया। न चाहते हुए भी इस शराब की लत ने मुझे अपराध-पर-अपराध करने को मजबूर कर दिया, इतना कि मुझे मेरी पत्नी का हत्यारा बना दिया। मुझे अपने ही बेटे को बेचने को मजबूर कर दिया। मुझे अफसोस है कि मैं तुम्हारे लिए कुछ न कर सका। म्…मैं माफी के काबिल तो नहीं, किंतु हो सके तो मुझे माफ कर देना, रा…म।"

"राम… !" सुनकर बाहोड़ी की आँखों में ठहरा जल बाहर छलक पड़ा।

संपत ने कराहते हुए कहा, "राम, एक वादा करो।"

बाहोड़ी ने गंभीरता से कहा, "कैसा वादा ?"

"यह कि तुम सदा शफीक भाई के वफादार रहोगे।"

बाहोड़ी कुछ देर निष्क्रिय सा बैठा था और संपत जवाब सुनने को अधीर हुआ बाहोड़ी और असमाँ को देख रहा था। बाहोड़ी ने सहमति में अपना सिर नीचे झुका लिया।

यह देख संपत के चेहरे पर एक प्रगाढ़ सी मुसकान व्याप्त हो गई। कठिनता से कहा, "अब जाना जीवन भर शराब की गुलामी करने के बजाय क्…कहीं अधिक सुकूनदेह है मृत्यु। …भगवान् तुम दोनों को सदा सलामत रखे…खुश रखे। बेटे रा…म।" और उसने साँसें त्याग दीं।

बाहोड़ी सिसककर रो पड़ा। असमाँ सहानुभूतिपूर्वक उसके कंधे पर अपना हाथ रखककर अपनी ओर आती एंबुलेंस को देख रही थी, किंतु अब उसकी कोई आवश्यकता नहीं थी। देर हो चुकी थी।

: 3 :

असमाँ वह बहुत ही बुद्धिशील लड़की है। ऊँची कद-काठी का गौर वर्ण का भरा-भरा सा, सुंदर-सुगठित, खिला-खिला सा बदन। सुंदर गोल मुखड़े पर मृग जैसी बड़ी-बड़ी, काली-काली, सुंदर नशीली आँखें। तीक्ष्ण-लंबी सुंदर नाक। गुलाब की पंखुड़ियों से गुलाबी सुंदर ओष्ठ। कानों में बड़े-बड़े कुंडल। सीने पर आकर्षक सुंदर-सुडौल उभार। कमर तक लहराती उसकी काली-घनी जुल्फें, जिनकी वह अब भी दो चोटी बनाना पसंद करती है। मुखमंडल पर एक प्यारी सी प्रगाढ़ मुसकान के साथ सदैव शालीनता व्याप्त रहती है, जो उसकी सुंदरता में चार चाँद लगाती है और उसकी सुरीली-मधुर आवाज उसके व्यक्तित्व को बेहद आकर्षक बनाती है, जिसे देख-सुनकर हर कोई सम्मोहन में पड़ जाता है, साथ ही वह बहुत तेज दिमाग व स्वतंत्र विचारों वाली लड़की है।

नित्य अपने घर की बालकनी में खड़े होकर एक-दूजे का इंतजार करना और फिर एक-दूजे को देर तक निहारते रहना, मानो असमाँ और बाहोड़ी की आदत सी हो गई। रहीम चाचा आते-जाते अकसर उन्हें देखा करते हैं और उनके फँसाने पर कभी मन होने पर बाहोड़ी को सुनाते हुए शेरो-शायरी भी कर दिया करते हैं, मगर बाहोड़ी पिछले कुछ दिनों से बहुत परेशान है कि असमाँ आजकल बालकनी में नहीं आती और नहीं मिलने के अब उसके पास सौ बहाने थे। बीते दिनों समुद्रतट पर हुई उस घटना ने असमाँ के हृदय को बहुत गहराई से आहत किया। वह अब भी सदमे में थी। वह उस घटना से बहुत डरी हुई थी, इसी से वह बाहोड़ी से मिलने से कतरा रही थी। समुद्र किनारे या खुले में मिलना अब खतरे से खाली नहीं था, क्योंकि दुश्मन अब भी स्वतंत्र घूम रहा था, जो मौका पाकर फिर घात कर सकता था। इसलिए एक रोज वे एक रेस्तराँ में मिले।

असमाँ और बाहोड़ी एक टेबल पर आमने-सामने कुरसियों पर चुप बैठे थे। असमाँ अब भी बहुत घबराई हुई थी और बहुत खफा भी। बाहोड़ी असमाँ का मनोभाव बहुत अच्छे से समझ सकता था। उसे समझ नहीं आ रहा था कि बात कहाँ से शुरू की जाए। रेस्तराँ में और भी बहुत से लोग अपने प्रियजनों के साथ बैठे थे, जिनकी फुसफुसाहट आसानी से सुनी जा सकती थी। इसी से वहाँ काफी गहमागहमी थी।

बाहोड़ी ने कुछ देर और इंतजार किया कि असमाँ कोई बात शुरू करे, किंतु ऐसा नहीं होने पर एक लंबी निःशब्दता तोड़ते हुए बाहोड़ी ने शर्मिंदा होते हुए

गंभीरता से कहा, "बीते दिनों हुई उस घटना के लिए माफी चाहता हूँ। मुझे बहुत अफसोस है।"

"सिर्फ अफसोस है···! मुझे लगा कि अब तुम अपना रास्ता बदल दोगे।" असमाँ ने अपनी नाराजगी व्यक्त करते हुए कहा।

बाहोड़ी कुछ नहीं बोला। चुप रहा।

असमाँ ने फिर अपनी नाराजगी व्यक्त करते हुए गंभीरता से कहा, "राम···! वह तुम्हारे पिता की नहीं, तुम्हारी हत्या करना चाहता था और अब भी वह आजाद घूम रहा है। संभव है, वह फिर तुम्हारी जान लेने का प्रयास करे और तुम अब भी अपने जीवन के प्रति गंभीर नहीं हो।"

बाहोड़ी ने सहज भाव से गंभीरतापूर्वक कहा, "मैं जानता हूँ।" कुछ ठहरकर फिर कहा, "···और मैं यह भी जानता हूँ कि इससे तुम्हारे दिल को गहरी चोट पहुँची है, जिसका जिम्मेदार सिर्फ मैं हूँ।"

अब तक असमाँ की नाराजगी दूर हो चुकी थी, किंतु उसके दिल और आँखों में व्याप्त एक अनजाना भय अब भी स्पष्ट झलक रहा था। गंभीरता से पूछा, "किंतु वह कौन था और वह तुम्हारी जान क्यों लेना चाहता था?"

"मालूम नहीं।" बाहोड़ी ने गंभीरता से कहा, "हाँ, पिछले दिनों एक बड़ा सौदा हुआ था, जो कुछ लोगों को रास नहीं आया। उस सौदे में वे खुद का नुकसान बता रहे थे। शायद उन्हीं में से कोई था या कोई है, जिसे शफीक भाई के साथ मेरा होना रास नहीं आ रहा। इसलिए मुझे अपने रास्ते से हटाना चाहता है, मगर तुम चिंता मत करो। मैंने उसका चेहरा स्पष्ट देखा है, जिसे मैं कभी नहीं भूल सकता।"

"चिंता न करो···!" यह सुनकर असमाँ ने क्रुद्ध होते हुए कहा, "राम, तुम्हारी जान पर बन आई है···! कोई तुम्हारी हत्या करना चाहता है···! और मैं चिंता न करूँ···!" फिर आगे शांत होकर गंभीरता से कहा, "राम, तुम्हें पुलिस में शिकायत करनी चाहिए।"

"नहीं। उसने सिर्फ मेरी ही हत्या नहीं करना चाही, मेरे पिता की हत्या की है। फिर मैं पुलिस में अपना कोई रिकॉर्ड नहीं चाहता।"

असमाँ को एक पल को बाहोड़ी से बहुत भय भी हुआ और बहुत घृणा भी। उसने बाहोड़ी की आँखों में देखते हुए गंभीरता से कहा, "तो क्या तुम कानून अपने हाथ में लोगे और किसी फिल्मी हीरो की तरह तुम उसकी जान ले लोगे?"

बाहोड़ी ने कुछ देर असमाँ की आँखों में देखा। उसने स्वयं के प्रति उसके भय

व घृणा को महसूस किया। फिर गंभीरता से पूछा, "तुम्हें क्या लगता है, मैं उसकी हत्या कर दूँगा?"

असमाँ ने नजरें दूसरी ओर फेरकर कहा, "मुझे नहीं मालूम।"

असमाँ का यह अविश्वास भाव देखकर बाहोड़ी के हृदय को बड़ा दुःख हुआ। खुद से बड़ी घृणा हुई। फिर गंभीरता से कहा, "असमाँ, क्या तुम्हें मुझ पर जरा भी भरोसा नहीं?"

असमाँ के पास कोई जवाब नहीं था। वह यह अच्छी तरह जानती थी कि बाहांड़ी कभी किसी की जान नहीं ले सकता, किंतु वह बहुत परेशान थी। उसने गंभीरता से कहा, "ऐसा नहीं है राम। तुम बहुत अच्छे हो, किंतु तुम्हारा यह पेशा अच्छा नहीं है। तुम नहीं जानते कि तुम्हारे इस पेशे को लेकर मैं कितना परेशान रहती हूँ। कई बार रात-रात भर मुझे नींद नहीं आती। तुम्हारे बारे में बुरे-बुरे खयाल आते हैं। आँख लगती भी है तो बुरे सपने आते हैं। हर बार जब भी तुमसे मिलना होता है, यही डर लगा रहता है कि फिर तुमसे मिल पाऊँगी या नहीं। तुम इस पेशे को छोड़ क्यों नहीं देते? अब तुम बड़े हो गए हो। कब तक गुलाम बनकर जिओगे? फिर तुम तो एक अच्छे इनसान बनना चाहते हो। क्या एक स्मगलर या माफिया अच्छा इनसान भी होता है?"

बाहोड़ी कुछ नहीं बोला। चुप रहा। वहीं असमाँ जवाब पाने को बहुत अधीर थी कि बाहोड़ी कुछ कहे।

एक लंबी खामोशी को तोड़ते हुए बाहोड़ी ने गंभीरता से कहा, "मुझे भी यह पेशा बिल्कुल पसंद नहीं है। इसलिए नहीं कि कोई मेरी जान का दुश्मन है। इसलिए कि मैं ऐसा हूँ ही नहीं, बल्कि मुझे तो यह पेशा मेरे जीवन पर अभिशाप मालूम होता है और यकीन मानो, उस वादे को तोड़ने में भी मुझे जरा भी आत्मग्लानि महसूस नहीं होगी, जो मेरे पिता ने जबरदस्ती मालिक को दिलवाया, किंतु यह भी सच है कि उस वक्त जब मेरे पास रहने-खाने को कुछ भी नहीं था और मेरे अपने पिता ने ही मुझे चंद रुपयों की खातिर बेच दिया था, मालिक ने ही मुझे रहने-खाने को दिया। उन्होंने ही मुझे नया जीवन दिया। उन्हें की बदौलत मैं खुद से और दुनिया से लड़ना सीख पाया। फिर मैं मालिक के यहाँ नहीं होता तो क्या तुमसे कभी मिल पाता? फिर इसी पेशे ने मुझे नए माँ-बाबा भी···।" कहते हुए उसके शब्द लबों की दहलीज पर आकर थम गए।

"···क्या मतलब तुम्हारा?" असमाँ ने संकोचित भाव से गंभीरतापूर्वक पूछा, "राम···! क्या तुम शफीक भाई और जशोदा बेगम के विषय में बात कर रहे हो?"

"हाँ, मालकिन का मेरे प्रति जो स्नेह है, उसे देखकर मुझे अपनी माँ की याद आती है। कभी–कभी तो ऐसा लगता है, वह अरमान से भी ज्यादा स्नेह मुझसे करती हैं और मालिक भी मुझसे बहुत स्नेह करते हैं, किंतु वह जाहिर नहीं करते। फिर अरमान मुझे अपने छोटे भाई सा ही मालूम होता है। सच कहूँ तो यही एक वजह है, जिसके लिए मुझे यह गुलामी पसंद है।"

असमाँ के पास कोई जवाब नहीं था। वह कुछ न बोली। चुप बैठी रही। बाहोड़ी भी चुप बैठा रहा।

एक लंबी नि:शब्दता को तोड़ते हुए, जब असमाँ जाने को हुई, उसने गंभीरता से कहा, "मैं तुम्हारे हृदय को समझ सकती हूँ, राम, किंतु तुम्हें अपने पेशे के विषय में सोचना चाहिए। तुम्हें खुद के विषय में सोचना चाहिए। स्पष्ट कहूँ तो मुझे यह पेशा बिल्कुल पसंद नहीं है। मुझे इससे अत्यंत घृणा है और जितना जल्दी हो सके, तुम्हें निर्णय करना ही होगा।"

बाहोड़ी ने असमाँ को आश्वासन देते हुए गंभीरता से कहा, "मैं वादा तो नहीं करता असमाँ, किंतु मेरा यकीन मानो कॉलेज पूरा होने के बाद मैं इस पेशे को हमेशा के लिए छोड़ दूँगा।"

असमाँ कुछ न बोली। चुप रही। मन में यह विश्वास लिये कि बाहोड़ी कॉलेज पूरा होने के बाद यह पेशा हमेशा के लिए छोड़ देगा।

: 4 :

कार में पीछे की सीट पर बैठे काशी ने सिगार का कश खींचकर आगे की सीट पर बैठे अब्दुल की ओर बढ़ाते हुए, गाड़ी चला रहे बाहोड़ी से पूछा, "बाहोड़ी, हम कहाँ जा रहे हैं?" और मुँह से धुएँ का छल्ला बनाते हुए बाहर छोड़ने लगे।

अब्दुल ने भी सिगार मुँह से लगाते हुए पूछा, "हाँ...हम जा कहाँ रहे हैं और बाहोड़ी, तुम कुछ बोलते क्यों नहीं? आज इतने खामोश क्यों हो?" और कश खींचकर धुआँ करने लगे।

कुछ देर चुप रहने के बाद बाहोड़ी ने अपनी खामोशी तोड़ते हुए गंभीरता से कहा, "आप प्लीज पहले अपना सीटबेल्ट लगाइए। हर बार आप दोनों को मुझे कहना क्यों पड़ता है और प्लीज गाड़ी में धुआँ करना बंद भी कीजिए। इससे मेरा दम घुटता है।"

"ओह···हो···तुम्हें जाने क्यों हमारा स्टाइल पसंद नहीं आता।" अब्दुल ने सिगार बुझाकर सीटबेल्ट खींचते हुए कहा।

काशी ने भी सीटबेल्ट खींचते हुए अब्दुल का साथ देते हुए कहा, "हाँ, यह हम दोनों का स्टाइल है भाई।"

बाहोड़ी गाड़ी चलाने में व्यस्त था और अपने गंतव्य की ओर गतिमान।

काशी ने सहज भाव से कहा, "तुम भी क्या आदमी हो बाहोड़ी···! क्या तुम्हें मन नहीं करता ये सब करने को। न सिगरेट, न शराब, न लड़कियाँ। तुम लगते ही नहीं कि तुम कोई माफिया हो। फिर किस मिट्टी के बने हो?"

बाहोड़ी ने गंभीरतापूर्वक सहज भाव से कहा, "मुझे ये सब पसंद नहीं।"

"किंतु क्यों···!" अब्दुल ने असमंजसपूर्ण भाव से पूछा। "तुम्हें ये सब पसंद क्यों नहीं है? न जाने कितनी लड़कियाँ दिन-रात तुम्हारे ख्वाब देखती हैं। अरे तुम्हारी उम्र के लड़के को तो अपनी जिंदगी भरपूर ऐशो-आराम से जीनी चाहिए। जरा देखो, अपनी हमउम्र के लड़के-लड़कियों को।"

"हाँ, देखता हूँ, किंतु मुझे ये सब पसंद नहीं। नशा वे लोग करते हैं, जो मानसिक रूप से बीमार या कमजोर होते हैं, जिन्हें अच्छे-बुरे का ज्ञान नहीं होता, जिन्हें अपनी जिंदगी उबाऊ और बोझ लगती है, जो अपने हालातों और अपनी कमजोरियों से भागने की कोशिश करते हैं और ऊपर से स्टाइल या आनंद पाने का भ्रम पालते हैं।"

यह सुनकर काशी व अब्दुल एक-दूजे को हीनभाव से देखने लगे। फिर बात बदलते हुए तंग कंठ-स्वर से पूछा, "अच्छा···अच्छा ठीक है। अब यह बताओ कि हम जा कहाँ रहे हैं?"

बाहोड़ी ने मंद-मंद मुसकराते हुए सहज व सौम्य भाव से कहा, "हम एक बहुत बड़ा सौदा करने जा रहे हैं। हमारा अब तक का सबसे बड़ा सौदा। हमारा सारा कैश दाँव पर लगा है। हम अपनी यॉट पर चल रहे हैं। दक्षिण अफ्रीका से कुछ लोग आ रहे हैं। हम उनसे सवा सौ किलो सोना और कुछ कीमती हीरे खरीदेंगे।"

"सवा सौ किलो सोना···!" चकित अब्दुल का मुँह खुला-का-खुला ही रह गया।

काशी ने भी भौचक्कित होते हुए कहा, "मैंने अपने जीवन में कभी दस किलो से ज्यादा सोना नहीं देखा···!"

"करीब पंद्रह करोड़ का माल है, जिसकी बाजार में कीमत करीब पचास करोड़ होगी।"

अब काशी व अब्दुल एकदम चुप थे। चेहरे पर भय के निशान स्पष्ट उभर आए थे।

काशी ने गंभीरता से कहा, "इतना बड़ा सौदा, जिसमें हमारा सारा कैश दाँव पर लगा है, कहीं यह पागलपन तो नहीं?"

अब्दुल ने भी गंभीरता से कहा, "हाँ, काशी ठीक कहता है। फिर शफीक भाई कहाँ है और इतना सारा कैश कहाँ है?"

बाहोड़ी को काशी व अब्दुल के चेहरे पर भय के निशान स्पष्ट नजर आ रहे थे। उसने गंभीरता से कहा, "मालिक रेस्तराँ पर हैं।"

काशी ने अविश्वसनीय भाव से कहा, "क्या¨! तो क्या कैश हमारे पास हैं?"

बाहोड़ी ने गंभीरता से कहा, "आपका अनुमान बिल्कुल सही है।"

यह सुनकर काशी व अब्दुल सन्न रह गए। मुँह से एक शब्द नहीं हुआ। दोनों एक-दूजे की शक्ल देखने लगे। कुछ जान आई तो काशी ने फटाक से पीछे मुड़कर अपनी खुफिया सीट को आगे करके डिक्की में तीन बैग पड़े देखे। अब्दुल भी पीछे मुड़कर काशी को देखने लगा। यकीन करते नहीं बन रहा था, इसी से काशी फटाक से एक-एक करके उनकी चैन खोलकर देखने लगा तो उसके होश उड़ गए। कुछ पैसे हाथ में उठाकर अब्दुल को दिखाने लगा। दोनों ही के मुँह से यकायक ही शब्द हुए, "बाहोड़ी, तुम बिल्कुल पागल हो¨!" और डर के मारे उनकी बकबक शुरू हो गई।

अब्दुल, "पंद्रह¨करोड़¨! मैंने अपने जीवन में एक करोड़ से ज्यादा कभी नहीं देखे।"

काशी, "मैंने सपने में भी पंद्रह करोड़ रुपए नहीं देखे।"

अब्दुल, "क्या ये असली हैं?"

काशी, "काला अक्षर भैंस बराबर। असली नहीं तो क्या नकली हैं?"

अब्दुल, "हाँ-हाँ, तुम्हारी तो रुपए बनाने की टकसाल लगी है ना।"

काशी, "ओह¨! काश होती¨!"

कुछ देर चुप रहने के बाद जब काशी व अब्दुल की आपसी बकबक से बाहोड़ी उकताने लगा तो उसने गंभीरता से कहा, "अब्दुल चाचा, जब हम उनसे सौदा करेंगे, आप सोने व हीरों का परीक्षण करेंगे और काशी काका आप उन्हें कैश तीन बार में देंगे, क्योंकि वे तीन बार में सारा माल अपनी यॉट से हमारी यॉट पर भेजेंगे और में उनकी हर हरकत पर नजर रखूँगा।"

काशी ने गंभीरता से पूछा, "वहाँ कुल कितने लोग होंगे? क्या इसका अंदाजा है?"

"मालूम नहीं। वह अफ्रीका महाद्वीप के सबसे शानदार यॉट्स में से एक है। यॉट में कितने लोग होंगे, यह नहीं मालूम, किंतु होंगे जरूर, यह निश्चित है और यह भी कि उनका सरगना भी उनके साथ यॉट में ही होगा। हाँ, हमारे सामने कुल पाँच लोग होंगे, जिनसे हम सौदा करेंगे।"

अब्दुल, "तो क्या हम सिर्फ तीन ही होंगे?"

"नहीं। सौदा हम तीन करेंगे, किंतु यॉट में अपने पाँच विश्वस्त आदमी हैं, जो जरूरत पड़ने पर काम आएँगे।"

काशी ने संकोचित भाव से पूछा, "किंतु इतने कैश का वे करेंगे क्या?"

बाहोड़ी ने गंभीरता से कहा, "उन्हें शायद और भी पैसों की जरूरत हो। वे भारत किसी और मकसद से आए हैं।"

अब्दुल ने आशंकित भाव से कहा, "मुझे तो उनके इरादे नेक नहीं लगते।"

"इस वक्त हमें सिर्फ अपने काम पर ध्यान देना चाहिए। वे लोग पहुँच चुके हैं। यहाँ से समुद्र में करीब ग्यारह नॉटिकल मील दूर भारतीय सीमा में। सतर्क रहिएगा। उनसे भी और सुरक्षाबलों से भी।" बाहोड़ी ने गाड़ी अपने यॉट के भीतर चढ़ाते हुए शांत व सहज भाव से कहा।

यॉट पर हर आदेश का पालन करने को पाँच आदमी तत्पर खड़े थे। गाड़ी ठीक उनके सामने आकर रुकी। तीनों के बाहर निकलते ही बाहोड़ी ने अपने हाथ से इशारा भर किया, जो उसका अपना ही अंदाज था और सभी को मानो अपना-अपना काम पहले ही मालूम हो, एक पल की भी देरी किए बिना अपने काम को चले गए और वे चल पड़े अपनी जिंदगी का सबसे बड़ा दाँव खेलने।

समुद्र में ग्यारह नॉटिकल मील की दूरी तय करने के बाद अपने यॉट के डेक पर खड़े काशी, बाहोड़ी व अब्दुल देख रहे थे एक शानदार यॉट। आकार में लगभग बराबर ही था, किंतु उसकी भव्यता काबिल-ए-तारीफ थी। अब्दुल के मुँह से यकायक ही शब्द हुए, "या…अली…! क्या यॉट है…!"

…और काशी तो चुप्पी साधे उसकी भव्यता को अपलक देखे ही जा रहा था।

बाहोड़ी ने सहज भाव से कहा, "वाकई काबिल-ए-तारीफ है, किंतु हमारा यॉट भी कम नहीं है।"

…और यॉट के डेक पर खड़े थे चार आदमी व एक हुस्न की मल्लिका, जिसे देख कोई भी मर्द खुद को भूल जाए। उस लज्जाहीन लेडी को कपड़े पहनने से कुछ ज्यादा ही परहेज था। इसी से उसने केवल अपने गुप्तांगों को ही ढकने का बड़ा कष्ट किया था, फिर एक हाथ में पिस्टल और दूसरे हाथ में शैंपेन का गिलास और

उसी हाथ की उँगलियों में सिगरेट। बाबा–रे–बाबा। बड़ी ही खुर्राट लेडी थी और अब दोनों यॉट एक–दूसरे के बहुत करीब थे, जिनके बीच एक अस्थायी पुल बना दिया गया, जिससे दोनों यॉट पर आसानी से आ–जा सकें।

बाहोड़ी काशी व अब्दुल के साथ सौदा करने जैसे ही उनके यॉट के डेक पर आकर उन पाँचों के मुखिया के सामने खड़ा हुआ, उस लेडी ने अपनी पिस्टल बाहोड़ी की कनपट्टी पर लगा दी। बहुत करीब होकर अपने हुस्न का जादू बिखेरने के प्रयत्न में अपने दूसरे हाथ की उँगलियाँ बाहोड़ी के सिर, गाल व सीने पर फेरते हुए, शबाबी अंदाज में कहा, "जितना सुना था उससे कही अधिक हेंडसम हो, मैंने सुना तुम अपने काम में हथियारों का इस्तेमाल नहीं करते और हम बिना हथियारों के कोई काम नहीं करते। फिर तुम्हारे जैसे चिकने मर्द को यह पेशा बिल्कुल नहीं फबता। तुम्हें तो फिल्मों में किस्मत आजमानी चाहिए। इस पेशे में रहे तो किसी दिन बेमौत मारे जाओगे।"

बाहोड़ी को अब उससे घृणा होने लगी थी। उसने अपने हाथ से उसका पिस्टल पकड़कर दूर करते हुए गंभीरता से कहा, "वैसे मर्द कहने के लिए शुक्रिया, किंतु मेरी साफ–सुथरी चिकनी सूरत पर न जाना मोहतरमा। मरने–मारने का डर होता तो यहाँ न होता।" उस लेडी को दूर करने के साथ ही मुखिया से कहा, "काम की बात करें?"

सामने अपने आदमियों के बीच खड़े मुखिया ने कहा, "हाँ–हाँ, क्यों नहीं?"

बाहोड़ी के इस व्यवहार से उस लेडी को बहुत घृणा भी हुई और मानो इसी व्यवहार से उसकी तड़प और अधिक भड़क गई, किंतु वह कुछ कर न सकी।

बाहोड़ी ने अपनी पैनी निगाहें मुखिया की आँखों में गड़ाते हुए गंभीरता से कहा, "मुझे तुम्हारा माल देखना है।"

"क्या तुम कैश लाए हो?"

"नहीं···खाली हाथ आया हूँ।"

बाहोड़ी के इस जवाब से वह जरा क्रोधित तो हुआ, किंतु साथ ही कैश के प्रति आश्वस्त भी हुआ। शांत होकर कर्कश कंठ–स्वर से कहा, "ठीक है। मैं तीन हिस्सों में सारा माल दूँगा। मेरे दो आदमी होंगे—एक माल देगा, दूसरा कैश चैक करेगा। तुम्हारे भी दो ही आदमी आने चाहिए। इस हाथ दो, उस हाथ लो।"

बाहोड़ी ने तनिक सोचा फिर गंभीरता से कहा, "मुझे स्वीकार है।" और पलटकर जाने लगा।

पीछे वह लेडी बाहोड़ी पर निशाना साधकर उसे डराने का प्रयत्न करने लगती

है, किंतु बाहोड़ी आगे बढ़ते हुए ही अपने हाथ में पकड़ी उसी पिस्टल की सारी गोलियाँ पीछे बिखेर देता है। यह देख वह लेडी व उसके सभी साथी हतप्रभ रह गए। गुस्से से तिलमिलाकर वह लगातार ट्रिगर दबाती है, किंतु पिस्टल में एक भी गोली नहीं थी। झल्लाकर वह पिस्टल फर्श पर दे मारती है।

बाहोड़ी चलते हुए ही जरा ठहरा और पीछे मुड़कर गंभीरता से कहा, "मैं जानता हूँ, तुम्हें पैसों की सख्त जरूरत है। यदि पैसे चाहिए तो कोई होशियारी नहीं। थोड़ी सी होशियारी बहुत महँगी पड़ सकती है।" कहकर वह काशी व अब्दुल के साथ अपने यॉट पर चढ़ गया।

"क्या अंदाज है कमीने का…!" उस लेडी के मुँह से बरबस ही शब्द हुए।

काशी से रहा नहीं गया, "तुम कमाल करते हो बाहोड़ी…!"

सुनकर अब्दुल ने अवरुद्ध कंठ से हँसते-हँसते कहा, "जान…जान हलक तक आई थी मेरी।"

बाहोड़ी ने गंभीरतापूर्वक सहज भाव से कहा, "मुझे उनके इरादे नेक नहीं लगते। काशी काका, अब्दुल चाचा आप बहुत सतर्क रहिएगा।"

योजना के मुताबिक सौदे के दो चरण पूरे हो चुके थे। काशी ने कैश दिया, अब्दुल ने माल का परीक्षण किया और अपने यॉट पर ले आए। यह सौदे का तीसरा चरण था। बाहोड़ी को उनके इरादों में खोट की बू आ रही थी, इसलिए इस बार वह कैश लेकर काशी की जगह स्वयं अब्दुल के साथ पहुँचा।

…और वही हुआ, जिसका बाहोड़ी को डर था। यॉट पर पहुँचते ही उन दोनों को उन्हीं पाँच हथियारबंद लोगों ने घेर लिया। उस मुखिया ने अब्दुल पर बंदूक तान दी और उस लेडी ने बाहोड़ी की कनपटी पर।

बाहोड़ी ने उस मुखिया को गाली देते हुए कहा, "भाड़े का बॉस साला।"

यह सुनकर मुखिया बहुत क्रोधित हुआ, किंतु फिर उपहासपूर्वक हँस पड़ा। तभी उस लेडी ने अपने दूसरे हाथ से बाहोड़ी के सिर को पीछे से पकड़कर अपने बिल्कुल पास करके उसके कान में कहा, "अपना मुँह बंद रख चिकने, इस बार गन लोडेड है।"

"पिछली बार की तरह ?" बाहोड़ी ने उपहासपूर्वक गंभीरता से कहा।

यह सुनकर वह लेडी बहुत क्रुब्ध हुई। सतर्क होते हुए उसने टीस भरते हुए कहा, "तुम्हें मारने का मुझे बहुत दुःख होगा, हीरो।"

बाहोड़ी ने उस लेडी की आँखों से आँखें मिलाकर बहुत करीब होकर रूहानी कंठ-स्वर से कहा, "मैं तुम्हारे दुःख का कारण बनना कतई पसंद नहीं करूँगा। फिर

तुम्हें गन चलाने की क्या जरूरत, तुम कितनी खूबसूरत हो। तुम्हारे जैसी सेक्सी लेडी मैंने अपने जीवन में कभी नहीं देखी। मैं तो वैसे ही तुम पर मर मिटा हूँ। सोचो¨ इस यॉट पर सिर्फ तुम¨और मैं¨बाकी सब बंडल लोग जलवास। मजे नहीं करना चाहोगी मेरे साथ, क्या कहती हो?"

बाहोड़ी ने उस लेडी के दिलो-दिमाग के जाने कौन से तार छेड़ दिए। वह तो बेकार सी हो गई। धीरे से शब्द हुए, "क्या¨तुम सच कह रहे हो?"

"हाँ¨बिल्कुल सच¨यकीन करो।" बाहोड़ी ने उसके कान में धीरे से कहा।

"बस करो, शाशा। उसकी बातों में मत आओ।" मुखिया ने क्रुद्ध होकर चिल्लाते हुए कहा।

इसी से शाशा को जरा होश आया और उस मुखिया पर गुस्सा भी।

मुखिया ने बाहोड़ी से कहा, "तो आखिर तुमने हमारे नेक इरादों को भाँप ही लिया।"

बाहोड़ी ने अपनी नशीली पैनी आँखें उस मुखिया की आँखों में गड़ाते हुए एक रोबदार आवाज में गंभीरता से कहा, "मुझे मेरा माल दो¨अपने पैसे लो¨और चलते बनो।"

वह मुखिया बाहोड़ी के विषय में बहुत अच्छे से जानता था। वह बहुत घबराया हुआ था, इसी से उसके हाथ-पैर फूल रहे थे। उसे कुछ समझ नहीं आ रहा था कि वह क्या करे। ठीक उसी वक्त उन सभी का सरगना, जिसके लिए वे सभी काम करते हैं, अपने दस और हथियारबंद लोगों के साथ बाहर आते हुए बोला, "मैं जानता था, बाहोड़ी। तुम मेरा काम जरूर बिगाड़ोगे।"

(अब तक काशी अपने उन पाँच आदमियों के साथ अपने यॉट पर खड़ा उन्हें सतर्कता से देख रहा था, जो बस बाहोड़ी के एक इशारे के इंतजार में था)

किंतु बाहोड़ी के हृदय में प्रतिशोध की ज्वाला उस समय भड़क उठी, जब उसने उस मुखिया के दाएँ हाथ की तरफ खड़े उस शख्स को देखा, जिसने उस रात उसकी जान लेने की कोशिश की और उसके पिता की हत्या की थी। बाहोड़ी उसे अपलक घूर रहा था। हृदय में प्रतिशोध का ज्वालामुखी दहक रहा था, जो उसकी रक्तरंजित आँखों में स्पष्ट नजर आ रहा था।

"मैं तेरी जान लेने में जरा भी नहीं हिचकिचाऊँगा कमीने।" बाहोड़ी ने अपने पिता के हत्यारे की आँखों में आँखें गड़ाते हुए दृढ़ कंठ-स्वर से कहा।

"हा¨हा¨हा। फिलहाल तुम अपनी जान की फिक्र करो।" उस हत्यारे ने उपहासपूर्वक हँसकर खिल्ली उड़ाते हुए कहा।

सरगना ने जरा अफसोसजनक भाव से कहा, "ओह···! यह फ्रेडी है। मैं इसे दुनिया का सबसे बेहतरीन निशानेबाज समझता था। मेरा दायाँ हाथ, मगर पहली बार इसका निशाना चूक गया और तुम जिंदा हो।"

"काश···! वह निशाना न चूकता। यह वाकई तुम्हारे और भी बहुत काम आता।" बाहोड़ी की पैनी निगाहें अब भी फ्रेडी की आँखों में अपलक गड़ी थीं और यह सुनकर अब फ्रेडी का हौसला पस्त हो चुका था। वह बगलें झाँकने लगा।

सरगना, "क्या तुम अपने तेवर जरा नरम नहीं रख सकते, बाहोड़ी? चलो, छोड़ो यह सब। मैं चाहता हूँ, तुम मेरे लिए काम करो। कीमत जो तुम चाहो, काम जो मैं चाहूँ।"

"मैं बिकाऊ नहीं हूँ।" बाहोड़ी ने फ्रेडी से नजरें हटाकर सरगना की आँखों में देखते हुए कहा।

"ओह! यह तुम कह रहे हो!" उसने उपहासपूर्ण भाव से कहा, "मैंने सुना तुम्हारे उसी शराबी बाप ने चंद रुपयों की खातिर तुम्हें बेच दिया और तुम उसी की खातिर फ्रेडी और मुझसे इतने नाराज हो। अरे, उसका जीना तो वैसे भी व्यर्थ था। हाँ, जाते-जाते तुम्हें जरूर जिंदगी दे गया।"

बाहोड़ी के हृदय की ज्वाला पल-प्रतिपल और अधिक भड़क रही थी।

"बाहोड़ी, अब तुम बड़े हो गए हो। तुम्हें नया जीवनदान मिला है। तुम्हें अपने बारे में सोचना चाहिए। क्या सारा जीवन गुलाम बनकर ही जिओगे? तुम चाहो तो मेरे साथ मिलकर पूरी दुनिया पर राज कर सकते हो।"

"मुझे इसकी ख्वाहिश नहीं।" बाहोड़ी ने निर्भीकता से कहा, "न ही तुम्हारी बातें कोई खास दिलचस्प हैं। अपना इरादा बदल लो। मैं दस तक गिनूँगा। मेरा तुमसे अब भी यही कहना है। मुझे मेरा माल दो, अपने पैसे लो और चलते बनो।" अगले ही क्षण फ्रेडी की ओर देखते हुए कहा, "बस इस कमीने को यही छोड़ जाना, वरना तुम सभी की मृत्यु साए की तरह तुम्हारे पीछे-पीछे चली आएगी।" और वह शुरू हो गया गिनना।

"एक।"

फ्रेडी ने खिल्ली उड़ाते हुए कहा, "मौत तुम्हारे सिर पर मँडरा रही है और हमें सोचने को वक्त दे रहे हो। वाकई तुम्हारी हिम्मत का जवाब नहीं।"

"दो।"

"फिर सोच लो, बाहोड़ी।" सरगना ने सतर्क होते हुए कहा।

"तुम्हारे दिमाग में आखिर चल क्या रहा है, बाहोड़ी?" पास खड़े घबराए

हुए अब्दुल ने कहा।

"तीन।"

सभी दुश्मनों के हथियारों के तैयार करने की एक साथ आवाज हुई, जो बाहोड़ी व अब्दुल पर अपनी-अपनी गन ताने तैयार खड़े थे, साथ ही सरगना के पास खड़ा फ्रेडी भी हरकत में आया, जो बाहोड़ी पर गन ताने घात लगाए खड़ा था, किंतु उसके चेहरे पर भय के निशान स्पष्ट नजर आ रहे थे।

"चार।"

"बस कर, चिकने। मुझे बहुत दुःख होगा।" शाशा ने भयवश शुष्क हुए कंठ-स्वर से कहा, जो बाहोड़ी की कनपटी पर गन ताने उसके पास खड़ी थी।

"पाँच।"

...और वे सभी दुश्मन दस सुनने से पहले ही दंग रह गए। बाहोड़ी ने अपने पास खड़ी उस लेडी को पलक झपकते ही उठाकर सामने खड़े दुश्मनों पर फेंक दिया, जिससे वे सभी उस लेडी के साथ फर्श पर गिर पड़े। उन सभी के चीखने-कराहने के बीच फ्रेडी की दर्द भरे कंठ-स्वर से आवाज हुई, "ये चीटिंग है कमीने...!"

वे सभी सँभल पाते, इससे पहले बाहोड़ी अब्दुल के साथ सुरक्षित स्थान पर पहुँचकर दुश्मनों पर घात लगाए आगे की योजना बनाने लगा। भय से बेकाबू हुई अपनी श्वासों पर काबू पाने की कोशिश करते हुए अब्दुल चाचा ने कहा, "मुझे लगा कि तुम दस तक गिनोगे। छोड़ो...तुम्हारे हाथ में जो मैगजीन है, क्या इस गन के काम आएगी?"

बाहोड़ी ने विस्मय भाव से अब्दुल चाचा के हाथ में पकड़ी गन को देखते हुए मैगजीन उनकी ओर बढ़ाते हुए कहा, "आपके पास यह गन कहाँ से आई!"

अब्दुल चाचा ने जरा अभिमान करते हुए कहा, "तुम क्या सोचते हो, सिर्फ तुम ही इतने तेज हो?"

"तो क्या हम उनकी जान लेंगे?"

अब्दुल चाचा ने मैगजीन गन में लोड करते हुए कहा, "नहीं, हम उन्हें डरा तो सकते हैं।"

...और तीव्रता से बाहर निकले कि ताबड़तोड़ गोलियाँ चलीं। एक गोली उनके कान के बिल्कुल पास से निकली कि अगले ही क्षण बाहोड़ी ने उन्हें वापस भीतर खींच लिया। कुछ देर के लिए तो अब्दुल चाचा बेहोश ही हो गए। बाहोड़ी के जगाने पर होश में आए।

"आप तो वाकई बहुत तेज हैं।" बाहोड़ी ने चुहलबाजी करते हुए कहा।

अब्दुल चाचा ने खुद पर खीझते हुए कहा, "अब बताओ भी, करना क्या है?"

"जहाँ तक मैं सोचता हूँ, यहाँ करीब पंद्रह लोग हैं। लाओ, यह गन मुझे दो।" कहते हुए, वह उनसे गन लेकर उसे अनलॉक करने लगा।

"ओह…! तभी मैं सोचूँ गोली क्यों नहीं चली!" अब्दुल चाचा के मुँह से बरबस ही शब्द हुए। फिर कहा, "तो क्या अब तुम उनकी जान लोगे?"

"बस देखते जाओ। आप जितना जल्दी हो सके, काशी काका व अपने आदमियों के साथ मिलकर अपना माल अपने यॉट पर पहुँचा दीजिए।"

…और वह अंधाधुन गोलियाँ चलाते हुए बाहर निकल गया। "ये लो कमीनों, जमकर पटाखे फोड़ो आज ही दीवाली है।" …और वह आगे बढ़ रहा था, उस दुश्मन की ओर, जो नजदीक ही छुपकर उसकी गोलीबारी रुकने का इंतजार कर रहा था।

…निरंतर गोलियों के चलने की आवाजें, तेजी से दौड़ते-भागते कदमों की आवाजें, चीखना-चिल्लाना। कभी किसी का चीखकर पुकारना, तो कभी भयवश फुसफुसाना। तीव्रता से बरसते लात-घूसों की आवाजें, कभी हड्डियों के कड़कने की आवाज, तो कभी निर्दयतापूर्वक हड्डियों के टूटने पर निकलनेवाली उन शैतानों की कराहट, चीख-पुकार, क्षमा कर देने की याचना या फिर छोड़ देने का विलाप, यॉट पर अन्य चीजों के टूटने-फूटने की आवाजें।

…और अचानक सन्नाटा। एक गहरा सन्नाटा। सिवाय समुद्र की लहरों की उस फनफनाती आवाज और असहनीय शारीरिक दर्द से उन बदमाशों के मुँह से निकलती कराहट के। अब्दुल चाचा अपना काम खत्म कर काशी व एक आदमी को माल की सुरक्षा के लिए छोड़ शेष चार आदमियों के साथ दौड़े-दौड़े वापस बाहोड़ी की मदद को पहुँचे तो वे सब अवाक् रह गए। मुँह खुला-का-खुला रह गया और पैर जड़ हुए अचानक वहीं थम गए। दृश्य उम्मीद से कहीं ज्यादा दर्दनाक था। पूरा यॉट तहस-नहस, टूटा-फूटा, अस्त-व्यस्त था और वे सब शैतान फर्श पर असहाय पड़े कराह रहे थे। ऐसा कोई नहीं था, जो बुरी तरह घायल न हो। कुछ बेहोश हो चुके थे और कुछ जिन्हें होश था, बेचारा कोई अपनी टाँगें पकड़े कराह रहा था, तो कोई अपने हाथों में हरकत करने का असफल प्रयास कर रहा था। कोई अपनी गरदन को सीधा करने का निष्फल प्रयास कर रहा था, तो कोई मदद के लिए गुहार लगा रहा था। कोई कहीं बुरी तरह फँसा हुआ निष्क्रिय पड़ा था, तो कोई

किसी वस्तु या रस्सी से बँधा पड़ा था तो कोई मछली पकड़ने के जाल में जकड़ा कैद पड़ा था। बहुत ही हताहत कर देनेवाला और रोंगटे खड़े कर देनेवाला दृश्य था, मानो किसी ने बेरहमी से उन पर कहर बरपाया हो।

बाहोड़ी के दिखाई नहीं देने से अब्दुल चाचा की चिंता गहराई। दूर तक नजरें पसारकर देखा तो यॉट के दूसरे छोर पर बाहोड़ी को सही-सलामत खड़ा पाया। इसी से उनके जान में जान आई। नीचे फर्श पर पड़े कराह रहे उन बदमाशों को अपने पैरों की चोट से बचाते हुए वे सब उसकी ओर दौड़ पड़े। पास आकर देखा तो बाहोड़ी के ठीक सामने भय से पसीने-पसीने हुए फ्रेडी खड़ा था, किंतु अब तक का जो दृश्य देखा, उसके बाद अब्दुल चाचा और उन चारों आदमियों के मुँह से उफ् तक नहीं हुआ। वे हतप्रभ हुए चुप खड़े देख रहे थे।

बाहोड़ी ने अपने दोनों हाथों से गन को अनलॉक करते हुए गंभीरतापूर्वक कठोर कंठ-स्वर से कहा, "बाकियों की तरह तुझे जिंदा नहीं छोड़ूँगा। पहले जिस्म की एक-एक हड्डी तोड़ूँगा, फिर आज गोली जरूर चलाऊँगा और हाँ, मेरा निशाना कभी नहीं चूकता। फिर प्वॉइंट ब्लैंक से तो कोई चांस ही नहीं।"

अब तक फ्रेडी ने बाहोड़ी का जो रौद्र रूप देखा, उससे वह पहले ही बहुत खौफजदा था, फिर सामने खड़ी अपनी मृत्यु को देख फ्रेडी का पूरा शरीर भय से कँपकँपा रहा था और पतलून गीली हो चुकी थी। उसे कुछ समझ नहीं आ था कि वह यहाँ से अपनी जान बचाकर कैसे भागे। बाहर जाने के रास्ते पर बाहोड़ी खड़ा था। यकायक ही उसने अपनी आँखें बंद कर मन-ही-मन कुछ प्रार्थना की और पीछे मुड़कर तेजी से दौड़ पड़ा। बाहोड़ी को शांत व चुप खड़ा देख अब्दुल चाचा और वे चारों आदमी उसके पीछे-पीछे दौड़े, किंतु फ्रेडी ने यॉट के डेक से सीधे गहरे समुद्र में छलाँग लगा दी, जिसे भूखी शार्क्स का निवाला बनते चंद सेकंड भी नहीं लगे। अब्दुल चाचा और वे सहयोगी चारों आदमी यह सब सन्न से देखते ही रह गए। नीचे समुद्र में पानी की सतह पर फैला रक्त और शरीर के बचे-कुचे टुकड़े, जिन पर अब भी भूखी शार्क्स खाने के लिए झपट रही थी, यह देख उन्होंने अपनी आँखें बंद कर लीं। अब्दुल चाचा ने पीछे मुड़कर भारी कंठ-स्वर से कहा, "जिस तरह तुम अपने दुश्मन को दर्द देते हो, उससे बेहतर है कि तुम उसकी जान ले लो।"

बाहोड़ी ने चिंताजनक भाव से कहा, "अब तक मैं यह जान चुका हूँ कि ये लोग दक्षिण अफ्रीका से तो आए हैं, किंतु मूलत: पश्चिमी पड़ोसी मुल्क पाकिस्तान से हैं।"

चारों सहयोगी आदमियों के साथ खड़े अब्दुल चाचा ने भी चिंताजनक भाव

से कहा, "अब यह साफ हो चुका है कि इनके इरादे नेक नहीं हैं।"

बाहोड़ी ने सहज भाव से पूछा, "क्या हमारा माल अपने यॉट पर पहुँच चुका है?"

"हाँ, काम पूरा हो चुका है।"

दूर समंदर के क्षितिज पर अपनी पैनी निगाह जमाते हुए बाहोड़ी ने सहज भाव से कहा, "नौसेना का एक जहाज आ रहा है। पैसों का क्या करें? फिर इनका क्या करें?"

"इन राक्षसों को खुला छोड़ा तो ये हमारे देश में तबाही मचाएँगे। निर्दोष लोगों की जानें लेंगे। कहते हैं, जन्नत नसीब होती है।"

बाहोड़ी ने क्षणिक विचार करते हुए कहा, "क्यों न हम इन्हें नौसेना के हवाले कर दें?"

"बेहतर उपाय है, किंतु क्या तुम्हें नौसेना पर भरोसा है?"

बाहोड़ी ने गंभीरता से कहा, "चंद बिके हुए देशद्रोहियों के लिए पूरी नौसेना पर संदेह करना ठीक नहीं।"

अब्दुल चाचा ने सहमत भाव से कहा, "ठीक है, किंतु यकीनन ये सब कुछ दिनों बाद फिर आजाद हो जाएँगे और फिर वही तबाही।"

"किंतु इतनी बड़ी नकदी के साथ नहीं। नौसेना इन कमीनों की खाल उधेड़ देगी और इन्हें भी अहसास हो जाएगा कि यह रास्ता जन्नत नहीं, जहन्नुम को जाता है।"

अब्दुल चाचा ने संदेहजनक भाव से कहा, "किंतु क्या हम नहीं फँसेंगे?"

बाहोड़ी ने निश्चयात्मक भाव से कहा, "बिल्कुल नहीं। आपको क्या लगता है, हम इनसे अपनी असली पहचान से मिले हैं?"

"क्या…! तुम्हारा असली नाम बाहोड़ी नहीं है?" अब्दुल चाचा के मुँह से यकायक ही शब्द हुए, साथ ही वे चारों आदमी भी चकित थे।

"बिल्कुल नहीं।" बाहोड़ी ने शांत व सहज भाव से कहा।

"फिर तुम्हारा असली नाम क्या है?" अब्दुल चाचा ने तीव्र जिज्ञासा भरे कंठ-स्वर से पूछा।

बाहोड़ी ने समुद्र के क्षितिज पर एक बार फिर निगाह डालकर उस जहाज को अपनी ओर बढ़ते देख सहज भाव से कहा, "नाम फिर बताऊँगा। फिलहाल जितना जल्दी हो सके, यहाँ से निकलना चाहिए।"

अब्दुल चाचा भी समुद्र के क्षितिज पर उस जहाज को अपनी ओर आते देख

चारों आदमियों के साथ बाहोड़ी के पीछे-पीछे अपने यॉट की ओर तेजी से बढ़ गए।

तभी बुरी तरह घायल उनका सरगना, जो घायल शाशा के पास फर्श पर पड़ा कराह रहा था, ने धमकी देते हुए कठिनता से कहा, "तुम भी फँसोगे।"

"हाँ···हीरो तू भी फँसेगा।" शाशा ने भी कठिनाईपूर्वक कहा।

यह सुनकर बाहोड़ी तीव्रता से चलते हुए अचानक रुका और चपलता से नीचे झुककर उस सरगना का कान पकड़कर जोर से ऐंठते हुए एक क्रूर व कठोर आवाज में कहा, "याद रखना, मुझसे उलझे तो जिंदगी में कभी सुलझ नहीं पाओगे।"

सरगना असहनीय दर्द से चीख पड़ा। बाहोड़ी ने एक तीक्ष्ण निगाह शाशा की आँखों में डालते हुए कठोर कंठ-स्वर से कहा, "कोई मेरी इजाजत के बिना मुझे छुए, यह मुझे हरगिज पसंद नहीं और खासतौर पर तुम।" कहकर वह अपनी राह पर चल पड़ा।

यह सुनकर शाशा ने अपनी नजरें नीचे फर्श पर कर लीं।

: 5 :

रात के ग्यारह बजे थे। बार रेस्तराँ में बहुत भीड़ भी थी और बहुत शोर-शराबा भी, किंतु सबकी निगाहें एक बड़े से टेलीविजन की स्क्रीन पर जमी थीं। एक न्यूज चैनल पर हाल ही में बीती रात को एक यॉट में पंद्रह करोड़ की नकदी के साथ पकड़े गए आतंकवादियों की खबर प्रसारित हो रही थी, जिसके बारे में सभी लोग चिंताजनक भाव से खुसर-फुसर कर रहे थे। काशी व अब्दुल के साथ खड़े शफीक भाई अपने सामने खड़े बाहोड़ी को गर्व से देख रहे थे, किंतु कुछ नहीं बोले। यकायक ही उन्होंने काशी व अब्दुल की ओर देखते हुए सहज भाव से कहा, "एक शैंपेन मेरी गाड़ी में पहुँचा दो।" और तत्क्षण ही बाहोड़ी की ओर मुड़कर कहा, "तुम मेरे साथ आओ।" कहकर वे बाहर की ओर चल दिए। पीछे-पीछे बाहोड़ी भी चल दिया।

घर पहुँचने के बाद दोनों अपनी बिल्डिंग के सबसे ऊपर टेरेस पर बैठे थे। शफीक भाई ने सिगार जलाया और कश खींचकर धुएँ का छल्ला बनाते हुए शैंपेन खोलने लगे। शफीक भाई के चेहरे पर एक गहरी शांति व्याप्त थी, साथ ही मानो कहने-सुनने को उनके पास बहुत-कुछ था, किंतु वे चुप थे। एकदम चुप। वहीं एक तरफ शहर रोज की भाँति शोर मचाते हुए, अपने ही अंदाज में दौड़-भाग रहा था तो दूसरी तरफ सितारे जड़ित अँधेरी चादर ओढ़े समुद्र भी अपनी ही मौज में हिलोरे

खा रहा था, किंतु तीस मंजिल ऊपर वाहनों व लोगों का शोर-शराबा और समुद्र की लहरों की थर्राहट भरी आवाज बामुश्किल ही पहुँच पाती है। तेज बहती हवा के बीच एक सुखद शांति व्याप्त थी। आसमान में अनगिनत सितारे टिमटिमा रहे थे और उनके बीच आधा चंद्रमा चमक रहा था।

एक लंबी खामोशी को तोड़कर शफीक भाई ने दो गिलासों में शैंपेन डालते हुए गंभीरतापूर्वक धीमे कंठ-स्वर से शब्द किए, "ऐसा करते हुए तुम्हें डर नहीं लगा?"

"अपने लिए करता तो शायद मुमकिन था कि डर लगता। फिर क्या हमारे देश के प्रति हमारा कोई दायित्व नहीं?" बाहोड़ी ने शून्य भाव से कहा।

शफीक भाई ने बाहोड़ी के शब्दों पर तनिक गहराई से विचार किया, फिर गर्वित भाव से कहा, "मुझे तुम पर फक्र है। देश को एक भारी क्षति से बचाने के लिए भी और मुझे भी बरबाद होने से बचाने के लिए।"

"मुझसे जो बन पड़ा, मैंने किया।" बाहोड़ी ने सहज भाव से कहा।

शफीक भाई ने शैंपेन का एक गिलास और सिगार जलाकर उसका कश खींचकर बाहोड़ी की ओर बढ़ाते हुए कहा, "चलो यह जाम पियो और सिगार से कश खींचो।"

थोड़ा असहज होते हुए बाहोड़ी ने शांत भाव से कहा, "आप जानते हैं मालिक… ! मैं शराब या सिगार नहीं पीता।"

"जानता हूँ, किंतु आज की इस शाम के लिए। सिर्फ मेरे लिए। शुरू करो। चीयर्स।"

बाहोड़ी ने बामुश्किल जाम खत्म करते हुए और मुँह बिगाड़ते हुए कठिनता से कहा, "बहुत कड़वी है।" फिर सिगार से पहला कश खींचा तो खाँसने लगा। इसी से सिगार शफीक भाई की ओर बढ़ा दिया।

शफीक भाई ने अपना जाम खत्म कर सिगार का कश खींचते हुए जरा मुसकराकर कहा, "पहली बार ऐसा ही होता है।" फिर जब बाहोड़ी का खाँसना ठीक हुआ तो वापस सिगार उसकी ओर बढ़ाते हुए कहा, "अब ठीक से कश खींचना।"

बाहोड़ी ने सिगार अपने मुँह से लगाकर कश खींचते हुए कहा, "क्या आप मुझे शराब और सिगार पीना सिखा रहे हैं?"

"नहीं। मैं तुम्हें जीना सिखा रहा हूँ।"

"क्या आप इसे ही जीना कहते हैं?"

"फिर तुम कहो कि जिंदगी के क्या मायने हैं?"

"एक गुलाम की जिंदगी के भी क्या कोई मायने होते हैं।"

सुनकर शफीक भाई निःशब्द हो गए। कुछ नहीं बोले। चुप थे। इस बीच वे बारी-बारी से सिगार के कश खींच रहे थे।

एक लंबी निःशब्दता को तोड़ते हुए बाहोड़ी ने सहज भाव से कहा, "क्या मुझे एक और जाम मिलेगा?"

"हाँ, क्यों नहीं।" और शफीक भाई ने फिर से दो जाम बनाकर एक बाहोड़ी की ओर बढ़ा दिया और दूसरा अपने लिए रख लिया और फिर वही खामोशी।

दोनों ने अपना जाम खत्म किया तो शफीक भाई ने एक नया सिगार जलाकर कश खींचा और बाहोड़ी की ओर बढ़ा दिया। फिर एक लंबी खामोशी को तोड़ते हुए शफीक भाई ने गंभीरता से कहा, "···मेरा बचपन दिल्ली की तंग गलियों में बीता। ···लोग कहते थे कि मेरी माँ एक वेश्या थी। ···पिता का मालूम नहीं, किंतु मैं नहीं मानता। वह मुझसे बहुत प्यार करती थी। फिर मालिक को कुछ और ही मंजूर था। याद रखने जितनी उम्र रही होगी मेरी, जब किसी गंभीर बीमारी के चलते हफ्ते भर में ही माँ अचानक चल बसी। उस किराए की छत के नीचे मातम मनानेवाला सिर्फ मैं और दो औरतें थीं, जो माँ को जानती थीं। डोम को बुलवाकर अंतिम संस्कार करवाया। दो-तीन दिन बाद वे मुझे पास के अनाथालय में छोड़ गईं। दोबारा वहाँ जाने की कोई वजह भी नहीं थी। महीने भर में ही लोगों के ताने सुनकर बहुत आहत रहने लगा। कैसा लगता है, जब कोई तुम्हें तवायफजादा कहे। बहुत चिड़चिड़ा और झगड़ालू हो गया। अनाथालय के लोग भी मुझसे परेशान रहने लगे। फिर एक रात अनाथालय से भाग निकला और दौड़ते-भागते स्टेशन पहुँचकर एक रेलगाड़ी में चढ़ गया। दुनियादारी की कोई खासा समझ नहीं थी। इसी से मन में एक अनजाना भय भी था और जिंदा रहने की तलब भी।

"सुबह आँख खुली तो मैं बंबई में था। पूरी रेलगाड़ी खाली थी। जमीन पर कदम रखे तो लड़खड़ाकर स्टेशन पर ही गिर पड़ा। जमीन का वह अहसास इतना सुखद था, मानो माँ ने मुझे अपने आँचल में भर लिया हो। कुछ ही देर हुई थी, यह शहर मुझे इतना भा गया, मानो इसने मुझे गोद ले लिया हो और अपनी गोद में उठाकर मुझे चूमना चाहता हो। भीतर दिल चीख-चीखकर रो रहा था और आँखों से अश्रुधारा बह रही थी। दिशाहीन मेरे छोटे-छोटे कदम शहर की सड़कों पर आगे बढ़ते ही चले जा रहे थे। सुबह से शाम हो चुकी थी। फिर समंदर को देख यकायक ही थम गए। पहली बार समुद्र को देख बहुत अचंभित भी था और साथ ही बहुत रोमांचित भी। बरबस ही कदम समुद्र के किनारे की ओर चल पड़े।

दिल्ली से बहुत दूर आने के बाद भी दिलो-दिमाग में जो शोर-शराबा, उथल-पुथल, चीख-चिल्लाहटें, लोगों के ताने, भर्त्सना मेरे जेहन में थे, समंदर की इस विशालता के समक्ष कहीं विलुप्त हो गए। जी कर रहा था कि मैं इसके आगोश में समा जाऊँ और इसकी गहराई में डूबकर इसकी अपार शांति को पाऊँ। जितनी हैरत पहली बार समुद्र और इसकी विशालता को देखकर हुई, उतनी ही हैरत समुद्र की सतह पर बड़े-बड़े दानवाकार जहाज तैरते देख हुई। एक ओर बहुत दूर उन जहाजों का जमावड़ा लगा देख दौड़ा-दौड़ा कुछ देर बाद बंदरगाह पहुँच गया। भूख से आँतें टूट रही थीं और दो वक्त की रोटी के लिए मैं कुछ भी करने को तैयार था। इसी से स्मगलरों के लिए सोना और हीरे एक जगह से दूसरी जगह पहुँचाने लगा। बच्चा था, इसलिए कोई शक भी नहीं करता था। उनके काम कम पैसों में और आसानी से होने लगे तो मेरी माँग भी बढ़ने लगी। बहुत कम उम्र में ही मेरी जेबें नोटों से भरी रहने लगीं। मुझे पैसा कमाने का जरिया मिल चुका था। क्या सही था और क्या गलत, इसका जरा भी भान नहीं था। मैं बहुत सारा पैसा कमाकर बहुत खुश था। इस धंधे से जुड़े बहुत से लोग मुझे जानने लगे थे। धीरे-धीरे मैं ज्यादा मात्रा में सोना, हीरे और साथ ही बड़ी मात्रा में नकदी भी शहर भर में एक जगह से दूसरी जगह पहुँचाने लगा था। मुझे सिर्फ पैसा दिखाई देता था, सिर्फ पैसा, मानो बंबई की हवा में पैसा घुला हुआ हो और सच कहूँ तो मैंने जिंदगी में दोबारा कभी पीछे मुड़कर देखा भी नहीं और न ही देखना चाहता हूँ।"

बाहोड़ी निःशब्द था और शफीक भाई भी चुप थे। एक गहरी खामोशी व्याप्त थी। शफीक भाई ने फिर एक नया सिगार जलाया और कश खींचकर जाम बनाने लगे।

बाहोड़ी ने संकोचित भाव से पूछा, "क्या अब भी आपको माँ की याद आती है?"

"हर रोज।" शफीक भाई ने अपनी डबडबाई आँखों से आसमान की ओर निगाह करते हुए, शून्य भाव से स्पष्ट कंठ-स्वर से कहा, साथ ही उन्होंने सिगार से एक और कश खींचकर सिगार तथा शैंपेन का जाम बाहोड़ी की ओर बढ़ाते हुए कहा, "छोड़ो भी यह सब। तुम यह कहो कि तुम्हारा और अरमान का कॉलेज कैसा चल रहा है, अरमान का पढ़ने-लिखने में मन लगता भी है या नहीं?"

अरमान के विषय में पूछने पर जाम अपने हाथ में लेते हुए बाहोड़ी कुछ खफा-खफा सा था। बाहोड़ी ने जाम एक श्वास में ही खत्म कर दिया और सिगार से कश खींचने लगा। शफीक भाई यह सब गंभीरता से देख रहे थे। कोई जवाब नहीं आने पर शफीक भाई ने एक बार फिर सहज भाव से पूछा, "तुम दोनों का कॉलेज

कैसा चल रहा है, सब ठीक चल रहा है ना?"

बाहोड़ी ने सिगार शफीक भाई की ओर बढ़ाते हुए सहज भाव से कहा, "कॉलेज अच्छा चल रहा है।"

बाहोड़ी की चुप्पी और अरमान के विषय में कुछ नहीं बताने पर शफीक भाई ने संकोचित भाव से फिर पूछा, "...और अरमान के विषय में कुछ नहीं कहोगे?"

बाहोड़ी ने अन्यमनस्क भाव से कहा, "अरमान का कॉलेज भी अच्छा चल रहा है, पर जाने क्यों मुझसे खिंचा-खिंचा सा रहता है। किसी भी विषय के बारे में पूछने पर कुछ भी स्पष्ट नहीं बताता। कक्षाएँ भी पूरी नहीं लेता। हर रोज किसी-न-किसी कक्षा से अनुपस्थित रहता है और कई बार पूरी कक्षाओं में भी। कुछ कहकर भी नहीं जाता कि कहाँ जा रहा है। पूछने पर कोई संतोषजनक जवाब भी नहीं देता। कोई-न-कोई झूठी कहानी बना देता है।"

शफीक भाई ने कुछ देर गंभीरता से सोच-विचार किया, फिर सहज भाव से कहा, "ज्यादा चिंतित होने की बात नहीं है। वह स्वभाव से ही ऐसा है। फिर उम्र के इस पड़ाव पर बहुत से बच्चे ऐसा करते हैं और फिर तुम उसके साथ हो तो मुझे चिंता करने की क्या आवश्यकता, उसका ध्यान रखना।"

"जी मालिक।" बाहोड़ी ने आश्वासन देते हुए कहा।

रात के तीन बज चुके थे और शहर अब भी पहले की तरह अपनी ही मौज में दौड़ रहा था। जैसे-जैसे रात और अधिक गहराती जाती है, वैसे-वैसे चंद्रमा की चमक भी और अधिक बढ़ती जाती है। इसी से चंद्रमा अब पहले से अधिक तेजी से चमक रहा था और सितारे भी मानो चंद्रमा को चुनौती देते हुए और अधिक चमक के साथ टिमटिमा रहे थे। ठंडी-ठंडी पवन बह रही थी। शफीक भाई एकदम शांत थे और चेहरे पर एक गहरी खामोशी छाई थी। ऐसा लग रहा था, मानो उनके जेहन में कुछ ऐसा है, जो वे बाहोड़ी से कहना चाहते हैं, किंतु कह नहीं पा रहे हैं। बाहोड़ी का सिर अब शैंपेन के नशे में झूमने लगा था, किंतु वह पूरे होशो-हवास में था। वह टकटकी लगाए शफीक भाई को देख रहा था।

एक गहरी लंबी खामोशी को तोड़ते हुए शफीक भाई ने गंभीरता से कहा, "रात पूरी होने को आई है। कुछ देर में सुबह हो जाएगी। मुझे अब नींद आएगी। क्या तुम एक आखिरी जाम और पीना चाहोगे?"

"वैसे अब मैं खुद को इस दुनिया से बिल्कुल अलग महसूस कर रहा हूँ, फिर भी पीना चाहूँगा।"

शफीक भाई ने जरा हँसते हुए कहा, "हा··हा··हा। क्यों नहीं।" और वे दो आखिरी जाम बनाने लगे।

जाम बनाते-बनाते ही शफीक भाई ने सहज व प्रसन्नचित्त भाव से पूछा, "तुम असमाँ को बहुत चाहते हो ना ?"

यह सुनकर बाहोड़ी सकपका गया। बरबस ही मुँह से शब्द हुए, "जी··जी नहीं मालिक। ऐसा कुछ नहीं है। मैं ऐसी गुस्ताखी कभी नहीं कर सकता।"

शफीक भाई ने जरा मुसकराते हुए कहा, "अगर सच्चे दिल से मोहब्बत करना गुस्ताखी है तो ऐसी गुस्ताखी करने में कोई गुनाह नहीं।"

बाहोड़ी के हाथ-पैर अब भी फूल रहे थे।

शफीक भाई ने जाम बाहोड़ी की ओर बढ़ाते हुए उत्साहपूर्वक कहा, "बहुत अच्छी लड़की है। तुम्हारी पसंद मुझे बहुत पसंद आई।" और सिगार जलाकर कश खींचने लगे।

दोनों ने आखिरी बार फिर चीयर्स किया और जाम पीने लगे। बाहोड़ी अभी भी इतना असहज था कि जाम मानो गले में ही अटका पड़ा हो।

जाम खत्म होने पर शफीक भाई ने धीमे कंठ-स्वर से कहा, "तो अब सोने को चलें ?"

"अ्···आप चलिए मालिक। आज मैं यही खुले आसमान के नीचे सोना चाहता हूँ।"

"मैं समझ गया। हा··हा··हा।" कहते हुए शफीक भाई हँस पड़े।

"आप क्या सोच रहे हैं और क्या समझ रहे हैं ?"

"यही कि तुम असमाँ से डर रहे हो। तुम डर रहे हो कि कहीं असमाँ ने तुम्हें शराब के नशे में देखा तो वह बहुत गुस्सा होगी। इसलिए नीचे घर में नहीं सोना चाहते, क्योंकि थोड़ी देर में सुबह हो जाएगी और तुम्हें बालकनी में नहीं पाकर असमाँ तुम्हारी खबर पाने को घर चली आएगी और तुम इस हालत में उसके सामने नहीं जाना चाहते।"

बाहोड़ी आश्चर्यचकित रह गया। एक पल को उसका नशा हिरण हो गया। बरबस ही मुँह से शब्द हुए, "आपको यह सब कैसे पता चला··!"

शफीक भाई ने जरा मुसकराकर कहा, "अब तुम सो जाओ। मैं रहीम चाचा को भेज दूँगा। किसी चीज की आवश्यकता हो तो उनसे कह देना।"

बाहोड़ी ने कातर कंठ-स्वर से कहा, "मालिक, आप प्लीज असमाँ को इस बारे में कुछ मत बताना।"

शफीक भाई जोर से ठहाका मारकर हँस पड़े। फिर अधरों पर प्रगाढ़ मुसकान लिये कहा, "नहीं बताऊँगा। निश्चिंत रहो।" कहकर वे उठ खड़े हुए, साथ-ही-साथ बाहोड़ी भी उठ खड़ा हुआ।

शफीक भाई ने सहज भाव से कहा, "शब-ब-खैर।" और वे सीढ़ियों की ओर चल पड़े।

"शब-ब-खैर मालिक।"

सीढ़ियों की ओर चलते हुए ही शफीक भाई जरा ठहरे और पीछे मुड़कर शांत भाव व गंभीरता से कहा, "बाहोड़ी, एक बात है, जो मैं तुम्हें बहुत समय से कहना चाहता हूँ।"

"जी मालिक, कहिए।" बाहोड़ी उनके सामने सिर झुकाए खड़ा था।

"मैंने कभी तुम्हें अपना गुलाम नहीं समझा। अगर गुलाम समझा होता तो क्या मैं तुम्हें एक अनजान को अपने घर में पनाह देता ? मैं रेस्तराँ में भी रख सकता था। मैं तो तुम्हें अरमान··· !" कहते हुए उनके शब्द लबों की दहलीज पर आकर थम गए।

बाहोड़ी ने आर्द्र कंठ-स्वर से कहा, "आपका गुलाम बनकर रहना भी मेरा सौभाग्य है मालिक।"

शफीक भाई की आँखें डबडबा आनेवाली थीं। उन्होंने धीमे कंठ-स्वर से कहा, "बस यही कहना था।" और मुड़कर अपनी डबडबाई आँखें लिये सीढ़ियों की ओर बढ़ गए।

बाहोड़ी की आँखें भी डबडबा आईं। अपनी सजल आँखों से वह उन्हें ओझल होने तक टकटकी लगाए देखता रहा।

: 6 :

बाहोड़ी के कॉलेज में आज साप्ताहिक खेल दिवस था। क्रिकेट के स्टेडियम में कुछ ही देर पहले मैच आरंभ हुआ था। अरमान भी इस खेल का हिस्सा था। जो बैटिंग करने के लिए बल्ला हाथ में थामे एक छोर पर खड़ा था, साथ ही दूसरे छोर पर एक अन्य साथी खिलाड़ी बल्लेबाजी कर रहा था। विराधी टीम भी कड़ी टक्कर दे रही थी। जितनी अच्छी गेंदबाजी थी, उतना ही अच्छा क्षेत्ररक्षण भी कर रही थी साथ ही मैदान से बाहर स्टेडियम में नीचे से ऊपर तक सीढ़ीनुमा कुरसियों पर दोनों ही टीमों के प्रशंसक भी उनकी हौसला-अफजाई को बैठे खेल का आनंद ले रहे थे। बाहोड़ी को क्रिकेट बहुत उबाऊ खेल लगता है, जबकि शूटिंग, बॉक्सिंग,

स्वीमिंग, साइक्लिंग, हॉर्स राइडिंग, दौड़ में उसकी इतनी गहरी दिलचस्पी है कि उसका दूर–दूर तक कोई सानी नहीं है, किंतु वह अरमान की हौसला–अफजाई के लिए अपने दोस्तों के साथ, जिनमें कुछ लड़के व कुछ लड़कियाँ थीं, स्टेडियम में बैठे परस्पर वार्त्तालाप कर रहे थे। मैच अभी कुछ खास दिलचस्प नहीं था और बाहोड़ी जानता था कि कुछ ही देर में असमाँ भी यहाँ आनेवाली है। इसी से उसे परेशान करने को वह अपने पास ही बैठी अपनी दोस्त के बहुत करीब होकर उसके चेहरे पर आई जुल्फों को अपने हाथ की उँगलियों से प्यार से हटाते हुए धीमे कंठ स्वर से कहा, "यशिका, जुल्फें तुम्हारे चेहरे पर आती हैं तो तुम कुछ ज्यादा ही खूबसूरत लगती हो।"

बाहोड़ी का करीब आने का एतराज न करते हुए यशिका ने सहज भाव से कहा, "रहने दो, यह तुम असमाँ से कहो तो ही अच्छा लगता है।"

तभी दूसरी ओर पास ही बैठी स्वीटी ने करीब होकर बाहोड़ी के कंधे पर अपना हाथ और चेहरे की ठोड़ी रखकर मसखरे अंदाज में धीमे कंठ–स्वर से कहा, "और मैं···मैं तुम्हें कैसी लगती हूँ राम?"

बाहोड़ी ने स्वीटी की आँखों में देखते हुए प्रेमपूर्ण कंठ–स्वर से कहा, "स्वीटी, तुम तो एकदम परी लगती हो।"

"मक्खन लगाना कोई तुमसे सीखे···!" कहते हुए वह खिलखिलाकर जोर से हँस पड़ी, साथ में यशिका व अन्य दोस्त भी हँस पड़े।

"अरे, सच कहता हूँ बाबा। असमाँ कहाँ मेरी भावनाओं को ठीक से समझती है। वह खुद में ही उलझी रहती है। तुम दोनों कितनी अच्छी हों। मुझे अच्छे से समझती भी हो।" फिर स्वीटी के थोड़ा और करीब होकर कहा, "लो, मैं तुम्हारे कान की ईयरिंग ठीक कर देता हूँ।" और वह अपने हाथों से उसके कान की ईयरिंग ठीक करने लगा।

स्वीटी ने स्मित मुसकान लिये कहा, "राम, वह ठीक है।"

"हाँ, तो क्या हुआ। समय पर जाँच करना जरूरी है। जब गिरेगा तो तुम्हें बोलकर थोड़े ही गिरेगा। क्यों यशिका?"

यशिका ने मुसकराते हुए कहा, "तुम ये असमाँ से क्यों नहीं पूछते?"

बाहोड़ी ने स्वीटी के कान का ईयरिंग छोड़कर तपाक से अपने दूसरी ओर मुड़कर यशिका को अपनी बाँहों में मुक्तहस्त रखते हुए कहा, "असमाँ का नाम लेकर तुम क्यों मेरा जायका खराब कर रही हो? तुम जानती हो ना, प्यार बाँटने से बढ़ता है।"

यशिका कुछ देर हँसती रही, फिर धीमे कंठ-स्वर से कहा, "एक बात कहूँ, राम ?"

"हाँ हाँ, कहो ना। मैं सुन रहा हूँ।"

"तुम्हारे साथ फ्लर्ट करने को दिल नहीं करता। तुम फ्लर्ट करने की चीज नहीं हो और न ही तुम फ्लर्ट करते हुए अच्छे लगते हो, या यूँ कहूँ कि तुम्हें फ्लर्ट करना आता ही नहीं और प्लीज, तुम कभी किसी का दिल मत तोड़ना। वह तुम्हारे बिना जी नहीं पाएगी।"

राम ने प्रगाढ़ मुसकान लिये धीमे कंठ-स्वर से कहा, "मगर मेरा दिल तो करता है और मुझे फ्लर्ट करना आता भी है और देखो, मैं कर भी रहा हूँ।"

सुनकर स्वीटी धीमे से हँस पड़ी। यशिका ने भी हँसते हुए अपना कंठ-स्वर सँभालते हुए कहा, "राम, मालूम है तुम्हारे अंदर सिर्फ एक ही बुराई है कि तुम अच्छे नहीं, बहुत अच्छे हो। यह सब तो तुम खुशनुमा माहौल बनाए रखने के लिए ऐसी लच्छेदार मीठी बातें करते हो।"

"या फिर असमाँ को परेशान करने के लिए ऐसा करते हो ?" स्वीटी ने चुटकी लेते हुए कहा।

बाहोड़ी ने स्वीटी के करीब होकर कहा, "तुम्हें बड़ी जलन हो रही है।"

"ऐसा सोचना भी नहीं। असमाँ मेरी बहुत अच्छी दोस्त है।" स्वीटी ने सहज भाव से कहा।

"हाँ, मगर तुम्हारी दोस्त आजकल बहुत बदल गई है। बात-बात पर बहुत गुस्सा होती है। छोटी-छोटी बातों पर बहुत बिगड़ जाती है।"

स्वीटी ने बाहोड़ी के बालों को ठीक करते हुए कहा, "हाँ, क्योंकि वह तुम्हें लेकर बहुत गंभीर है। पहले तुम दोनों एक ही स्कूल में साथ पढ़ते थे, किंतु अब कॉलेज अलग हैं तो वह तुम्हें लेकर असुरक्षित महसूस करती है। वह तुम्हें खोने से डरती है। फिर ऊपर से तुम उसे सताने में कोई कसर नहीं छोड़ते। इतना क्यों सताते हो उसे ?"

"मालूम नहीं, किंतु वह मेरे लिए परेशान होती है तो मुझे अच्छा लगता है। बहुत सुकून मिलता है। वह नाराज होती है, मुझ पर गुस्सा होती है, मुझ पर बरसती भी है, किंतु मुझे बिल्कुल भी बुरा नहीं लगता, बल्कि मैं खुद को और अधिक उसके करीब पाता हूँ।"

"जब तुम उससे इतना प्यार करते हो तो प्यार का इजहार क्यों नहीं करते ?"

यशिका ने तपाक से कहा,"क्योंकि जनाब प्यार का इजहार करने में यकीन नहीं करते। जज्बातों में यकीन करते हैं।"

"ओह¨ !" स्वीटी ने अपने दोनों हाथों से बाहोड़ी के गालों पर चुटकी भरते हुए कहा।

तभी दूर से असमाँ ने आते हुए देख लिया।

बाहोड़ी ने फिर से यशिका को अपनी बाँहों में मुक्तहस्त रखते हुए बहुत करीब होकर कहा, "हाँ, तुमने बिल्कुल ठीक कहा। तभी तो कहता हूँ कि तुम मुझे कितना अच्छे से समझती हो।"

यशिका ने असमाँ को आते देख थोड़ा और करीब होकर बाहोड़ी के गालों पर अपना हाथ रखकर कहा,"हाँ¨अब आएगा तुम्हें समझ। असमाँ ही समझाएगी तुम्हें।" कहकर वह हँस पड़ी, साथ ही स्वीटी भी हँस पड़ी।

बाहोड़ी ने तपाक से सीधा बैठकर सहज भाव से कहा,"लो आ गई मुसीबत। अब देखना तुमसे कहेगी—यशिका, मैंने तुम्हें अपनी अच्छी दोस्त समझा और स्वीटी तुम¨ ! छोड़ो¨। ¨और तुम राम¨तुम कितना बदल गए हो और फिर नाराज होकर दूर जाकर अकेले बैठ जाएगी।"

असमाँ का गुस्से में एकदम लाल हुआ चेहरा देख स्वीटी ने कातर कंठ-स्वर से कहा,"राम, कुछ ज्यादा तो नहीं हो गया ? असमाँ बहुत गुस्से में है। मुझे बहुत डर लग रहा है।"

बाहोड़ी ने सहज व शांत भाव से कहा, "हाँ, लगता तो है, किंतु डरो नहीं। अब जो होना है, वह तो होगा ही।"

असमाँ बाहोड़ी के सामने आकर खड़ी हुई और उसे एकटक घूर रही थी। उसकी आँखों और चेहरे के चिह्न उसके गुस्से को फूट-फूट कर प्रकट कर रहे थे। इसी से बाहोड़ी बगलें झाँकने लगा।

बाहोड़ी को कुछ सुझाई नहीं दिया तो धीरे से अपनी कुरसी से उठकर उसे अपने हाथ से साफ करते हुए कातर कंठ से कहा,"अ¨असमाँ तुम¨तुम खड़ी क्यों हो ? यहाँ बैठ जाओ।"

असमाँ ने बाहोड़ी की बात का कोई जवाब नहीं दिया और अपना गुस्सा जाहिर करते हुए यशिका से कहा, "यशिका, मैंने तुम्हें अपनी अच्छी दोस्त समझा और स्वीटी तुम¨ ! छोड़ो¨। ¨और तुम राम¨तुम कितना बदल गए हो।" और फिर अपनी नाराजगी लिये दूर जाकर खाली कुरसियों के बीच अकेली बैठ गई।

यशिका और स्वीटी दोनों अचंभित थीं। जैसा बाहोड़ी ने कहा, ठीक वही शब्द असमाँ ने दोहराए थे।

बाहोड़ी भी असमाँ के पीछे-पीछे चला आकर उसके पास ही अन्य कुरसी पर बैठ गया और चुपचाप टकटकी लगाए उसे देखने लगा। उधर यशिका व स्वीटी भी अपनी जगह बैठीं, उन्हें देख रही थीं।

बाहोड़ी के एकटक देखने से असमाँ और अधिक गुस्सा हुई। इसी से वह उठकर थोड़ा और दूर जाकर बैठ गई। बाहोड़ी भी तपाक से उठकर उसके पीछे-पीछे चलकर उसके पास आकर बैठ गया और फिर से टकटकी लगाए उसे चुपचाप देखने लगा।

असमाँ से रहा नहीं गया। उसका गुस्सा फूट ही पड़ा। क्रुद्ध होते हुए कहा, "ऐसे क्या घूर रहे हो मुझे? वहीं जाओ न तुम अपनी उस यशिका और स्वीटी के पास। जाओ, जाकर उन्हें घूरो। बहुत मजा आएगा तुम्हें भी और उन्हें भी।" और फिर दहकती आँखों से मैदान में खेल देखने लगी।

बाहोड़ी कुछ न बोला। चुप रहा। वह अब भी चुपचाप असमाँ को टकटकी लगाए देख रहा था और मन-ही-मन हँस भी रहा था।

बाहोड़ी अपनी हँसी रोक नहीं पाया। धीमे से अवरुद्ध कंठ से हँसते हुए कहा, "क्या सारी लड़कियाँ गुस्से में तुम्हारी ही तरह इतनी ही खूबसूरत लगती हैं···!"

असमाँ ने बाहोड़ी को एक बार गुस्से से देखा और फिर अगले ही क्षण मुँह फेरकर वापस मैदान में खेल देखने लगी। बाहोड़ी का कुछ भी बोलना असमाँ को और अधिक गुस्सा होने का कारण बन रहा था।

एक लंबी चुप्पी तोड़ते हुए बाहोड़ी ने बहुत प्यार से कहा, "तुम्हें मुझ पर गुस्सा आ रहा है परी···!"

"परी···!" यह सुनकर असमाँ का गुस्सा अब सातवें आसमान पर था, जो फूट ही पड़ा, "हाँ···मुझे तुम पर गुस्सा आ रहा है। बहुत गुस्सा।" फिर आगे कहा, "नहीं-नहीं, मैं तुम पर क्यों गुस्सा होऊँ? तुम कुछ भी करो।" फिर जबरदस्ती हँसते हुए कहा, "देखो, मैं बिल्कुल गुस्सा नहीं हूँ तुम पर। बिल्कुल भी नहीं। देख रहे हो ना तुम। मैं तो हँस रही हूँ। अब खुश।" फिर आगे पूछा, "वैसे तुम कब लड़कियों में इतनी दिलचस्पी लेने लगे?"

स्थिति कुछ सँभलती हुई मालूम हुई तो बाहोड़ी ने कमान हाथ में लेना ही उचित समझा। गंभीरता से कहा, "अब मैं जवान हो गया हूँ। अठारह वर्ष का हुए मुझे पूरा एक वर्ष होने को आया है।"

"ओह…!" असमाँ ने फिर गुस्सा होते हुए कहा, "मैं तो अभी भी बच्ची हूँ। मुझे तो कुछ समझ नहीं आता।"

"अरे, तो मेरी गलती क्या है? हम सब सिर्फ प्यार-मोहब्बत से बात ही तो कर रहे थे। फिर कोई प्यार से पेश आए तो क्या उसे दुत्कार दूँ?"

"मैंने ऐसा कब कहा? मगर तुम खुद पर तो नियंत्रण रख सकते हो ना, मगर नहीं, तुम्हें तो बड़ा मजा आता है। तुमसे कक्षा की सारी लड़कियाँ, जो चिपकी रहती हैं। कभी यशिका, कभी स्वीटी, कभी कोई। हूँ…।"

"जाने क्या-क्या सोच लेती हो। फिर तुम प्यार करती नहीं और कोई और करे तो तुम उसे करने नहीं देती। तुम्हारी समस्या क्या है?"

असमाँ ने फिर गुस्सा होते हुए कहा, "सारी मर्दजात एक जैसी होती है।"

"ओह…! तुम बड़ी जानती हो मर्दजात को।" बाहोड़ी ने फिर चुहलबाजी करते हुए कहा, "लगता है, काफी मर्दों से पाला पड़ा है तुम्हारा।"

"छि:…। तुम्हें ऐसा कहते हुए जरा भी शर्म नहीं आती…! यह गाली दोबारा मत देना।"

"गाली…!"

"हाँ। यह मेरे लिए गाली ही है।"

"अच्छा ठीक है, मगर तुम्हारी बात से मुझे ऐसा लगा, इसलिए मैंने ऐसा कहा।"

"अब चुप ही रहो तुम।"

"अच्छा, तुम्हें जब तक बात करनी थी, कर ली और अब मैं चुप हो जाऊँ।" आगे धीमे कंठ-स्वर से कहा, "अपने उस खड़ूस बाप का माल समझ रखा है मुझे।"

"क्या कहा तुमने? फिर से बोलना तो जरा।" असमाँ ने क्रुद्ध होते हुए कहा।

"कुछ नहीं…कुछ भी तो नहीं।" बाहोड़ी ने अन्यमन्यस्क भाव से कहा।

"तुमने मेरे अब्बू के बारे में क्या बोला?" असमाँ ने फिर क्रुद्ध होते हुए पूछा।

बाहोड़ी ने सहज व शांत भाव से कहा, "मैंने कहा कि तुम्हारे अब्बू बहुत ही खास और बहुत ही अच्छे इनसान हैं, जिन्होंने तुम्हारी जैसी खूबसूरत और समझदार लड़की को जन्म दिया।"

"क्…क्या तुमने मुझे समझदार कहा?"

"हाँ, यकीन करो।"

"अच्छा।"

बाहोड़ी ने फिर चुहलबाजी करते हुए कहा, "आजकल छोटी-छोटी बातों पर बड़ी गुस्सा होती हो? तिल का ताड़ बना देती हो।"

"छोटी-छोटी बातें···! तुम यहाँ अपनी कॉलेज की लड़कियों के साथ रंगरलियाँ मनाते रहते हो और मैं गुस्सा भी न होऊँ···!"

"क्या···रंगरलियाँ···! और जाने क्या-क्या सोचती हो···! क्या सिर्फ यही कारण है?"

"क्योंकि मुझे यह पसंद नहीं। बस अब आगे कुछ मत पूछना।"

बाहोड़ी ने फिर जख्मों पर नमक छिड़कते हुए कहा, "क्या करूँ? आजकल दिल का आलम ही कुछ ऐसा है। कोई लड़की मुझसे प्यार से पेश आती है तो दिल की धड़कनें थम सी जाती हैं। दिमाग काम करना ही बंद कर देता है। जी करता है, वह थोड़ा और करीब आए। थोड़ा और···बिल्कुल करीब···एकदम करीब। इतना कि मैं भी उसके दिल की धड़कनों को महसूस कर सकूँ।"

असमाँ और अधिक गुस्सा हुई, किंतु अपने गुस्से पर नियंत्रण रखते हुए कहा, "अपने जज्बातों पर काबू रखना सीखो।"

"···और कितना काबू रखूँ? अठारह वर्ष का हुए मुझे पूरा एक वर्ष होने को आया है। अब मैं और अधिक अपने जज्बातों पर काबू नहीं रख सकता।"

अपनी बातों का असमाँ पर असर होते देख बाहोड़ी ने आगे कहा, "फिर आजकल तुम तो प्यार से बोलती हो नहीं। जब देखो, तब गुस्सा तुम्हारी नाक पर चढ़ा ही रहता है। कभी-कभी तो लगता है कि तुम वो पुरानी असमाँ रही ही नहीं, जो बिना एक शब्द कहे ही मुझे समझ जाती थी। फिर अब मैं जवान हो गया हूँ, यह बात दूसरी लड़कियाँ ही समझती हैं। तुम तो समझती हो नहीं।"

"कहा ना, अपने जज्बातों पर काबू रखना सीखो। अठारह वर्ष के हो गए हो तो कोई पहाड़ नहीं टूट पड़ा तुम पर। बहुत बार सुन चुकी हूँ मैं यह और मैं बच्ची नहीं हूँ, जो तुम आजकल मेरे साथ किसी डॉल की तरह पेश आते हो। और हाँ, मैं सब समझती हूँ।"

"क्या···क्या समझती हो तुम? बताओ तो जरा।"

"कहा ना, मैं सब समझती हूँ, बस।"

"क्या समझती हो? जितना समझती हो, उससे ज्यादा तो शरमाती हो। समझने से भी क्या फायदा।" बाहोड़ी ने अपने दिल का मलाल साझा करते हुए कहा।

असमाँ ने खड़े होकर कहा, "खड़े हो।"

"अब क्या हुआ? चैन से बैठे तो रहने दो।"

"मैंने कहा, खड़े हो जाओ।"

बाहोड़ी हठात् से उठ खड़ा हुआ। असमाँ बाहोड़ी की आँखों से आँखें मिलाए एकटक देख रही थी। बाहोड़ी कुछ कहने को हुआ कि असमाँ ने झटाक से अपने दोनों हाथों से बाहोड़ी का सिर पकड़कर उसके होंठों पर एक लंबा चुंबन किया।

यह देख यशिका, स्वीटी व अन्य साथियों ने जोर से चिल्लाकर व सीटी बजाकर खुशी का इजहार किया। शोर सुनकर मैदान में अपना खेल खेल रहे खिलाड़ियों को भी खलल हुआ और इसी कशमकश में बेचारा अरमान रनआउट हो गया।

बाहोड़ी के तो होश फाख्ता हो गए। असमाँ ने अपने हाथ से चुटकी बजाकर उसे उँगली दिखाते हुए, अपने जवान होने का अहसास अच्छे से करा दिया और वह पीछे मुड़कर जाने लगी।

बाहोड़ी जरा सँभला तो उसने मधुर कंठ-स्वर से असमाँ को पुकारते हुए कहा, "अ···असमाँ, क्या···क्या तुम यह दोबारा कर सकती हो, प्लीज?"

असमाँ जरा रुकी, फिर शरमाकर बोली, "चुप।" और वह मुड़कर चली गई।

अपनी प्रेमिका के पहले चुंबन का अहसास कोई कभी नहीं भुला सकता। बाहोड़ी इसी अहसास को खुद में समेटे हुए अपनी आँखें बंद कर वहीं कुरसी पर वापस बैठ गया।

: 7 :

कॉलेज का द्वितीय वर्ष आरंभ हुए आज पूरे तीन महीने हो चुके थे, मगर पिछले बहुत समय से अरमान का बाहोड़ी के साथ आँख-मिचौनी करते रहना बाहोड़ी को कुछ समझ नहीं आता था। न ही ठीक से पढ़ता-लिखता है। प्रथम वर्ष का परिणाम भी निराशाजनक था। जहाँ बाहोड़ी शिखर पर था, वहीं अरमान अंतिम पायदान पर। शुक्र है, वह उत्तीर्ण तो हुआ। अरमान आरंभ से ही पढ़ने में कुछ खास नहीं था और बच्चे की तरह अब उसे पढ़ने को बाध्य भी नहीं किया जा सकता और शफीक भाई भी आजकल उसे कुछ नहीं कहते। फिर बाहोड़ी के पास इतना वक्त भी कहाँ था कि वह उसकी तहकीकात करे और वह ऐसा करे भी क्यों? क्या यह अच्छी बात है?

वहीं बाहोड़ी का दिन कॉलेज और पढ़ाई में बीत जाता है और रात शफीक भाई के काले कामों में। चौबीस घंटों में सोना कब नसीब होगा, यही उसे ठीक

से नहीं मालूम होता है। इस बीच अरमान से मिलना हो ही नहीं पाता और जब वह देर रात को घर आता है तो अरमान को सोते हुए ही पाता है और फिर कॉलेज के समय में अरमान उसके पास आकर कभी बैठता नहीं, न ही वह कक्षाओं में बराबर उपस्थित रहता है। जब दिल करता है, उठकर अपने दोस्तों के साथ चला जाता है और जब दिल करता है, आता है। कॉलेज आना-जाना भी वह वक्त पर नहीं करता। कॉलेज में कभी बात करता भी है तो हवा के झोंके की तरह आता है और हवा के झोंके की तरह ही अपनी बात खत्म करके हवा हो जाता है। फिर जेब खर्च के लिए शफीक भाई से उसकी माँग भी दिनोदिन बढ़ती जा रही है। इतने रुपयों का वह क्या करता है, कहाँ खर्च करता है, कुछ समझ नहीं आता।

मगर बाहोड़ी को माजरा तब समझ आया, जब उसने दो दिन पहले कॉलेज के बाहर सड़क किनारे अरमान को अपने दोस्तों के बीच खड़े उन लोगों के साथ वार्त्तालाप करते पाया, जो न केवल क्रिकेट में सट्टा लगाने में लिप्त हैं, बल्कि नशीलें पदार्थों और हथियारों की स्मग्लिंग जैसे जघन्य आपराधिक कार्यों में भी लिप्त हैं। इसी से बाहोड़ी बहुत चिंतित था। उसे कुछ समझ नहीं आ रहा था कि वह क्या करे। शफीक भाई से बात करे या उन लोगों की खबर ले। शफीक भाई से सीधे बात करना अरमान को नाराज करना और सीधे उन लोगों की खबर लेना मतलब शफीक भाई को नाराज करना। सब कुछ सोच-विचार कर उसने पहले अरमान से बात करने का निर्णय लिया कि आज वह कॉलेज अरमान से बात करने के बाद ही जाएगा।

देर सुबह अरमान की आँख खुली तो उसने खुद के सामने कुरसी पर बैठे बाहोड़ी को पाया। बाहोड़ी के चेहरे की भाव-भंगिमा को देखकर अरमान को संदेह हो चुका था। वह अँगड़ाई भरकर उठ-बैठा हुआ। फिर सहजतापूर्वक धीमे कंठ-स्वर से पूछा, "आज कॉलेज नहीं गए तुम?"

बाहोड़ी ने कोई जवाब नहीं दिया। वह चुपचाप अरमान का सूक्ष्म-निरीक्षण कर रहा था। यह देख अरमान इधर-उधर बगलें झाँकने लगा। उसे कुछ और बोलने की हिम्मत नहीं पड़ी।

थोड़ी देर की निःशब्दता को तोड़ते हुए बाहोड़ी ने सहज व शांत भाव से कहा, "अच्छे लोगों से दोस्ती की है, अरमान। वाकई तुम मालिक के अरमान एक दिन जरूर पूरे करोगे।"

इतना सुनते ही अरमान के कान खड़े हो गए। उसे माजरा समझते देर नहीं हुई

और तत्क्षण ही उसने जवाब भी सोच लिये। अन्यमन्यस्क भाव से कहा, "बाहोड़ी, तुम किन लोगों की बात कर रहे हो?"

"यह तुम अच्छी तरह जानते हो कि मैं किन लोगों के विषय में बात कर रहा हूँ।"

अरमान ने सफाई देते हुए थोड़ा जोर देते हुए कहा, "बाहोड़ी, मैं वाकई नहीं जानता कि तुम किन लोगों की बात कर रहे हो।"

बाहोड़ी ने स्पष्ट कंठ-स्वर से कहा, "वही लोग, जिनसे दो दिन पहले सड़क किनारे अपने दोस्तों के बीच खड़े तुम वार्त्तालाप कर रहे थे।"

अरमान बाहोड़ी के कहे अनुसार उन्हें याद करने का नाटक करने लगा, फिर बोला, "ओह··· ! हाँ याद आया। मैं नहीं जानता, वे लोग कौन थे।"

"तो फिर तुम उनसे क्या बात कर रहे थे? अरमान मुझे संदेह है कि तुम क्रिकेट पर सट्टा लगाते हो या कुछ गलत कर रहे हो।"

बाहोड़ी का संदेह एकदम सही था, किंतु अरमान बात करने में बहुत चतुर था। वह किसी भी तरह बाहोड़ी का संदेह दूर करना चाहता था और नहीं चाहता था कि शफीक भाई को इस बारे में मालूम पड़े। इसी से उसने थोड़ा गंभीर होकर कहा, "मैं नहीं भाई, वे लोग आए थे मेरे पास और न तो मैं क्रिकेट पर सट्टा लगाता हूँ और न ही कुछ गलत कर रहा हूँ। तुम बेवजह संदेह कर रहे हो।"

"संदेह की वजह तुम जानते हो अरमान। वे लोग ही संदेह की वजह हैं। फिर वे तुम्हारे अंदर दिलचस्पी क्यों लें भला?"

बाहोड़ी का संदेह दूर न होता देख अरमान ने नया पैंतरा अपनाया। उसने थोड़ा तीव्र कंठ-स्वर से कहा, "उनकी दिलचस्पी मुझमें नहीं, अब्बू और तुम्हारे अंदर है।" फिर आगे शांत होकर कहा, "हमारे कारोबार को बढ़ाने का प्रलोभन दे रहे थे।

यह सुनकर बाहोड़ी खुद पर शर्मिंदा हुआ। उसकी नजरें झुक गईं। फिर धीरे से पूछा, "तुमने क्या कहा?"

"मैंने उन्हें मुझसे दूर रहने को कहा।"

बाहोड़ी को अरमान की बातों में तो थोड़ा विश्वास हुआ, किंतु अरमान पर अब भी पूर्णतया विश्वास नहीं हो पा रहा था और यह अरमान ने भी भाँप लिया था।

बाहोड़ी ने अरमान के पास आकर बैठते हुए गंभीरता से कहा, "अरमान, मैं तुम्हें अपना भाई मानता हूँ, इसलिए तुम्हें कभी गलत राह पर चलते नहीं देख सकता। अगर तुम कुछ गलत कर रहे हो और मुझसे छुपा रहे हो तो यह मत

समझना कि तुम मुझे बेवकूफ बना रहे हो, बल्कि तुम खुद के साथ धोखा कर रहे हो।"

अरमान ने बाहोड़ी के कंधे पर अपना हाथ रखते हुए स्नेहपूर्वक कहा, "तुम मेरा यकीन करो भाई। मैं सच कह रहा हूँ। मैं मानता हूँ कि मुझे क्रिकेट खेलना और देखना बेहद पसंद है, किंतु मैं कुछ गलत नहीं कर रहा हूँ।"

बाहोड़ी का संदेह कुछ हद तक दूर हुआ, किंतु फिर भी मन में कुछ अधूरा था। उसने गंभीरता से कहा, "क्या तुम मेरे सिर पर अपना हाथ रखकर कसम खा सकते हो?"

अरमान अपनी करतूतों को शफीक भाई व बाहोड़ी से छिपाने के लिए कुछ भी कर सकता था। एक पल को उसे बाहोड़ी के प्रति भ्रातृत्व भी हुआ, किंतु आज कसमों-वादों में यकीन करना उसने छोड़ दिया। बाहोड़ी के सिर पर अपना हाथ रखकर उसने सहज भाव से कहा, "हाँ, मैं कसम खाता हूँ।"

सुनकर बाहोड़ी ने अगले ही क्षण उसे आलिंगनबद्ध कर लिया और आर्द्र कंठ-स्वर से कहा, "मुझे माफ कर देना अरमान, मैंने तुम पर संदेह किया, किंतु उन लोगों से दूर रहना और दोबारा यदि वे तुम्हारे पास आएँ तो मुझे जरूर बताना।"

"हाँ, मैं तुमसे जरूर कहूँगा।" कहते हुए अरमान की आँखें जाने क्यों डबडबा आईं।

बाहोड़ी ने शांत व सहज भाव से पूछा, "किंतु मालिक तुम्हें खर्च करने को बहुत से रुपए देते हैं। तुम करते क्या हो इतने रुपयों का?"

अरमान ने अट्टाहास करते हुए कहा, "ओह...हो...बाहोड़ी। अब मैं छोटा बच्चा नहीं रहा। जवान हो गया हूँ। मेरे अपने शौक हैं। तुम तो ऐसा कुछ करते नहीं। बस असमाँ के साथ खुश रहते हो। मुझे तो मजे करने दो। यही तो वक्त होता है मजे करने का। घूमने-फिरने का। कल अजमेर दरगाह शरीफ में उर्स का झंडा चढ़ेगा। मैं हर वर्ष की तरह कल दरगाह शरीफ जियारत को जा रहा हूँ, फिर वापस आकर अगले हफ्ते मैं अपने दोस्तों के साथ स्विट्जरलैंड घूमने जा रहा हूँ। तुम भी चलना, चाहो तो स्वागत है।"

बाहोड़ी ने अरमान की बातें सुनकर एक प्रगाढ़ मुसकान के साथ कहा, "तुम जाओ। मुझे यहाँ बहुत काम है। यह जानकर अच्छा लगा कि तुम उस सर्वोच्च शक्ति में विश्वास रखते हो।" फिर अरमान को स्नेह भाव से देखते हुए कहा, "वैसे तुम्हारा बचपना अभी भी गया नहीं है।"

"कहा ना, अब मैं जवान हो गया हूँ। तीन-तीन बिल्लियाँ पाल रखी हैं मैंने।" अरमान ने खुद पर अभिमान जताते हुए कहा।

"कमीने···!" बाहोड़ी ने ठहाका मारकर कहा।

"हा···हा···हा।" अरमान भी जोर से हँस पड़ा।

बाहोड़ी ने अपना कंठ-स्वर सँभालकर सहज भाव से कहा, "तो फिर अब कॉलेज चलें?"

"हाँ, क्यों नहीं। मैं तैयार हो जाता हूँ। बस यूँ गया और यूँ आया।"

: 8 :

समय का चक्र अपनी अबाध गति से निरंतर गतिमान था। स्नातक पूरा होने को महज एक वर्ष शेष था। जहाँ एक ओर क्रिकेट में सट्टा लगाना अरमान की बहुत बुरी लत बन चुकी थी, जो उसे धीरे-धीरे विनाश के अँधेरे गर्त में धकेलने का कार्य कर रही थी, वहीं दूसरी ओर शफीक भाई के काले काम बाहोड़ी के गले में अब हड्डी की तरह चुभने लगे थे। इसी से वह अब इन कार्यों से मुक्त होकर एक ईमानदारी का काम या नौकरी करना चाहता था। एक रात वह बार-रेस्तराँ से वापस घर आने के पश्चात् देर रात को बिल्डिंग के टेरेस पर अकेला बैठा सोच रहा था कि वह शफीक भाई को अपने विचारों से अवगत जरूर कराएगा।

जैसाकि पूरणमासी के चाँद की दूधिया रोशनी में उसने अपनी रोजाना की डायरी में लिखा, "मालिक, मैं आपको और मालकिन को अपने माँ-बाबा मानता हूँ और अरमान को अपना छोटा भाई। आप दोनों ने मुझ पराए को अपने बेटे अरमान की भाँति जो प्यार और स्नेह दिया, उससे मैं जीवन में कभी उऋण नहीं हो पाऊँगा, किंतु अब मुझे इन सब कार्यों से ही नहीं, वरन् ये सब कार्य करते हुए खुद से भी घृणा होने लगी है। हो सकता है कि मेरी यह मानसिकता जानकर आपको हैरत हो और बहुत बुरा भी लगे, आप मुझ पर गुस्सा भी करें या मुझसे घृणा भी करने लगें, मुझे दगाबाज भी कहें। अब तक मैंने एक क्षण भी सोचे बिना वही सब किया, जो आपने कहा। चाहे वह मेरी मजबूरी रही हो या आपका प्यार। मैंने आपके आदेशों की अवहेलना करने का दुस्साहस कभी नहीं किया। पूर्ण समर्पण व कृतज्ञ भाव से किया, किंतु अब यह सब काम करते हुए मेरा दम घुटने लगा है, क्योंकि हर रोज जब मेरी आँख खुलती है तो सबसे पहले आखिरी समय में अपनी माँ से किए वादे का खयाल मेरे जेहन में आता है कि

मैं एक दिन अच्छा इनसान बनूँगा, किंतु मैं खुद को उस वादे के खिलाफ पाता हूँ। इसलिए अब और अधिक समय तक मैं यह काम नहीं कर सकता। अब मैं एक ईमानदारी की नौकरी करना पसंद करूँगा, चाहे मुझे जीवनयापन के लिए अभी जैसा ऐशो-आराम नहीं मिले, चाहे मुझे मेरे काम का मेहनताना भी कम मिले, किंतु मैं खुश रहूँगा और जब कभी स्वर्ग से मेरी माँ चाँद-सितारों के बीच से झाँककर मुझे देखेगी तो उसे यह जानकर मुझसे भी कहीं अधिक खुशी होगी कि मैंने उससे किया वादा पूरा किया और साथ ही उसे मुझ पर बहुत गर्व होगा कि मैं जीवन में एक अच्छा इनसान बन सका।"

और असमाँ भी तो उसे हर रोज इसी के लिए प्रेरित करती है, किंतु वह जानता है कि शफीक भाई को अपने विचारों से अवगत कराने का यह सही वक्त नहीं है। वह जानता है कि उसका स्नातक पूरा होने में अभी एक वर्ष शेष है और स्नातक पूरा होने पर वह सरकार के खुफिया विभाग में अधिकारी बनकर अपने देश की सुरक्षा व्यवस्था का हिस्सा बन सकता है। इसी से वह स्नातक के साथ ही उसकी तैयारी करने में भी जुट गया।

: 9 :

अपनी कॉलेज के कैंटीन में असमाँ बहुत उदास बैठी थी। आज सिर्फ असमाँ का ही जन्मदिन नहीं था, बाहोड़ी का भी जन्मदिन था। दोनों का जन्मदिन एक ही दिन आता है, जबकि बाहोड़ी असमाँ से एक वर्ष बड़ा है। तीन दिन पहले बाहोड़ी शफीक भाई के किसी काम से मद्रास जाने को कहकर गया था, साथ ही आज जल्दी सुबह वापस लौट आने का उसने असमाँ से वादा भी किया था। असमाँ जानती है कि बाहोड़ी अपने वादे का पक्का है, किंतु इंतजार करते हुए सुबह से दोपहर हो आई और बाहोड़ी अभी तक नहीं आया, न ही उसका फोन आया। ऊपर से उसका फोन भी बंद था। मध्याह्न का समय भी समाप्त हो गया। अन्य सभी सहपाठी और विद्यार्थी भी अपनी-अपनी कक्षाओं में चले गए। इसी से अब असमाँ नाराज होने के साथ ही बहुत गुस्सा भी थी, साथ ही उसे बाहोड़ी की चिंता भी सताने लगी। मन में बुरे-बुरे खयाल आने लगे। हृदय बहुत व्याकुल भी था और बहुत विचलित भी।

ठीक उसी समय बाहोड़ी धीरे से असमाँ के पास आकर उसके सम्मुख बैठा और सहज भाव से कहा, "माफी चाहता हूँ, मुझे आने में देर हो गई।"

बाहोड़ी को अपने समक्ष पाकर असमाँ के हृदय को बहुत सांत्वना हुई, किंतु बाहोड़ी के चेहरे पर भुकृटी के पास लगी चोट पर बैंडेड लगी देख वह सिर से पैर तक सिहर उठी। आर्द्र कंठ-स्वर से बरबस ही शब्द हुए, "यह चोट कैसी, क्या वहाँ फिर किसी से झगड़ा हुआ है ?"

बाहोड़ी ने शर्मिंदा होकर अपना एक हाथ चोट पर रखकर उसे छुपाने का प्रयत्न करते हुए कहा, "ओह··· ! हाँ, घाव गहरा नहीं है। हफ्ते भर में ठीक हो जाएगा।"

असमाँ की आँखें डबडबा आईं। चिंतित भाव से पूछा, "अब वे कौन लोग थे···कितने थे, क्या उनके पास हथियार थे ?"

बाहोड़ी ने असमाँ की चिंता दूर करने का प्रयत्न करते हुए गंभीरता से कहा, "असमाँ, तुम चिंता मत करो। वे जो भी लोग थे, दोबारा मुझसे उलझने का साहस कभी नहीं करेंगे।"

यह सुनकर अगले ही क्षण असमाँ ने एक जोरदार थप्पड़ बाहोड़ी के गाल पर जमा दिया, साथ ही उसके हृदय के भीतर का रुदन भी बाहर फूट पड़ा। आँखों के कोनों से अश्रुकण छलक आए। रुद्ध कंठ-स्वर से कहा, "राम, तुम जाने कब यह काम छोड़ोगे··· !"

बाहोड़ी थोड़ा पास आया और अपने हाथों की हथेलियाँ असमाँ के गालों पर रखकर अपने होंठों से उसकी आँखों के अश्रुकण पीने लगा। पलभर में असमाँ सब कुछ भूलकर बाहोड़ी के मस्तक पर चुंबन कर सिसकते हुए, उससे आलिंगनबद्ध हो गई। असमाँ का गुस्सा और नाराजगी को तो बाहोड़ी पी गया, किंतु असमाँ के सवाल का उसके पास कोई निश्चित जवाब नहीं था। गंभीरता से कहा, "तुम्हारी आँखों में आँसू देखकर जाने क्यों मेरी रूह जलने लगती है ?"

असमाँ ने अपने हाथों की उँगलियों से अपनी आँखों के अश्रुकण पोंछकर ठीक से बैठते हुए सहज भाव से कहा, "आज क्या है, तुम्हें कुछ याद है ?"

बाहोड़ी ने प्रेमपूर्ण कंठ-स्वर से कहा, "आज क्या है···परी··· ?"

"परी··· !" सुनकर असमाँ थोड़ी असहज हुई। फिर क्रुद्ध होकर कहा, "पहले तो तुम मेरे साथ डॉल की तरह पेश आना बंद करो और यह परी कहना कहाँ से सीखा तुमने? मुझे परी कहना बंद करो।"

"मगर मेरा दिल करता है, तुम्हें परी कहने को। क्या तुम किसी परी से कम लगती हो?"

असमाँ ने हारकर अपना गुस्सा छोड़ते हुए कहा, "अच्छा, किंतु पहले यह बताओ कि आज क्या है ?"

बाहोड़ी ने फिर अपने मस्तिष्क पर जोर देकर सोचते हुए कहा, "क्या है आज?"

"यह तुम बताओ। मैं तुमसे पूछ रही हूँ।"

बाहोड़ी फिर याद करने का नाटक करने लगा, किंतु कुछ न बोला।

कुछ देर असमाँ ने इंतजार किया, किंतु फिर निराश होकर अपने बैग में हाथ डालते हुए कहा, "छोड़ो। रहने दो। तुम्हें अपने उन घटिया कामों के सिवा कुछ याद रहे, तब तो।"

तभी बाहोड़ी ने धीरे से असमाँ का हाथ पकड़कर उसे रोकते हुए धीरतापूर्वक कहा, "असमाँ...क्या तुम मेरे साथ समंदर की सैर पर चलना पसंद करोगी?"

यह सुनकर असमाँ की उदासी हवा हो गई और आँखें खुशी से नृत्य करने लगीं। उसने एक प्रगाढ़ मुसकान के साथ सहज भाव से कहा, "हाँ, क्यों नहीं। वैसे तुम्हें याद होगा। मुझे यकीन नहीं था।"

बाहोड़ी के अधरों पर एक धीमी प्रगाढ़ मुसकान व्याप्त हो गई।

पहली बार समंदर की सैर करना और वह भी एक निजी यॉट पर। किसी स्वप्न के सच हो जाने जैसा लगता है। बहुत ही रोमांचकारी और बहुत सुखद अहसास होता है। वैसे भी किसी जलयान में सवार होकर समुद्र की यात्रा करना अन्य किसी भी यात्रा से बहुत भिन्न और बहुत-कुछ सिखानेवाला होता है। अन्य यात्राएँ आपको बाहरी दुनिया से रूबरू कराती हैं, जबकि समुद्री यात्रा आपको बाहरी दुनिया के साथ ही आपके भीतर की दुनिया से भी रूबरू होने का अवसर प्रदान करती है। किनारों के आँखों से ओझल हो जाने पर जब आप जहाज के डेक पर अकेले खड़े हों और चारों ओर नजर पसारकर दूर क्षितिज तक देखने पर केवल अनंत समंदर ही नजर आए तो यह अहसास बहुत गहरा होता है। आपको आपके अस्तित्व के विषय में सोचने को मजबूर करता है।

यॉट समंदर में किसी बादशाह की तरह लहरों को चीरते हुए आगे बढ़ा जा रहा था। असमाँ की खुशी का ठिकाना नहीं था। वह बहुत रोमांचित थी। वह यॉट के डेक पर किसी बच्ची की भाँति उछल-उछलकर, शोर मचाकर अपनी खुशी का इजहार कर रही थी। मानो वह खुद को भूल चुकी हो और आनंद के इन लम्हों में कहीं खो गई हो। बाहोड़ी चुपचाप शांत खड़ा सौम्य भाव से उसे देख रहा था। किनारों के आँखों से ओझल हो जाने पर असमाँ पहले से ज्यादा रोमांचित तो थी, किंतु कुछ देर बाद वह शांत होकर बाहोड़ी के पास खड़ी हो गई। उसके चेहरे पर गहरी शांति के साथ भय के चिह्न स्पष्ट झलक रहे थे। यह देख बाहोड़ी ने धीरे से

उसका हाथ पकड़कर उसे अपनी बाँहों में भरकर धीरे से कहा, "डरो नहीं। हम वापस घर लौट चलेंगे।"

सुनकर असमाँ का भय हवा हो गया। उसने सहज भाव से कहा, "क्या तुम यहाँ रोज आते हो?"

"अकसर आता हूँ।" कहते हुए उसने अपनी हथेली असमाँ के गाल पर लगाकर धीरे से उसका चेहरा यॉट के दाईं ओर समुद्र की सतह की तरफ करते हुए कहा, "वहाँ देखो। डॉल्फिंस···! हमारी ओर आ रही हैं।"

डॉल्फिंस को देख असमाँ बाहोड़ी की बाँहों से खुद को मुक्त कराते हुए खुशी से उछल पड़ी। मुँह से बरबस ही शब्द हुआ, "डॉल्फिंस···!" और वह दौड़कर डेक की फेंसिंग को पकड़कर उत्साहपूर्वक उन्हें देखने लगी।

असमाँ के अचानक अपनी बाँहों से मुक्त होकर दूर चले जाने से बाहोड़ी डॉल्फिंस पर बड़ा गुस्सा हुआ, "कंबख्त ये डॉल्फिंस···!" कहते हुए वह असमाँ के पीछे आकर खड़ा हुआ और धीरे से अपने हाथ फेंसिंग पर रखे असमाँ के हाथों पर रखकर फिर से उसे अपनी बाँहों के घेरे में भरकर कहा, "बहुत प्यारी है ना।"

"हाँ···और बहुत चंचल भी।" असमाँ ने तपाक से कहा।

रोजाना की दुनियादारी से बहुत दूर। समंदर में अठखेलियाँ करतीं डॉल्फिंस, दूर समुद्र की सतह पर तैरतें अन्य जहाज व यॉट, आसमान में उड़ते समुद्री शिकारी परिंदे और उनकी चिल्ल-पौं, समुद्र की सतह पर मीलों दूर का सफर करके आती शाम की गुनगुनी हवा, दिल में समा जानेवाली एक गहरी शांति और उसका करीब होना, जो आपसे पवित्र हृदय से बेइंतहा मोहब्बत करता हो। आपके हृदय को बहुत सुकून और अपार शांति प्रदान करता है। असमाँ बरबस ही पीछे बाहोड़ी की ओर मुड़ी और उसके गालों पर अपने हाथ रखकर उसके अधरों पर एक चुंबन किया और चिपटकर उससे आलिंगन करते हुए कहा, "राम···यह दिन मैं जीवन में कभी नहीं भूल पाऊँगी।" कहते हुए उसकी आँखों के कोनों से दो बूँद जलकण छलक आए।

बाहोड़ी ने अपने हाथों की उँगलियों से असमाँ की आँखों के जलकण पोंछते हुए प्रेमजड़ित कंठ-स्वर से कहा, "तो फिर डॉक्टर साहिबा अब हमें हमारे जन्मदिन का उपहार भी चाहिए।"

असमाँ जरा मुसकराई, फिर धीरे से अपने कमर पर लटके बैग में हाथ डालकर उपहार निकाला और बाहोड़ी के हाथों में थमा दिया।

बाहोड़ी ने खोलकर देखा तो उसमें एक बहुत ही खूबसूरत हाथ की कलाई

घड़ी थी। मुँह से बरबस ही शब्द हुए, "इसकी तो मुझे वाकई जरूरत थी।"

"यह तुम्हें गुजरते हुए वक्त का अहसास कराएगी और वक्त पर घर आना भी सिखाएगी।"

"तो यह बात है। अब समझ आया कि लड़कियाँ हमेशा अपना पहला उपहार घड़ी ही क्यों देती हैं।"

असमाँ ने मुसकराते हुए कहा, "हाँ···जी। यही बात है। अब लाओ, मेरा उपहार कहाँ है?"

"यह रहा। मेरे दिल के पास।" कहते हुए उसने अपने जैकेट की जेब में हाथ डालकर उपहार निकाला और असमाँ के हाथों में थमा दिया।

"क्या हो सकता है इसमें?" असमाँ ने उत्सुकता से कहा।

"खोलकर देख लो। उम्मीद करता हूँ, तुम्हें पसंद आएगा।"

"गोल्डन लाफिंग बुद्धा···!" असमाँ की खुशी का पैमाना उसके चेहरे के चिह्न स्पष्ट बयाँ कर रहे थे और बाहोड़ी उसे अपलक देखते हुए मंद-मंद मुसकरा रहा था।

असमाँ बहुत खुश थी, किंतु यकायक ही उसने गंभीरता से पूछा, "तुम्हें कैसे मालूम कि मुझे लाफिंग बुद्धा पसंद आएगा?"

बाहोड़ी ने गंभीरता से कहा, "···वो तुम्हारे बैग पर, तुम्हारे कुरती की चुनरी की पिन पर, तुम्हारे स्कूटर पर, तुम्हारी कॉपी-किताबों और पेन पर, तुम्हारे घर पर सब जगह स्माइली ही स्माइली···.ऐसा लगता है, जैसे तुम बहुत हँसना चाहती हो, किंतु कोई बात है, जो तुम्हें तुम्हारी अंदर की खुशी का इजहार करने से रोकती है। अपने अंदर छिपी हुई खुशी का तुम सब जगह स्माइली लगाकर इजहार करना चाहती हो। इसलिए मुझे लगा कि तुम्हें लाफिंग बुद्धा पसंद आएगा। शायद तुम्हारे अंदर छिपी खुशी का यह अच्छे से इजहार कर पाए। ···देखो, कैसे अपना सिर भी हिलाता है ना। हा···हा···हा।"

असमाँ कुछ देर चुपचाप नम आँखों से बाहोड़ी को देखती रही, फिर अपने दोनों हाथ उसके गालों पर रखकर उसके अधरों पर एक चुंबन किया तो बाहोड़ी ने भी उसे अपनी बाँहों में भरकर आलिंगन में ले लिया।

असमाँ को अपनी बाँहों में जकड़े हुए ही बाहोड़ी ने प्रेमजड़ित कंठ-स्वर पुकारा, "असमाँ···आ।"

"हाँ···आ।" असमाँ ने भी उसी अंदाज में हुँकार भरी।

"क्या तुम्हें कुछ हो रहा है?"

"कुछ···क्या?"

"तुम्हें कुछ नहीं हो रहा?"

"नहीं तो?"

"झूठी कहीं की।"

"नहीं। मुझे कुछ नहीं हो रहा।" कहते हुए असमाँ के चेहरे पर एक बहुत ही उत्तेजक मुसकान थी।

"फिर तुम्हारे दिल की धड़कनें क्यों बढ़ी हुई हैं?"

"बस ऐसे ही।"

"तुम कुछ समझती क्यों नहीं?" कहते हुए बाहोड़ी के हाथ असमाँ की पीठ से नीचे खिसकने ही लगे थे कि असमाँ ने अपने हाथ से बाहोड़ी की कमर पर जोर से एक चिकोटी काटी।

"आ···!" बाहोड़ी धीरे से कराह उठा और हाथ वहीं थम गए।

"अपने जज्बातों पर काबू रखिए जनाब।"

बाहोड़ी ने दिल का मलाल साझा करते हुए कहा, "अरमान की क्या किस्मत है···!"

"वाह···! क्या किस्मत है उसकी···!" असमाँ ने चुटकी लेते हुए कहा।

"तुम्हें नहीं पता परी···वह तीन-तीन लड़कियों के साथ मजे कर रहा है और मुझे यहाँ एक भी ठीक से नसीब नहीं हो रही।"

असमाँ ने जरा तेज कंठ-स्वर से कहा, "क्या कहा तुमने? मजे कर रहा है! क्या मतलब है तुम्हारा, मैं क्या तुम्हारे मजे करने की चीज हूँ?"

"अरे नहीं, बाबा। मेरा मतलब यह है कि उसे तीन-तीन लड़कियों का प्यार नसीब हो रहा है। कितना नसीब वाला है वो!"

"हाँ···कितना नसीब वाला है, अरमान। मतलब तुम भी उसकी तरह बहुत सी लड़कियाँ चाहते हो।"

"अरे···नहीं रे···। अपुन का तो फिक्स है।"

"···और कौन है वो?"

"तुम्हें क्यों बताऊँ? वैसे भी अभी तक हमारे बीच ऐसा-वैसा कुछ हुआ नहीं है।"

"ओह···हो···हो। अब बता भी दो। क्या मुझसे भी छिपाकर रखोगे? कौन है···वो?"

"है एक पगली। बहुत जिद्दी। किसी परी की तरह बहुत खूबसूरत। दीवानी

सी। मस्तानी सी, जो मुझ पर अपना पूरा अधिकार जताती है, किंतु इस मॉर्डन जमाने में यशिका और स्वीटी जैसी बोल्ड कपड़े पहननेवाली लड़कियों के बीच भी वह हमेशा सलवार-कुरती पहनती है और खुद को बड़ी हीरोइन समझे फिरती है और हद तो उसने यह पार कर रखी है कि उसका स्नातक पूरा होने को है और अब भी वह बालों में दो चोटियाँ बनाए फिरती है।"

सुनकर असमाँ मन-ही-मन खुद पर बहुत हँस रही थी, साथ ही बाहोड़ी की बातों पर भी। उसने फिर चुटकी लेते हुए कहा, "लगता है, बहुत करीब से जानते हो उसे। फिर अभी तक ऐसा-वैसा कुछ हुआ क्यों नहीं?"

बाहोड़ी ने जरा क्रुद्ध होकर कहा, "अरे...कैसे होगा। जब भी मेरा मन करता है...ऐसा-वैसा...कुछ करने को, वह हमेशा वही घिसा-पिटा डायलॉग फटाक से सरका देती है। अपने जज्बातों पर काबू रखो...और सब खत्म।"

यह सुनकर असमाँ अपनी हँसी रोक नहीं पाई। बरबस ही मुँह से हँसी का फव्वारा छूट पड़ा।

"...हँस लो बस। और तो तुम्हें कुछ आता है नहीं।" बाहोड़ी ने खीझ भरकर उसके मस्तक पर चूमते हुए कहा।

प्रकृति के रंगमंच पर बहुत ही मनमोहक दृश्य था। सूर्य अस्ताचल की ओर बढ़ चला था। समंदर भी उसे अपनी आगोश में लेने को बेताब था, मानो दिनभर चलकर थके हुए सूर्य को समंदर अपने आगोश में भरकर उसे बहुत दुलार करना चाहता हो। स्वच्छ आसमान में लालिमा छाई हुई थी और कलरव करते उड़ते समुद्री परिंदें ऐसे लग रहे थे, मानो उस स्वर्णिम पुष्प के इर्द-गिर्द भौंरे मँडरा रहे हों। समुद्र अपने आप में कितना समृद्ध होता है...! ईश्वर की रचनाएँ अतुलनीय और अकल्पनीय होती हैं...!

असमाँ यॉट के डेक पर आगे की ओर फेंसिंग को पकड़े खड़ी थी। बाहोड़ी भी ठीक उसके पीछे खड़ा फेंसिंग पर उसके हाथों पर अपने हाथ रखे खड़ा असमाँ के साथ इस सुखद दृश्य को निहार रहा था।

ठीक उसी वक्त दूर समुद्र के गर्भ से एक विशालकाय व्हेल उछलकर बाहर आई। यॉट के डेक से ऐसा लगा, मानो उसने आसमान में दमकते उस स्वर्णिम पुष्प को चूमा और पानी में गिरने की एक जोरदार आवाज के साथ वापस अपने गंतव्य को समुद्र में चली गई।

दूर क्षितिज पर सूर्य समुद्र के आगोश में समा जाने के साथ ही अपने यॉट पर सवार बाहोड़ी और असमाँ भी अपने घर की ओर बढ़ चले थे।

: 10 :

सुबह जल्दी भोर होने के ठीक बाद, रविवार की छुट्टी होने के कारण बाहोड़ी अपने घर की बालकनी में खड़ा एक कंधा दीवार पर लगाकर कॉफी की चुस्कियाँ भरते हुए ठीक सामने वाली बिल्डिंग में अपने घर में बालकनी में खड़ी असमाँ को टकटकी लगाए शांत व सौम्य भाव से देख रहा था। उधर असमाँ भी अपने दोनों हाथ की कोहनियाँ बालकनी की फेंसिंग पर टिकाए कॉफी की चुस्कियाँ भरते हुए आँखों और चेहरे की उत्तेजना भरी हरकतों से बाहोड़ी को छेड़ रही थी। फुरसत होने से पीछे कुछ ही दूरी पर कुरसी पर बैठे रहीम चाचा सहज भाव से बाहोड़ी को चुपचाप देख रहे थे, जिन्हें असमाँ नहीं दख पा रही थी।

"बहुत मोहब्बत करते हो···!" पीछे से एक मधुर आवाज हुई।

बाहोड़ी ने यथावत् असमाँ की ओर देखते हुए ही सहज भाव से कहा, "हाँ, वह मेरे पास आती है। मुझे बदलने की कोशिश करती है। राम, तुम ऐसे हो, राम, तुम वैसे हो। तुम ऐसा करते हो, तुम वैसा करते हो। तुम्हें ऐसा नहीं करना चाहिए था, तुम्हें वैसा नहीं करना चाहिए था। मुझ पर पूरा अधिकार जताती है। अपना हुकुम चलाती है। कभी मेरी खिंचाई करती है तो कभी गुस्सा होती है। कभी प्यार जताती है तो कभी बेवजह ही नाराज होती है। वह कुछ भी करती है, मुझे बहुत अच्छा लगता है। हृदय को बहुत सुकून मिलता है।"

"जब तुम उससे इतनी मोहब्बत करते हो तो इजहार क्यों नहीं करते?"

"डरता हूँ···।"

बाहोड़ी और कुछ कह पाता कि रहीम चाचा ठहाका मारकर हँस पड़े। फिर कहा, "वैसे तो जब तुम दहाड़ मारते हो तो दर्जन भर दुश्मनों की सूसू ऐसे ही निकल पड़ती है···और फिर तुम एक लड़की को अपने प्यार का इजहार करने से डरते हो···!"

कुछ देर ठहरकर बाहोड़ी ने असमाँ की ओर देखते हुए ही गंभीरता से कहा, "कभी-कभी लगता है, मैं असमाँ के लायक नहीं···मैं उसे खुश नहीं रख पाऊँगा।"

"यह तुम कह रहे हो···!" रहीम चाचा के मुँह से बरबस ही शब्द हुए। आगे गंभीरता से कहा, "तुम्ही वह शख्स हो, जो असमाँ के लिए बने हो। अरे···मैं तुम दोनों को बचपन से देखता आ रहा हूँ। वह तुम्हारे सिवा किसी और को कभी पसंद नहीं करेगी।"

"यह सब ठीक है, चाचा, मगर···असमाँ के माँ और बाबा को मैं और मेरा

काम पसंद नहीं।"

"किंतु क्यों⋯!"

"शायद मेरा हिंदू होना⋯फिर कोई भी पिता अपनी बेटी का हाथ किसी स्मगलर या माफिया के हाथों में क्यों देगा?"

सुनकर रहीम चाचा एक गहरी सोच में डूब गए। फिर कुछ सोचते हुए कहा, "तुम चिंता मत करो। मैं शफीक भाई से बात करूँगा। वे समझाएँगे उन्हें।"

बाहोड़ी ने मलिन हँसी हँसते हुए गंभीर होकर कहा, "कौन-किसे-क्या समझाएगा चाचा? क्या आप मालिक को यह समझाएँगे कि मैं यह सब काम करना पसंद नहीं करता और वे मान जाएँगे? फिर माना कि मालिक के समझाने पर वे मेरा हिंदू होना स्वीकार कर भी ले, किंतु क्या उन्हें यह समझा देंगे कि हमारे काम गलत नहीं, सही हैं? या फिर मालिक अपने सभी कार्यों से मुझे मुक्त कर देंगे?" कुछ ठहरकर फिर कहा, "मैं एक खरीदा हुआ गुलाम हूँ। मेरे जीवन पर मेरा ही अधिकार नहीं, फिर मैं किसी और को क्या खुश रख पाऊँगा।"

रहीम चाचा कुछ न बोले। चुप थे। असमाँ अपनी अम्मी के बुलाने पर किसी कार्य से बालकनी से जा चुकी थी।

कुछ देर की निःशब्दता को तोड़कर बाहोड़ी ने रहीम चाचा की ओर मुड़कर धीरे से पूछा, "चाचा⋯क्या मेरे नाम से कोई⋯सरकारी कागज आया?"

रहीम चाचा ने अपने दिमाग पर जोर डालकर अन्यमन्यस्क भाव से कहा, "नहीं⋯मैंने ऐसा कोई कागज नहीं पाया।" किंचित् सोचते हुए पूछा, "⋯क्या तुम्हारी स्नातक की डिग्री थी?"

"नहीं। वह तो एक महीने पहले ही मैंने पा ली थी।"

"फिर कैसा सरकारी कागज, क्या कोई जरूरी कागज आनेवाला था?"

बाहोड़ी इस विषय में अभी कोई जिक्र नहीं करना चाहता था। इसी से उसने सहज भाव से कहा, "नहीं, कुछ खास नहीं था, किंतु कोई कागज आए तो ध्यान रखिएगा।"

"हाँ, मैं ध्यान रखूँगा।" कहकर वे अपने रोजमर्रा के कार्यों से निवृत्त होने को उठ खड़े हुए।

"अच्छा।" बाहोड़ी ने सहज भाव से कहा।

रहीम चाचा अपने गंतव्य की ओर चल दिए और बाहोड़ी वापस सामने की ओर असमाँ से रिक्त उसी बालकनी को देखने लगा। चिंतित भाव से खुद ही कहा, "अब तक तो आ जाना चाहिए था।"

: 11 :

दिन के बारह बजे होंगे। बाहोड़ी शफीक भाई के किसी कार्य को पूर्ण करने के बाद समुद्र में अपने यॉट पर सवार वापस लौट रहा था। ठीक उसी वक्त बाहोड़ी का फोन घनघनाने लगा। उसने अपनी पतलून की जेब में हाथ डालकर अपना फोन निकाला और बटन दबाते हुए कान से लगाया।

"बा···होड़ी तुम कहाँ हो?" एक कराहती हुई अवरुद्ध कंठ-स्वर से आवाज सुनाई पड़ी।

"अरमान, क्या हुआ तुम्हें?" बाहोड़ी ने चिंतित भाव से पूछा।

"मुझे ग्···गोली लगी है।"

"क्या···! किंतु कैसे? किसने किया यह सब?"

"तुम सही थे, बाहोड़ी। मैं क्···क्रिकेट में सट्टा लगाता था। मैं बहुत बड़ी रकम हार गया हूँ। पैसे नहीं दिए तो वे लोग मुझे जान से मार देंगे।"

"क्या···! तुमने मेरी झूठी कसम खाई···!" बाहोड़ी के मुँह से बरबस ही शब्द हुए, दिल को एक धक्का सा लगा।

"मुझ पर बहुत सारा पैसा कमाकर बड़ा आदमी बनने का भूत सवार हो गया था। मैं भूल गया था कि क्या सही है और क्या गलत। मैं भूल गया था कि मुझ पर अपनी जान छिड़कने वाला एक भाई भी है। मुझे माफ कर दो, मेरे भाई। प्लीज मुझे बचा लो।"

यह सब सुनकर एक पल को अरमान से बड़ी घृणा हुई, किंतु अपने छोटे भाई की जान को खतरा देख बाहोड़ी के हृदय में भ्रातृत्व का सागर उमड़ पड़ा। उसने दृढ़ कंठ-स्वर से कहा, "अरमान, तुम चिंता मत करो। मैं तुम्हें कुछ नहीं होने दूँगा। तुम कहाँ हो इस वक्त?"

"मैं बोरीवली स्थित अपने पुराने घर पर हूँ। ···और प्लीज, किसी से कुछ मत कहना। हॉस्पिटल चलेंगे तो पुलिस छानबीन करेगी···।"

बाहोड़ी ने थोड़ा क्रुद्ध होते हुए कहा, "अब तुम यह मत समझाओ कि मुझे क्या करना है और क्या नहीं। यह बताओ कि तुम्हें गोली कहाँ लगी है?"

"पीठ पर।"

बाहोड़ी ने सहज भाव से कहा, "डरो मत। तुम्हें कुछ नहीं होगा। मैं आ रहा हूँ।" कहकर उसने फोन काट दिया और चिंतित भाव से सोचने लगा कि वह क्या करे।

बाहोड़ी ने असमाँ को फोन पर सारी बात बताई।

असमाँ ने सारा घटनाक्रम और बाहोड़ी की मन:स्थिति को समझते हुए गंभीरता से पूछा, "तुम मुझसे क्या चाहते हो, राम?"

बाहोड़ी ने कातर कंठ से कहा, "मुझे तुम्हारी मदद की जरूरत है। क्···क्या तुम मेरी मदद करोगी, प्लीज?"

"राम, तुम्हारी मदद करके मुझे बड़ी खुशी होगी, किंतु मुझे डर लग रहा है। अरमान को गोली लगी है और वह हॉस्पिटल भी नहीं जाना चाहता। तुम जानते हो अगर पकड़े गए तो मेरी डिग्री, डॉक्टर बनने का ख्वाब और तुम्हारा खुफिया विभाग में जाने का ख्वाब सब खत्म हो जाएगा।"

"मेरे जिंदा रहते, तुम पर आँच भी नहीं आने दूँगा।" बाहोड़ी ने दृढ़ कंठ-स्वर से कहा।

असमाँ ने एक अनजाने भय को महसूस करते हुए सहज भाव से कहा, "मैं तुम्हें एक मैसेज कर रही हूँ। जितना जल्दी हो सके, आते वक्त ये सारी चीजें और दवाइयाँ लेते आना और हाँ, ध्यान रखना सब एक ही जगह से मत लेना। मैं तुम्हारी मदद करूँगी। सिर्फ तुम्हारे लिए।"

"मैं सदैव तुम्हारा अहसानमंद रहूँगा।"

दरवाजा खटखटाने की आवाज आई तो घायल अरमान दरवाजा खोलते ही दहलीज पर गिर पड़ा। बाहोड़ी ने शीघ्रता से उसे सँभाला और अपने हाथों में उठाकर उसे अंदर बिस्तर पर उलटा लेटाया। असमाँ ने दरवाजा बंद किया। बाहोड़ी को क्रुद्ध देख अरमान विलाप करने लगा, "म्···मुझे माफ कर दो मेरे भाई···।"

"···अपना मुँह बंद रखो तुम। तुमसे मैं बाद में बात करूँगा।" बाहोड़ी ने क्रुद्ध कंठ-स्वर से कहा।

असमाँ ने अरमान की पीठ पर बँधे लहूलुहान कपड़ों को हटाते हुए कहा, "खून बहुत बह गया है। कम-से-कम एक बोतल खून का इंतजाम तो करना ही पड़ेगा।"

"जितना चाहे, निकाल लो। हम दोनों का ब्लड ग्रुप एक ही है।"

"क्या अरमान का ब्लड ग्रुप भी बी नेगेटिव हैं···!" असमाँ ने आश्चर्यजनक भाव से पूछा।

"हाँ। कॉलेज में ड्राइविंग लाइसेंस बनवाने से पहले हम सबके ब्लड ग्रुप की जाँच हुई थी, तब मुझे पता चला।"

"अच्छा इत्तेफाक है। काम आसान हो गया।" आगे सहज भाव से पूछा, "...और मेरा ब्लड ग्रुप?"

"ओ पॉजिटिव।" बाहोड़ी ने एक मंद प्रगाढ़ मुसकराहट के साथ जवाब दिया।

सुनकर असमाँ जरा मुसकराई, फिर गंभीरता से कहा, "अब पहले तुम गोली निकालने में मेरी मदद करो, उसके बाद ब्लड चढ़ाना होगा।"

"जी मैम।"

असमाँ ने अरमान को एनेस्थीसिया का एक इंजेक्शन लगाया, जिससे वह बेहोश हो गया। कुछ देर की मशक्कत के बाद असमाँ ने अरमान की पीठ में धँसी गोली को बाहर निकाला, फिर घाव को अच्छे से सिला और मरहम-पट्टी की। अरमान को एक बोतल खून चढ़ाने के बाद असमाँ ने कहा, "राम, मुझसे जो बन पड़ा, मैंने किया। वैसे अब चिंता की कोई बात नहीं हैं। घंटे भर बाद इसे होश आ जाएगा। जरूरत पड़े तो इसे पेनकिलर दे देना।"

बाहोड़ी ने असमाँ को आलिंगन में लेकर उसके मस्तक पर चूमते हुए कहा, "असमाँ, तुम्हारा यह एक और अहसान मुझ पर रहा। शुक्रिया। अब तुम जाओ। तुम्हारा और यहाँ ठहरना ठीक नहीं। जरूरत पड़ने पर मैं तुम्हें फोन करूँगा।" साथ ही अपनी गाड़ी की चाबी देते हुए कहा, "मेरी गाड़ी ले जाओ। सुविधा रहेगी। अब्दुल चाचा की गाड़ी यहीं पड़ी है। मैं वह काम में ले लूँगा।"

असमाँ ने चाबी लेकर जाते-जाते कहा, "राम, वैसे ये कंबख्त इस लायक नहीं था।"

बाहोड़ी ने एक धीमी मुसकराहट के साथ कहा, "असमाँ, तुम निश्चित ही एक दिन बहुत अच्छी डॉक्टर बनोगी।"

असमाँ के जाते ही बाहोड़ी ने पूरे घर की गंभीरतापूर्वक बहुत बारीकी से जाँच की। उसने खून के दाग-धब्बों को बहुत अच्छे से साफ किया और हर वह सूक्ष्म और स्थूल चीज, जिसके जरिये पुलिस उन तक पहुँच सकती थी, उसने एक पॉलिथीन बैग में जमा किए। फिर एक बार नहीं, तीन बार उसने गंभीरतापूर्वक वापस बारीकी से जाँच की और जब वह पूरी तरह आश्वस्त हुआ तो उस पॉलिथीन बैग को लेकर अरमान के पास ही एक अन्य कमरे में ले जाकर ठीक से रख दिया और अरमान के होश में आने के इंतजार में कुछ देर आराम करने को लेट गया। फिर पिछली एक रात और आज पूरे दिन नहीं सो पाने के कारण वह अगले कुछ ही मिनट में एक गहरी नींद में चला गया।

करीब दो घंटे बाद बाहोड़ी के फोन की घंटी बजी। इसी से उसकी नींद टूटी।

नींद इतनी गहरी थी कि ऐसा महसूस हुआ, मानो अभी दो मिनट पहले ही वह सोया हो। फोन कान से लगाया तो एक बिखरी हुई, बोलने का साहस जुटाती हुई आवाज सुनाई पड़ी, "बाहोड़ी, तुम कहाँ हो?"

शफीक भाई की बिखरी हुई आवाज से बाहोड़ी को अंदेशा हो चुका था कि उन्हें अरमान की करतूतों का पता चल चुका है। बाहोड़ी ने शून्य भाव से कहा, "मैं बोरीवली स्थित अपने पुराने घर पर हूँ, मालिक।"

शफीक भाई ने आगे कहा, "पुलिस आई थी। उन्हें अरमान की तलाश है। वहाँ भी आती ही होगी। तुम फौरन निकलो वहाँ से। मेरे पास आ जाओ। मुझे तुमसे बहुत सी बातें करनी हैं।"

"जी मालिक।" कहते हुए वह अति शीघ्रता से कमरे से बाहर निकला।

अरमान वहाँ से निकल चुका था। दीवार पर लगे टेलीविजन पर खबर प्रसारित हो रही थी, जिसे देख-सुनकर बाहोड़ी सन्न रह गया।

"मुंबई पुलिस और खुफिया एजेंसियों रॉ व इंटेलिजेंस ब्यूरो की सजगता के रहते, आतंकवादियों के नापाक इरादे वक्त रहते नेस्तनाबूद हुए। देश को एक भारी क्षति होने से बचा लिया गया। मुठभेड़ में पाँच आतंकवादी मारे गए। एक को पुलिस ने मौके से गिरफ्तार किया, जबकि एक आतंकवादी घायल अवस्था में भागने में सफल रहा। पुलिस के अनुसार उसे पीठ पर गोली लगी है। मौका-ए-वारदात से भारी मात्रा में विस्फोटक पदार्थ व अत्याधुनिक हथियारों का जखीरा बरामद किया गया है। बताया जा रहा है कि भागनेवाला आतंकवादी देश में आतंकवादी घटनाओं को अंजाम देनेवाले साजिशकर्ताओं का सबसे बड़ा सहयोगी है। पुलिस और एजेंसियाँ उसे शहर के चप्पे-चप्पे पर तलाश कर रही हैं...।"

"अरमान...!" बाहोड़ी के मुँह से बरबस ही शब्द हुआ। कुछ होश हुआ तो वह टेलीविजन बंद कर बिजली की तरह फुर्ती से वापस अपने कमरे में दौड़ा और सबूतों से भरा वह पॉलिथीन का बैग लेकर बाहर आया। एक बार उसने फिर घर में सभी ओर अपनी पैनी निगाह घुमाई। टेबल पर एक कागज की चिट्ठी रखी थी। बाहोड़ी ने खोलकर देखा तो उसमें लिखा था, "मेरा जीवन बचाकर मुझ पर तुम्हारा कर्ज रहा, बाहोड़ी। किसी रोज मौका मिला तो जान देकर भी चुकाऊँगा। मैंने अपना रास्ता चुन लिया है। जानता हूँ कि अम्मी-अब्बू और तुम्हें बहुत कष्ट होगा, किंतु हो सके तो मुझे माफ कर देना। असमाँ को मेरा शुक्रिया कहना।"

बाहोड़ी ने कागज को समेटकर अपनी जेब में रखा और बहुत सावधानीपूर्वक

एक झरोखे से झाँककर बाहर सभी ओर देखा कि कोई है तो नहीं और वक्त रहते वहाँ से निकल गया।

रास्ते में वह एक जगह रुका और समुद्र किनारे जाकर एक सुनसान जगह पर उस बैग को जलाकर पूर्णतया नष्ट कर दिया। फिर शफीक भाई और जशोदा बेगम का खयाल आने पर वह तीव्रता से घर की ओर निकल गया।

: 12 :

सूर्य अस्त हो चुका था। अँधेरा हो गया था। घर में मातम सा माहौल था। शफीक भाई की हिम्मत चूर-चूर हो चुकी थी। सदा ऊर्जा से ओतप्रोत रहनेवाले शफीक भाई आँखों में अश्रुकण लिये निढाल से सोफे पर बैठे थे। उनके पास बैठी जशोदा बेगम की आँखों से झर-झर करके बहती अश्रुधारा रुकने का नाम नहीं ले रही थी। किसी और से क्या, वे दोनों एक-दूसरे से भी नजरें मिलाने का साहस नहीं जुटा पा रहे थे। शफीक भाई के पास ही बैठे रहीम चाचा भी अपने आँसू रोके नहीं रोक पा रहे थे और घर में पसरा वह गहरा सन्नाटा मानो काटने को दौड़ रहा हो।

ठीक उसी वक्त घर की दहलीज पर कदमों की आहट हुई तो बाहोड़ी को अपने समक्ष खड़ा पाकर मानो शफीक भाई के गमगीन हृदय में हिम्मत का संचार हुआ। बरबस ही आँखों में ठहरा जल बाहर छलक पड़ा। उन्होंने अपने हाथ से इशारा कर उसे अपने पास आकर बैठने को कहा।

बाहोड़ी पास आकर धीरे से सोफे पर बैठा। हृदय बड़ा क्षुब्ध था। कुछ कह पाने की हिम्मत नहीं हुई। उसने अपनी जेब से वह चिट्ठी निकाली और धीरे से शफीक भाई की ओर बढ़ा दी। शफीक भाई चिट्ठी पढ़ रहे थे और बाहोड़ी ने सारी आपबीती कह सुनाई।

सब जानकर शफीक भाई फफककर रो पड़े। सुबकते हुए कहा, "मर जाने दिया होता। अब जाने कितने निर्दोष लोगों की जान लेगा।"

"पैदा होते ही मर जाता तो अच्छा होता।" कहते हुए जशोदा बेगम भी फफककर रो पड़ी।

शफीक भाई ने अपने हाथों की उँगलियों से अपनी आँखों के अश्रुकण पोंछते हुए शुष्क कंठ-स्वर से कहा, "समझ नहीं आता कि जिस घर में कुरान शरीफ और भागवद् गीता दोनों समान रूप से पढ़ी जाती हैं, उस घर में ऐसा नापाक राक्षस कैसे पैदा हुआ।"

"जरूर हमारे संस्कारों में ही कोई कमी रही होगी।" जशोदा बेगम ने अपने आँचल से अपना मुँह ढाँपते हुए कहा।

बाहोड़ी ने उन्हें हिम्मत बँधाने का प्रयत्न करते हुए शून्य भाव से कहा, "हम सबकी नियति पहले से तय होती है, मालिक। भगवान् की मर्जी के आगे कोई क्या कर सकता है।"

शफीक भाई ने थोड़ी हिम्मत जुटाकर कहा, "नहीं¨। हम सब अपनी नियति खुद तय करते हैं। बुरे का परिणाम बुरा ही होता है। मैंने जब काम शुरू किया, बच्चा था। अनजान था। अपनी भूख से मजबूर था। सही-गलत का मुझे जरा भी भान नहीं था। न ही कोई कहने-समझाने वाला, मगर ऐसा नहीं कि मुझे कभी अहसास नहीं हुआ। जब समझदार हुआ तो अपने भीतर से कई बार आवाज आई। जशोदा से मिलना हुआ तो इसने भी बहुत समझाया। अरमान समझदार हुआ, तब भी भीतर से बहुत बार दिल ने कहा, किंतु हमेशा यही सोचकर उस आवाज को सुना-अनसुना कर देता कि अभी कुछ पैसा बना लेता हूँ, फिर एक दिन छोड़ दूँगा। फिर वक्त बीतने के साथ वह आवाज भीतर ही कहीं दफन होकर खामोश हो गई। पैसे का लालच इतना बढ़ गया कि जीवन में कभी पीछे मुड़कर देखने का साहस ही नहीं जुटा पाया। पैसा कमाना और जिंदा रहना बहुत आसान है, किंतु एक अच्छा इनसान बनना और इज्जत कमाना बहुत मुश्किल।"

कुछ देर की खामोशी के बाद फिर कहा, "बच्चों को जन्म देना बहुत आसान है, किंतु उनकी परवरिश करना बहुत कठिन है। जीवन भर पैसे के पीछे भागता रहा, किंतु कभी थोड़ा सा भी वक्त निकालकर यह जानने की कोशिश नहीं की कि मेरा बच्चा क्या कर रहा है, वह क्या सोचता है, वह घर से बाहर किन लोगों के साथ उठता-बैठता है। मुझसे बहुत बड़ी चूक हुई। एक पिता होने के नाते मैंने उसका ध्यान नहीं रखा।"

तनिक ठहरकर कहा, "दोष उसका नहीं, मेरा ही है। अपने बच्चों को काबिल बनाना और अच्छे संस्कार देना प्रत्येक माता-पिता की सबसे बड़ी जिम्मेदारी होती है। फिर मैं क्या अपने बच्चे को अच्छे संस्कार देता, उसमें और मुझमें फर्क सिर्फ इतना ही है कि मैं बुरा हूँ और वह मुझसे ज्यादा बुरा है। मैं झूठे अरमान ही पाले बैठा था कि मेरा बेटा अच्छा इनसान बनेगा।" कहते हुए उनका गला रुद्ध हो गया।

बाहोड़ी ने शुष्क कंठ-स्वर से कहा, "मालिक, आप सिर्फ खुद को ही जिम्मेदार क्यों ठहराते हैं? उसके पास अब अपनी समझ भी तो है। वह कोई बच्चा थोड़े ही है। क्या गलत है और क्या सही, इसका निर्णय वह स्वयं कर सकता है।"

रहीम चाचा ने अपने अश्रुकण पोंछते हुए आर्द्र कंठ-स्वर से कहा, "मैं तो छोटे मालिक को बहुत समझदार समझता था। विश्वास ही नहीं होता कि वे कभी ऐसा कदम उठाएँगे।"

सब चुप थे। एक गहरा सन्नाटा व्याप्त था। कोई कुछ भी बोलने को साहस नहीं जुटा पा रहा था। घर में पसरा वह गहरा सन्नाटा काटने को दौड़ रहा था।

एक लंबी चुप्पी को तोड़ते हुए शफीक भाई ने हिम्मत जुटाकर कहा, "मैं अपने सारे धंधे बंद कर रहा हूँ। सोच रहा हूँ, केवल रेस्तराँ चलाऊँगा। मेरा गुजारा हो ही जाएगा। अब न मैं शराब बनाऊँगा, न अपने रेस्तराँ में शराब बेचूँगा और न ही सोने या हीरों की स्मग्लिंग करूँगा।"

सुनकर सब निस्तब्ध थे। यह शफीक भाई का फैसला था। उस शफीक भाई का, जिसने अपने जीवन में कभी किसी के आगे अपना सिर नहीं झुकाया, वरन् बड़े-बड़े धुरंधर उनके पैरों में पड़े रहते हैं।

थोड़ी देर की खामोशी को तोड़कर फिर कहा, "तुम्हें यह सब काम करना कभी पसंद नहीं था ना, बाहोड़ी। मुझे माफ करना, किंतु मैंने पढ़ा था, तुम्हारी उस रोजाना की डायरी में, जो तुमने मेरे लिए लिखा था।"

यह सुनकर बाहोड़ी ने डर के मारे एक बार शफीक भाई की ओर देखा, किंतु कुछ कह न सका।

"···आज से तुम आजाद हो। अपने जीवन का हर फैसला लेने का तुम्हें पूरा अधिकार है।" शफीक भाई ने अपनी जेब से एक लिफाफा निकालकर सामने टेबल पर रखते हुए कहा, "तुम्हारा चयन भारत सरकार के इंटेलिजेंस ब्यूरो में अधिकारी के तौर पर हुआ है। यह तुम्हारा पोस्टिंग लेटर है। कुछ दिनों पहले आया था। एक हफ्ते बाद तुम्हें नई दिल्ली जाना होगा।"

यह बाहोड़ी के लिए गहरे पानी में डूबे किसी व्यक्ति का सतह पर आकर श्वास लेने जैसा था, किंतु इस दुःख की घड़ी में उसके लिए यह खुशी बहुत फीकी थी। उसके चेहरे पर खुशी का एक भी चिह्न नहीं था। गंभीरता से कहा, "मैं आपसे आजाद होकर कहाँ जाऊँगा, मालिक। मुझे जीना आप ही ने तो सिखाया है। आपसे अच्छे माँ-बाबा मुझे दुनिया में और कहाँ मिल सकेंगे! फिर मैं अपने माँ-बाबा को इस हालत में छोड़कर कैसे जा सकता हूँ, जिन्हें इन मुश्किल हालात में मेरी सबसे ज्यादा जरूरत है। मुझे आजादी नहीं, माँ-बाबा की जरूरत है···आपकी जरूरत है।"

सुनकर शफीक भाई और जशोदा बेगम की आँखों से बरबस ही अश्रुधारा प्रस्फुटित हो पड़ी और बेजान रूहें मानो एक नई ऊर्जा से सराबोर हुईं। शफीक भाई

ने अपने हाथों की उँगलियों से अपनी आँखों के अश्रुकण पोंछते हुए गंभीरता से कहा, "एक प्रश्न है, राम। अरमान के लिए मैंने क्या कुछ नहीं किया। उसे मैंने हर प्रकार की बेहतरीन से बेहतरीन सुख–सुविधाएँ दीं और अपने सभी बुरे कामों से भी उसे हमेशा दूर रखा, फिर भी उसने बुराई का रास्ता चुना, जबकि तुम्हें मैंने मात्र एक विद्यालय जाने की अनुमति दी और किसी प्रकार की कोई विशेष सुविधा नहीं दी, जबकि मेरे हर कार्य में तुम पूरी तरह शामिल थे, बल्कि तुमने ही हर कार्य की योजना तैयार की और उसे अंजाम भी दिया। मेरे सभी कार्यों को पूरी जिम्मेदारी के साथ मेरी उम्मीदों से भी कहीं अधिक बेहतर करके दिखाया। मेरा सारा कार्यभार तुमने सँभाला। इन सबके बाद भी तुमने अपने लिए एक अच्छे रास्ते का निर्माण किया। यह जानते हुए भी कि तुम उस रास्ते पर चल पाओगे भी या नहीं। ऐसा क्यों?"

बाहोड़ी ने सहज भाव से कहा, "मैं चाहे जो कुछ भी हूँ। कोई मुझे माफिया कहे या स्मगलर, किंतु मेरे भीतर एक अन्य राष्ट्र भी बसता है, जिसका निर्माण मेरी माँ ने किया। उस पवित्र राष्ट्र की हिफाजत करना क्या मेरा कर्तव्य नहीं, जिसके लिए मैंने अपनी माँ से वादा किया था?"

शफीक भाई ने गर्वित भाव से कहा, "बड़ी भली और बहुत महान् औरत थी रे वो दुःखियारिन। स्वर्ग में बैठी वह तुम पर बहुत फक्र महसूस कर रही होगी।"

जशोदा बेगम ने अपने अश्रुकण पोंछते हुए कहा, "जरूर हमने कभी कुछ पुण्य भी किए होंगे, जो हमें तुम्हारे जैसा बेटा नसीब हुआ।" कुछ ठहरकर असमर्थ भाव से फिर कहा, "राम, उसे किसी ने बहका दिया है। उसे किसी तरह समझा–बुझाकर वापस ले आओ।" कहते हुए वह फिर सिसककर रो पड़ी।

शफीक भाई ने जशोदा बेगम को समझाते हुए कहा, "जानता हूँ, जशोदा तुम्हारे सीने में एक माँ का दिल भी धड़क रहा है, जिसे अपूरणीय भारी क्षति पहुँची है, किंतु अब बहुत देर हो चुकी है। अब सब व्यर्थ है।"

बाहोड़ी ने गंभीरता से कहा, "अगर कभी मेरा उससे मिलना होगा तो मैं कोशिश जरूर करूँगा। क्या अरमान मेरा भाई नहीं? किंतु अपने देश के साथ गद्दारी करके आपका सिर कभी नीचा नहीं होने दूँगा। चाहे मुझे अपनी जान क्यों न गँवानी पड़े।"

जशोदा बेगम ने अपने हाथों की उँगलियों से अपनी आँखों के अश्रुकण पोंछकर सिर नीचे झुकाए ही दृढ़तापूर्वक कहा, "राम···बेटे कभी गोली चलानी पड़े तो सोचना मत।"

सुनकर शफीक भाई, बाहोड़ी और रहीम चाचा तीनों ही अवाक् रह गए। स्त्री

के इस अद्वितीय साहस से अभिभूत हुए वे तीनों जशोदा बेगम को अपलक देख रहे थे।

एक लंबी निःशब्दता तोड़ते हुए शफीक भाई ने सहज भाव से कहा, "मुझे हर रोज सुबह ग्यारह बजे पुलिस थाने में अपनी उपस्थिति दर्ज करानी होगी। राम कुछ भी हो जाए, तुम पुलिस की पहुँच से दूर रहना। यह सब मैं देख लूँगा।"

"आज तक पुलिस बाहोड़ी के विषय में सिर्फ नाम के सिवा क्या कुछ जानती है, जो अब जान पाएगी।"

"फिर भी, तुम्हारी पोस्टिंग होनेवाली है, मैं नहीं चाहता कि तुम किसी मुसीबत में फँसो। मेरा एक अजीज मित्र है। उसका एक फ्लैट खाली पड़ा है। जब तक पोस्टिंग न हो जाए, वहाँ चले जाओ और असमाँ से कहना वह परेशान न होए और हाँ, कोई चिंता की बात हो तो पहले मुझे बताना।"

"जी मालिक।"

"राम...अब जब तुम हमें माँ-बाबा मानते हो तो क्या माँ-बाबा कहोगे नहीं?"

"जी बाबा।"

: 13 :

अगले दिन जल्दी सुबह बाहोड़ी और असमाँ समुद्र किनारे बैठे चुपचाप समुद्र को निहार रहे थे। अचानक इतना कुछ घटित हुआ कि खुशी और दुःख दोनों के ही कोई मायने नहीं रहे। हाँ, अरमान ने जो रास्ता चुना, उससे सबका हृदय बहुत क्षुब्ध था। सभी के हृदय को बहुत भारी क्षति पहुँची, जिसकी भरपाई करना किसी भी तरह संभव नहीं था। इसलिए दोनों ही खामोश थे।

एक लंबी खामोशी को तोड़ते हुए बाहोड़ी ने शून्य भाव से कहा, "असमाँ, मेरे पास तुम्हें कहने को आज बहुत-कुछ है। जानकर तुम्हें जरूर खुशी होगी, किंतु समझ नहीं आता कि पहले कौन सी बात कहूँ।"

असमाँ को कुछ-कुछ अंदेशा हो चुका था, किंतु वह चुप थी।

"मेरा चयन इंटेलिजेंस ब्यूरो में अधिकारी के तौर पर हुआ है। शफीक भाई ने भी मुझे इसकी इजाजत दे दी है। अब वे सभी काम, जो तुम्हें पसंद नहीं थे, मुझे करने की जरूरत नहीं हैं। शफीक भाई ने भी वे सभी काम हमेशा के लिए बंद कर दिए हैं और जानती हो? तुम्हारी तरह अब मेरे भी माँ और बाबा है।"

यह सब सुनकर बरबस ही असमाँ की आँखें भर आईं। खुशी से उसका

हृदय भाव-विभोर हो उठा। अपने हाथों की उँगलियों से अपनी आँखों के जलकण पोंछकर उसने बाहोड़ी की ओर गर्वित भाव से देखते हुए कहा, "राम···इतनी सारी खुशियाँ तुम्हें एक साथ मिलीं और तुम्हारे चेहरे पर खुशी का एक भी चिह्न नहीं··· !"

बाहोड़ी ने अफसोसजनक भाव से कहा, "काश···! अरमान भी हम सबके साथ होता।"

असमाँ ने प्रेमपूर्वक बाहोड़ी के कंधे पर अपना हाथ रखते हुए कहा, "राम, इसमें तुम्हारा क्या कसूर? उसने अपना रास्ता खुद चुना।"

बाहोड़ी ने कृतज्ञ भाव से कहा, "असमाँ, मैं तुम्हारा अहसानमंद हूँ। तुम नहीं होती तो मैं एक स्मगलर या माफिया ही बनकर रह जाता।"

"राम, तुम कभी बुरे थे ही नहीं। तुम हमेशा से अच्छे थे। जैसे तुम आज हो। बुरे होते तो क्या मैं तुम्हारे साथ होती?"

"तो क्या कभी मुझसे कोई बुरा काम हुआ तो तुम मेरे साथ नहीं रहोगी?"

"अगर जानबूझकर तुम बुरे काम करोगे तो क्या मुझे तुम्हारा साथ देना चाहिए?"

"मेरी संगत में रहकर तुम्हारी जबान कितनी साफ हो गई है ना?"

"हमेशा अपनी ही टाँग ऊपर रखोगे न तुम?" कहते हुए असमाँ के साथ बाहोड़ी भी धीमे से हँस पड़ा।

बाहोड़ी ने शांत होकर असमाँ के कंधे पर अपना हाथ रखकर उसे कसकर खुद से लगाते हुए सहज भाव से पूछा, "अब तो तुम्हें मुझसे कोई शिकायत नहीं हैं ना?"

असमाँ ने शांत होकर माधुर्ययुक्त कंठ-स्वर से कहा, "एक शिकायत है।"

"अब क्या शिकायत है··· !"

असमाँ ने आलिंगनबद्ध होकर एक हाथ बाहोड़ी के गाल पर रखकर उसके होंठों पर चुंबन करके कहा, "तुम कुछ ज्यादा ही अच्छे हो···और बहुत मीठे भी।" साथ ही चुटकी लेते हुए कहा।

"हाँ···वो···तो है, किंतु तुमसे ज्यादा नहीं।" बाहोड़ी ने असमाँ को अपनी गोद में लेटाकर उसके गले पर अपने दाँत गड़ाते हुए कहा।

"आ··· !" असमाँ हँसते-हँसते धीरे से चीख पड़ी।

कुछ देर बाद बाहोड़ी ने असमाँ को प्रेमपूरित नेत्रों से निहारते हुए सहज भाव से कहा, "मैं हफ्ते भर बाद नई दिल्ली जा रहा हूँ।"

सुनकर असमाँ के चेहरे पर छाई मुसकान बरबस ही विलुप्त हो गई।

कुछ ठहरकर भारी कंठ-स्वर से पूछा, "वापस कब आओगे?"

"मालूम नहीं।"

जहाँ एक दिन भी मुलाकात किए बगैर रहना दिल को बहुत आहत करनेवाला होता है, वहाँ एक अनिश्चितकाल बड़ा ही पीड़ादायक था।

एक लंबी चुप्पी तोड़ते हुए उसने दृढ़ कंठ-स्वर से कहा, "चाहे कुछ भी हो जाए राम, मुझे अपने काम से ऊपर कभी मत रखना। वरना मैं अपना जीना व्यर्थ समझूँगी। मैं पूरा जीवन तुम्हारा इंतजार कर सकती हूँ।"

सुनकर बाहोड़ी असमाँ का यह त्याग और साहस देखकर अभिभूत था।

असमाँ को अब भी चुप और उदास देख बाहोड़ी ने चुहलबाजी करते हुए कहा, "सुना है, दिल्ली की कुड़ियाँ बहुत खूबसूरत होती हैं।"

असमाँ ने बाहोड़ी के गाल पर धीरे से एक थप्पड़ मारकर उससे आलिंगनबद्ध होते हुए कहा, "तुम दूर ही रहना उन बलाओं से। बड़ी बदमाश और बहुत स्वार्थी होती हैं।" कहते हुए उसकी आँखों के कोनों से दो बूँद जलकण छलक आए।

बाहोड़ी ने अपने हाथों की उँगलियों से असमाँ की आँखों के जलकण पोंछकर उसके मस्तक पर चुंबन करते हुए कहा, "मुझे उस पल का बेसब्री से इंतजार है, जब तुम बहुत जल्द एक अच्छी डॉक्टर बन जाओगी।"

तभी समुद्र किनारे घुड़सवारी करानेवाले को अपने घोड़े के साथ खड़े देख असमाँ ने कहा, "मुझे घुड़सवारी करनी है।"

बाहोड़ी ने असमाँ की नजरों की दिशा में खड़े उस बेहद खूबसूरत आदमकद धाकड़ शरीर वाले श्वेत-धवल घोड़े को देखते हुए कहा, "हाँ···क्यों नहीं।"

···और असमाँ को अपने आगे बैठाकर एक हाथ से असमाँ को सँभाले और दूसरे हाथ से लगाम पकड़े बाहोड़ी निकल पड़ा समुद्र के किनारे घोड़े को सरपट दौड़ाते हुए घुड़सवारी को।

□

भाग-3

: 1 :

खुफिया एजेंसी इंटेलिजेंस ब्यूरो की चेतावनी को सरकार और पुलिस प्रशासन ने गंभीरता से नहीं लिया। नतीजतन देश की राजधानी दिल्ली एक के बाद एक सिलसिलेवार वीभत्सकारी धमाकों की गूँज से थर्रा उठी। शहर के बाजार और सड़क-चौराहों के दृश्य दिल दहला देनेवाले थे और हृदय-विदारक भी। सड़कों पर खून और क्षत-विक्षित लाशें पड़ी थीं। जगह-जगह मानव शरीर के चीथड़े बिखरे पड़े थे तो कहीं आग में जलते हुए कंकाल, जिन्हें पहचानना ही दुष्कर था। बहुत से लोग अपने शरीर का कोई हिस्सा खोने के बाद लहूलुहान हालत में बुरी तरह घायल बेबस-लाचार पड़े कराह रहे थे। चीखते-चिल्लाते, रोते-बिलखते लोग अपनों को पहचानने का प्रयास कर रहे थे, तो कई अपनों के शवों के पास बैठे मातम मना रहे थे। इनसान बाहर और भीतर दोनों ही प्रकार से तहस-नहस था। इस वीभत्सकारी जघन्य कृत्य के शिकार लोगों के घरों में तो मातम था ही, वरन् पूरा शहर ही नहीं, पूरा देश मातम में डूबा गमगीन था। हर आँख नम थी और हृदय बड़ा क्षुब्ध था। सबके जेहन में एक ही नाम कचोट रहा था, अरमान…!

एक तरफ सरकार और सुरक्षा व्यवस्था बेबस और लाचार थीं, वहीं दूसरी तरफ इस हमले को अंजाम देनेवाले आतंकवादी संगठन सरकार की गिरफ्त से दूर स्वच्छंद हुए सीना तानकर स्वीकार ही नहीं कर रहे थे, बल्कि पड़ोसी मुल्क पाकिस्तान के दामाद बने बैठे अपने ससुराल की खातिरदारी का लुत्फ उठा रहे थे, जश्न मना रहे थे।

रॉ के मुखिया डॉ. कृष्णन करनाई देश में आतंकवादी घटनाओं को लेकर बहुत चिंतित थे। उन्होंने आई.बी. चीफ के साथ एक गुप्त बैठक की और साथ ही उस आई.बी. ऑफिसर को भी अपने समक्ष प्रस्तुत करने को कहा, जिसने हाल ही में हुए आतंकवादी हमले की पूर्व जानकारी दी थी। उनके चिंतित होने का एक

अन्य कारण यह भी था कि उस आई.बी. ऑफिसर ने हमले के कुछ दिनों बाद खत लिखकर जो अपने बारे में जानकारी दी, वह उन्हें भीतर से बहुत विचलित करनेवाली थी।

डॉ. कृष्णन करनाई और आई.बी. चीफ के समक्ष बाहोड़ी खड़ा था। तीनों चुप थे। डॉ. कृष्णन करनाई अविश्वस्त और सूक्ष्म निगाहों से बाहोड़ी का निरीक्षण कर रहे थे। कुछ देर बाद अपने हाथ से इशारा करते हुए उसे बैठने को कहा।

बाहोड़ी ने सामने पड़ी कुरसी पर बैठते हुए आदरपूर्वक कहा, "धन्यवाद सर।"

एक लंबी खामोशी को तोड़ते हुए डॉ. कृष्णन करनाई ने सहज भाव से अपने साथ बैठे आई.बी. चीफ को बाहोड़ी के बीते हुए कल के बारे में सब कुछ बताया।

जानकर आई.बी. चीफ हतप्रभ रह गए कि उन्होंने अपने आई.बी. ऑफिसर के तौर पर एक शातिर माफिया का चयन किया है। हैरानी की बात यह थी कि उसके खिलाफ उनके पास सिर्फ माफिया जगत् के दो नाम शफीक और बाहोड़ी के सिवा एक भी सबूत नहीं, जो उसे माफिया या स्मगलर साबित करे। वे संदेह की निगाहों से अवाक् हुए बाहोड़ी को देख रहे थे। बाहोड़ी अब भी चुप बैठा था।

डॉ. कृष्णन करनाई ने एक लंबी चुप्पी तोड़ते हुए सौम्य भाव से कहा, "राम, तुमने अपने बारे में जो कुछ भी हमें बताया है, तुम्हारी हिम्मत का जवाब नहीं, किंतु तुमने हमें सकते में डाल दिया है। हम चाहें तो तुम्हें इसी वक्त आई.बी. से निकाल भी सकते हैं और तुम्हें संदेह के आधार पर गिरफ्तार भी कर सकते हैं, फिर अब तो तुम स्वयं यह स्वीकार भी कर रहे हो, किंतु मैं समझता हूँ कि तुम पूर्णतया कभी माफिया नहीं थे। मैं तुम्हारी राष्ट्र रक्षा की भावना की तहेदिल से कद्र करता हूँ, किंतु तुम अरमान को पकड़ने के लिए मिशन में खुद को रखने के लिए सिफारिश कर रहे हो। क्या तुम्हें रॉ, आई.बी. या देश की खुफिया एजेंसियों या सुरक्षा बलों पर भरोसा नहीं?"

बाहोड़ी ने धीरतापूर्वक सहज भाव से कहा, "ऐसा नहीं है, सर। मेरे बिना भी आप अरमान तक पहुँचने में पूरी तरह सक्षम हैं, बल्कि मुझे पूरा विश्वास है कि आप निश्चित ही उसे पकड़कर सलाखों के पीछे डाल पाएँगे, किंतु यदि आप मेरी मदद ले तो ऐसा करना आसान भी होगा और जल्दी भी, क्योंकि अरमान को मैं बचपन से जानता हूँ।"

"हाँ⋯, क्योंकि वह तुम्हारा भाई जो ठहरा।" आई.बी. चीफ ने तंज कसते हुए कहा।

बाहोड़ी एक पल को विचलित हुआ, किंतु फिर अगले ही क्षण दृढ़ कंठ-स्वर से कहा, "अब वह मेरा भाई नहीं सर, मेरे देश का दुश्मन है और अगर होता भी तो मैं अपने राष्ट्र के साथ गद्दारी कभी नहीं करता, चाहे मुझे उसके सिर में गोली ही क्यों न मारनी पड़े, या फिर मुझे अपने प्राणों की आहुति क्यों न देनी पड़े।"

डॉ. कृष्णन करनाई ने सहज भाव से कहा, "राम, मुझे तुम पर फक्र भी है और पूरा विश्वास भी। तुम्हारा राष्ट्र के प्रति समर्पण, तुम्हारी हिम्मत और जज्बा देखते हुए मैं तुम्हें एक बड़े मिशन पर भेजना चाहता हूँ। क्या तुम तैयार हो?"

"यस सर।" बाहोड़ी ने तड़ित कंठ-स्वर से कहा।

"पश्चिमी सीमा से आए दिन जो घुसपैठ हो रही है, उसे लेकर आर्मी इंटेलिजेंस, रॉ और आई.बी. ने मिलकर एक टीम गठित की है, जिसका मिशन सीमा पार से घुसपैठ को खत्म करना रोकना है। मैं समझता हूँ कि तुम्हारा अतीत इस मिशन के लिए बहुत लाभदायक होगा।"

बाहोड़ी मन-ही-मन समझ गया कि उन्हें उस पर भरोसा नहीं है, इसलिए उसे अन्यत्र मिशन पर भेजा जा रहा है। बाहोड़ी ने दृढ़ कंठ-स्वर से कहा, "मैं अपना सौ फीसदी दूँगा, सर।"

"मुझे तुमसे यही उम्मीद थी राम। मेरे अगले निर्देश का इंतजार करना।"

बाहोड़ी ने तड़ित कंठ-स्वर से कहा, "यस सर।" साथ ही वह उठ खड़ा हुआ।

बाहोड़ी जाने को हुआ कि उसने जरा ठहरकर फिर कहा, "सर, अरमान को जितना मैं जानता हूँ, उस तक पहुँचना आसान नहीं है और पहुँच भी पाए तो उसे जिंदा पकड़कर लाना उससे भी अधिक मुश्किल।"

डॉ. कृष्णन करनाई ने किंचित् भी बुरा न मानते हुए धीरतापूर्वक कहा, "मैं तुम्हारी इस बात का पूरा ध्यान रखूँगा, राम।"

"धन्यवाद सर।" बाहोड़ी ने आदरपूर्वक धीरे से कहा और मुड़कर बाहर चला गया।

बाहोड़ी के बाहर जाते ही डॉ. कृष्णन करनाई ने आई.बी. चीफ से कहा, "इस पर चौबीस घंटे नजर रखनी होगी।"

आई.बी. चीफ ने सहमति में अपना सिर हिलाया, साथ ही चिंतित भाव से कहा, "मुझे लगता है, आप एक गलत शख्स पर भरोसा कर रहे हैं। वह हमारे किसी भी मिशन के लिए खतरनाक साबित हो सकता है।"

डॉ. कृष्णन करनाई ने गहराई से सोचते हुए गंभीरता से कहा, "आपका चिंतित होना जायज है, किंतु मुझे जाने क्यों ऐसा लगता है कि मैंने एक बेहतरीन सिपाही को चुना है, जो बचपन से बुराई से लड़ते हुए यहाँ तक पहुँचा है। जिसने न केवल बुराई को हराकर अपने लिए अच्छाई का रास्ता चुना, बल्कि अपनी माँ से किया वादा निभाया। वह वादा, जो उसने अपने दुधमुँहे दाँत रहते किया था कि वह जीवन में एक अच्छा इनसान बनेगा। फिर आगे कुछ समय में पता चल ही जाएगा कि उसकी बातों में कितनी सच्चाई है या उसके इरादे क्या हैं। फिर हमारे पास उसका नाम 'बाहोड़ी' के सिवा क्या कोई अन्य ठोस सबूत है? दूसरा वह विभाग की लिखित परीक्षा और साक्षात्कार में उम्दा स्थान प्राप्त कर यहाँ तक पहुँचा है।"

आई.बी. चीफ डॉ. कृष्णन करनाई से आश्वस्त तो थे, किंतु बहुत असमंजस में भी। वे चुप थे, क्योंकि डॉ. कृष्णन करनाई पर उन्हें खुद से ज्यादा भरोसा था।

डॉ. कृष्णन करनाई आई.बी. चीफ के मनोभाव को सहज ही महसूस कर रहे थे। उन्होंने सहज भाव से कहा, "आप निश्चिंत रहें। वह साँस भी लेगा तो मुझे खबर रहेगी और मैं चाहता हूँ कि यह बात सिर्फ हमारे बीच ही रहे।"

आई.बी. चीफ ने आश्वस्त भाव से सहमति में अपना सिर हिलाया।

: 2 :

बाहोड़ी को जिस भी मिशन पर भेजा गया, उसने उस मिशन को प्राणपण से अंजाम दिया और उम्मीद से कहीं बेहतर काम किया, जबकि चौबीसों घंटे उस पर निगाह रखी जाती है और संदेह की सुई हमेशा उस पर बनी रहती है। देश की पश्चिमी सीमा पर एक के बाद एक रोज घुसपैठियों की धरपकड़ जारी थी और जाने कितनों का रोज सफाया किया जा रहा था। पहले जम्मू-कश्मीर, फिर पंजाब, राजस्थान, गुजरात और अब महाराष्ट्र, किंतु देश की सरकार, सुरक्षा बलों और अवाम को धक्का तब लगा, जब सीमा पर घुसपैठ कराने में सेना, नौसेना व पुलिस के कुछ वे सैनिक, नौसैनिक तथा कुछ उच्च रैंक के अधिकारी भी शामिल थे, जिन्होंने चंद रुपयों की खातिर अपना ईमान बेच दिया। इतना ही नहीं, खुफिया एजेंसियों को धक्का तब लगा, जब इनमें से कुछ सैनिक और अफसर पड़ोसी मुल्क की खुफिया एजेंसी आई.एस.आई. को देश की महत्त्वपूर्ण गोपनीय जानकारी तथा सेना की सीमा पर हलचल और स्थिति की सूचनाएँ प्रदान करने में लिप्त पाए गए।

इतना सब कुछ अचानक घटित होने के पश्चात् बाहोड़ी डॉ. कृष्णन करनाई के लिए हीरो बन चुका था।

दूसरी तरफ पड़ोसी मुल्क पाकिस्तान की सरकार, आई.एस.आई. और आतंकवादी संगठनों के लिए बाहोड़ी नासूर बन चुका था। एक के बाद एक उनके नापाक इरादे नेस्तनाबूद हो रहे थे। प्रधानमंत्री, सेना जनरल, आई.एस.आई. चीफ और आतंक के आका, जिन्हें धर्म उपदेशक और धर्मगुरु के रूप में पूजा जाता है, ने इस समस्या का हल ढूँढ़ने को आनन-फानन में एक गुप्त सभा आयोजित की।

आतंक के आका प्रथम ने घृणित भाव से कहा, "बाहोड़ी… ! यह क्या नाम है ? क्या इसका यही वास्तविक नाम है और कितना जानते हैं हम इसके बारे में ?"

सेना जनरल ने व्यग्र भाव से कहा, "जनाब, यह जो कोई भी हो, हमारे लिए सबसे बड़ी मूसीबत बन गया है। दुनिया के किसी भी जासूस को अपराध की जड़ तक पहुँचने में उसका आधा जीवन बीत जाता है और एक यह है कि मानो इसे हमारे सोचने से पहले ही हमारे इरादे मालूमात हों। यह कोई आम सोचवाला जासूस तो बिल्कुल नहीं।"

आतंक के आका द्वितीय ने सहज भाव से कहा, "इसका वास्तविक नाम राम है। इसका अपना कोई नहीं है, जनाब। अरमान को यह अपना भाई मानता है और अरमान के अब्बू और अम्मी को अपने अब्बू-अम्मी।" साथ ही उसके बचपन से लेकर अब तक की पूरी जानकारी जो भी अरमान ने बताई, उसने मीटिंग में सभी को बताई।

सुनकर सब हैरान-परेशान थे।

"यह कैसे संभव है ?" आश्चर्यचकित आई.एस.आई. चीफ के मुँह से बरबस ही शब्द हुए।

आतंक के आका द्वितीय ने गंभीरतापूर्वक कहा, "खुद अरमान ने मुझे यह सब बताया है, जनाब।"

आतंक के आका प्रथम ने गंभीरतापूर्वक कहा, "हर इनसान की कोई-न-कोई कमजोरी जरूर होती है। इसकी भी कोई-न-कोई दुखती रग जरूर होगी। कहीं अरमान हमसे कुछ छुपा तो नहीं रहा है।"

"अरमान पर संदेह न करें जनाब। …फिर कमजोरी न भी है तो बना देते हैं, जनाब।" आई.एस.आई. चीफ ने अपना विचार रखते हुए कहा।

सेना जनरल ने किंचित् सोचते हुए कहा, "क्या मतलब है आपका ?"

आई.एस.आई. चीफ ने दंभ भरते हुए कहा, "ऐसे सिरफिरे लोगों को दिमाग से नहीं जनाब, दिल से मात दी जाती है।"

आतंक के आका प्रथम ने झल्लाकर कहा, "आप घुमा-फिराकर बात न करें, जनाब। जो कहना है, स्पष्ट कहें।"

"आई.एस.आई. में ऐसे सिरफिरे लोगों से निपटने के लिए विशेष महिला एजेंट तैयार किए गए हैं जनाब, जिनकी खूबसूरती के आगे बड़े-बड़े शहंशाह भी पानी भरने को तैयार हो जाते हैं और पत्थर भी पिघलकर पानी हो जाते हैं जनाब।"

आतंक के आका द्वितीय ने तारीफ करते हुए कहा, "मान गए जनाब आपको। यह पैंतरा तो वाकई बहुत कारगर साबित हो सकता है। फिर देर किस बात की।"

आई.एस.आई. चीफ ने गंभीरता से कहा, "हमारी एजेंसी की सबसे काबिल महिला ऑफिसर पिछले कई वर्षों से हिंदुस्तान में सक्रिय हैं, जनाब। वहीं इस कार्य के लिए सबसे बेहतर हैं।"

सेना जनरल ने अपने मस्तिष्क पर किंचित् जोर डालते हुए कहा, "क्या नाम बताया था, जनाब आपने उसका⋯!"

"⋯जन्नत।"

"हाँ⋯जन्नत। जिसके पिता बहुत समय पहले कश्मीर में एक मुठभेड़ में भारतीय सेना द्वारा मारे गए।" सेना जनरल ने याद आने पर कहा।

"बिल्कुल ठीक फरमाया जनाब आपने। आपकी याद्दाश्त का जवाब नहीं जनाब।" आई.एस.आई. चीफ ने चाटुकारितापूर्ण कहा।

आतंक के आका प्रथम ने गंभीरता से कहा, "जैसा आप उचित समझे, किंतु हमें इस समस्या का समाधान किसी भी कीमत पर चाहिए और उसकी हर एक कदम की जानकारी चाहिए। चाहे उसे जान से खत्म कर दो, मुझे फर्क नहीं पड़ता। हम चुपचाप तमाशबीन होकर हाथ-पर-हाथ धरे बैठे नहीं रह सकते। चाहे कुछ भी हो, चाहे खून की नदियाँ क्यों न बहें, हमें हमारे मकसद में कामयाब होने से कोई नहीं रोक सकता।"

तभी प्रधानमंत्री ने विनम्रतापूर्वक दबी सी आवाज में कहा, "किंतु जनाब हमें हमारी अवाम का भी तो ध्यान रखना चाहिए। अवाम को चैनों-अमन चाहिए। दंगे-फसाद और खून-खराबा नहीं। फिर चाहे वह अपने मुल्क का हो या गैर-मुल्क का।"

आतंक के आका प्रथम ने कर्कश आवाज में तीव्र कंठ-स्वर से कहा, "आप कोई राय न ही दें तो ठीक रहेगा, जनाब। आपसे जो कहा जाए, जितना

कहा जाए, उतना ही करने की मेहरबानी करें। जो हो रहा है, उसका अपनी कुरसी पर बैठकर आनंद ले। हमारा काम है सीमा पर तथा हिंदुस्तान की अवाम के बीच तनाव बनाए रखना और आपका काम है सियासत स्तर पर दोस्ताना वार्त्तालाप जारी रखना। आप अपना काम बखूबी निभाइए, हम अपना काम बखूबी निभाएँगे।"

आतंक के आका द्वितीय ने धमकाते हुए कहा, "…और अगर अपनी जान और अपनी कुरसी प्यारी है तो कृपया हमारे काम में अपनी टाँग न अड़ाएँ या फिर भूल गए हैं कि आप प्रधानमंत्री किसके रहमोकरम पर बने हैं…!"

"जी जनाब। मैं तो बस…।" आदरणीय प्रधानमंत्रीजी के पास कहने को अब कुछ भी शेष नहीं था।

आतंक के आका प्रथम ने एक रोबदार और कर्कश आवाज के साथ कहा, "हम अपने मकसद में निस्संदेह कामयाब होंगे। अल्लाह-ताला हमारे साथ है।"

"इंशा-अल्लाह।" सबकी आवाज एक साथ गुंजायमान हुई।

: 3 :

असमाँ का डॉक्टरी की पढ़ाई का यह आखिरी वर्ष है। वह एक सरकारी अस्पताल में वरिष्ठ चिकित्सकों के निर्देशन में बीमार और पीड़ितों का हरसंभव जी-जान से इलाज करती है। आज भी वह एक पीड़ित का इलाज कर थोड़ी फुरसत में होकर किसी मरीज की फाइल पढ़ रही थी। ठीक उसी वक्त दरवाजे पर किसी के दस्तक देने के साथ ही आवाज हुई, "मैडम, क्या आप मेरे दिल का इलाज भी करेंगी ? सुना है, आप दिल के मरीजों का अच्छा इलाज करती हैं।"

यह आवाज सुनकर असमाँ जड़ रह गई। सिर उठाकर देखने की वह हिम्मत नहीं जुटा पाई, किंतु दिल की हर एक धड़कन को वह सहज ही महसूस कर पा रही थी। बरबस ही आँखों के कोनों से दो बूँद जलकण छलक आए। बाहोड़ी धीरे-धीरे पदचाप करते हुए पास आया और घुटनों के बल बैठते हुए उसकी कुरसी को अपनी तरफ घुमाकर उसे कुरसी सहित अपनी बाँहों के घेरे में ले लिया। असमाँ कुछ भी बोलने में असमर्थ थी। वह चुप थी। बाहोड़ी कुछ कहने को हुआ कि असमाँ बाहोड़ी से कसकर चिपट पड़ी। बाहोड़ी भी असमाँ को अपनी बाँहों में भरकर अपनी प्रेमिका के उस सुखदायी अहसास को महसूस कर रहा था, साथ ही उसके जिस्म की वह गंध, जो उसके जेहन में गहराई तक समा चुकी है, आज वर्ष भर बाद उस गंध को

पाकर उसका रोम-रोम ऊर्जा से आप्लावित हो उठा। कुछ देर बाद जब असमाँ सहज हुई तो बाहोड़ी ने अपने हाथ की तर्जनी उँगली उसकी ठोड़ी पर स्पर्श करके उसकी आँखों में देखते हुए आर्द्र कंठ-स्वर से कहा, "मुझे माफ कर दो, परी। मैंने तुम्हें बहुत कष्ट पहुँचाया।" कहते हुए उसने असमाँ के मस्तक पर प्रेम से परिपूर्ण एक चुंबन किया।

"नहीं करूँगी।" कहते हुए, वह फिर से किसी छोटी बच्ची की भाँति कसकर चिपट पड़ी।

कुछ देर ठहरकर असमाँ ने रुआँसे कंठ-स्वर से कहा, "जाने के बाद कभी फोन भी नहीं किया।"

बाहोड़ी ने अपने दोनों हाथ असमाँ के गालों पर रखते हुए कहा, "मैं जानता हूँ कि तुम्हें मुझसे एक नहीं, बहुत सारी शिकायतें हैं।" कुछ ठहरकर फिर विस्मयपूर्वक कहा, "...जरा देखो तो कितना बदल गई हो तुम। हमेशा सलवार-कुरता और बालों में दो चोटियाँ बनानेवाली उस भोली-भाली मासूम सी लड़की को जींस-टॉप में और एक चोटी बनाए हुए देख मैं बहुत हैरान हूँ। बहुत से मरीज तो बेचारे सिर्फ तुम्हें देखकर ही ठीक हो जाया करते होंगे।"

असमाँ ने खुद पर थोड़ा गुमान जताते हुए इतराकर कहा, "अब मैं कोई बच्ची नहीं हूँ। मैं जवान हो गई हूँ।"

"तो क्या अब तक मैं किसी बच्ची से...ओह खुदाया! हो सके तो मुझे माफ कर देना प्लीज।" बाहोड़ी ने तपाक से चुहलबाजी करते हुए कहा।

असमाँ ने मुसकराते हुए बाहोड़ी के गाल पर धीरे से एक थप्पड़ मारते हुए कहा, "मगर तुम अब भी वैसे ही हो। वही मसखरा अंदाज। जरा भी नहीं बदले।"

"असमाँ...अगर तुम्हारे पास वक्त हो तो क्या हम आज समंदर की सैर पर चल सकते हैं?"

असमाँ ने कुछ सोचते हुए कहा, "हाँ, क्यों नहीं। वैसे भी मेरे जाने का वक्त हो गया है। कुछ मरीज हैं, जिन्हें अली सँभाल लेगा। वह यहीं अस्पताल में ही रहता है। जग गया होगा। आता होगा।"

"...अली।" बाहोड़ी ने अपने दिमाग पर जोर डालते हुए कहा, "नाम कुछ सुना-सुना सा लग रहा है, मगर ठीक से याद नहीं आ रहा।"

असमाँ ने जरा इतराकर कहा, "मेरा दोस्त है।"

बाहोड़ी ने असमाँ के दिलोदिमाग का गहराई से सूक्ष्म निरीक्षण किया, फिर उसे और अधिक उकसाते हुए थोड़ी जलन दिखाते हुए कहा, "दोस्त...!"

असमाँ ने जरा और अधिक इतराकर जोर देते हुए कहा, "हाँ, मेरा बहुत अच्छा दोस्त है। हमने डॉक्टरी की पढ़ाई साथ की है। मेरा बहुत खयाल रखता है।"

बाहोड़ी ने उपहास करते हुए गंभीरतापूर्वक कहा, "ओह··· ! क्या वही गुमसुम मियाँ, जो हमेशा किताबों में खोए रहते थे और अकसर तुम्हारे आगे-पीछे मँडराते रहते थे?"

असमाँ ने जरा क्रुद्ध होते हुए कहा, "हाँ, वही अली, किंतु तुम उसका मजाक बिल्कुल नहीं उड़ाओगे।" साथ ही उसने थोड़ा गुमान जताते हुए कहा, "वैसे अब वह एक अच्छा डॉक्टर बननेवाला है।"

बाहोड़ी ने अपनी गुस्ताखी स्वीकार करते हुए कहा, "अच्छा बाबा, मुझे माफ कर दो, मैं तो सिर्फ मजाक कर रहा था, किंतु यह बताओ कि वह अस्पताल में क्यों रहता है, घर क्यों नहीं जाता?"

असमाँ ने थोड़ा उदास होते हुए कहा, "यह तुम अली से ही पूछना। उसका दुःख मैं तुमसे नहीं कह पाऊँगी।"

कुछ ठहरकर सोच-विचार करते हुए बाहोड़ी ने गंभीरता से कहा, "मैं जरूर पूछूँगा।" साथ ही उसने असमाँ के मस्तक पर चुंबन करते हुए कहा, "मैं यॉट पर तुम्हारा इंतजार करूँगा। तुम्हें कुछ देर बाद आना होगा।"

असमाँ ने व्याकुल हृदय से पूछा, "किंतु क्यों? मैं तुम्हारे साथ क्यों नहीं चल सकती?"

बाहोड़ी धीरे से असमाँ का हाथ पकड़कर उसे खिड़की के पास लेकर गया, फिर थोड़ी सी खिड़की खोलकर हॉस्पिटल के बाहर सड़क के किनारे खड़ी एक काले रंग की गाड़ी को दिखाते हुए कहा, "उस गाड़ी में, जो वह खूबसूरत बला बैठी है ना, वह रॉ या आई.बी. की एजेंट है। मुझ पर हर वक्त निगाह रखी जाती है, क्योंकि मैं अरमान का भाई हूँ। मुझे हर कदम पर खुद को साबित करना पड़ता है कि मैं अब अरमान का भाई नहीं, एक सच्चा निश्छल, निष्कपट अपने देश का रक्षक हूँ। फिर मैं नहीं चाहता कि कोई तुम्हारे बारे में जाने।"

असमाँ यह समझ सकती थी। उसने चिंतित भाव से पूछा, "किंतु उन्हें तुम्हारे बारे में कैसे पता चला?"

"यह सब मैं तुम्हें फिर कभी बताऊँगा। यहाँ ज्यादा देर ठहरना ठीक नहीं।" बाहोड़ी ने गंभीरता से कहा, साथ ही उसने असमाँ के मस्तक पर चुंबन करते हुए कहा, "मैं यॉट पर तुम्हारा इंतजार करूँगा।"

असमाँ ने सहमति में अपना सिर हिलाया।

बाहोड़ी दरवाजा खोलकर बाहर आया और हॉस्पिटल से बाहर जाने की राह पर अग्रसर था कि उसकी मुलाकात सामने से आते हुए अली से हुई।

"अली···!" बाहोड़ी ने आगे बढ़ते हुए ही मुसकराकर कहा।

अली ने अपना हाथ आगे बढ़ाते हुए उत्साहित होकर अपनी खुशी का इजहार करते हुए कहा, "यकीन नहीं हो रहा। मैं एक बार फिर तुमसे मिल रहा हूँ। कितना बदल गए हो तुम···!"

बाहोड़ी ने भी हाथ मिलाकर उसे अपने गले से लगाते हुए कहा, "मुझे याद रखने के लिए तुम्हारा शुक्रिया दोस्त।"

"तुम्हें कौन भूल सकता है, यार? कॉलेज मैं पढ़ाई में तो तुम अव्वल थे ही, शूटिंग, बॉक्सिंग, साइक्लिंग, हॉर्स राइडिंग, स्वीमिंग और हर प्रकार की दौड़ में भी हमेशा अव्वल रहते थे और अब तुम एक आई.बी. ऑफिसर हो। हीरोज भुलाए नहीं भूले जाते दोस्त।"

"मेरी तारीफ के लिए शुक्रिया दोस्त।"

"तुम इसके हकदार हो दोस्त।"

ज्ञात होने के बावजूद भी बाहोड़ी ने अली की लाल हुई आँखें देख कहा, "लगता है, अभी-अभी नींद से उठकर आए हो।"

"हाँ···मैं सो रहा था। फिर ड्यूटी का वक्त हो चला तो इधर चला आया।" कहते हुए उसका उत्साह उदासी की काली छाया में बदल गया।

बाहोड़ी ने उसका दुःख जानने को थोड़ा जोर देकर पूछा, "अस्पताल में कौन डॉक्टर सोता है? जहाँ तक मुझे याद है, तुम्हारा अपना घर इसी शहर में है। तुम्हारे बाबा ज्वैलरी का काम करते हैं और वे सोना और हीरे खरीदने अकसर शफीक भाई के पास आया करते थे।"

अली कुछ नहीं बोला। उसके चेहरे पर दुःख के गहरे चिह्न उभर आए।

बाहोड़ी ने अपना हाथ धीरे से अली के कंधे पर रखकर उसे पास ही एक बेंच पर बैठाते हुए धीरतापूर्वक कहा, "अली, तुमने मुझे अपना दोस्त कहा। क्या तुम अपना दुःख अपने दोस्त से साझा नहीं करोगे?"

अली ने अपना दुःख जाहिर करते हुए भारी कंठ-स्वर से कहा, "दो वर्ष पहले बाबा हृदयाघात के कारण अचानक चल बसे। घर खरीदने को कुछ पैसे जिससे उधार लिये थे, उसने उस घर पर कब्जा कर लिया, इसलिए अम्मा के साथ यहीं हॉस्पिटल में ही रहता हूँ, जबकि उसके शेष पाँच लाख रुपए भी मैंने लौटा दिए, मगर वह घर खाली करने को तैयार नहीं। वो बहुत बुरे लोग हैं। पुलिस केस दर्ज

कराऊँ तो मुझे और अम्मा को जान से मारने की धमकी देते हैं।" कहते हुए उसकी आँखें भर आईं।

बाहोड़ी ने अपने हाथ की उँगलियों से उसकी आँखों के अश्रुकण पोंछते हुए कहा, "क्या मुझे उसका नाम बताओगे?"

अली ने शुष्क कंठ-स्वर से कहा, "कोई जयेश भाई है।"

"उसकी इतनी मजाल।" बाहोड़ी ने मन-ही-मन कहा। फिर सहानुभूतिपूर्वक अली के कंधे पर अपना हाथ रखकर कहा, "कितनी शान से जीते हैं वे लोग, जिनके सीने में दिल नहीं होता··· !" फिर आगे सहज भाव से कहा, "कल तुम मेरे साथ चलना।" कहकर वह अली के जेहन में प्रश्न छोड़कर अपनी राह पर आगे बढ़ गया।

यॉट समंदर की लहरों को चीरते हुए बेबाक आगे बढ़े जा रहा था। आसमान में समुद्री परिंदे कलरव करते हुए मँडरा रहे थे। उनकी चिल्ल-पौ बहुत कर्णप्रिय भी थी और दिल को सुकूनदेह भी। किनारा आँखों से ओझल हो चुका था। दूर तक पसरे समंदर के बीच तैरते एक यॉट के सिवाय कुछ भी नजर नहीं आ रहा था, साथ ही समंदर की सतह पर अठखेलियाँ करती लहरों की आवाज निरंतर गुंजायमान थी। असमाँ और बाहोड़ी यॉट के डेक पर फेंसिंग के पास चुप खड़े इस सुखद मनोहारी दृश्य के आनंद में डूबे थे।

एक लंबी खामोशी को तोड़ते हुए असमाँ ने धीमे कंठ-स्वर से कहा, "····तुम्हारी उस खूबसूरत बला का क्या हुआ, जो तुम पर नजर रखती है? क्या उसे पता है कि हम यहाँ है?"

बाहोड़ी ने मुसकराकर सहज भाव से कहा, "वह एक पुलिस स्टेशन के बाहर मेरे बाहर निकलने का इंतजार कर रही है।"

असमाँ ने किंचित् सोचते हुए चिंतित भाव से पूछा, "राम···क्या अरमान का कुछ पता चला?"

बाहोड़ी ने गंभीरता से कहा, "फिलहाल तो नहीं, किंतु इतना मुझे मालूम हुआ है कि वह देश छोड़कर बाहर नहीं गया है। इसी देश में है और वह फिर हमला करने की फिराक में है। मैंने ऊपर तक सूचित भी किया है, मगर देश की सुरक्षा व्यवस्था को देखते हुए मुझे नहीं लगता कि उन्होंने इस बात को गंभीरता से लिया है।"

असमाँ ने भयभीत स्वर से कहा, "फिर अब क्या होगा, क्या फिर निर्दोष लोग मारे जाएँगे?"

बाहोड़ी ने अपना हाथ मलते हुए कहा, "मुझे जो काम दिया गया, जिस मिशन

पर मुझे भेजा गया, मैंने उसे बखूबी पूरा किया, यहाँ तक कि मैंने अरमान के विषय में भी अपने स्तर पर तहकीकात की और मैंने अपने निदेशकों को आगाह भी किया। इससे ज्यादा की मुझे इजाजत नहीं। फिर होनी को कौन टाल सकता है ?"

असमाँ ने किंचित् सोचते हुए पूछा, "क्या घर जाकर आए हो ?"

बाहोड़ी ने गंभीरता से कहा, "हाँ, कुछ देर ठहरा था।"

"माँ और बाबा कैसे हैं ?"

बाहोड़ी ने शून्यभाव से कहा, "मुझसे बेहतर तुम जानती हो।···सिर्फ जिंदा हैं।"

"···सिर्फ तुम्हारे लिए। तुमसे बहुत प्यार करते हैं। ···और तुम पर बहुत गर्व भी।"

"क्या तुम्हारी उनसे मुलाकात होती है ?" बाहोड़ी ने उनके लिए चिंतित भाव से पूछा।

"हाँ, वैसे मेरे अब्बू को मेरा उनसे मुलाकात करना पसंद नहीं, किंतु जब भी मुझे मौका मिलता है, मैं उनसे मिलने जरूर जाती हूँ। तुम चिंता मत करो, वैसे अब्दुल चाचा और काशी काका उनका बहुत ध्यान रखेते हैं। फिर रहीम चाचा भी उनका पूरा खयाल रखते हैं।" कहते हुए उसने बाहोड़ी से आलिंगनबद्ध होकर अपने दोनों हाथ उसके गालों पर रखकर उसके अधरों पर प्रेम से परिपूर्ण चुंबन किया।

बाहोड़ी ने भी असमाँ को कसकर अपने सीने से लगाते हुए उसके मस्तक पर चुंबन किया।

"तुम यहाँ कब तक हो ?" असमाँ ने संकोचित भाव से पूछा।

बाहोड़ी ने गंभीरता से कहा, "वैसे कल जल्दी सुबह दिल्ली के लिए निकलना था, मगर कुछ काम है। फिर काम खत्म होने पर शीघ्र ही दिल्ली जाना होगा।"

असमाँ ने बरबस ही एक बार फिर बाहोड़ी के अधरों पर चुंबन किया और एकटक उसकी आँखों में देखने लगी।

बाहोड़ी को कुछ समझ नहीं आया। उसने असमंजस भाव से पूछा, "यह किसलिए।"

"बस ऐसे ही। दिल ने कहा।" फिर आगे कहा, "अच्छा बताओ, तुम मुझसे कितना प्यार करते हो ?"

बाहोड़ी ने असमाँ की आँखों में गहराई से देखते हुए भावोद्‌भिद होकर कहा, "बहुत सारा।"

"बहुत सारा कितना ?" असमाँ ने फिर पूछा।

"खुद से ज्यादा।" बाहोड़ी ने जवाब दिया।

"मगर तुम तो अपने देश से प्यार करते हो?"

"बेशक करता हूँ। क्या नहीं करना चाहिए?"

"करना चाहिए, किंतु किसी दिन अगर तुम्हें अपने देश और मुझ दोनों में से एक को चुनना पड़ा तो तुम किसे चुनोगे?"

इसका जवाब देना बाहोड़ी के लिए संभव नहीं था। प्रत्युत्तर में उसने असमाँ से ही पूछा, "अच्छा, पहले तुम यह बताओ कि अगर तुम्हें कभी अपने देश और मुझे दोनों में से एक को चुनना पड़ा तो तुम किसे चुनोगी?"

असमाँ ने चंचल आँखों से मुसकराकर अपने हाथों की उँगलियाँ बाहोड़ी के गालों पर लगाकर उसके अधरों पर चुंबन करते हुए कहा, "मैं तो सिर्फ अपने देश को ही चुनूँगी।"

जवाब सुनकर बाहोड़ी असमंजस में था।

"यह जवाब स्पष्ट नहीं है। क्या तुम मुझे अपना देश मानती हो? क्या तुम मेरी बात कर रही हो?" कहने के साथ ही आसमान से बरसात शुरू हो गई।

असमाँ ने फिर दोहराते हुए कहा, "मैं सिर्फ अपने देश को चुनूँगी। सिर्फ यही जवाब है।"

बाहोड़ी ने खुद पर थोड़ा अभिमान जताते हुए कहा, "यह मेरा ही असर है कि तुम्हारी जबान इतनी साफ हो गई है।"

असमाँ ने अस्वीकृत भाव से कहा, "तुम बस हमेशा अपनी ही टाँग ऊपर रखोगे न।" साथ ही वह बाहोड़ी को एकटक घूरने लगी।

बरसात में भीगा उसका सुडौल-मांसल शरीर असमाँ को लुभा रहा था। वहीं असमाँ का कोमल और भीगा हुआ बदन बाहोड़ी के तन-बदन में लगी आग को और अधिक भड़का रहा था।

"मुझे ऐसे घूरो मत। जाने क्या हो रहा है।" बाहोड़ी ने अपनी आँखें बंद करते हुए कहा।

असमाँ ने धीरे से कहा, "अंदर चलो?"

"परी···मुझे डर लग रहा है।" बाहोड़ी ने चुहलबाजी करते हुए असमाँ के कानों में फुसफुसाते हुए कहा।

सुनकर असमाँ ने बाहोड़ी के गाल पर एक जोरदार थप्पड़ मार दिया।

बाहोड़ी ने असमाँ को अपनी बाँहों में उठाकर कहा, "अब तो चलना ही पड़ेगा। मैं और नहीं पिटना चाहूँगा।" और वह असमाँ को अपनी बाँहों में लिये भीतर चला गया।

: 4 :

दिन के बारह बजे थे। जयेश भाई अपने कसीनो-बार में बैठा अपने आदमियों के साथ वार्त्तालाप कर रहा था। ठीक उसी वक्त मुख्य द्वार से बाहोड़ी ने अली के साथ भीतर प्रवेश करते हुए एक रोबदार आवाज में कहा, "क्या हाल है, जयेश भाई ?"

बाहोड़ी को अपने समक्ष खड़े देख जयेश भाई के मुँह से कुछ देर तो कोई शब्द ही नहीं हुए। फिर साथ में अली को देखकर वह उन दोनों को ही असमंजस भाव से देख रहा था। फिर अपना कंठ-स्वर सँभालते हुए कहा, "ओह···! बाहोड़ी। शफीक का शेर। बहुत दिनों बाद तुम्हें देखकर दिल गद्गद हो गया। तुम तो मुर्दों में से जी उठे हो यार। आज इधर कैसे आना हुआ या रास्ता भूल गए हो, बोलो, जयेश भाई तुम्हारे लिए क्या कर सकता है ?"

बाहोड़ी ने शांत भाव से कहा, "जयेश भाई, मालिक ने आपको क्या कुछ नहीं दिया। आपके पास करोड़ों रुपयों की अपार धन-संपदा है। हीरे-जवाहरात जड़े सोने-चाँदी के बरतनों में खाते-पीते हो। महँगी-से-महँगी गाड़ियों और हेलीकॉप्टर में घूमते हो। समुद्र किनारे बँगले में रहते हो। विदेशों में भी अपने घर रखते हो। इतनी धन-संपदा है कि आपकी आनेवाली सात पुश्ते बिना कोई काम किए बैठे-बैठे भी खाएँ तो भी कोई कमी नहीं होगी। फिर भी पैसों से आपका मन नहीं भरता···हराम का खाते हो।"

सुनकर जयेश भाई लाल-पीला हो उठा। क्रोधित होते हुए कर्कश कंठ-स्वर से कहा, "बाहोड़ी, अपनी जबान को लगाम दो।"

एक ओर जहाँ भयवश अली की जान हलक तक आई थी, वहीं बाहोड़ी की आवाज में अब पहले से अधिक आवेग था। उसने दृढ़तापूर्वक सहज भाव से अली के कंधे पर अपना हाथ रखते हुए कहा, "जयेश भाई, यह मेरा अजीज दोस्त है, अली। तुम इसे भी पहचानते हो और मुझे भी अच्छी तरह जानते हो। मैं इसका घर तुमसे माँगने नहीं आया हूँ। तुम्हें यह याद दिलाने आया हूँ कि वह घर, जिस पर तुमने कब्जा किया है, मेरे दोस्त का है। न ही मैं तुमसे उस घर की चाबी माँगने आया हूँ। मैं तुम्हें सिर्फ इतना बताने आया हूँ कि आज मैं उस घर का ताला तोड़ने जा रहा हूँ। अब वहाँ अली रहेगा। दम हो तो रोक लो।"

सुनकर जयेश भाई हँस पड़ा। फिर अपना रोब दिखाते हुए कहा, "बाहोड़ी, तुम शायद भूल गए हो। लोग हमारे धंधे की वजह से डरते हैं। अब, जब तुम और

शफीक दोनों ही इस धंधे में नहीं हो तो तुमसे गली का कुत्ता भी नहीं डरता। फिर मैं तो तुमसे जरा भी नहीं डरता। लौट जाओ।"

"जयेश भाई, बेशक मैंने बुरे धंधे छोड़ दिए हैं, मगर शिकार करना भूला नहीं हूँ। मेरी फितरत आज भी शिकार करने की ही है। फिर मैं भी नहीं चाहता कि कोई मुझसे डरे। कोई डरे···तो सिर्फ गुनाहगार डरे।" बाहोड़ी ने जयेश भाई की आँखों में अपनी आँखें गड़ाते हुए निर्भीकता से कहा।

"तो फिर देखें, क्या आज भी तुम वही बाहोड़ी हो।" कहते हुए उसने अपने सबसे खूँखार आदमी की ओर इशारा किया।

वह बलशाली खूँखार बदमाश हवा में अठखलियाँ करते हुए बाहोड़ी की ओर तेजी से लपका और अपने हाथ से उसकी गरदन पर एक दमदार प्रहार करने को हुआ कि बाहोड़ी ने बिजली की भाँति फुर्ती से उसके प्रहार को अपने हाथ से निष्फल कर दिया और पलक झपकते ही उसे एक जोरदार तमाचा रसीद कर दिया। उस तमाचे की गूँज के साथ ही वह बदमाश किसी कटे पेड़ की भाँति एक जोरदार धड़ाम की आवाज के साथ फर्श पर गिरकर दर्द से करहाते हुए तड़पने लगा। वह एक कान से तो सुनने में असमर्थ था ही, मुँह के दो दाँत टूटकर जमीन पर बिखर पड़े, साथ ही मुँह, नाक व कान से खून बहने लगा। यह देख वहाँ खड़े अन्य बदमाश स्तब्ध रह गए और जयेश भाई की आवाज मानो कहीं गुम हो गई। वहीं अली बाहोड़ी को हतप्रभ भाव से स्तंभित सा खड़ा देख रहा था, मानो वह कोई स्वप्न देख रहा हो।

बाहोड़ी ने तीव्र कंठ-स्वर से दनदनाती हुई आवाज में सभी को ललकारते हुए कहा, "यहाँ जो कोई भी मुझे जानता हो और मुझसे मुकाबला करने का साहस रखता हो, अपने प्राणों की आहुति देने आगे आए।" सुनकर वहाँ खड़े सभी बदमाश बगलें झाँकने लगे। जब कोई भी अपना कदम आगे बढ़ाते दिखाई नहीं दिया तो बाहोड़ी ने जयेश भाई की आँखों में अपनी पैनी आँखें गड़ाते हुए कहा, "उम्मीद करता हूँ, अब तुम्हें और तुम्हारे कुत्तों को मेरी बात समझ आ गई होगी।"

"मुझे नहीं मालूम था कि यह तुम्हारा दोस्त है।" जयेश भाई ने बाहोड़ी से आँख चुराते हुए कहा।

"अब याद रखना···और खुद पर एक अहसान करना, मुझसे दुश्मनी मत करना।" कहकर बाहोड़ी पीछे मुड़कर बाहर की ओर चल दिया। उसके पीछे-पीछे अली भी तेजी से चल दिया, मानो उसने अभी-अभी नरक से आजादी पाई हो।

बेचारा बौखलाया हुआ जयेश भाई अपने आदमियों को गाली-गलौज करने लगा और अपने अंदर की भड़ास निकालते हुए, उन पर झूठा रोब झाड़ने लगा।

बाहर आकर अली बाहोड़ी के साथ गाड़ी में बैठा तो उसे कुछ समझ नहीं आ रहा था कि वह क्या कहे। फिर रुद्ध कंठ-स्वर से कहा, "त्···तुमने जो मुझ पर अहसान किया है, मैं कभी नहीं चुका पाऊँगा।"

बाहोड़ी ने सहज व सौम्य भाव से कहा, "कौन सा अहसान? मैं तो अपने दोस्त की मदद करके खुद को हलका महसूस कर रहा हूँ। अब तुम अपनी माँ के साथ अपने घर में निर्भीक रह सकते हो।"

अली ने कृतज्ञ भाव से पूछा, "तुमने मेरे लिए ऐसा क्यों किया?"

"तुम असमाँ के बहुत अच्छे दोस्त जो हो, तो क्या तुम मेरे दोस्त नहीं हुए। फिर भला, मैं अपने दोस्त को मुसीबत में कैसे देख सकता हूँ?"

सुनकर अली गाड़ी चलाते हुए बाहोड़ी को कर्जदार आँखों से एकटक देखने लगा। बरबस ही उसके मुँह से रुद्ध कंठ-स्वर से शब्द हुए, "क्या···क्या मैं तुम्हारी कोई मदद कर सकता हूँ?"

बाहोड़ी ने एक प्रगाढ़ मुसकान के साथ अली की ओर देखकर सहज भाव से कहा, "मेरे बुरे वक्त में मुझे याद रखना दोस्त।"

अली विस्मय भाव से बाहोड़ी को एकटक देखे जा रहा था।

कुछ देर बाद बाहोड़ी ने गाड़ी चलाते हुए ही सहज भाव से पूछा, "तुम कॉलेज के समय से ही असमाँ को चाहते हो ना?"

यह सुनकर अली की तो सिट्टी-पिट्टी ही गुम हो गई। वैसे भी अभी कुछ ही देर पहले जिस बाहोड़ी से उसकी मुलाकात हुई, वह उससे दंग भी था और भयभीत भी। कठिनता से एक दबी सी आवाज हुई, "नहीं···नहीं तो। ऐसा···ऐसा बिल्कुल नहीं है।"

बाहोड़ी ने बहुत ही शांत और सौम्य भाव से कहा, "किसी से प्यार हो जाने में गलत क्या है? फिर वह है ही इतनी खूबसूरत और प्यारी। किसी को भी पहली नजर में उससे प्यार हो जाए और यकीन मानो, मैं तुमसे बिल्कुल भी नाराज नहीं हूँ, बल्कि मैं अनेक बार सोचता हूँ कि मुझे उसकी जिंदगी में नहीं होना चाहिए। वह मेरे लिए चिंतित रहती है, बहुत कष्ट भी उठाती है, क्योंकि मैं उसे हर जगह और हर समय अपने साथ नहीं रख सकता। इससे मेरे हृदय को बहुत दुःख होता है। उस परी का साथी बिल्कुल तुम्हारे जैसा होना चाहिए, जो उसका खयाल रख सके, उसके साथ रह सके। हर रोज उसके साथ समय

बिता सके। उसके दु:ख-दर्द को साझा कर सके। उसे खुश रख सके। काश··· ! मैं ऐसा कर पाता।"

अली ने संकोचित भाव से कहा, "क्या तुम ऐसा कर पाते तो भी ऐसा ही कहते?"

"फिर शायद हम दोनों कोई और बात कर रहे होते।" बाहोड़ी ने शांतचित्त से गंभीरतापूर्वक कहा। "फिर भी अगर ऐसा होता तो भी मैं तुमसे कतई नाराज नहीं होता। तब भी जब तुम अपने प्यार का इजहार करते, क्योंकि मेरा मानना है कि यदि आप किसी को पवित्र हृदय से प्रेम करते हैं तो मन में विश्वास और प्रेम का बंधन इतना मजबूत और गहरा होता है कि उसे दुनिया की कोई ताकत तोड़ नहीं सकती, क्योंकि वहाँ सर्वशक्तिमान ताकत ईश्वर का आशीर्वाद होता है। फिर चाहे मीलों का फासला हो, महीनों का या वर्षों का, मगर दिलों के बीच जरा भी फासला नहीं होता, बल्कि एक-दूसरे के दिलों में बसते हैं और यकीन मानो, मैं जितना असमाँ से दूर रहता हूँ, मेरा उसके प्रति प्रेम उससे भी कहीं अधिक गहरा होता है। मैं खुद को दुनिया का सबसे खुशकिस्मत शख्स मानता हूँ कि मुझे असमाँ का साथ मिला, किंतु मैं उसे कष्ट भोगते हुए देखता हूँ तो मेरे हृदय को बड़ा कष्ट होता है। मैं चाहता हूँ कि वह और लड़कियों की तरह अपनी सामान्य जिंदगी जिए और हमेशा खुश रहे।"

"खुद से दूर करके··· !" अली ने विस्मय भाव से कहा।

बाहोड़ी ने कोई जवाब नहीं दिया। कुछ ठहरकर फिर कहा, "कभी-कभी मुझे लगता है कि मैं असमाँ के प्रेम का लोभी हूँ। स्वार्थपरक हूँ।" तनिक ठहरकर फिर कहा, "तुम्हें कम-से-कम एक बार अपने प्यार का इजहार जरूर करना चाहिए।"

"···और अगर उसने हाँ कर दिया तो?"

"तो मैं खुद असमाँ का हाथ तुम्हारे हाथ में थमा दूँगा।" बाहोड़ी ने सहज भाव से कहा।

बाहोड़ी का असमाँ के प्रति प्रेम जानकर अली बहुत अभिभूत था और विस्मय की सीमा न थी।

थोड़ी देर की चुप्पी तोड़ते हुए अली ने सहज भाव से कहा, "मुझे माफ कर दो, दोस्त। मैंने तुम्हें कुछ देर के लिए गलत समझा। मैं तुम्हारे जितना सौभाग्यशाली नहीं हूँ, फिर इजहार करने से कोई फायदा नहीं होगा। अगर ऐसा होता तो मैं कब का कर चुका होता। हमने डॉक्टरी की पढ़ाई साथ की है। मैं उसे बहुत अच्छे से जानता हूँ। वह कभी नहीं मानेगी। फिर मैं क्या, कोई भी हो। वह सिर्फ तुम्हें चाहती है।

उसकी मोहब्बत सिर्फ तुम्हारे लिए है। वह तुम पर बहुत गर्व करती है। यकीन मानो तुम्हें पाकर वह अपने जीवन में तुमसे भी ज्यादा खुश है। उसकी बातों में अकसर तुम्हारा ही जिक्र होता है। तुम्हारे भेजे पोस्टकाड्र्स वह हमेशा अपने साथ रखती है। जब भी उसे तुम्हारी याद आती है, वह उन पोस्टकाड्र्स को सैकड़ों बार पढ़ती है और कल तुम्हारे जाने के बाद उसके चेहरे पर जो खुशी और नूर देखा, मैंने अपने जीवन में पहले कभी किसी और लड़की के चेहरे पर नहीं देखा। तुम सच कहते हो, वह तुम्हारे लिए ईश्वर का आशीर्वाद है। उसे खुद से दूर करने की मत सोचा करो। वह तुमसे जुदा होकर कभी खुश नहीं रह पाएगी, बल्कि उसे असहनीय कष्ट होगा। अपूरणीय क्षति होगी, जिसकी भरपाई तुम जीवन में कभी नहीं कर पाओगे।" अपनी बात पूरी करते हुए ही उसने अपने हाथ से रेलवे स्टेशन की ओर इशारा करते हुए कहा, "शुक्रिया दोस्त। बस मुझे यहीं छोड़ दो। मुझे आगे के लिए यहाँ से ट्रेन मिल जाएगी।"

इसी से बाहोड़ी ने रेलवे स्टेशन के पास गाड़ी रोकी।

अली ने कृतज्ञतापूर्वक कहा, "तुम्हें अपने दोस्त के रूप में पाकर मैं खुद को दुनिया का सबसे अमीर आदमी महसूस कर रहा हूँ। अल्लाह-ताला सभी को तुम्हारे जैसा दोस्त दे और त्...तुम असमाँ की चिंता मत करना। मैं उसका खयाल रखूँगा।"

"तुम्हारा बहुत-बहुत शुक्रिया दोस्त।" बाहोड़ी ने भी कृतज्ञ भाव से कहा।

"खुदा-हाफिज।" अली ने गाड़ी से उतरकर कहा।

"खुदा-हाफिज।" कहने के साथ ही बाहोड़ी ने अपनी गाड़ी दिल्ली की राह पर आगे बढ़ा दी।

: 5 :

अभी दिल्ली के जख्म भरे भी नहीं थे, उससे पहले ही राजस्थान की राजधानी गुलाबी नगरी जयपुर, एक के बाद एक धमाकों की गूँज के साथ लहूलुहान हो गई। सैकड़ों निर्दोष लोगों की जानें गईं। न जाने कितनों ने अपनों को खोया। जाने कितने लोग बेघर हुए। जाने कितने लोगों के जीवन का ढर्रा ही बिगड़ गया। मानवता एक बार फिर शर्मसार हुई। देश भर के समाचार-पत्र दिल दहला देनेवाली तसवीरों से भरे पड़े थे। मानो समाचार-पत्र भी खून के आँसू रोते हुए मातम मना रहे हो और हादसा प्रत्येक पाठक और श्रोता के साथ हुआ हो। फिर मौका-ए-वारदात की तसवीर बयाँ करना अत्यंत दुष्कर था। हर दिल में असुरक्षा का भाव व्याप्त था। और

नतीजा, वही कारवाई के नाम पर कुछ संदिग्धों को गिरफ्तार किया गया और हमले की जाँच के लिए समिति गठित कर दी गई, जबकि धर्म के नाम पर आतंकवाद को अपनी बैसाखी बनानेवाले और मानवता को कलंकित करनेवाले असली गुनाहगार गिरफ्त से कोसों दूर बैठे अपना सीना तानकर हमले की जिम्मेदारी ले रहे थे और जश्न मना रहे थे।

वहीं दूसरी ओर हमले के साजिशकर्ता अरमान तक पहुँचना रॉ चीफ डॉ. कृष्णन करनाई और आई.बी. चीफ के लिए गंभीर समस्या थी। दोनों ही बहुत चिंतित थे। हमले की पूर्व जानकारी होने के बावजूद भी इस अपूरणीय भारी क्षति से दोनों ही बेबस और लाचार थे। वहीं बाहोड़ी को दिए गए मिशन को बिना किसी चूक के पूरा करना और अपने स्तर पर अरमान के विषय में जानकारी जुटाना तथा समय पर सूचित करने से दोनों ही बाहोड़ी से बहुत प्रभावित थे। दोनों ही के मस्तिष्क में अपने सभी सवालों और तर्क-वितर्क का एक ही निष्कर्ष था—राम।

डॉ. कृष्णन करनाई ने गंभीरता से कहा, "हम राम के जरिये अरमान तक पहुँच सकते हैं।"

आई.बी. चीफ कुछ नहीं बोले। चुप थे।

डॉ. कृष्णन करनाई ने संकोचित भाव से पूछा, "क्या आपको उस पर अब भी भरोसा नहीं?"

आई.बी. चीफ अब भी चुप थे। कुछ नहीं बोले।

डॉ. कृष्णन करनाई ने एक गहरी खामोशी तोड़ते हुए, फिर पूछा, "क्या आप कुछ कहना नहीं चाहेंगे?"

"क्या आप उसे एक रॉ ऑफिसर के रूप में नियुक्त करने की बात कर रहे हैं?" आई.बी. चीफ ने शून्य भाव से हठात् से पूछा।

"क्या आपको उसकी काबिलियत पर संदेह है, जबकि आप यह अच्छी तरह जान चुके हैं कि वह एक बेहतरीन और सबसे काबिल ऑफिसर है।"

"क्या आपको उस पर पूरा यकीन है?"

"क्या संदेह की कोई वजह अब भी है?"

आई.बी. चीफ ने एक गहरे विश्वास के साथ कहा, "मुझे आप पर पूरा भरोसा है।"

"फिर क्या आप उसे यहाँ उपस्थित करने का कष्ट करेंगे?" डॉ. कृष्णन करनाई ने विनम्र भाव से कहा।

"क्यों नहीं।" कहने के साथ ही आई.बी. चीफ ने संतरी को बुलाने के लिए एक घंटी बजाई और उसके अंदर आने पर उसे बाहोड़ी को उपस्थित करने के लिए कहा।

अगले कुछ ही समय में बाहोड़ी उनके समक्ष उपस्थित था।

डॉ. कृष्णन करनाई ने गर्वित भाव से कहा, "राम, क्या तुम रॉ के लिए काम करना चाहोगे?"

बाहोड़ी ने गंभीरता से कहा, "क्यों नहीं। मुझे बहुत खुशी हागी। आपने मुझे इस लायक समझा, इसके लिए आपका बहुत-बहुत शुक्रिया सर, किंतु एक प्रश्न है सर, जो मुझे भीतर-ही-भीतर कचोटता है। शायद आपको बुरा भी लगे।"

"बेधड़क पूछो।" डॉ. कृष्णन करनाई ने कहा।

बाहोड़ी ने निर्भीकता से पूछा, "हमले में जो सैकड़ों निर्दोष लोगों की जानें गईं, इन सबका जिम्मेदार कौन है, सर? क्या रॉ इसकी जिम्मेदारी लेता है? या आई.बी. या सरकार या पुलिस या आप मुझे जिम्मेदार ठहराना चाहेंगे? क्योंकि मैंने वक्त रहते आपको आशंकित हमले के विषय में सूचित किया था।"

बाहोड़ी का इस तरह बात करना आई.बी. चीफ को पसंद नहीं आया, किंतु डॉ. कृष्णन करनाई ने शांत व धीरतापूर्वक कहा, "मैं तुम्हारी मनःस्थिति समझ सकता हूँ, राम और मैं तुम्हें यकीन दिलाना चाहता हूँ कि इसकी बहुत गहनता से जाँच की जा रही है कि चूक कहाँ हुई और निश्चित ही लापरवाही करनेवालों को सजा मिलेगी। फिर हम असली गुनाहगार को पकड़ने के लिए ही तो यहाँ उपस्थित हैं।"

"यह आश्वासन हर बार दिया जाता है, सर। हर बार जाँच कमेटियाँ गठित कर दी जाती हैं। नतीजा कुछ नहीं निकलता। क्या आज तक किसी ने जिम्मेदारी ली है? और अगर कोई पकड़ा भी जाता है तो उसे सजा देने में सालों लग जाते हैं। सरकारें बदल जाती हैं। न्यायालयों के फैसले बदल जाते हैं, बल्कि गुनाहगारों की जेल में खातिरदारी की जाती है। उन्हें बिरयानी खिलाई जाती है। उनकी सुरक्षा व्यवस्था में जनता का पैसा पानी की तरह बहाया जाता है। कानून और सुरक्षा व्यवस्था का मजाक उड़ाया जाता है। अखबारों और टेलीविजन के माध्यम से उन्हें बेशुमार प्रसिद्धि मिलती है, मानो कोई फिल्मी हीरो हों। क्या सैकड़ों निर्दोष लोगों और हमारे सैनिकों की क्रूरतापूर्वक हत्या करनेवालों को हमारे देश में यही सजा दी जाती है? हमारे जवान, जो मातृभूमि की रक्षा में अपना खून बहाते हैं, हँसते-हँसते अपने प्राणों की आहुति देते हैं। क्या यह सब व्यर्थ है?"

"तुम्हें इस तरह बात करने की इजाजत नहीं।" आई.बी. चीफ ने अपनी सहनशीलता खोते हुए कहा।

"माफी चाहता हूँ सर, किंतु मैं अपनी पीड़ा कहने से खुद को रोक नहीं पाया। इसे आप अपनी तौहीनता न समझे।" बाहोड़ी ने विनम्र भाव से कहा।

सच तो यह था कि डॉ. कृष्णन करनाई और आई.बी. चीफ के पास बाहोड़ी के प्रश्नों का कोई जवाब नहीं था। दोनों ही चुप थे।

एक लंबी खामोशी को तोड़ते हुए डॉ. कृष्णन करनाई ने गंभीरता से कहा, "तुम क्या चाहते हो, राम ?"

बाहोड़ी ने गंभीरता से कहा, "पिंजरे में कैद रहकर कोई बाज शिकार नहीं कर सकता, सर, चाहे पिंजरा सोने का ही क्यों न हो।"

डॉ. कृष्णन करनाई को बाहोड़ी के शब्दों को समझने में तनिक भी देर नहीं हुई। तनिक सोच-विचार करते हुए उन्होंने दृढ़ कंठ-स्वर से कहा, "तुम अरमान तक पहुँचने के लिए हर फैसला लेने के लिए आजाद हो, किंतु याद रहे, आखिरी फैसला मेरा होगा। क्या तुम्हें यह स्वीकार है ?"

"यस सर।" एक तेज कड़कड़ाती हुई आवाज हुई।

"मिशन से जुड़ी जरूरी जानकारी तुम्हें मेरे ऑफिस में एजेंट सुदर्शना और नजीर के पास मिल जाएगी, साथ ही वे दोनों तुम्हारी हर समय, हर मुमकिन मदद भी करेंगे।"

"शुक्रिया सर।" बाहोड़ी ने कृतज्ञ भाव से कहा।

"मुझे तुमसे बहुत उम्मीदें हैं, राम।" कहने के साथ ही डॉ. कृष्णन करनाई का अपनी बात खत्म करने के संकेत थे।

"मैं आपको निराश नहीं करूँगा, सर।"

किंतु बाहोड़ी को अभी भी अपनी कुरसी पर चुप बैठे देख डॉ. कृष्णन करनाई ने संकोचित भाव से पूछा, "क्या तुम कुछ कहना चाहते हो, राम ?"

बाहोड़ी ने शुष्क कंठ स्वर से कहा, "आप यह जानते हैं कि इस हमले से आहत होकर अरमान के अब्बू और अम्मी ने आत्महत्या कर ली है और आप यह भी जानते हैं कि मैं भी उन्हें अपने माँ-बाबा की तरह मानता था। यदि आप इजाजत दे तो मैं उनका अंतिम संस्कार करना चाहता हूँ।"

यह सुनकर आई.बी. चीफ ने तल्खकंठ स्वर से कहा, "क्या जब तुम अरमान को गोली मारोगे तो उसका भी अंतिम संस्कार करना चाहोगे ?"

बाहोड़ी ने शांत व सहज भाव से कहा, "सर, क्या एक मृत शरीर आतंकवादी

होता है ? मैं आतंकवाद से नफरत करता हूँ, किंतु आतंकवादी से नहीं। मैं गुनाहों से नफरत करता हूँ, गुनाहगार से नहीं। फिर मृत–पार्थिव देह से कैसी नफरत, मिट्टी से कैसी नफरत ? फिर अरमान की सजा उन्हें क्यों ?"

आई.बी. चीफ को अपने कहे का पछतावा हो रहा था और डॉ. कृष्णन करनाई को कोई एतराज नहीं था। उन्होंने सहज भाव से कहा, "तुम जा सकते हो, राम।"

: 6 :

शफीक भाई और जशोदा बेगम ने जीवन भर साथ रहने और साथ मरने की कसम खाई और निभाई भी, किंतु उन्होंने इस फैसले के लिए अपने धर्म नहीं बदले। क्योंकि उन दोनों के लिए ही धर्म गौण था, जबकि मानवता को वे सबसे बड़ा धर्म मानते थे और इसी का अनुसरण भी करते, किंतु यह उन्होंने अपने जीवन में कभी नहीं सोचा कि उनका अपना ही बेटा अरमान मानवता को कलंकित करने का जघन्य अपराध करेगा। बाहोड़ी ने भी उन दोनों का अंतिम संस्कार अपने–अपने धर्म के अनुसार ससम्मान करने का निश्चय किया और इस फैसले का अब्दुल चाचा, काशी काका, रहीम चाचा और वहाँ उपस्थित अन्य लोगों ने बिना किसी आपत्ति के समर्थन किया।

फिर दोनों का अंतिम संस्कार करने के बाद बाहोड़ी बिना वक्त गँवाए वापस दिल्ली के लिए निकल गया। एक पल को उसे खयाल आया कि क्या उसे असमाँ से मुलाकात करनी चाहिए ? किंतु उसे इस वक्त उचित नहीं लगा। फिर शफीक भाई और जशोदा बेगम के आत्महत्या कर लेने के बाद तो उसके जेहन में सिर्फ एक ही नाम कचोट रहा था। अरमान...। वह किसी भी प्रकार अरमान तक पहुँचना चाहता था। मुंबई आते वक्त उसके जेहन में विचार था कि अरमान अपने अम्मा–अब्बा का अंतिम बार चेहरा देखने जरूर आएगा, किंतु अपने सूत्रों से ज्ञात होने पर कि अरमान मुंबई नहीं आया, उसे बड़ा आश्चर्य हो रहा था। पूरे रास्ते के दौरान मस्तिष्क में तर्क–वितर्क की एक रेलगाड़ी सी दौड़ रही थी। मन में बरबस ही प्रश्न हुआ—क्या उसके लिए अपने अम्मा और अब्बा के कोई मानी नहीं ? फिर क्या उसके दिल में मेरे लिए भ्रातृत्त्व की कोई जगह है ? वह मन–ही–मन सतर्क हो गया। क्या उस तक पहुँचने का कोई रास्ता है ? इसी उधेड़बुन में उसे खयाल आया कि अरमान हर वर्ष उर्स के मेले में ख्वाजा मोइनुद्दीन चिश्ती की दरगाह शरीफ की जियारत करने अजमेर जरूर जाया करता है। फिर उर्स का झंडा चढ़ने को अब कुछ ही दिन

शेष रहे थे। यही सोचकर उसे उम्मीद की किरण नजर आई कि अरमान से उसकी मुलाकात शीघ्र होगी।

फिर अगले दिन दिल्ली रॉ ऑफिस पहुँचने पर बाहोड़ी की मुलाकात सुदर्शना और नजीर से हुई।

सुदर्शना को देखते ही बाहोड़ी को पहचानते तनिक भी देर नहीं हुई कि यह वही जासूस है, जो उस पर नजर रख रही थी और बाहोड़ी, जिस नजर से देख रहा था, सुदर्शना को भी इसका अहसास हो चुका था कि बाहोड़ी ने उसे पहचान लिया है। इसी से सुदर्शना ने खुद पर अभिमान करते हुए कहा, "तुम्हारी जासूसी करने में वाकई बहुत मजा आया।"

बाहोड़ी ने दोस्ताना लहजे में गंभीरता से कहा, "तो फिर क्या जाना तुमने मेरे बारे में?"

सुदर्शना ने हताश होते हुए कहा, "यही कि तुम वाकई एक बेहतरीन जासूस हो।"

"···और यह कैसे जाना?"

बाहोड़ी का दोस्ताना व्यवहार देख नजीर बीच में बोल पड़ा, "आई.बी. ऑफिसर से सीधे रॉ ऑफिसर···! कोई तो बात होगी ही न तुम में। वैसे करनाई सर तुम पर नजर क्यों रख रहे थे, क्या गुल खिलाए हैं तुमने?"

बाहोड़ी ने स्थिर कंठ-स्वर से कहा, "यह तुम उन्हीं से क्यों नहीं पूछते।"

"···या फिर तुम बताना नहीं चाहते।" सुदर्शना ने तपाक से कहा।

नजीर ने कहा, "हाँ या फिर तुम कुछ छुपा रहे हो।"

बाहोड़ी ने उन्हें अपना ओहदा याद दिलाते हुए, थोड़ी कड़क आवाज में गंभीरतापूर्वक कहा, "तुम दोनों का बॉस कौन है?"

"तुम।" दोनों की एक साथ आवाज आई।

"तो फिर प्रश्न करने का अधिकार किसे है?"

"तुम्हें।" दोनों ने अपने कंधे उचकाकर एक-दूजे की ओर देखते हुए एक साथ जवाब दिया।

"समझदार हो। फिर यह बताओ, क्या अरमान के बारे में कोई जानकारी है?"

"कुछ खास नहीं।" नजीर ने निराशापूर्वक कहा, साथ ही एक फाइल बाहोड़ी की ओर बढ़ाते हुए आगे कहा, "इस वक्त वह कहाँ है, क्या कर रहा होगा, उसे किसने पनाह दी है, कहाँ रहते हैं, क्या करते हैं? हमने संदेह के आधार पर यह रिपार्ट तैयार की है।"

बाहोड़ी ने फाइल का सरसरी निगाह से अध्ययन करते हुए पूछा, "तुम दोनों इस मिशन पर कितने समय से हो।"

"जब अरमान ने दिल्ली में हमला किया।" सुदर्शना ने सहज भाव से जवाब दिया।

"क्या लगता है तुम्हें, इस रिपार्ट के आधार पर हम अरमान तक कब तक पहुँच पाएँगे?" बाहोड़ी ने फाइल का पन्ना पलटते हुए पूछा।

दोनों ही शून्य भाव से एक-दूसरे के चेहरे देख रहे थे। चुप थे।

तभी बाहोड़ी ने अपने कोट की जेब से अपनी कलम निकालकर फाइल के एक पन्ने पर चिह्न लगाते हुए गंभीरता से कहा, "तुम्हें हैदराबाद जाना चाहिए, इसी वक्त। यह जो पटाखे बनानेवाली फैक्टरी का मालिक है जावेद, इस पर नजर रखो। यह हमें अरमान तक पहुँचा सकता है। किसी भी तरह की कोई भी जानकारी मिले तो तुरंत पहले मुझे सूचित करना और मेरी इजाजत के बिना कोई कदम मत उठाना। कोई शक?"

नजीर ने भौचक्कित भाव से पूछा, "और तुम? क्या तुम्हें हमारी जरूरत नहीं पड़ेगी?"

बाहोड़ी का अब तक का जो भी अनुभव था, उसके आधार पर अब उसे किसी पर भी भरोसा नहीं था। उसने सहज भाव से कहा, "...मैं जयपुर जा रहा हूँ। वारदात का मौका-मुआयना करने। शायद कुछ हाथ लग जाए, जिससे हम अरमान तक पहुँच सकें।"

"क्या तुम्हें यकीन है कि अरमान देश छोड़कर नहीं गया है?" सुदर्शना ने आशंकित भाव से पूछा।

बाहोड़ी ने कुछ सोच-विचार करते हुए सहज भाव से कहा, "इसे अँधेरे में तीर चलाना कहते हैं।"

नजीर ने संकोचित भाव से पूछा, "क्या तुम्हें अरमान के विषय में कुछ जानकारी है?"

"फिलहाल तो नहीं।" कुछ ठहरकर कहा, "यही तो हमारा काम है। जानकारी जुटाना और उस तक पहुँचना।" साथ ही अपनी बात खत्म करते हुए फिर पूछा, "कोई शक?"

"नो सर।" दोनों की एक साथ आवाज हुई।

"तो फिर अपने काम पर लग जाओ।" बाहोड़ी ने आदेशात्मक भाव से कहा।

: 7 :

उर्स का झंडा चढ़ने को अभी पूरा एक हफ्ता शेष था। बाहोड़ी अजमेर में डेरा जमाए बैठा अरमान की राह देख रहा था, जबकि उर्स की तैयारी पिछले एक पखवाड़े से पुलिस, प्रशासन और सियासत स्तर पर बहुत जोर-शोर से चल रही थी। जो अब मूर्त रूप ले चुकी थी। जियारत के लिए बहुत से जायरीन भी आने लगे थे। शहर की सड़कों-चौराहों पर धीरे-धीरे भीड़ बढ़ने लगी थी। दूसरी तरफ बाहोड़ी डॉ. कृष्णन करनाई को अवगत कराकर आमजन और जायरीन को बिना किसी परेशानी व क्षति के चुपचाप तफ्तीश करते हुए, अरमान को धर-दबोचने की योजना बना रहा था। इसी दरम्यान उसने शहर के बारे में कुछ दिलचस्प बातें जानीं।

अजमेर भौगोलिक, ऐतिहासिक और धार्मिक दृष्टि से समृद्ध और गौरवशाली शहर है। विश्व की सबसे पुरातन पर्वत-शृंखला अरावली की गोद में बसा सम्राट् पृथ्वीराज चौहान का यह शहर सर्वधर्म समभाव और धार्मिक सहिष्णुता का संदेश देता है। सनातन काल से जहाँ एक ओर तीर्थों में सबसे बड़ा तीर्थ और तीर्थगुरु पुष्कर, तीर्थराज के नाम से प्रसिद्ध है, वहीं दूसरी ओर शहर के ठीक बीचोबीच स्थित दरगाह शरीफ 'मिनी मक्का' के नाम से मशहूर है और जो कोई भी निस्स्वार्थ-निश्छल श्रद्धाभाव से अपना सिर झुकाता है, दोनों ही दर से 'इनसान' कभी खाली हाथ नहीं लौटता।

रात ग्यारह बजे हिजरी संवत् के रजब महीने का चाँद नजर आने के साथ ही उर्स का झंडा चढ़ा, तब से बाहोड़ी दरगाह के मुख्य द्वार के करीब ही एक होटल के कमरे में घात लगाए, पूरे रास्ते पर अपनी पैनी निगाह गड़ाए अरमान की राह तक रहा था। दरगाह शरीफ की जियारत के लिए पूरे देश और विदेशों से जायरीन आ रहे थे। सामान्य दिनों की अपेक्षा पूरे शहर में लोगों का हुजूम उमड़ रहा था। सड़कों-चौराहों पर भीड़ इतनी अधिक बढ़ गई कि यातायात को अन्यत्र रास्तों पर मोड़ दिया गया। केवल दुपहिया वाहनों और अजमेर की शान घोड़ागाड़ी दरगाह से कुछ दूरी तक चल सकती थी। अकीदतमंदों के जत्थे-के-जत्थे चले आ रहे थे। जायरीन ख्वाजा साहब की दरगाह में पूरे जोशो-उमंग के साथ चादर और गुलाब के फूल पेश कर रहे थे। जगह-जगह कव्वाल सूफियाना कलाम पेश कर रहे थे। दरगाह में शाहजहाँनी दरवाजे पर शादियाने और नौबत बज उठे। पास ही बड़े पीर साहब की पहाड़ी से फौजिया तोपची द्वारा तोप के गोले दागे गए। महफिलें सजने

लगी थीं। कलंदर रोंगटे खड़े कर देनेवाले करतबों से जायरीन का मनोरंजन कर रहे थे। ख्वाजा साहब के चिल्ले से मलंग जुलूस निकालने की तैयारी कर रहे थे। खानकाहों में देश-विदेश से आए सूफी संत अल्लाह की इबादत में ध्यानमग्न थे। दरगाह में सभी लोग एक-दूसरे को चाँद की मुबारकबाद देकर दुनिया में चैन-ओ-अमन व सलामती की दुआ कर रहे थे। देश के प्रधानमंत्री, राजस्थान के मुख्यमंत्री, देश के प्रसिद्ध राजनेता, अभिनेता और देश-विदेश से नामचीन हस्तियों की ओर से भी दरगाह में चादर पेश की जा रही थी। पड़ोसी मुल्क पाकिस्तान से भी वहाँ की सरकार और अवाम की ओर से एक पूरा जत्था दरगाह में चादर पेश करने और दोनों मुल्कों के बीच सदा चैन-ओ-अमन की दुआएँ माँगने आया था। पूरे शहर में आस्था का सैलाब उमड़ पड़ा था और दरगाह शरीफ गुलाब की खुशबू से महक उठी थी।

रात पूरी निकल गई और अगला पूरा दिन होने को आया, किंतु अरमान अभी तक नहीं आया। बाहोड़ी के मन में संदेह घेरा डालने लगा। मन में प्रश्न उठने लगे, "क्या अरमान को मेरे यहाँ होने की भनक लग चुकी है, उसे किसने बताया होगा? या वह उस बात से इत्तेफाक रखता है? और अगर वह इत्तेफाक रखता है तो क्या वह आएगा? या अब उस सर्वोच्च शक्ति में भी उसकी आस्था नहीं रही?" उसके दिमाग के घोड़े बेहताशा दौड़ रहे थे। इस दौरान उसकी निगाहें रास्ते पर ही गड़ी अरमान को ढूँढ़ रही थीं। तभी भीड़ में उसे एक चेहरा दिखाई दिया, जिस पर उसकी नजरें जमी रह गईं। हमेशा क्लीन शेव और जींस व टी-शर्ट में रहनेवाला अरमान अब लंबी दाढ़ी रखना और कुरता-पायजामा पहनना पसंद करता है। मूँछें नहीं रखने से, आँखों में गहरा सुरमा लगाने से और सिर पर टोपी लगाने के बाद अब उसे पहचानना कठिन था, किंतु इस चेहरे को वह कैसे नहीं पहचान पाता, जिसे वह अपना छोटा भाई मानता था, जिसके लिए वह अपनी जान छिड़कता था, आज वह पूरे देश का दुश्मन बन बैठा था। अरमान को अपने समक्ष देख बाहोड़ी के शरीर में बिजली सी दौड़ पड़ी। वह मन-ही-मन सतर्क हो गया, किंतु शांत व गंभीर भाव से वह उसे दरगाह के मुख्य द्वार की ओर बढ़ते हुए देख रहा था।

दरगाह के मुख्य द्वार पर सुरक्षा व्यवस्था से गुजरने के पश्चात् यह निश्चित हो गया था कि अरमान के पास हथियार नहीं हैं, किंतु हैरत की बात यह थी कि उसे किसी ने नहीं पहचाना, बल्कि बहुत ही सहजता से वह दरगाह में प्रवेश कर गया। बाहोड़ी नहीं चाहता था कि अरमान को धर-दबोचने के दौरान जायरीन को किसी प्रकार की कोई परेशानी हो या किसी तरह की कोई भगदड़ मचे या जनहानि हो।

इसी से वह अपनी योजना के मुताबिक अरमान के दरगाह से वापस बाहर आने का इंतजार करने लगा। इसी दरम्यान उसने अपनी गन की एक बार फिर जाँच की और खुद भी अपने सूट-बूट पर ही कुरता-पायजामा पहना, आँखों पर जीरो नंबर का चश्मा लगाया और सिर पर टोपी लगाई, जिससे कि वह भीड़ में छिपा रह सके और अरमान के बिल्कुल करीब पहुँच सके।

सूर्य अस्त होने को चला था। अरमान जैसे ही दरगाह से वापस बाहर आया, बाहोड़ी बहुत सावधानी के साथ एक निश्चित दूरी बनाए उसका पीछा करने लगा। कुछ दूरी चलने के बाद अरमान ने कुछ महसूस किया। उसने सतर्क होते हुए धीरे से पीछे मुड़कर, फिर चलते-चलते ही अपने आस-पास सभी ओर शाम के उस धुंधलके में बहुत गहनता से देखा, किंतु जब उसे कोई खतरा दिखाई नहीं दिया तो वह फिर अपनी राह पर चल पड़ा, किंतु बहुत सावधानीपूर्वक। हाँ, अब उसके कदमों में पहले से अधिक फुर्ती थी और बाहोड़ी मानो भूखे शेर की तरह अपने शिकार पर दृष्टि गड़ाए दबे पाँव उसका पीछा कर रहा था और जैसे ही बाहोड़ी को मौका मिला, उसने बिल्कुल करीब पहुँचकर अपने दाएँ हाथ में रुमाल से ढकी अपनी गन को अरमान की कमर पर लगाते हुए उसके कान में धीरे से दृढ़तापूर्वक कहा, "जीना चाहते हो तो चुपचाप चलते रहो। थोड़ी सी भी होशियारी मौत का कारण बन सकती है।" साथ ही अपने बाएँ हाथ से उसकी गरदन को पीछे से पकड़कर उसे अपनी गिरफ्त में ले लिया।

अरमान आश्चर्यचकित था। उसके पैरों तले जमीन खिसक चुकी थी, किंतु फिर तत्क्षण ही अपना कंठ-स्वर सँभालते हुए चलते-चलते ही कहा, "हाँ...अब तुम्हें जान लेने का सरकारी लाइसेंस जो मिल गया है।"

"इतना समझते हो तो अपना मुँह बंद रखो।"

"मैं जानता था कि तुम यहाँ जरूर आओगे।"

"तुम्हारी हिम्मत की दाद देता हूँ, किंतु लगता है, मरने को बहुत बेताब हो। फिर यकीन नहीं होता, आतंकवादी भी अल्लाह से रहमोकरम की उम्मीद रखते हैं।"

"तो मुझे मारने की इजाजत लेकर आए हो या फिर तुम्हें इजाजत लेनी पड़ेगी?" अरमान ने उपहासपूर्वक पूछा, मानो उसे किसी का भय नहीं।

"जान प्यारी है तो चुपचाप चलते रहो।" बाहोड़ी ने मानो आखिरी चेतावनी देते हुए कहा।

"कोई मुझे आदेश दे, यह मुझे बिल्कुल पसंद नहीं।" कहते ही वह एक जोरदार झटके के साथ खुद को मुक्त कर भीड़ में दौड़ पड़ा।

बाहोड़ी भी अरमान के पीछे दौड़ पड़ा। शहर के पुराने हिस्सों में गलियाँ और सड़कें बहुत तंग है। इमारतों का निर्माण इतना सटाकर किया गया है कि उनके बीच से हवा बामुश्किल ही गुजर पाती है। ऊपर से स्थानीय लोगों और दरगाह जियारत को आनेवाले लोगों के कारण यहाँ हमेशा बहुत भीड़ रहती है। फिर उर्स के समय तो पैर रखने को भी जगह नहीं होती, किंतु अरमान को मानो अपनी आजादी के सिवा किसी की परवाह नहीं थी। वह चंद सेकंड में ही रिहायशी घरों की छतों पर पहुँचकर बेखौफ छलाँगें लगाते हुए बहुत तेज गति से दौड़ने लगा और मौत के साए की तरह बाहोड़ी कुछ ही हाथ के फासले पर उसका पीछा कर रहा था। बहुत देर तक अपनी पुरजोर कोशिश करने के बाद भी जब अरमान बाहोड़ी से अपना पीछा नहीं छुड़ा पाया तो दौड़ते-दौड़ते ही उसने एक छत पर धूप में सूख रही बहुत सी साड़ियों के बीच खेल रहे एक पाँच वर्षीय बच्चे को उठाया और उसके पैरों को पकड़कर उसे बहुमंजिला इमारत से सीधे नीचे लटकाते हुए कर्कश कंठ-स्वर से कहा, "एक कदम भी आगे बढ़ाया तो बच्चा जान से जाएगा।"

एक तरफ जहाँ वह बच्चा एक साड़ी का पल्लू अपने हाथों में पकड़े जोर-जोर से चीख रहा था, वहीं उसी साड़ी के दूसरे पल्लू से महज दो कदम दूर बाहोड़ी ने अरमान पर अपनी गन ताने खड़े हुए क्रोधित, किंतु स्थिर कंठ-स्वर से कहा, "जिस अरमान को मैं अपना भाई मानता था, तुम वह अरमान तो कतई नहीं। वह कायरों की भाँति कभी किसी निर्दोष, कमजोर को अपनी ढाल नहीं बनाता।"

अरमान ने चीखते-छटपटाते बच्चे की तरफ देखकर एक विषैली मुसकराहट के साथ कहा, "बहुत समय बाद मिले हो, बाहोड़ी। कुछ बातें नहीं करना चाहोगे?"

"मुझे तुम्हारी जान लेने का कोई अफसोस नहीं होगा।" बाहोड़ी ने बच्चे पर अपना ध्यान केंद्रित रखते हुए गंभीरता से कहा।

"अपने भाई से इतनी नफरत।"

"तुम किसी के भाई नहीं।"

"असमाँ कैसी है? तुम्हारी आदत। हा...हा।"

"काश...! माँ-बाबा का खयाल किया होता।"

सुनकर अरमान के हृदय को एक आघात सा लगा। चेहरे पर थोड़ी उदासी व्याप्त हो आई। फिर ढीले कंठ-स्वर से कहा, "तुमने मेरा सब कुछ छीन लिया, बाहोड़ी। मेरे अब्बूजान, मेरी अम्मीजान और फिर असमाँ।"

बाहोड़ी के स्वर अब गंभीर होने लगे थे, "छीनना मेरी फितरत नहीं। फिर असमाँ के तुम लायक नहीं। तुमने स्वयं खुद को हम सबसे दूर किया। यह कहकर तुम अपने गुनाहों पर परदा नहीं डाल सकते। यह रास्ता तुमने खुद चुना और रही बात असमाँ की, जिसे तुम मेरी आदत कहते हो, मैं उसे अपनी इबादत मानता हूँ।"

अरमान ने तीव्र कंठ-स्वर से कहा, "हाँ-हाँ-हाँ। यह रास्ता मैंने खुद चुना।" साथ ही बच्चा और अधिक चीखने लगा।

"बच्चे को खरोंच भी आई तो मैं तुम्हारा भेजा उड़ा दूँगा।" बाहोड़ी ने चेतावनी देते हुए कहा।

"तुम मेरे रास्ते का रोड़ा बन रहे हो, बाहोड़ी।"

"कौन सा रास्ता?"

"तुम नहीं समझोगे। यह जिहाद है। इसलाम के लिए...और इसलाम के अनुयायियों के लिए।"

"सैकड़ों निर्दोष लोगों को मौत के घाट उतारकर...! क्या उनमें सिर्फ हिंदू ही मारे जाते हैं? क्या उनमें मुसलमान नहीं मारे जाते? या अन्य मजहब के लोगों की मौतें नहीं होतीं? फिर यह कैसा जिहाद है, जिनमें अपने ही लहूलुहान होते हैं। दुनिया में ऐसे कौन से माँ-बाप होंगे, जो चाहेंगे कि उनका बेटा आतंकवादी बने? निर्दोष-निहत्थे लोगों की जानें ले। और फिर क्या तुमने इस देश के मुसलमानों से पूछा कि क्या उन्हें तुम्हारा यह रास्ता पसंद है? क्या उन्हें खून-खराबा पसंद है? नहीं। कोई भी हो, चाहे वह हिंदू हो, मुसलमान हो, सिख या ईसाई। लोग खून-खराबा नहीं, चैन-ओ-अमन पसंद करते हैं। अरमान, तुम्हें उन लोगों ने बरगला दिया है। तुम बहक गए हो मेरे भाई। यहाँ किसी भी मजहब के इनसान को कोई खतरा नहीं। कोई परेशानी नहीं है। चंद नासमझ लोग, जो हर कोम में होते हैं, उनके लिए पूरी कौम को कलंकित मत करो। इतिहास गवाह है, सदियों से हिंदुस्तान की इस पाक सरजमीं पर हम सभी मजहब के लोग प्रेम और सद्भाव से साथ मिलकर रहते आए हैं और आज भी रहते हैं। फिर जिसे तुम हिंदू धर्म समझ बैठे हो, यह कोई धर्म नहीं। यह एक संस्कृति है। विश्व की सबसे प्राचीनतम संस्कृति, जहाँ हर मजहब के लोग फलते-फूलते हैं, क्योंकि यहाँ धर्म नहीं, इनसान पूजनीय है। यही हमारी पहचान है। सुबह का भूला अगर शाम को घर लौट आता है तो उसे भूला नहीं कहते। अब भी वक्त है, अरमान। लौट चलो। अपना रास्ता बदल लो। आत्मसमर्पण कर दो। शायद अल्लाह-ताला तुम्हारे गुनाहों को माफ कर दे।"

इस दौरान बाहोड़ी का पूरा ध्यान बच्चे और अपने ठीक सामने साड़ी के पल्लू पर था। इसी को ध्यान में रखते हुए तथा कुछ सोचते हुए अरमान ने अफसोसजनक भाव से कहा, "तुम···भाषण बहुत अच्छा देते हो, बाहोड़ी, किंतु काश···! तुम मुसलमान होते। शायद मुझे समझ पाते।"

"मेरे जेहन में सिर्फ मेरा राष्ट्र हिंदुस्तान बसता है। हिंदू-मुसलमान नहीं।"

"बाहोड़ी···तुमने वाकई मेरी नाक में दम कर रखा है।" कहने के साथ ही अरमान ने बच्चे को छोड़ दिया।

किंतु बाहोड़ी ने कमान से निकले तीर की भाँति उछलकर साड़ी के पल्लू को पकड़ लिया। बच्चे ने साड़ी को कसकर पकड़ा था, साथ ही वह जोर-जोर से चीख रहा था। रोते हुए बच्चे को छत से नीचे लटकते देख नीचे सड़क पर जायरीन भी चीखने-चिल्लाने लगे।

अरमान ने जाते-जाते एक विषैली मुसकराहट के साथ कहा, "मुझे पकड़ना इतना आसान नहीं। हाँ···साड़ी का पल्लू कसकर पकड़े रखना। नहीं तो एक निर्दोष बेमौत मारा जाएगा।"

"कब तक भागोगे?" बाहोड़ी ने खीझते हुए कहा।

"रास्ता कोई भी चुनो, आखिर तक चलना मायने रखता है। अब्बू यही कहते थे।"

"अगर रास्ता गलत चुन लिया हो तो वक्त पर बदल लेने में ही समझदारी है।"

जवाब में अरमान के चेहरे पर फिर वही विषैली मुसकराहट थी।

"डरो मत चैंपियन। साड़ी को कसकर पकड़े रखो। नीचे मत देखो। अपनी आँखें बंद रखो। सब ठीक हो जाएगा। क्या···क्या तुम मुझे अपना नाम बताओगे?" साथ ही बाहोड़ी धीरे-धीरे साड़ी के साथ बच्चे को ऊपर खींच रहा था।

बाहोड़ी को सुनकर बच्चे का चीखना बंद हुआ, किंतु जान पर अब भी बनी थी, फिर भी उसने दबी सी आवाज में कहा, "अहमद।"

बाहोड़ी ने जैसे ही उसे छत पर वापस उतारा, वह बाहोड़ी से चिपट पड़ा। बाहोड़ी ने भी उसे अपने सीने से लगाकर कहा, "अब सब ठीक है, अहमद। कुछ नहीं हुआ। तुम बिल्कुल ठीक हो।"

तभी अहमद ने अपनी माँ की आवाज सुनी तो वह अपनी ओर आती अपनी माँ की ओर दौड़ पड़ा।

···और बाहोड़ी अरमान के पीछे। वह दौड़ते हुए बहुत तेजी से नीचे आया। सभी ओर देखा। वहाँ सिर्फ भीड़ थी, किंतु अरमान नहीं। अँधेरा हो गया था। बाहोड़ी

नहीं चाहता था कि अरमान शहर से बाहर जा पाए। इसी से उसने तुरंत पुलिस–प्रशासन को सूचना दी, साथ ही डॉ. कृष्णन करनाई को भी। पूरे शहर की नाकाबंदी की गई। पूरे शहर में अतिरिक्त सुरक्षाकर्मी तैनात किए गए। शहर मानो छावनी में तब्दील हो गया हो। उर्स में जायरीन की भीड़ में और पूरी अँधेरी रात में शहर का चप्पा–चप्पा तलाशा गया, किंतु अरमान का कहीं कोई चिह्न नहीं था। फिर अगले दिन शाम को बाहोड़ी वापस दिल्ली के लिए निकल गया।

: 8 :

अर्धरात्रि का एक बजा होगा। फुरसत में डॉ. कृष्णन करनाई शांत भाव से बैठे शराब का जाम बना रहे थे। सामने बाहोड़ी शून्य भाव से चुप बैठा उन्हें देख रहा था।

डॉ. कृष्णन करनाई ने सामने टेबल पर एक जाम बाहोड़ी की ओर सरकाते हुए कहा, "यह तुम्हारे लिए।"

बाहोड़ी ने विनम्रतापूर्वक कहा, "इसके लिए शुक्रिया सर, किंतु माफ कीजिएगा, मैं शराब नहीं पीता।"

"क्या तुमने आज तक कभी शराब नहीं पी है…!" डॉ. कृष्णन करनाई ने आश्चर्यजनक भाव से पूछा।

बाहोड़ी ने एक मंद मुसकराहट के साथ कहा, "एक बार पी थी। चढ़ गई।"

"फिर एक जाम पी लो। इससे ज्यादा के लिए नहीं कहूँगा।"

इसी से बाहोड़ी ने जाम अपने हाथ में उठा लिया।

डॉ. कृष्णन करनाई ने अपना जाम खत्म करके दोस्ताना, किंतु गंभीरतापूर्वक पूछा, "एक प्रश्न है राम, दोबारा कभी नहीं पूछूँगा। क्या तुम अरमान को वाकई अपना भाई मानते हो?"

बाहोड़ी ने सहज भाव से कहा, "क्या आपको लगता है कि मैं अपने वतन के साथ कभी गद्दारी करूँगा? काश…! आप मुझे आखिरी फैसला लेने का अधिकार भी देते। हम अरमान को पकड़ने में अपना समय जाया नहीं कर रहे होते।"

डॉ. कृष्णन करनाई ने अपने लिए एक और जाम बनाते हुए सहज भाव से कहा, "मुझे तुम पर पूरा भरोसा है, राम। बहुत अच्छा प्रयास था, किंतु अब आगे की क्या योजना है, क्या अगले उर्स तक इंतजार करना पड़ेगा?"

बाहोड़ी ने अपना जाम खत्म करते हुए शांत व सहज भाव से कहा, "जब वार करने का वक्त हो तो हमें इंतजार करने में अपना वक्त बरबाद नहीं करना चाहिए।

"कुछ स्पष्ट करना चाहोगे।"

"मैं मुंबई जा रहा हूँ। जिस गाड़ी में विस्फोटक लाया गया था, उसके ड्राइवर का पता लग गया है। नजीर बता रहा था कि वह मुंबई में बड़ी अय्याशी की जिंदगी जी रहा है।"

"बहुत अच्छी खबर है।" डॉ. कृष्णन करनाई ने अपना जाम खत्म करके सहमति जताते हुए कहा।

बाहोड़ी ने सहज भाव से कहा, "सर हालिया घटना के बाद अरमान देश छोड़कर बाहर जाना चाहेगा। मैं चाहता हूँ कि वह देश छोड़कर बाहर नहीं जाने पाए।"

"नहीं जा पाएगा। बाहर जाने के सभी रास्तों पर मैंने सुरक्षा बहुत चौकस कर दी है।" डॉ. कृष्णन करनाई ने विश्वास दिलाते हुए दृढ़तापूर्वक कहा, साथ ही बाहोड़ी का थका-हारा बदन और चेहरे के चिह्न देखते हुए कहा, "लगता है, बहुत दिनों से ठीक से सोए नहीं हो। चाहो तो कुछ आराम कर लो।"

"मैं ठीक हूँ, सर।" बाहोड़ी ने ऊर्जायुक्त कंठ-स्वर से कहा।

डॉ. कृष्णन करनाई ने एक आखिरी जाम बनाते हुए सहज भाव से कहा, "मैं तीन-चार दिनों के लिए चेन्नई अपने घर जा रहा हूँ। बिटिया की शादी है।" फिर मुसकराते हुए आगे कहा, "पिछले बहुत दिनों से घर नहीं जा पाया तो बीवी और बिटिया दोनों बहुत नाराज हैं। कोई सूचना हो तो तुम जब चाहो, मुझे फोन कर सकते हो।"

"ओह···! तो आप शादीशुदा है।" बाहोड़ी के मुँह से बरबस ही शब्द हुए।

"हाँ, इसमें आश्चर्य की क्या बात है। क्या हम जैसों को मोहब्बत करने का अधिकार नहीं।"

"क्या आपने लव मैरिज की थी?" बाहोड़ी ने उत्सुकतापूर्वक पूछा।

सुनकर डॉ. कृष्णन करनाई हँस पड़े। फिर कहा, "हाँ, बिल्कुल लव मैरिज की है भाई। वो कॉलेज में अब सीनियर प्रोफेसर है।"

"जानकर बहुत खुशी हुई।"

डॉ. कृष्णन करनाई ने अगले ही क्षण उत्सुक कंठ-स्वर से पूछा, "क्या तुम्हारी जिंदगी में भी कोई है?"

बाहोड़ी के चेहरे पर मंद प्रगाढ़ मुसकराहट और उसकी भाव-भंगिमा देख डॉ. कृष्णन करनाई मुसकरा उठे। अपना जाम खत्म करते हुए कहा, "लगता है, बहुत गहरी दिल्लगी है।" कुछ ठहरकर फिर कहा, "यह मत भूलना कि उसे खुश

रखना भी तुम्हारी जिम्मेदारी है। वह खुश रहेगी तो तुम अपना काम बेहतर ढंग से कर पाओगे।"

बाहोड़ी ने संकोचित भाव से कहा, "क्या हमारे पेशे में रिश्ते जायज हैं? जबकि हमारे न जाने कितने जानी दुश्मन होते हैं, जो हमारे खून के प्यासे होते हैं।"

विस्मित डॉ. कृष्णन करनाई ने गंभीरता से कहा, "तुम ऐसा कैसे कह सकते हो। सिर्फ जायज ही नहीं, बहुत जरूरी है। तुम्हें अपनी सोच बदलनी चाहिए। रिश्ते हमें कमजोर नहीं बनाते, बल्कि अद्‌भुत साहस प्रदान करते हैं। क्या आज तुम्हारी माँ, पिता या भाई या बहन होती तो तुम यह काम नहीं करते? फिर कोई तुम्हें पवित्र हृदय से प्रेम करे तो तुम उसे झुठला देने की गलती कैसे कर सकते हो? क्या देश के रखवाले सिर्फ रॉ एजेंट ही होते हैं? क्या जो पुलिस में हैं, जो सेना में हैं या किसी अन्य इस प्रकार के पेशे में हैं, उन्हें किसी से रिश्ते नहीं रखने चाहिए? हम भी एक सामान्य इनसान हैं। यह हमारे जीवन का हिस्सा है और फिर यह हमारे परिवार के सभी सदस्य समझते भी हैं। हाँ, थोड़ा वक्त कम दे पाने के कारण नाराजगी का सामना करना पड़ता है, किंतु इससे यह भी जाहिर होता है कि वे तुमसे बहुत प्यार करते हैं और यकीन मानो, इससे कहीं ज्यादा उन्हें हम पर गर्व होता है। सच कहूँ तो रिश्तों के बिना जिंदगी बोझ होती है और यह भी सच है कि जिन रिश्तों में जीवन नहीं होता, वे रिश्ते जिंदगी पर बोझ होते हैं। इसलिए अगर तुम उसे पवित्र हृदय से प्रेम करते हो और तुम्हारे रिश्ते में जीवन है तो भूलकर भी उसे खुद से जुदा करने की गलती मत करना। वैसे भी हम जैसों को सच्ची मोहब्बत किस्मत से ही नसीब होती है।"

बाहोड़ी बहुत गहन भाव से सुन रहा था और डॉ. कृष्णन करनाई बाहोड़ी के मस्तिष्क की यह नकारात्मकता दूर करने का प्रयास कर रहे थे।

डॉ. कृष्णन करनाई ने गंभीरता से आगे कहा, "राम, हम बुराई से लड़ सकते हैं। हम बुराई पर विजय प्राप्त कर सकते हैं, किंतु दुनिया से बुराई का कभी अंत नहीं होगा, क्योंकि यह दो विचारधाराओं की जंग है, जो हमेशा से चली आई है और हमेशा चलती रहेगी, किंतु देर-सवेर जीत सदा अच्छाई की ही होती है। मुझे बताओ, ऐसा कौन सा कालखंड है, जिसमें केवल अच्छाई रही हो या ऐसा कौन सा कालखंड है, जिसमें केवल बुराई रही हो। दुनिया से अच्छाई और बुराई दोनों का ही कभी अंत नहीं होगा, क्योंकि बुराई अच्छाई से प्रेरित होती है और अच्छाई बुराई से। आज अरमान है, कल कोई और। आज आतंकवाद है, कल कुछ और। हमें सकारात्मक सोच के साथ निरंतर बुराई से लड़ते रहना चाहिए, सिर्फ बाहरी ही

नहीं, हमारे भीतर की बुराइयों से भी। बुराई को परास्त कर उस पर विजय पाना, यही हमारा कर्तव्य है। यही जीवन है।"

बाहोड़ी के चेहरे पर अब सकारात्मक भाव थे। कुछ देर डॉ. कृष्णन करनाई बाहोड़ी के चेहरे की भाव-भंगिमा का सूक्ष्म परीक्षण करते रहे, फिर अपनी बात खत्म करते हुए पूछा, "मैंने जो इतनी बकवास की है, इस पर तुम कुछ कहना नहीं चाहोगे, राम?"

बाहोड़ी ने एक मंद मुसकराहट के साथ दृढ़ कंठ-स्वर से कहा, "मैं अब पहले से अच्छा महसूस कर रहा हूँ।"

डॉ. कृष्णन करनाई भी एक धीमी-प्रगाढ़ मुसकान के साथ बाहोड़ी को संतोषजनक भाव से देख रहे थे।

: 9 :

सूर्य उदय हो चुका था और इस वक्त अधिकतर मुंबईवासी गहरी नींद में सोए होते हैं। ट्रक ड्राइवर के आवास पर पहुँचकर बाहोड़ी ने उसके दरवाजे के पास खड़े होकर भीतर की गतिविधि जानने को अपना कान लगाया। भीतर टेलीविजन चलने की आवाज आ रही थी। बाहोड़ी ने अपनी गन निकालकर सतर्क होते हुए दरवाजा खटखटाया। कुछ देर इंतजार के बाद भी दरवाजा नहीं खुला तो बाहोड़ी ने एक बार फिर दरवाजा खटखटाया, किंतु दरवाजा नहीं खुला। अब बाहोड़ी को संदेह प्रबल था कि भीतर कुछ गड़बड़ है। उसने सावधानीपूर्वक दरवाजे को खोलने का प्रयास किया, किंतु दरवाजा पहले से ही खुला हुआ था। भीतर प्रवेश किया तो ट्रक ड्राइवर सोफे पर निष्क्रिय अवस्था में पड़ा था और घर की सभी वस्तुएँ टूटी-फूटी बिखरी पड़ी थीं। पास जाकर उसने उसकी नब्ज की जाँच की तो उसे मृत पाया। बाहोड़ी ने उसकी खुली आँखों को अपने हाथ से धीरे से बंद किया, फिर घर के सभी हिस्सों की सावधानीपूर्वक जाँच की। रसोईघर में गैस के चूल्हे को गरम पाने पर जाना कि हत्या कुछ ही समय पूर्व हुई थी, साथ ही उसने घर की सभी अलमारियों और दराजों की भी जाँच की, किंतु कुछ विशेष हाथ नहीं लगा। बाद में ट्रक ड्राइवर के पास आकर सोफे पर बैठा और उसकी जेबों की जाँच की, उसने उसका पर्स और फोन पाया। पर्स, जिसमें कुछ खास नहीं था और फोन फिंगरप्रिंट प्रोटेक्टेड था। इसी से बाहोड़ी ने अपने हाथ से ट्रक ड्राइवर के हाथ की उँगली को पकड़कर फोन को अनलॉक किया। जाँच की तो

पाया संपर्क सूची डिलीट कर दी गई थी। सारे संदेश व अन्य कई जानकारियाँ डिलीट कर दी गई थीं, किंतु फोन गैलरी में एक तसवीर, जिसमें ट्रक ड्राइवर, अरमान व एक अजनबी शख्स था, को बाहोड़ी देख रहा था। फिर उस फोन को भी अपने साथ लेकर वहाँ से निकल गया।

: 10 :

जनाब कितनी दफा कहा है आपसे कि मुझसे फोन पर बात मत किया कीजिए।

आई.एस.आई. चीफ, "चिंता मत करो जन्नत, मैं सैटेलाइट फोन से बात कर रहा हूँ। यह बताओ कि उस ट्रक ड्राइवर का क्या हुआ? वह हमारे लिए मुसीबत बन सकता है।"

जन्नत, "उसका काम-तमाम हो गया है, जनाब। अब वह किसी के लिए मुसीबत नहीं बनेगा।"

आई.एस.आई. चीफ, "बहुत बढ़िया जन्नत। यह बताओ, क्या अरमान को वहाँ से निकालने का कोई रास्ता है?"

जन्नत, "जनाब, इस वक्त जो जहाँ है, उसे वहीं रहने दें। जिस हाल में है, उसे उसी हाल में रहने दें और बार-बार फोन करके मेरा काम और अधिक मुश्किल न करें।"

आई.एस.आई. चीफ, "अच्छा, उस बाहोड़ी की क्या खबर है?"

जन्नत, "जनाब सब उसी का तो किया-धरा है। वही तो कबाब में हड्डी बन बैठा है। जब से रॉ ऑफिसर नियुक्त हुआ है, अरमान के सिवा उसे कुछ और सूझता ही नहीं।"

आई.एस.आई. चीफ, "क्या उसके आगे की योजना के विषय में कुछ जानकारी है?"

जन्नत, "वह बहुत तेज है, जनाब। कब क्या करता है, कहाँ जाता है, कुछ पता नहीं चलता। उसका दिमाग क्या सोचता है, खुद उसकी रूह को भी पता नहीं होता। किसी पर भी भरोसा नहीं करता, यहाँ तक कि अपने साथ काम करनेवाले ऑफिसर्स पर भी नहीं। वह सिर्फ डॉ. करनाई के साथ ही जानकारी साझा करता है। इसलिए यह कह पाना मुश्किल है कि उसका अगला कदम क्या होगा? किंतु मैं इतना कह सकती हूँ कि उसका अगला निशाना हैदराबाद में उस पटाखे बनानेवाली

फैक्टरी का मालिक जावेद हो सकता है। वह उस पर बराबर नजर रखे हुए है। सँभलकर रहिएगा, जनाब।"

आई.एस.आई. चीफ, "शुक्रिया जन्नत, तुम बहुत अच्छा काम कर रही हो। यहाँ सरकार में मंत्री पद तुम्हारा इंतजार कर रहा है।"

जन्नत, "उम्मीद करते हैं, जनाब कि आप अपनी बात पर कायम रहेंगे।"

आई.एस.आई. चीफ, "भरोसा रखो जन्नत, बस इसी तरह काम करती रहो। खुदा-हाफिज।"

जन्नत, "खुदा-हाफिज जनाब।"

: 11 :

"ट्रक ड्राइवर की हत्या किसने की?"

"क्या वह अरमान था?"

"या फिर कोई और?"

"कोई है, जिसे हमारी योजना के विषय में पहले से जानकारी रहती है?"

"कोई है, जो हमारे हर कदम पर नजर रखता है?" बाहोड़ी ने अपनी गाड़ी के बैक मिरर में देखा, किंतु कोई नहीं था।

"या फिर हम में से कोई है, जो किसी बाहरी व्यक्ति से मिला हुआ है?"

"फिर अरमान ने उस दिन कहा था कि मैं जानता था। तुम यहाँ जरूर आओगे। क्या अरमान को पहले से जानकारी थी कि मैं अजमेर आऊँगा?"

"निश्चित ही कोई तो है, जो रॉ में भीतर तक सेंध लगाए बैठा है?"

⋯पूरे रास्ते के दौरान बाहोड़ी के मस्तिष्क में प्रश्न और तर्क-वितर्क की रेलगाड़ी सी दौड़ रही थी। इसी दरम्यान उसने एक बहुमंजिला इमारतों के एक बहुत बड़े परिसर में प्रवेश किया। अपनी गाड़ी पार्क कर उसने एक इमारत की तीसरी मंजिल पर पहुँचकर एक फ्लैट के बाहर दरवाजे पर लगी घंटी बजाई। दरवाजा खुलते ही असमाँ बाहोड़ी से कसकर लिपट पड़ी। बाहोड़ी ने भी असमाँ के मस्तक को चूमते हुए, उसे अपने बाजुओं में भर लिया।

कुछ देर बाद जब असमाँ सहज हुई तो बाहोड़ी ने एक हाथ से दरवाजा धीरे से बंद करते हुए सहज भाव से कहा, "तो यह सरप्राइज है, डॉ. साहिबा।"

असमाँ ने उत्साहित होकर कहा, "जानते हो राम, मैं किसके साथ काम कर रही हूँ?"

असमाँ को बहुत उत्साहित देख बाहोड़ी कुछ नहीं बोला, जिज्ञासावश उसे सुनने को बेताब था।

"मैं देश-दुनिया के जाने-माने हृदयरोग विशेषज्ञ डॉ. पास्कल डिसूजा के साथ काम कर रही हूँ और सबसे दिलचस्प बात यह कि वे अब तक बहुत से मरीजों के सफलतापूर्वक हृदय प्रत्यारोपित भी कर चुके हैं।"

बाहोड़ी ने भी उत्साहित होकर गर्वित भाव से कहा, "डॉक्टर बनने के लिए और नए घर के लिए ढेरों बधाइयाँ और शुभकामनाएँ।"

"आओ, मैं तुम्हें घर दिखाती हूँ।" कहकर असमाँ ने बाहोड़ी का हाथ पकड़कर उत्साहपूर्वक पूरा घर दिखाया।

बाहोड़ी ने सोफे पर बैठते हुए असमाँ को अपनी गोद में बैठाकर कहा, "बहुत ही शानदार घर है। तुमने इतने इस्माइली लगाए हैं, मानो पूरा घर मुसकरा रहा हो।"

असमाँ ने मुसकराते हुए बाहोड़ी के गले में अपनी बाँहों का हार बनाकर कहा, "मैंने बैंक से लोन पर लिया है।"

बाहोड़ी ने संकोचित भाव से पूछा, "क्या बाबा से कोई नाराजगी है ?"

असमाँ ने सहज भाव से कहा, "नहीं, किंतु मैं सोचती हूँ, एक लड़की का अपना घर होना बहुत जरूरी है। सो मैंने लिया।"

"मुझे तुम पर गर्व है।" बाहोड़ी ने असमाँ के मस्तक पर चूमते हुए कहा। कुछ ठहरकर फिर कहा, "असमाँ, मैं सोच रहा हूँ, तुम्हारे पास अब एक गाड़ी भी होनी चाहिए। वैसे भी मेरी तनख्वाह बामुश्किल ही काम आती है।"

असमाँ ने खुद पर अभिमान जताते हुए कहा, "फिलहाल मुझे इसकी जरूरत नहीं। जब जरूरत होगी तो मैं खुद खरीद लूँगी।"

"ओह''' ! हाँ, माफी चाहता हूँ। मैं भूल गया था कि जो लड़की अपने लिए घर खरीद सकती है, वह गाड़ी भी खरीद सकती है।"

"वैसे कितने रुपए जमा कर रखे हैं तुमने ?" असमाँ ने तत्क्षण ही पूछा।

"तुम्हें क्या ? कितने भी हों। मेरे हैं।"

सुनकर असमाँ धीमे से हँस पड़ी। अपने हाथों की हथेलियाँ बाहोड़ी के गालों पर रखकर उसके अधरों पर चूमते हुए कहा, "बहुत स्वीट लग रहे हो।"

कुछ देर असमाँ को प्रेम से परिपूर्ण नेत्रों से देखते रहने के बाद बाहोड़ी ने शांत व सहज भाव से कहा, "असमाँ, मैं कई मरतबा सोचता हूँ कि मुझे तुम्हारी जिंदगी में नहीं होना चाहिए था। मेरी वजह से तुम्हें कितने कष्ट सहने पड़ते हैं।"

असमाँ ने गंभीरता से कहा, "राम, जब तुम अपना सब कुछ देश पर न्योछावर कर सकते हो तो, क्या मैं इतना भी नहीं कर सकती? फिर मैं इस बारे में ज्यादा नहीं सोचती। अपने काम मैं खुद को व्यस्त रखना मुझे बहुत अच्छा लगता है। फिर खयाल आता भी है तो तुम्हारा हमेशा साथ होने का अहसास पाकर ही सारी चिंता और क्लेश स्वतः ही दूर हो जाते हैं। दूर रहकर भी तुम्हारा मेरी हर श्वास में साथ होने का यह अहसास बहुत ही सुखदायी है। यह मुझे और अधिक तुम्हारे करीब होने का अहसास कराता है।"

बाहोड़ी ने गंभीरता से कहा, "सच कहूँ तो मैं तुम्हारे बिना कुछ भी नहीं हूँ। सिवाय एक दुःखद और अधूरे ख्वाब के, किंतु डरता हूँ कि मेरी वजह से कोई तुम्हें नुकसान न पहुँचाए।"

असमाँ ने अपनी हथेलियाँ बाहोड़ी के गालों पर रखकर उसकी आँखों में देखते हुए कहा, "यकीन नहीं होता कि मेरा राम किसी से डरता है। फिर क्या तुम्हारी जान को खतरा नहीं रहता? दुश्मन तो तुमसे प्यार करते होंगे ना? राम, कष्ट तो मुझे तब और अधिक होगा, जब मुझे तुम्हारे बिना जीना पड़ेगा। मैं नहीं जी पाऊँगी। मुझे तुमसे कोई शिकायत नहीं है। फिर तुम वैसे भी बहुत दिनों बाद तो आते हो और मुझसे ऐसी बातें करते हो तो दिल को बड़ी पीड़ा होती है।" कहते हुए वह बाहोड़ी से लिपट गई और आँखें डबडबा आईं।

"मुझे माफ कर दो, प्लीज।" बाहोड़ी ने गंभीरता से कहा।

"फिर से अगर तुमने मुझसे ऐसी बातें कीं तो ऊपर जो पंखा देख रहे हो ना, उस पर लटककर अपनी जान दे दूँगी। फिर भूत बनकर तुम्हारा जीना दुश्वार कर दूँगी।"

बाहोड़ी ने टोकते हुए कहा, "दोबारा ऐसा नहीं कहना और अगर तुमने ऐसा किया तो वो बोतल देख रही हो ना, तुम्हारे भूत को उस बोतल में बंद कर दूँगा और ढक्कन इतना टाइट लगाऊँगा ना कि तुम्हारी आत्मा को कभी शांति नहीं मिलेगी।"

"मतलब मरने के बाद भी मुझे चैन से नहीं जीने दोगे।"

"बिल्कुल नहीं।"

"तो फिर वादा करो कि फिर कभी मुझे खुद से दूर करने का खयाल भी अपने दिमाग में नहीं लाओगे।"

"वादा करता हूँ, किंतु क्या तुम बुढ़ापे तक मेरे साथ रोमांस कर पाओगी?"

सुनकर असमाँ खिलखिलाकर हँस पड़ी। बाहोड़ी के गाल पर एक थप्पड़ मारते हुए वह उससे फिर लिपट पड़ी।

कुछ देर बाद बाहोड़ी ने गंभीरता से कहा, "असमाँ, मेरा तो अब कोई रहा नहीं। फिर जीवन में तुम्हारा साथ होने से मुझे नई जिंदगी मिल गई और सच कहूँ तो मैं दुनिया की परवाह रत्ती भर भी नहीं करता, किंतु सिर्फ हम दोनों के खुश रहने से जीवन खुशी-खुशी नहीं गुजर सकता। मैं चाहता हूँ कि तुम्हारे बाबा भी हमारे रिश्ते से उतना ही खुश रहें, जितना कि हम।"

असमाँ ने भावोद्भिद होकर कहा, "अब्बू को हमारे रिश्ते से अब कोई एतराज नहीं है और ना ही तुमसे। एतराज है उन्हें तुम्हारे काम से।"

"भला मेरे काम से उन्हें अब क्या एतराज है…!" विस्मित बाहोड़ी के मुँह से बरबस ही शब्द हुए।

असमाँ ने मुसकराकर कहा, "कहते हैं, तुम मुझे वक्त नहीं दे पाओगे। मेरा खयाल नहीं रख पाआगे। वगैरह-वगैरह।"

"तुम्हारे बाबा ठीक कहते हैं।"

"इसका फैसला मैं करूँगी…फिर राम तुमने अभी मुझसे वादा किया था।" असमाँ ने अपने हाथ की उँगली बाहोड़ी के होंठों पर लगाकर उसे टोकते हुए कहा।

"तो देर-सवेर कुरैशी साहब को ही मानना पड़ेगा।" बाहोड़ी ने अपनी गलती स्वीकार करते हुए कहा।

"क्या मेरी जिंदगी के फैसले लेने का अधिकार मुझे नहीं?"

"बिल्कुल है, किंतु मुझे तुमसे डर लगने लगा है।"

"मुझसे…! किंतु क्यों?" असमाँ ने विस्मय भाव से पूछा।

बाहोड़ी ने शरारती आँखों से असमाँ की आँखों में देखते हुए कहा, "अब जब तुम्हारा अपना घर है, गाड़ी भी तुम खुद खरीद सकती हो, तुम हर तरह से आत्मनिर्भर हो, तो मुझे तो तुमसे डरकर ही रहना पड़ेगा ना। तुम्हारे हर हुक्म का मुझे कड़ाई से पालन करना पड़ेगा। तुम जीवन भर मुझ पर अपना अधिकार झाड़ोगी। यह तो एक तरह से मेरा शोषण हुआ ना।"

असमाँ ने मुसकराते हुए कहा, "देखा, एक लड़की अपने पैरों पर क्या खड़ी हो गई, अपने जीवन के फैसले खुद क्या लेने लगी, मर्द को कितना दर्द होता है, जबकि शोषण हमेशा लड़कियों का ही होता है।"

बाहोड़ी ने असमाँ के मस्तक पर चूमते हुए गंभीरता से कहा, "मुझे तुम पर गर्व है। काश…! सभी लड़कियाँ तुम्हारी तरह आत्मनिर्भर बनने की सोच रखें।"

"मुझे भी तुम पर गर्व है।" फिर तनिक सोचते हुए कहा, "रुको, मेरे पास तुम्हें देने को कुछ है।" साथ ही वह उठकर दीवार तक गई और आकर वापस बाहोड़ी

की गोद में बैठकर घर की एक चाबी बाहोड़ी के हाथ में थमाते हुए कहा, "राम, यह चाबी तुम्हारे लिए है। तुम जब चाहो, यहाँ आ सकते हो।"

कुछ देर बाहोड़ी असमाँ को अपने प्रेम से परिपूर्ण नेत्रों से अपलक देख रहा था। फिर गंभीरता से कहा, "असमाँ, मेरी जिंदगी में आने के लिए शुक्रिया।"

"···तुम्हारा भी बहुत-बहुत शुक्रिया।" कहते हुए असमाँ ने बाहोड़ी के अधरों पर चुंबन किया, फिर उससे आलिंगनबद्ध हो गई।

कुछ देर बाद बाहोड़ी ने सहज भाव से कहा, "असमाँ···घूमने चलें?

"कहाँ।" असमाँ ने आलिंगनबद्ध रहते ही धीरे से शब्द किया।

बाहोड़ी ने तनिक सोचते हुए कहा, "वही···समंदर की सैर पर।"

असमाँ ने क्रुद्ध होकर मुँह बिगाड़ते हुए कहा, "समंदर की सैर पर···जब देखो, तब समंदर की सैर पर···और कुछ सूझता नहीं तुम्हें?" झटाक से खुद को बाहोड़ी से दूर करते हुए पास ही सोफे पर बैठ गई। खुद ही खुद कहा, "···समंदर की सैर पर···हूँ।"

बाहोड़ी ने असमाँ को प्रीत भाव से मुसकराकर देखते हुए कहा, "मुझे लगा कि तुम्हें समंदर की सैर करना बहुत अच्छा लगता है।"

"मुझे कोई अच्छा नहीं लगता है। मैं तो सिर्फ तुम्हारे लिए चली थी।" असमाँ ने फिर क्रुद्ध होते हुए कहा।

"अच्छा, फिर तुम ही बताओ, कहाँ चलना है?"

"मुझे बार चलना है।"

बाहोड़ी ने चुहलबाजी करते हुए बात बदलकर कहा, "हाँ, परी हम बाहर ही चलेंगे। तुम कोई अच्छी सी जगह सोचकर बताओ तो।"

यह सुनकर तो असमाँ का गुस्सा अब चरम पर था। थोड़ा तेज कंठ स्वर से कहा, "राम···मुझे···बार···चलना···है। बार बोले तो पब। समझ आया?"

"ओह···! पब।"

"जी हाँ। पब।"

बाहोड़ी ने सहज भाव से कहा, "परी, वहाँ कितना भीड़भाड़ और शोर-शराबा होता है। कोई अच्छी सी जगह सोचो, फिर चलते हैं।"

"ओह हो, तुम्हें कहीं चलना हो तो मैं फटाक से हाँ कर दूँ। हाँ राम चलते हैं, हाँ राम चलते हैं और जब मुझे कहीं चलना हो तो तुम फटाक से बुराइयाँ गिना दोगे। जब मैं तुम्हारे लिए कहीं भी चलने को फटाक से तैयार हो जाती हूँ तो तुम मेरे साथ क्यों नहीं चल सकते? मगर तुमने तो मुझे अपने बाप का माल समझ रखा है।

हूँ···।" फिर मानो अपना आखिरी फैसला सुनाते हुए कहा, "मुझे पब ही चलना है।"

"अच्छा ठीक है। चलते हैं।" बाहोड़ी ने मुसकराते हुए कहा।

सुनकर असमाँ का चेहरा मुसकराहट के साथ खिल उठा और आँखें खुशी से नृत्य करने लगीं। वह तपाक से बाहोड़ी के पास आई और उसके गाल पर चुंबन करते हुए कहा, "मैं अभी चेंज करके आई।"

"मौसम की तरह बदलती रहती हो।" बाहोड़ी ने खुद-ही-खुद कहा।

असमाँ को ठीक से सुनाई नहीं दिया। उसने अपनी शरारती आँखों से बाहोड़ी की आँखों में देखते हुए कहा, "कुछ कहा तुमने?"

"नहीं, कुछ नहीं। तुम जाओ, चेंज कर आओ।" बाहोड़ी ने मुसकराते हुए कहा।

"मैं बस अभी आई।"

बाहोड़ी गाड़ी चलाते हुए किसी गहन सोच-विचार में डूबा था, किंतु चुप था। यह देख एक लंबी चुप्पी तोड़ते हुए असमाँ ने पूछा, "राम, मैं कैसी लग रही हूँ, तुम कुछ कहोगे नहीं?"

बाहोड़ी ने असमाँ की मस्ती भरी निगाहों को देखकर अपनी नजरें चुराते हुए कहा, "तुम्हारी ड्रेस कुछ ज्यादा ही ढीली-ढाली है, किंतु तुम अच्छी लग रही हो। बहुत अच्छी लग रही हो। एकदम किसी परी की तरह।"

"राम, तुम्हें मुझ पर कभी गुस्सा नहीं आता?"

बाहोड़ी ने फिर असमाँ की आँखों में देखकर कहा, "जाने क्यों मुझे आज तुम्हारे इरादे नेक नहीं लग रहे।"

असमाँ ने इतराते हुए कहा, "आज तुम जानोगे, मैं क्या चीज हूँ!"

सुनकर बाहोड़ी ने एक बार असमाँ की ओर देखा, फिर वापस सामने सड़क पर देखते हुए कहा, "तुम्हें याद है परी? वो हसीना, जो मुझ पर नजर रखती थी?"

असमाँ को थोड़ी जलन तो हुई, फिर किंचित् सोचते हुए कहा, "कौन वो जासूस?"

"हाँ, वही। वही···तो। क्या याद्दाश्त है तुम्हारी···! उसका नाम सुदर्शना है। अब वह मेरे साथ काम करती है।"

"हाँ···तो···मुझे क्यों बता रहे हो?" असमाँ के चेहरे पर जलन के चिह्न स्पष्ट झलक रहे थे।

बाहोड़ी ने क्षणिक असमाँ की ओर देखकर कहा, "नहीं, मैं तो सिर्फ इतना बता रहा था कि वह बहुत अच्छी लड़की है, मुझ पर बहुत ध्यान देती है।"

सुनकर असमाँ का चेहरा लाल हो गया था।

हठात् से धीरे से शब्द हुए, "…ध्यान देती है, मतलब ?"

असमाँ का लाल हुआ चेहरा देख बाहोड़ी ने बात सँभालते हुए कहा, "दरअसल वह मेरी सहायक है, परी।…मेरा मतलब है। मैं उसे जो भी काम देता हूँ, वह बहुत ही बेहतर ढंग से और जी-जान से करती है। बस इतना ही।"

असमाँ ने अपना गुस्सा झाड़ते हुए कहा, "नहीं। उस पर दिल आ गया है तो इसमें गलत क्या है ? मजे किया करो उसके साथ।"

"अरे…नहीं…नहीं…बिल्कुल नहीं। तुम भी। पता नहीं क्या-क्या सोच लेती हो। शांत हो जाओ। देखो, हम पब पहुँच गए हैं।"

असमाँ ने मन-ही-मन मुसकराते हुए इतराकर कहा, "उतना ही फेंका करो, जितना समेट सको।"

आज बहुत दिनों बाद खुद को एक बार-रेस्तराँ में पाकर बाहोड़ी की अपने पुराने दिनों की यादें ताजा हो आईं। वही शोर-शराबा, वही नाचते-गाते लोग, रात के अँधेरे में नृत्य करती रंग-बिरंगी लाइटों की चकाचौंध। अपने चहेतों के साथ खाते-पीते लोग। असमाँ और बाहोड़ी दोनों एक बड़े से शोकेस के पास खड़े ठंडा पेय पदार्थ पीते हुए सब रंगत देख रहे थे। बाहोड़ी ने कुछ सोचते हुए गंभीरता से कहा, "असमाँ, अरमान तुम्हें बचपन से चाहता था।"

असमाँ ने आश्चर्यजनक भाव से पूछा, "क्या तुम्हारी उससे मुलाकात हुई ?"

बाहोड़ी ने मलाल करते हुए कहा, "हाँ, किंतु वह बचकर भाग निकला।"

"जो अपनों का नहीं हुआ, जो अपने देश का नहीं हुआ, वह मुझसे क्या प्यार करेगा और अगर वह ऐसा सोचता भी है तो इससे अधिक अपमान की बात मेरे लिए और कुछ नहीं होगी, इसलिए दोबारा मुझसे उसका जिक्र कभी मत करना।" कहने के साथ ही वह पेय पदार्थ पीते हुए नृत्य करते युवक-युवतियों को उत्साहपूर्वक देखने लगी।

और बाहोड़ी असमाँ से प्रीत लगाए अपना ठंडा पेय पीते हुए, उसे अपलक देख रहा था।

"वो रेड शर्ट वाला लड़का कितना अच्छा डांस कर रहा है ना, राम।" असमाँ ने उसकी ओर देखते हुए ही कहा।

बाहोड़ी को एक पल को उस लड़के से बड़ी ईर्ष्या हुई, किंतु वह कर भी क्या सकता था, उसे नृत्य करना नहीं आता था। रूखे कंठ-स्वर से कहा, "हाँ…ठीक-ठाक कर लेता है। वैसे अभी उसे काफी अभ्यास की जरूरत है।"

जवाब सुनकर असमाँ अपनी हँसी रोके नहीं रोक पा रही थी। इसी से वह भी अपनी जगह खड़ी नृत्य करते लोगों के साथ शोर मचाते हुए अपनी हँसी दबाने का प्रयत्न कर रही थी। ठीक उसी वक्त एक लड़की उनके पास आई और धीरे से बाहोड़ी का हाथ पकड़ते हुए कहा, "क्या तुम मेरे साथ डांस करना पसंद करोगे हैंडसम?"

सुनकर बाहोड़ी ने मंद-मंद मुसकराते हुए अपनी शरारती आँखों से पहले उस लड़की की आँखों में देखा, फिर असमाँ की ओर।

असमाँ बाहोड़ी को अपलक घूर रही थी।

बाहोड़ी ने जोखिम उठाते हुए उस लड़की की ओर देखते हुए कहा, "...क्यों नहीं।"

जैसे ही बाहोड़ी उस लड़की के साथ जाने लगा, असमाँ ने अपना गुस्सा जाहिर करते हुए बाहोड़ी की जेब में हाथ डालकर उसका पर्स एक जोरदार झटके के साथ बाहर खींच लिया। बाहोड़ी ने जाते-जाते ही क्षणिक मुड़कर असमाँ की ओर देखा, तो मानो उसे अपार आनंद हुआ हो।

फिर नृत्य के दौरान बाहोड़ी ने एक बार भी असमाँ की ओर नहीं देखा, मानो उस लड़की के साथ नृत्य करने में उसे बहुत आनंद मिल रहा हो। यह देख असमाँ ने बाहोड़ी के पर्स से सारे पैसे निकाले, उसके पर्स को अपने पर्स में सुरक्षित रखा, फिर सारे पैसे शोकेस पर शराब देनेवाले के सामने रखते हुए कहा, "मुझे एक बोटल वोडका। बाकी पैसों से सबको मुफ्त शराब पिलाओ। मेरी तरफ से।"

"जी, मेमसाहब।" कहते हुए उसने डरते-डरते असमाँ के सामने वोडका की एक बोटल रख दी।

असमाँ खटाक से बोतल का ढक्कन खोलकर गटगट पीने लगी। कड़वी होने के कारण वह आधी बाहर गिरा रही थी और आधी पी रही थी। अगले कुछ ही मिनट में शराब ने असर दिखाया। वह अपनी ढीली-ढाली ड्रेस उतारकर शॉर्ट्स और टॉप में सबके बीच जाकर उस लाल कमीज वाले लड़के से बोली, "क्या तुम मेरे साथ डांस करना चाहोगे?"

उस लड़के की तो बेचारे की सिट्टी-पिट्टी ही गुम हो गई। बरबस ही मुँह से शब्द हुए, "ओह...! हाँ...हाँ...जरूर। वाह... क्या किस्मत है मेरी...!" और वह उसके साथ नृत्य करने लगा।

यह देख बाहोड़ी ने उस लड़की से कहा, "देख रही हो ना, तुम। तुम्हारे साथ डांस करना मुझे कितना महँगा पड़ गया।" कहते हुए वह उस लड़की को

शुक्रिया कहकर असमाँ की वह ड्रेस लेने दौड़ा और फिर नृत्य करती असमाँ के पास आकर कहा, "असमाँ, तुम अपनी यह ड्रेस वापस पहन लो। तुम इसी में ज्यादा अच्छी लगती हो और अब बस करो डांस। तुम्हें चढ़ गई है। चलो, घर चलते हैं।"

किंतु असमाँ ने बाहोड़ी को सुना-अनसुना कर दिया। वह अपनी मस्ती में झूम रही थी। यह देख बाहोड़ी ने मौका पाकर उस लड़के के जूते की लैस पर अपना पैर रख दिया। इसी से वह उलझकर बेचारा औंधे मुँह फर्श पर गिर पड़ा।

बाहोड़ी ने उसे उठाते हुए कहा, "लगता है, तुमने कुछ ज्यादा ही पी ली है।"

भौचक्कित लड़के ने असमंजसपूर्ण भाव से कहा, "वैसे मैं बहुत अच्छा डांस करता हूँ। समझ नहीं आता, आज यह लैस कैसे पैर के नीचे आ गई।"

"कोई बात नहीं। कभी-कभी हो जाता है। तुम जाओ, जाकर अपना मुँह धो लो। हमें भी घर जाना है। वैसे तुम डांस बहुत अच्छा करते हो।" कहते हुए वह शराब के नशे में लड़खड़ा रही असमाँ को सँभालते हुए, उसे लेकर जाने लगा।

तभी उस लड़के ने बाहोड़ी को रोकते हुए कहा, "ओ...हीरो। इसे अपने साथ लेकर कहाँ चल दिए तुम, देखते नहीं हम डांस कर रहे हैं।"

"...हाँ, हम डांस कर रहे हैं। छोड़ो मुझे।" कहते हुए असमाँ छटपटाने लगी।

"असमाँ, बस भी करो तुम। क्यों पिटवाना चाहती हो इसे?" बाहोड़ी ने धीरे से असमाँ को टोकते हुए कहा।

यह देख उस लड़के के अन्य चार दोस्त भी बाहोड़ी को घेरकर खड़े हो गए।

बाहोड़ी ने शांत व सहज भाव से उस लड़के को समझाते हुए कहा, "देख भाई, बात ऐसी है कि यह मेरे साथ है। हमें अब घर जाना है। क्या तुम पाँचों को कल फिर अपने काम पर नहीं जाना।"

तभी असमाँ ने बाहोड़ी के गाल पर थप्पड़ जमाते हुए कहा, "मैं इस लड़के को नहीं जानती। मुझे तो तुम्हारे साथ डांस करना है, हीरो।" साथ ही वह उस लड़के को आँख मारकर उसे भड़काने का कार्य कर रही थी।

"हीरो...!" लड़के ने भी जोश खाते हुए कहा, "सिर्फ साथ होने से कुछ नहीं होता है श्याणे...। देखता नहीं, वो मेरे साथ डांस करना चाहती है। अरे यार, वह अपुन को चाहती है। चल हट यहाँ से।"

बाहोड़ी ने फिर समझाते हुए कहा, "देख भाई, यह लड़की नहीं, मुसीबत है। दरअसल इसे चढ़ गई है, इसलिए ऐसी हरकतें कर रही हैं। तुम इस पर ध्यान मत दो। फिर यह तुम्हें चाहती नहीं, तुम सबको पिटवाना चाहती है।"

"…और तू हमें पीटेगा…!" लड़के ने आश्चर्य जताया। फिर कहा, "अब तू सुन चिकने, मेरे रास्ते से हट, वरना पिटने के लिए तैयार हो जा।"

"देख बच्चे…अपने बाप से पंगा नहीं लिया करते।"

"तू ऐसे नहीं मानेगा।" कहते हुए वे पाँचों बाहोड़ी की ओर बढ़ने लगे।

"बड़े बदतमीज हो यार तुम…! लातों के भूत हो, बातों से नहीं मानोगे।"

जैसे ही वह लाल कमीज वाला लड़का बाहोड़ी की जद में आया, बाहोड़ी ने उसके मुँह पर एक करारा प्रहार कर अगले ही क्षण अपने हाथ में पकड़ी असमाँ की ड्रेस अन्य दो लड़कों के मुँह पर फेंकी और बिजली की भाँति फुर्ती से अन्य दोनों लड़कों के मुँह पर एक के बाद एक प्रहार किए। पलक झपकते ही तीनों लड़के फर्श पर पड़े कराह रहे थे। वहीं असमाँ, शेष वो दोनों लड़के और बार में उपस्थित अन्य सभी लोग भौचक्कित हुए यह सब देख रहे थे। कुछ हिम्मत जुटाकर वे दोनों लड़के डरते-डरते बाहोड़ी की ओर बढ़ने लगे कि बाहोड़ी ने अपने दोनों हाथों से अपने कोट के बटन खोलकर कोट को थोड़ा हटाया तो उसकी कमर पर लगी गन देखकर, पलक झपकते ही दोनों लड़के बाहोड़ी के पैरों में गिरकर गिड़गिड़ाने लगे।

"शुक्र मनाओ कि मैंने तुम्हारी हड्डियाँ नहीं तोड़ीं।" कहकर बाहोड़ी चुपचाप बाहर की ओर चल देता है।

असमाँ भी अपनी ड्रेस उठाकर बाहोड़ी के पीछे-पीछे चलने की कोशिश करती है, किंतु वह लड़खड़ाकर गिरनेवाली होती है कि बाहोड़ी ने उसे सँभाल लिया। फिर उसे बाहर लाकर गाड़ी में बैठाया और गाड़ी घर की दिशा में आगे बढ़ा दी।

बाहोड़ी चुपचाप गाड़ी चला रहा था। असमाँ उसकी खामोशी में उसकी नाराजगी को सहज ही महसूस कर सकती थी। वह भी चुपचाप बाहोड़ी को देखे जा रही थी, मानो उसे बहुत आनंद मिल रहा था। फिर शराब अपना असर दिखा रही थी। उसका बोलना चुप ही नहीं हो रहा था। नाटक करते हुए किसी बच्ची की तरह मासूमियत से कहा, "राम…तुम मुझसे गुस्सा हो?"

बाहोड़ी ने कोई जवाब नहीं दिया। वह चुपचाप गाड़ी चला रहा था।

"क्या बात है…! आज मुझे दो-दो राम दिखाई दे रहे हैं। एक बड़ा शांत है। दूसरा बड़े गुस्से में।"

बाहोड़ी ने क्रुद्ध होते हुए कहा, "मिल गई तुम्हारे दिल को तसल्ली।" फिर शांत होकर खुद ही खुद कहा, "खामख्वाह…।" कहते-कहते चुप हो गया।

असमाँ को बाहोड़ी पर बहुत प्रेम भी उमड़ रहा था और वह आज उससे थोड़ी डर भी रही थी। वह धीरे से बाहोड़ी के थोड़ा करीब आई और उसके गाल पर चूमते हुए कहा, "राम, अब तुम मुझे माफ कर दो ना प्लीज।"

बाहोड़ी का गुस्सा तो पिघलकर बह गया था, किंतु फिर भी उसने नाटक करते हुए कहा, "हटो असमाँ, मुझे गाड़ी चलाने दो प्लीज।"

अब असमाँ की अपनी पीड़ा थी, मानो उसने खुद को कष्ट पहुँचाया हो। फिर पूछा, "उस लड़के के जूते की लैस पर तुम्हीं ने पैर दिया था ना, राम?"

बाहोड़ी ने एक बार असमाँ की ओर देखकर कहा, "मुझे नहीं मालूम वह कैसे गिरा।"

"मगर मुझे मालूम है। तुम्हें उससे जलन हो रही थी, इसलिए तुमने जानबूझकर ऐसा किया।"

"भला, मुझे उससे क्यों जलन होगी?" फिर असमाँ को टोकते हुए अपनी झूठी नाराजगी व्यक्त करते हुए कहा, "···और प्लीज चुप रहो, असमाँ। मुझे अभी कोई बात नहीं करनी।"

बाहोड़ी को खुद से नाराज देख असमाँ के हृदय को बहुत पीड़ा हो रही थी। वह बार-बार बाहोड़ी की ओर देखती और भीतर-ही-भीतर खुद को कोस रही थी। फिर वह बाहोड़ी के संवाद उसी की नकल करते हुए दोहराने लगी, "ये लड़की नहीं मुसीबत है। देख बच्चे, अपने बाप से पंगा नहीं लिया करते। शुक्र मनाओ मैंने तुम्हारी हड्डियाँ नहीं तोड़ीं···।"

घर पहुँचने पर असमाँ को पलंग पर लेटाकर बाहोड़ी वापस खड़ा होने लगा कि असमाँ ने अपने दोनों हाथों से बाहोड़ी की कॉलर पकड़कर वापस अपने करीब खींचकर कहा, "राम, मुझसे गलती होने पर तुम मुझे डाँट भी तो सकते हो ना।"

बाहोड़ी ने सहज भाव से कहा, "असमाँ, मैं नहीं चाहता कि तुम कुछ ऐसा करो, जिसके लिए मुझे तुम्हें डाँटना पड़े।"

"अच्छा, अब मैं दोबारा ऐसा कभी नहीं करूँगी।"

"वादा करती हो?"

"पहले यह बताओ, क्या मैं तुम्हारे लिए मुसीबत हूँ?"

"अरे नहीं बाबा, वो तो मैंने उन्हें डराने को कहा था। तुम तो मेरे लिए ईश्वर का आशीर्वाद हो।"

"तो फिर वादा रहा, किंतु क्या अब तुमने मुझे माफ किया?"

"हाँ। वैसे गलती मेरी ही थी, मैंने तुम्हें कुछ ज्यादा ही उकसा दिया था।"

"तो तुम अपनी गलती मानते हो ना, राम ?"

बाहोड़ी ने संकोचित भाव से कहा, "हाँ, थोड़ी सी।"

असमाँ ने बाहोड़ी को पलंग पर खींचकर उसे अपनी बाँहों में जकड़ते हुए कहा, "किंतु मैं तुम्हें माफ नहीं करनेवाली।"

बाहोड़ी ने भी असमाँ को अपने बाजुओं में भरकर उसके मस्तक पर चूमते हुए कहा, "कितनी कमीनी लड़की हो तुम। खामख्वाह उन लड़कों को पिटवा दिया।"

असमाँ की खिलखिलाहट पूरे घर में गूँज पड़ी।

: 12 :

रात के बारह बजे होंगे। पटाखा फैक्टरी का मालिक जावेद अपनी पत्नी, दस वर्षीय बेटे और पाँच वर्षीय बेटी के साथ हँसी-खुशी रात्रिभोज कर रहा था। ठीक उसी वक्त घर में घंटी की आवाज गुंजायमान हुई। पत्नी ने जाकर देखा तो दरवाजे पर अरमान था। अरमान के अचानक आने से जावेद भयभीत था। अपनी पत्नी को अपने बच्चों को भीतर ले जाने का इशारा करते हुए अपने हाथ से अपनी कुरसी साफ करके कातर कंठ से कहा, "अस-सलामु अलायकुम भाई। आज अचानक भाई···सब ठीक तो है···यहाँ बैठिए।"

जावेद की पत्नी और बच्चों के भीतर चले जाने पर कुरसी पर बैठते हुए अरमान ने गंभीरता से कहा, "वालेकुम-सलाम। मुझे तुम्हारी बहुत फिक्र हो रही थी जावेद।"

"भाई, आपके रहते मुझे क्या हो सकता है ?"

"जावेद तुम्हारी गंध बाहोड़ी तक पहुँच गई है। उसने तुम्हारे जरिये मुझ तक पहुँचने की योजना बनाई है।"

"मुझे भी इसी बात की चिंता हो रही थी भाई। मैं भी आपसे यही कहना चाहता था। आप मुझे किसी महफूज जगह पर भेज दीजिए।" जावेद ने भयवश प्रार्थना करते हुए कहा।

"तुम चिंता मत करो जावेद। मैं तुम्हें दुनिया की सबसे महफूज जगह पर भेजने आया हूँ, जहाँ बाहोड़ी जीते-जी कभी नहीं पहुँच पाएगा।"

जावेद ने असमंजस भाव से कहा, "मैं जानता था भाई, आप कोई-न-कोई रास्ता जरूर निकाल लोगे।"

अरमान ने टेबल पर थाली में रखी काँटेदार चम्मच उठाकर उसका गहरी

निगाह से निरीक्षण करते हुए सहज व गंभीर भाव से कहा, "क्या तुमने खाना खा लिया है ?"

जावेद को अब अरमान के इरादे का भान हो चुका था। पसीने से उसका बदन तर-ब-तर हो रहा था। एक दबी सी आवाज हुई, "जी भाई।"

"हम जैसों की जिंदगी कितनी छोटी होती है जावेद···!"

"मैंने आपकी हरसंभव सहायता की।"

"मानता हूँ, मगर बदले में ढेर सारा पैसा भी तो मिला तुम्हें।"

"मेरा यकीन करो भाई, मैंने आपसे एक मासा भी मुनाफा नहीं कमाया।"

"जावेद तुमने वाकई हमारी बहुत मदद की है। एक मदद और कर दो। हम सब तुम्हारी इस कुरबानी को हमेशा याद रखेंगे।"

जावेद अरमान के पैरों में आ गिरा और हाथ जोड़कर गिड़गिड़ाने लगा, "मुझे मत मारो भाई प्लीज। म्···मैं किसी ऐसी जगह चला जाऊँगा, जहाँ बाहोड़ी कभी नहीं पहुँच पाएगा।" कहते हुए उसकी आँखों से अश्रुधारा बहने लगी।

अरमान ने उस काँटेदार चम्मच से थाली में रखी फिश-करी खाते हुए कहा, "मुझे भी बहुत दुःख है जावेद, मगर तुम बाहोड़ी को नहीं जानते। एक बार जब वह अपने शिकार को चुन लेता है तो जहाँ कहीं भी छिपा हो, वह सूँघते-सूँघते उस तक पहुँच ही जाता है और भूखे शेर की तरह उस पर टूट पड़ता है।"

जावेद ने रोते-बिलखते हुए हाथ फैलाकर अपने प्राणों की भीख माँगते हुए कहा, "···मत मारो मुझे, प्लीज। मेरा हँसता-खेलता परिवार है। छोटे-छोटे बच्चे हैं मेरे।"

अरमान ने अपना एक हाथ जावेद के सिर में फेरते हुए तथा दूसरे हाथ में पकड़ा वह काँटेदार चम्मच उसकी गरदन पर श्वास नली पर रखते हुए गंभीरता से कहा, "रो मत जावेद। मैं तुम्हें सबसे महफूज जगह, अल्लाह-ताला के पास जन्नत में भेज रहा हूँ। फिर तुम्हें तुम्हारे परिवार से दूर थोड़े ही रखूँगा। तुम सब वहाँ साथ रहना। खुदा-हाफिज।" कहते हुए उसने क्रूरतापूर्वक वह काँटेदार चम्मच उसकी श्वासनली में गहराई तक घोंप दी।

जावेद उफ् तक नहीं कर सका और अगले ही क्षण लुढ़ककर आँगन में गिर पड़ा। अरमान ने अपनी गन निकालकर उस पर ध्वनि-अवरोधक यंत्र लगाया और वहीं बैठा उसकी पत्नी और बच्चों को आवाज लगाई। जैसे ही जावेद की पत्नी और बच्चे बाहर आए, अरमान ने निर्दयतापूर्वक तीनों को मौत के घाट उतार दिया। फिर उसी काँटेदार चम्मच से पूरी फिश-करी खत्म की। कुछ देर ठहरकर पूरे घर की तफ्तीश की। फिर वहाँ से निकल गया।

: 13 :

अलस्सुबह बाहोड़ी नजीर और सुदर्शना के साथ जावेद के घर उसे गिरफ्तार करने पहुँचा। बहुत सावधानीपूर्वक अपनी-अपनी गन हाथ में थामे उन्होंने घर के भीतर प्रवेश किया। देखा कि जावेद, उसकी पत्नी और उसके दोनों बच्चे घर के आँगन में मृत पड़े थे, जिन पर मक्खियाँ भिनभिना रही थीं।

यह सब देख एकबारगी तीनों के रोंगटे खड़े हो गए। फिर अगले ही क्षण बाहोड़ी ने अपने हाथ के इशारे से नजीर और सुदर्शना को पूरे घर की तफ्तीश करने का निर्देश दिया। इसी से नजीर और सुदर्शना घर की तलाशी लेने लगे और बाहोड़ी ने भी जावेद के निकट पहुँचकर उसकी तलाशी ली, किंतु कुछ नहीं मिला। फिर अपने आस-पास कोई चादर या कपड़ा ढूँढ़ने लगा, जिससे शवों को ढका जा सके, किंतु कपड़ा नहीं मिलने पर उसने खिड़की-दरवाजों पर लगे परदे उतारकर चारों शवों पर डाले और पास ही सोफे पर बैठ गया। बाहोड़ी देख रहा था कि नजीर और सुदर्शना अब भी घर की तलाशी लेने में व्यस्त थे। तभी घर टेलीफोन की घंटी से गुंजायमान हो उठा। टेलीफोन की आवाज सुनकर कुछ ही दूर खड़ी सुदर्शना फोन सुनने को उस ओर बढ़ने लगी। वह टेलीफोन उठाने ही वाली थी कि बाहोड़ी ने उसे टोकते हुए तड़ित कंठ-स्वर से कहा, "नो¨। फोन मत उठाना।"

सुनकर टेलीफोन उठाने को बढ़ रहे सुदर्शना के हाथ चंद सेकंड पहले थम गए।

बाहोड़ी ने पास आकर कहा, "यह एक जाल है। दुश्मन हमारे खून का प्यासा है।" कहते हुए वह टेलीफोन के तारों की गहराई से जाँच करने लगा।

पाया कि जिस टेबल पर टेलीफोन रखा हुआ था, उसी टेबल के नीचे दराज में बम लगा था, जिसे टेलीफोन के तार से जोड़ा गया था। इतना आर.डी.एक्स. पूरे घर के परखच्चे उड़ाने के लिए काफी था। यह देख नजीर और सुदर्शना हतप्रभ रह गए। बाहोड़ी ने बम से जुड़े तार बताते हुए कहा, "टेलीफोन उठाने का मतलब था¨मौत।"

"क्या यह अरमान था¨ ?" नजीर के मुँह से बरबस ही शब्द हुए।

सुदर्शना ने निश्चय भाव से कहा, "और कौन हो सकता है ?"

नजीर ने निराश होते हुए कहा, "हमारी आखिरी उम्मीद भी खत्म हो गई, राम।"

सुदर्शना ने बाहोड़ी की ओर देखते हुए असमंजसपूर्ण भाव से कहा, "क्या अरमान हैदराबाद में है ?"

दोनों को निराश देख बाहोड़ी ने दृढ़ कंठ-स्वर से कहा, "इसमें निराश होने की कोई बात नहीं। फिर अंधों की भाँति अरमान के पीछे जाने से कोई फायदा नहीं। हम कोई और रास्ता निकाल लेंगे। चलो, वापस दिल्ली लौट चलें।"

: 14 :

साँझ का समय था। सूर्य अस्ताचल की ओर बढ़ चला था। सुनहरे आसमान को चूमता वीर जवानों को सलाम करता वर्षों से अडिग खड़ा इंडिया गेट हमारे वीर जवानों की शहादत की याद दिलाता है और इसके चारों कोनों पर चौबीसों घंटे प्रज्वलित अमर-जवान ज्योति मानो उन वीरों की गाथा का बखान कर रही हो। जो भी यहाँ आकर इनसे रूबरू होता है, वह उन वीरों की वीरता से अभिभूत हुए बिना नहीं रह सकता। हृदय में उनके प्रति सम्मान और श्रद्धा भाव का एक सागर सा उमड़ पड़ता है। अंग-अंग रोम-रोम उनकी वीरता से हिलौरें खाने लगता है। राजपथ पर एक उद्यान के कोने में लकड़ी की बेंच पर थोड़ी आरामदायक मुद्रा में अकेले बैठा बाहोड़ी यह दृश्य बहुत ही सौम्य भाव से निहार रहा था। स्वच्छंद विचरण करते सहस्रों लोगों और पर्यटकों की गतिविधियाँ, निरंतर आते-जाते वाहन, और हँसते-खेलते बच्चे, किंतु बाहोड़ी इस तरह यहाँ अकेले आकर तभी बैठता है, जब वह बहुत उलझन में हो। जावेद की हत्या के बाद से ही बाहोड़ी के मस्तिष्क में भूचाल सा मचा था। पहले ट्रक ड्राइवर की हत्या और अब जावेद की हत्या, मानो उसकी अरमान तक पहुँचने की आखिरी उम्मीद भी खत्म हो गई हो। दिलोदिमाग में तर्क-वितर्क की रेलगाड़ी सी दौड़ रही थी। वह गुत्थियों को सुलझाने की कोशिश कर रहा था। उसका संदेह अब और अधिक प्रबल हो गया था कि रॉ में कोई है, जो दुश्मन के साथ मिला हुआ है।

ठीक उसी समय सुदर्शना ने पास आकर सहज भाव से कहा, "क्या मैं यहाँ बैठ सकती हूँ ?"

बाहोड़ी ने शीघ्रता से थोड़ा सरककर ठीक से बैठते हुए कहा, "ओह··· ! हाँ, क्यों नहीं। बैठो।"

"शुक्रिया।" सुदर्शना ने बैठते हुए कहा।

"अचानक…!" बाहोड़ी ने एक प्रगाढ़ और दोस्ताना मुसकराहट के साथ कहा।

"क्या मैं तुम्हारे पास अचानक नहीं आ सकती?" सुदर्शना ने मुसकराते हुए कहा।

बाहोड़ी ने मंतव्य स्पष्ट करते हुए सहज व सौम्य भाव से कहा, "नहीं, मेरा मतलब यह नहीं था। आप जब चाहे, तब आ सकती हैं। दरअसल आपको यहाँ अचानक पाकर मैं हैरान हूँ।"

बाहोड़ी के मृदुल और विनयपूर्ण व्यवहार से सुदर्शना का मन उसकी और सहज ही खिंचा चला जा रहा था। फिर उसके चुंबकत्व युक्त व्यक्तित्व से वह पहली मुलाकात से ही अभिभूत थी और अब मानो वह किसी अदृश्य दिव्य शक्ति के प्रभाव में वशीभूत होकर कहीं खो गई।

बाहोड़ी ने कुछ देर सुदर्शना के शब्दों का इंतजार किया, किंतु उसे अब भी कहीं खोई देख उसे जगाते हुए कहा, "सुदर्शना कहाँ खो गई हैं आप?"

किंतु सुदर्शना तो बाहोड़ी को अब भी सम्मोहित हुए बस देखे ही जा रही थी।

बाहोड़ी ने फिर पुकारा, "क्या आप मुझे सुन पा रही हैं?"

इसी से सुदर्शना की तंद्रा टूटी। अपना कंठ-स्वर सँभालते हुए असहज भाव से कहा, "आप कहकर तुम मुझे शर्मिंदा न करो, प्लीज।"

बाहोड़ी ने सहज भाव से कहा, "आप मुझसे पाँच वर्ष बड़ी हैं। फिर मुझे नहीं लगता कि इस वक्त मैं किसी का बॉस हूँ।"

"…प्लीज।" बाहोड़ी के फिर आप कहने पर सुदर्शना ने टोकते हुए कहा।

"अच्छा।" बाहोड़ी ने सहमत होते हुए एक प्रगाढ़ मुसकान के साथ कहा।

सुदर्शना ने सहज भाव से कहा, "यहाँ इस प्रकार अकेले बैठे हो। क्या तुम्हारा अपना घर नहीं, जहाँ दो पल सुकून और शांति से बिता सको?"

"मैं घर खरीदकर क्या करूँगा, जब उसमें कोई रहनेवाला न हो? फिर पूरा देश मेरा घर ही तो है।"

बाहोड़ी का यह आपात्य वैराग्य भाव जानकर सुदर्शना के हृदय को बड़ा कष्ट हुआ। आगे पूछा, "तुम हर वक्त सिर्फ अपने देश के बारे में ही सोचते हो या कभी अपने बारे में भी सोचते हो?"

"अपने देश के विषय में सोचना, अपने विषय में सोचना ही तो है।"

सुनकर सुदर्शना बहुत प्रभावित हुई। स्पष्ट कंठ-स्वर से कहा, "मेरा मतलब है, क्या तुम्हारी जिंदगी में कोई तुम्हें चाहनेवाली है?"

"हमारे पेशे में चाहनेवाली किसी नसीब वाले को ही मिल पाती है। फिर सबकी किस्मत एक जैसी कहाँ।"

सुनकर सुदर्शना के हृदय को बड़ा कष्ट हुआ, मानो वह बाहोड़ी के दुःख का निराकरण करना चाहती हो। हृदय में बाहोड़ी के प्रति प्रेम का सागर उमड़ रहा था। सहज भाव से कहा, "तुम्हें देखकर ऐसा लगता है, तुम हर लड़की में किसी खास लड़की को ढूँढ़ते हो, मानो किसी को बेपनाह चाहते हो, जैसे तुम्हारी कोई पुरानी आदत हो।"

सुदर्शना ने मानो बाहोड़ी के दिल की किताब का एक अनछुआ पन्ना खोलकर पढ़ लिया हो। गहराई से सोचते हुए सहज भाव से कहा, "ऐसा इसलिए भी तो हो सकता है कि किसी चाहनेवाली का इंतजार हो। फिर मेरी एक ही आदत है, मैं किसी चीज की आदत नहीं डालता।"

सुदर्शना एक बार फिर कहीं खो गई। अपना कंठ-स्वर सँभालते हुए कहा, "तुम्हें किस तरह की लड़कियाँ पसंद हैं?"

बाहोड़ी सुदर्शना के दिल की भावनाओं से सहज ही परिचय पा रहा था। मुसकराते हुए कहा, "दिल से चाहनेवाली ऐसी लड़की, जिसके लिए एक पल भी सोचे बिना, मैं कुछ भी करने के लिए तैयार हो जाऊँ।"

सुदर्शना ने किंचित् सोचकर कतराते हुए बाहोड़ी के हाथ पर अपना हाथ रखते हुए धीमे कंठ-स्वर से कहा, "राम...क्या तुम मुझे अपने लायक समझते हो?"

बाहोड़ी कुछ नहीं बोला। वह चुप था। उसके जेहन में असमाँ के सिवा कोई जवाब नहीं था, जिसे वह चाहकर भी कहना नहीं चाहता था। लोगों की, पर्यटकों की, बच्चों की, वाहनों की, उद्यान में चहकते पंछियों की हर प्रकार की आवाजें नदारद थीं। भीतर एक गहरी खामोशी व्याप्त थी और उस खामोशी में भी असमाँ का शोर उसके हृदय को बहुत सुकून दे रहा था। अपने भीतर वह शोर, जिसे वह हमेशा सुनना पसंद करता है, जिसे सुनकर वह एक पल भी असमाँ को खुद से दूर नहीं पाता है, उसे एकदम खुद के भीतर पाता है।

बाहोड़ी को अब भी खामोश देख सुदर्शना ने गंभीरता से कहा, "पहली बार जब तुमसे मिलना हुआ तो मानो मुझे जीवन में जिसकी हमेशा से तलाश थी, वह तलाश हमेशा के लिए खत्म हो गई। तुम्हीं वह शख्स हो, जिसके लिए मैं अपना सब कुछ न्योछावर कर दूँ। मन बहुत व्याकुल रहता है, तुमसे दोबारा मिलने को। कान तरसने लगते हैं तुम्हारी आवाज सुनने को। मेरे अशांत मन को मानो शांति की आशा हुई। तुम जिस सम्मान और सम्मोहित कर देनेवाली निगाह से देखते हो, पूरे

तन-बदन में एक बिजली सी दौड़ पड़ती है। दिल की हर एक धड़कन मानो तुमसे कुछ कहना चाहती है।" कुछ ठहरकर फिर कहा, "राम, मुझे नहीं मालूम कि तुम्हारी जिंदगी में तुम्हें चाहनेवाली कोई है या नहीं या फिर तुम बताना नहीं चाहते। कोई बात नहीं। मुझे इससे कोई एतराज नहीं। मैं सिर्फ अपने दिल की बात तुम्हें बताना चाहती थी, सो मैंने बताई।"

बाहोड़ी एकबारगी कह देना चाहता था कि उसके जीवन में कोई है, जो उसके लिए अपने प्राणों से भी अधिक प्रिय है, किंतु उसने खुद को रोक लिया। फिर उसके अलावा भी कोई आपको दिल से चाहता हो तो आप उसके साथ बेरूखा व्यवहार कैसे कर सकते हैं या उसके साथ तिरस्कारपूर्ण व्यवहार कैसे कर सकते हैं? बाहोड़ी के हृदय में एक पल को सुदर्शना के लिए प्रेम और सम्मान का सागर उमड़ पड़ा, किंतु फिर अपना कंठ-स्वर सँभालते हुए गंभीरता से कहा, "सुदर्शना, मैं तुम्हारे दिल के जज्बातों का हृदय की गहराई से सम्मान करता हूँ, बल्कि पहले से भी अब ज्यादा तुम्हारा सम्मान करता हूँ। तुमने मुझे इस लायक समझा, इसके लिए तुम्हारा बहुत शुक्रिया, किंतु बहता हुआ पानी किसी के लिए नहीं ठहरता और तुम यह अच्छी तरह जानती हो, मुझसे दिल्लगी करने का मतलब है अपनी जान जोखिम में डालना।" आगे स्पष्ट कंठ-स्वर से कहा, "फिर मुझे अरमान के सिवा कुछ नहीं सूझता।"

मायूस होकर सुदर्शना ने अपना हाथ वापस खींचते हुए कहा, "क्या तुम मुझे अपने लायक नहीं समझते?"

बाहोड़ी सुदर्शना की मन:स्थिति को, उसके दिल की पीड़ा को भलीभाँति समझ सकता था। उसने सहृदयता से कहा, "नहीं, ऐसा बिल्कुल नहीं है, बल्कि तुम एक ऐसी लड़की हो, जिस पर कोई भी लड़का बिना एक पल भी सोचे अपनी जान लुटा दे।"

"क्या मैं खूबसूरत नहीं हूँ?"

"ऐसा नहीं है। तुम बहुत खूबसूरत हो।" बाहोड़ी ने थोड़ा जोर देकर कहा।

"फिर क्या उम्र में तुमसे बड़ी हूँ, इसलिए।"

बाहोड़ी ने अपना हाथ सुदर्शना के हाथ पर रखते हुए प्रेमजड़ित कंठ-स्वर से कहा, "ऐसा नहीं है सुदर्शना। देखो, तुम मुझे गलत मत समझो, प्लीज।"

अपनी पीड़ा बाहोड़ी को महसूस होते देख, जो बाहोड़ी के अतिसुंदर सुकांतिवान मुखमंडल पर उभरे चिह्नों से स्पष्ट झलक रही थी, बरबस ही सुदर्शना के चेहरे पर एक प्रगाढ़ मुसकान छा गई। उसने मुसकराते हुए कहा, "ठीक कहा तुमने राम, हम

सबके जीवन में सच्ची मोहब्बत, किसी खुशनसीब को ही मिल पाती है।"

सुदर्शना को देख-सुनकर बाहोड़ी के चेहरे से चिंता के चिह्न तो प्राय: विलुप्त हो चुके थे, किंतु वह अब भी सूक्ष्म निगाह से विस्मयपूर्वक सुदर्शना को देखे जा रहा था।

यह देख सुदर्शना खिलखिलाकर हँस पड़ी। फिर सहज भाव से कहा, "राम, हम अच्छे दोस्त तो हो ही सकते हैं ना?"

सुनकर बाहोड़ी की जान में जान आई। एक धीमी प्रगाढ़ मुसकराहट के साथ अस्थिर कंठ-स्वर से कहा, "हाँ··हाँ, क्यों नहीं। तुमने तो मुझे डरा ही दिया था।"

सुदर्शना ने अगले ही क्षण कहा, "तुम्हें अपनी चाहनेवाली याद भी नहीं रहती होंगी ना?"

बाहोड़ी ने गंभीरता से कहा, "तुम्हारी इस बात से मैं सहमत नहीं हूँ। मैं अपने चाहनेवालों को कभी नहीं भूल पाता।"

सूर्य अस्त हो चुका था। साँझ ढल चुकी थी। अँधेरा हो गया था। बाहोड़ी और सुदर्शना दोनों ही उठ खड़े हुए।

"तो तुम अब कहाँ जा रहे हो?" सुदर्शना ने सहज भाव से पूछा।

"मैं दफ्तर जाऊँगा। कुछ जरूरी काम है।" साथ ही पूछा, "क्या तुम गाड़ी लाई हो?"

"नहीं। मैं मैट्रो से आई थी।"

"तो फिर आओ, मैं तुम्हें घर तक छोड़ दूँ।"

इसी से सुदर्शना भी बाहोड़ी के साथ गाड़ी की ओर चल दी।

: 15 :

दिन का दूसरा पहर समाप्त होने को था। दफ्तर में बाहोड़ी और नजीर साथ बैठे परस्पर वार्त्तालाप कर रहे थे।

नजीर ने कहा, "मुझे अपने विश्वस्त सूत्रों से खबर हुई है। अरमान काफी समय से कश्मीर में था। उसे वहाँ के स्थानीय नेताओं और रसूखदारों ने पनाह दे रखी थी। वह पाकिस्तान जाने की फिराक में था, किंतु सीमा पार करने से पहले ही सेना के जवानों ने उन्हें देख लिया। दोनों तरफ की ताबड़तोड़ गोलीबारी में अरमान का एक साथी मारा गया, किंतु अरमान फरार हो गया। सेना के जवानों को यह तो पूरा यकीन है कि वह सीमा पार नहीं कर पाया, किंतु वह अरमान था या कोई और,

इस पर उन्हें संदेह है, मगर अब साफ हो गया है कि वह अरमान ही था।" साथ ही आगे निराशापूर्ण भाव से कहा, "लेकिन चिंता की बात यह है कि पिछले एक महीने से उसका कोई सुराग नहीं। हो सकता है, वह फिर हमला करने की फिराक में हो। हमें सतर्क रहना चाहिए।"

बाहोड़ी ने दृढ़ कंठ-स्वर से कहा, "चिंता मत करो। हम कोई-न-कोई रास्ता ढूँढ़ निकालेंगे। वैसे तुमने यह सब इतनी आसानी से कैसे जाना?"

"मेरा बीता हुआ कल मेरा काम आसान कर देता है।" कहते हुए नजीर के चेहरे पर एक सहज मुसकान थी।

"कुछ स्पष्ट करना चाहोगे?" बाहोड़ी ने भौंहें उठाकर जिज्ञासावश पूछा।

"मैं खुद मूलत: कश्मीर से हूँ। उस वक्त मैं बहुत छोटा था। घाटी में दहशतगर्दी आम बात हो गई थी। मेरी उम्र और घाटी में आतंकवाद एक साथ पल-बढ़ रहे थे। उस वक्त मेरी उम्र महज पंद्रह वर्ष रही होगी। जब आतंक के आकाओं के बहकावे में आकर मैं आतंकवाद की राह पर चल दिया। सेना पर पत्थरबाजी करना और गोलियाँ चलाना आम बात थी, किंतु दुनिया की ऐसी कौन सी माँ होगी, जो चाहेगी कि उसका बेटा टुकड़ों में घर लौटे। माँ और सेना के आला-अधिकारियों के समझाने-बुझाने पर एक दिन मैं आतंक की राह छोड़कर घर लौट आया। मुझे आतंक के आकाओं के नापाक इरादों का भी ज्ञान हो चुका था और यह भी समझ आ गया था कि समस्याएँ हाथ में बंदूक या पत्थर उठाने से नहीं, पैन उठाने से ही खत्म होंगी। मैंने सेना में भर्ती होने का निश्चय कर लिया। सेना के आला-अधिकारियों ने भी मेरी मदद की। आखिर मैं सेना में भर्ती हो गया और सिर्फ मैं ही नहीं, मेरे जैसे सैकड़ों ऐसे युवा हमारी बटालियन में हैं, जो बहकावे में आकर कभी आतंक की नर्सरी का हिस्सा बन बैठे थे।"

"···क्या तुम सेना में टेरिटोरियल आर्मी की 162वीं बटालियन का हिस्सा थे?" बाहोड़ी ने उत्कंठित भाव से पूछा।

नजीर ने मुसकराकर उत्साहपूर्वक कहा, "हाँ। बिल्कुल सही। तो तुम जानते हो··!"

बाहोड़ी ने गर्वित भाव से कहा, "सिर्फ मैं ही नहीं, पूरा देश जानता है और सिर्फ जानता ही नहीं, गर्व भी करता है और उसकी वीरता, शौर्य और पराक्रम को भी जानता है, जिसे अशोक चक्र, शौर्य चक्र, सेना पदक जैसे अनेक सम्मानों से नवाजा जा चुका है, जिनमें कई जवान आतंकवादियों से लड़ते हुए अपनी मातृभूमि की रक्षा में अपने प्राणों की आहुति देकर वीरगति को प्राप्त हुए।"

नजीर ने कहा, "इसलिए मैंने कहा था कि मेरा बीता हुआ कल, मेरा काम आसान कर देता है।" फिर आगे निराशाजनक भाव से कहा, "किंतु पूरी तफ्तीश के बाद भी अरमान का कुछ पता नहीं चलना बहुत चिंताजनक है।"

बाहोड़ी ने अपने फोन में एक तसवीर, जो उसे ट्रक ड्राइवर से मिले फोन में मिली थी, को नजीर को दिखाते हुए सहज भाव से कहा, "यह हमारी चिंता का समाधान कर सकता है। क्या तुम इस शख्स को पहचानते हो?"

नजीर ने तसवीर को गौर से देखा। उसमें अरमान था, ट्रक ड्राइवर था, किंतु साथ में उस अजनबी को देखते हुए कहा, "नहीं, मैं इसे नहीं पहचानता।"

"फिर तसवीर में इन तीनों के पीछे बार-रेस्तराँ का नाम है? जरा यह पता लगाओ कि यह बार-रेस्तराँ कहाँ है। देखकर लगता है कि यह बार-रेस्तराँ इसी का है या फिर इसका यहाँ आना-जाना रहता है या वहाँ इसे कोई जानता हो।"

इसी से नजीर यह नाम पढ़कर तत्क्षण मुड़कर अपने कंप्यूटर पर उसे ढूँढ़ने लगा। चंद सेकंड बाद ही नजीर ने आशान्वित भाव से कहा, "यह पुरानी दिल्ली में है। मालिक का नाम तारीक लिखा है। अगर यह इस बार का मालिक है और इंटरनेट पर दी गई जानकारी सही है, तो यह शख्स तारीक है। फिर देखनेवाली बात होगी।"

बाहोड़ी ने ऊर्जायुक्त कंठ-स्वर से कहा, "तो फिर देख लेते हैं। चलें?"

"क्यों नहीं।" नजीर ने प्रत्युत्तर में कहा।

बाहोड़ी ने गाड़ी चलाते हुए ही गंभीरता से कहा, "नजीर, यह अरमान तक पहुँचने की हमारी आखिरी उम्मीद है।

नजीर ने बाहोड़ी की बात को गहराई से समझते हुए गंभीरता से कहा, "जानता हूँ।"

बार-रेस्तराँ में प्रवेश करने पर देखा कि अधिकतर लोग अपने चेहरे पर भिन्न-भिन्न प्रकार के मुखौटे लगाए हुए थे। इसी का फायदा उठाकर बाहोड़ी और नजीर ने भी अपने चेहरों पर मुखौटे लगा लिये। शोर-शराबे के बीच नजीर ने कहा, "क्या तुम तारीक को देख पा रहे हो?"

"वहाँ, वाईन शॉप पर शोकेस के पास देखो।"

"हाँ, दिखाई दिया, मगर यहाँ तारीक के काफी लोग दिखाई दे रहे हैं। हमें कोई ऐसा रास्ता ढूँढ़ना चाहिए, जिससे साँप भी मर जाए और लाठी भी न टूटे।"

"तो फिर तारीक के वॉशरूम जाने का इंतजार करना होगा।"

सुनकर नजीर धीमे से हँस पड़ा।

आखिर दो घंटे के लंबे इंतजार के बाद तारीक वॉशरूम की ओर जाने लगा।

बाहोड़ी और नजीर भी उसके पीछे हो लिए, साथ ही बाहोड़ी ने एक अतिरिक्त मुखौटा और ले लिया।

वॉशरूम में तारीक पेशाब करने लगा कि मौका पाकर उसकी गरदन पर बाहोड़ी ने अपने हाथ से एक करारा प्रहार किया। अगले ही क्षण तारीक बेहोश होकर गिर पड़ा। नजीर को कुछ समझ नहीं आया कि वह क्या करे।

बाहोड़ी ने वह अतिरिक्त मुखौटा तारीक के चेहरे पर लगाते हुए धीरतापूर्वक कहा, "नजीर, जितना जल्दी हो सके, हमें इसके कपड़ों को मेरे कपड़ों से बदलना होगा।" साथ ही वह खुद के कपड़े उतारने लगा और नजीर तारीक के।

अब स्थिति कुछ ऐसी थी कि बाहोड़ी तारीक लग रहा था और तारीक बाहोड़ी। दोनों तारीक को कमर से पकड़कर मुख्यद्वार तक लाए। गार्ड असमंजस भाव से बाहोड़ी को तारीक समझे संदेहवश देख रहा था।

यह देख बाहोड़ी ने अपनी गाड़ी की चाबी गार्ड की ओर बढ़ाते हुए उस पर बरसते हुए कहा, "मुँह फाड़े देखते क्या हो, कंबख्त। शीघ्रता से यह गाड़ी निकालकर लाओ। देख नहीं रहे, मेरे दोस्त की तबीयत ठीक नहीं है।"

"जी···जी भाई।" डर के मारे गार्ड के मुँह से शब्द हुए और वह चाबी लेकर पार्किंग की ओर दौड़ पड़ा।

तीनों के गाड़ी में सुरक्षित बैठने के बाद बाहोड़ी ने गार्ड को आदेश देते हुए दनदनाती हुई आवाज में कहा, "मेरे आने तक बहुत चौकस रहना। किसी पर भी शक हो तो तुरंत इत्तला करना।"

"जी भाई।" गार्ड ने तड़ित कंठ-स्वर से कहा, साथ ही तत्परता से दरवाजे पर जाकर सीना तानकर खड़ा हो गया और गिद्ध की भाँति आने-जाने वालों को देखने लगा।

बाहोड़ी ने भी अपनी गाड़ी फर्राटे से दौड़ा दी। इसी दरम्यान पीछे की सीट पर नजीर के साथ बैठे तारीक को होश आया, किंतु स्वयं को हथकड़ियों में जकड़ा पाकर खुद पर खीझ उठा।

नजीर ने अपना मुखौटा उतारकर मुसकराते हुए उपहासपूर्वक पूछा, "क्या हाल है?"

तारीक ने नजीर पर क्रोधित होते हुए कर्कश कंठ-स्वर से कहा, "काफिर···।"

अगले ही क्षण नजीर ने एक जोरदार घूँसा उसके मुँह पर जमाते हुए कहा, "अपना मुँह बंद रख शैतान कहीं के।"

तारीक झल्ला उठा। मुखौटा लगाए आगे गाड़ी चला रहे बाहोड़ी को देखते

हुए संदेह भरी निगाह से आदेशात्मक भाव से कहा, "क्या तुम बाहोड़ी हो? मुझे अपना चेहरा दिख्...।"

तारीक पूरा बोल पाता कि पलक झपकते ही बाहोड़ी ने पीछे मुड़कर एक करारा घूसा उसके मुँह पर क्या जमाया, उसका एक दाँत टूटकर गिर पड़ा, साथ ही खून के छींटे गाड़ी के शीशे पर गिर पड़े। मुखौटा भी टूटकर बिखर गया।

"मिल गया जवाब।" नजीर ने तारीक का लहूलुहान मुँह और खिड़की के शीशे पर खून के छींटें देखकर घिन्न करते हुए कहा।

"ओह...तुमने तो मेरी गाड़ी खराब कर दी। चलो, साफ करो इसे।" बाहोड़ी ने अपना मुखौटा उतारते हुए कहा।

नजीर ने फटाक से बाहोड़ी के सीट के पीछे जेब से कपड़ा निकालकर तारीक की ओर बढ़ा दिया, किंतु तारीक दोनों को घूरे जा रहा था।

"क्या तुम अपना एक और दाँत तुड़वाना चाहते हो?" बाहोड़ी ने बैक-मिरर में तारीक की आँखों में अपनी पैनी निगाहें गड़ाते हुए गंभीरता से कहा।

"नहीं...नहीं। तारीक ऐसा बिल्कुल नहीं चाहेगा।" नजीर ने वह कपड़ा जबरन तारीक के हाथों में थमाते हुए कहा, "पकड़ो इसे। कितने ढीठ किस्म के इनसान हो तुम...! क्या तुम्हें थोड़ा सा भी आचार-व्यवहार नहीं आता?"

दोनों का पागलपन देख तारीक बेमन से अपने हथकड़ी लगे हाथों में कपड़ा पकड़कर शीशा साफ करने लगा।

"तुम तो काफी समझदार हो।" कहने के साथ ही बाहोड़ी ने अपनी गाड़ी की रफ्तार बढ़ा दी।

: 16 :

आई.एस.आई. चीफ ने व्यग्र भाव से कहा, "जन्नत, मैंने कितने फोन किए तुम्हें। तुम फोन क्यों नहीं उठाती?"

जन्नत ने क्रुद्ध होते हुए पूछा, "मैं यहाँ अपनी जान जोखिम में डालकर इतने वर्षों से किसके लिए काम कर रही हूँ?"

आई.एस.आई. चीफ ने शांत होते हुए कहा, "मैं जानता हूँ, जन्नत तुम बहुत नाराज हो, किंतु हमारे पेशे में कुरबानी देना सौभाग्य की बात होती है।"

"क्या एक आई.एस.आई. एजेंट की जिंदगी की कीमत तुम्हारे लिए यही है? यकीन नहीं होता, तुम्हारी मुझे मारने की साजिश थी।"

"जन्नत, तुम समझने की कोशिश करो और कोई रास्ता नहीं था।"

जन्नत ने स्पष्ट कंठ-स्वर से कहा, "आई.एस.आई. के लिए काम करके मैं गर्व महसूस कर रही थी कि मैं अपने देश के काम आ रही हूँ, किंतु पिछले कुछ समय से मुझे ऐसा लग रहा है कि मैं दहशतगर्दों का साथ दे रही हूँ, इसलिए अब मुझे तुम्हारे लिए कोई काम नहीं करना। भाड़ में जाओ तुम सब। दोबारा मुझे फोन मत करना।"

"क्या तुम भूल गई कि तुम्हारा एक छोटा भाई भी है, आबिद? जो मेडिकल एग्जाम की तैयारी कर रहा है।"

सुनकर जन्नत सकपका गई। अपना कंठ-स्वर सँभालते हुए चिंता भाव से पूछा, "क्या मतलब है तुम्हारा?"

"अब वह मेरे आदमियों की मेहमाननवाजी का लुत्फ उठा रहा है। बात करना चाहोगी अपने भाई से?"

कॉल कॉन्फ्रेंसिंग पर आबिद की डरी-सहमी हुई आवाज सुनाई पड़ी, "आपा यहाँ दो लोग हैं। पता नहीं मुझे कहाँ लेकर आए हैं। एक घर में मुझे बंधक बना रखा है। मुझे बाहर नहीं निकलने दे रहे हैं। क्या हुआ है आपा? सब ठीक है ना? आप अपना खयाल रखना।"

जन्नत ने रुद्ध कंठ-स्वर से आबिद को हिम्मत बँधाते हुए कहा, "तुम डरो मत, आबिद। सब ठीक हो जाएगा। म्...मैं बहुत जल्द तुमसे मिलने आऊँगी।" कहते हुए उसकी आँखें डबडबा आईं।

आबिद की आवाज कट गई।

"तो अब क्या इरादा है तुम्हारा?" आई.एस.आई. चीफ ने कहा।

"क्या चाहते हो तुम?" जन्नत ने रुद्ध कंठ-स्वर से कहा।

"वही, जो अब तक तुम करती आई हो। क्या तुम जानती हो, बाहोड़ी ने तारीक को उठा लिया है?"

"जी नहीं।"

"या फिर तुमने हमें बताने की जरूरत नहीं समझी। कहीं ऐसा तो नहीं कि बाहोड़ी पर तुम्हारा दिल आ गया हो?"

"आप मुझे गलत समझ रहे हैं, जनाब।"

"मैं बहुत अच्छी तरह से समझ रहा हूँ जन्नत। यकीन नहीं होता कि तुम बदल जाओगी, न ही तुम बाहोड़ी से अब तक कोई खास जानकारी जुटा पाई हो। अब अगर अपने भाई की सलामती चाहती हो तो कोई भी होशियारी मत दिखाना।

मुझे तारीक और बाहोड़ी से जुड़ी हर खबर समय पर चाहिए। क्या तुम्हें मेरी बात समझ आई ?"

जन्नत ने विवशतावश कहा, "जी जनाब।"

फोन रखते ही जन्नत की आँखों में ठहरे अश्रुकण बाहर छलक पड़े। अपने घुटने टेकते हुए वह घर के आँगन में गिर पड़ी।

: 17 :

रिमांड रूम में डॉ. कृष्णन करनाई के साथ बाहोड़ी, नजीर और सुदर्शना खड़े थे। सामने टेबल-कुरसी पर हाथों में हथकड़ी लगी घायल अवस्था में तारीक बैठा था। बेचारा दर्द के कारण अपना मुँह भी ठीक से बंद नहीं कर पा रहा था, किंतु अब भी वह उन सबको घूरे जा रहा था।

तारीक का बिगड़ा हुआ चेहरा, टूटा हुआ एक दाँत, कटा हुआ होंठ और सूजी हुईं आँखें देख डॉ. कृष्णन करनाई ने घिन्न करते हुए अपने दाईं ओर मुड़कर बाहोड़ी को देखते हुए कहा, "क्या यह खिदमत तुमने की है ?"

बाहोड़ी नजरें चुराकर अपने पास खड़ी सुदर्शना की ओर देखने लगा, जो मंद-मंद मुसकरा रही थी। डॉ. कृष्णन करनाई ने अपने बाएँ मुड़कर नजीर की ओर देखा तो नजीर बाहोड़ी की ओर देखने लगा।

यह देख डॉ. कृष्णन करनाई को समझते तनिक भी देर नहीं लगी। बाहोड़ी की ओर देखते हुए कहा, "तुम कभी बाज नहीं आओगे राम। घर आए मेहमान की क्या कोई इस तरह खातिरदारी करता है, भला।" कहते हुए उन्हें बाहोड़ी से कोई खास शिकायत नहीं थी।

तभी तारीक ने धमकी देते हुए कहा, "तुम नहीं जानते, तुमने तारीक को उठाकर कितनी बड़ी गलती की है। बहुत महँगा पड़ेगा।"

"रस्सी जल गई, मगर बल नहीं गया। तरस आता है मुझे तुम पर।" डॉ. कृष्णन करनाई ने सहज भाव से कहा।

सुनकर तारीक जोर से ठहाका मारकर हँस पड़ा। फिर कहा, "...तरस तो मुझे तुम सब पर आता है। तुम्हारे मायूस चेहरे देखकर।"

डॉ. कृष्णन करनाई ने अपने अगल-बगल में खड़े मुसकरा रहे बाहोड़ी, नजीर और सुदर्शना की ओर देखकर कहा, "क्या हम मायूस दिखते हैं ?" अगले ही क्षण तारीक की ओर देखते हुए कहा, "बिल्कुल नहीं।"

यह देख तारीक मुँह बिगाड़ने लगा।

डॉ. कृष्णन करनाई ने गंभीरता से कहा, "अब तुम सीधे-सीधे यह बताओ कि अरमान कहाँ है, वरना तुम्हारा वो हश्र होगा कि तुम्हें खुद पर तरस आएगी।"

बाहोड़ी को अपने हाथ की कलाई मलते हुए देख तारीक ने भयवश उससे नजरें चुराकर कहा, "अरमान तक कोई नहीं पहुँच सकता। उस तक कोई तभी पहुँच पाता है, जब वह खुद चाहता है।"

"अरमान कहाँ है ?" डॉ. कृष्णन करनाई ने जोर देते हुए फिर पूछा।

"मैं नहीं जानता कि इस वक्त वह कहाँ है ?"

डॉ. कृष्णन करनाई तारीक को शून्य भाव से अपलक देख रहे थे। यह देख तारीक ने भयवश कहा, "मैं सच कह रहा हूँ।"

"एक बार फिर अच्छे से सोच लो। क्या यही तुम्हारा आखिरी जवाब है ?"

तारीक ने अकड़ते हुए कहा, "मैं इससे ज्यादा और कुछ नहीं जानता।"

डॉ. कृष्णन करनाई ने बाहोड़ी की ओर देखते हुए कहा, "अब यह तुम्हारे हवाले है। तुम जो चाहो, करो और अगर इसे वाकई कुछ नहीं मालूम, तो ठोक देना साले को। दुनिया से एक आतंकवादी तो कम होगा।" ऐसा उन्होंने तारीक को डराने के लिए कहा था और कहने के साथ ही वे रिमांड रूम से बाहर चल दिए।

बाहोड़ी ने अँगड़ाई भरते हुए तारीक की ओर कदम आगे बढ़ाया कि तारीक कतराते हुए, किंतु अपनी झूठी अकड़ दिखाते हुए बोल पड़ा, "तुम अरमान तक कभी नहीं पहुँच पाओगे। तुम्हारे हर कदम से वह इत्तेफाक रखता है। जब तक तुम एक कदम चलते हो, वह दो कदम चल चुका होता है। तुम जितना उसके पीछे दौड़ोगे, खुद को उतना ही उससे पीछे खड़ा पाओगे।"

बाहोड़ी ने तारीक की बातों पर गौर करते हुए पास आकर खड़े होते हुए सहज भाव से कहा, "वाकई वह बहुत तेज है। फिर मुझसे बेहतर और कौन जानता है।"

तारीक के चेहरे पर भय के चिह्न दिखाई पड़ने लगे थे। कातर कंठ-स्वर से कहा, "मुझे वाकई कुछ नहीं मालूम कि वह इस वक्त कहाँ है। वह अधिक दिनों तक एक जगह पर नहीं ठहरता। अपना ठिकाना बदलता रहता है। फिर जब उसे किसी से मिलना हो तो वह खुद मिलने आता है। अपने पास मिलने किसी को नहीं बुलाता। मुझसे भी वह खुद ही मिलने आया था।"

"मैंने तो तुमसे कुछ पूछा ही नहीं। तुम खुद ही बकवास किए जा रहे हो। मुझे तुमसे कुछ पूछना ही नहीं, न ही मैं तुमसे कुछ जानना चाहता हूँ। तुम खामख्वाह डर

रहे हो। कुछ मत बताओ मुझे। मैं तुम्हारे साथ जबरदस्ती बिल्कुल नहीं करूँगा। तुम तो जानते ही हो, मैं बहुत शांतिप्रिय इनसान हूँ। बेवजह बात करना और सुनना दोनों ही पसंद नहीं। मेरा तो कुछ और ही करने को मन कर रहा है।"

सुनकर तारीक असमंजस भाव से बाहोड़ी को देख रहा था, किंतु साथ ही वह एक अनजाने भय को महसूस भी कर रहा था।

बाहोड़ी ने तारीक की मन:स्थिति और उसकी भाव-भंगिमा का सूक्ष्म निरीक्षण करते हुए आगे कहा, "तारीक, तुम्हारा हृष्ट-पुष्ट शरीर देखते हुए मेरा व्यायाम करने का बहुत मन कर रहा है। बहुत मजा आएगा। मैं चाहता हूँ कि तुम मुझे व्यायाम करने में मेरी मदद करो।"

तारीक के चेहरे पर अब भय के चिह्न स्पष्ट उभर आए थे और नजीर व सुदर्शना चुपचाप गंभीरतापूर्वक यह सब देख-सुन रहे थे।

बाहोड़ी ने कुछ ठहरकर कहा, "देखो, मैं तुम्हें समझाता हूँ। जब तक मेरा दिल चाहेगा, जब तक मैं तुम्हें पीटते-पीटते खुद थक नहीं जाऊँगा, तब तक मैं तुम्हें पीटता रहूँगा। तुम्हें मारूँगा, पीटूँगा, उठाकर फर्श पर गिराऊँगा, जो दिल चाहेगा, वह सब करूँगा। सोच रहा हूँ, तुम्हें उलटा लटकाऊँ और भी मजा आएगा। चलो छोड़ो अभी नहीं, जब दिल करेगा, तब ऐसा करेंगे।"

बाहोड़ी का पागलपन देख तारीक की जान हलक तक आई थी।

"तुम चिंता मत करो तारीक। मैं तुम्हें मरने नहीं दूँगा। अपने यहाँ चिकित्सक की व्यवस्था है, जरूरत पड़ने पर मदद लेंगे। जब तुम बेहोश हो जाओगे तो मैं भी थोड़ा आराम कर लूँगा। फिर जब तुम्हें होश आएगा तो मैं फिर अपना व्यायाम शुरू करूँगा। ऐसा हम हर रोज सुबह, दोपहर, शाम, अर्धरात्रि और जब दिल चाहेगा, करेंगे, जब तक तुम मेरे व्यायाम के काम आओगे। कुछ तो दूसरों के काम आया करो, यार तुम। बस दूसरों की जान लेने में ही मजा आता है तुम्हें, किंतु मैं चाहता हूँ कि आज तुम भी वही दर्द महसूस करो, जो तुम निर्दोष लोगों को देते हो।"

तारीक के मुँह से भयवश बरबस ही शब्द हुए, "मैं सच कह रहा हूँ। मैं अरमान के बारे में ज्यादा और कुछ नहीं जानता।"

"कोई इसका मुँह बंद करो यार। बीच में बोलेगा तो मेरे व्यायाम करने में खलल होगा।" बाहोड़ी ने खीझते हुए कहा।

"मेरे पास इसका जबरदस्त रामबाण उपाय है।" कहते हुए नजीर फुर्ती से बाहर की ओर गया और वापस एक मजबूत टेप के साथ लौटा।

नजीर ने जैसे ही तारीक के मुँह पर टेप लगाई, तारीक छटपटाने लगा। यह देख बाहोड़ी ने कहा, "इसकी आँखों पर भी टेप लगा दो। इसे भी और मुझे भी, हम दोनों को बहुत मजा आएगा।"

नजीर ने तुरंत तारीक की आँखों पर टेप लगाते हुए कहा, "क्या मुझे भी थोड़ा व्यायाम करने का मौका मिलेगा?"

"हाँ-हाँ, क्यों नहीं और भी मजा आएगा, मगर पहले मैं।" बाहोड़ी ने चुटकी लेते हुए कहा।

"नहीं, पहले मैं। मुझे घर जाना है। तुम्हें कौन सा घर जाना है। तुम तो यही रहते हो।"

"अच्छा, ठीक है। पहले तुम।"

तारीक अपनी कुरसी पर बैठा उनका आपसी वार्त्तालाप सुनते हुए, भय से आतंकित हुए छटपटा रहा था, वहीं सुदर्शना यह सब देख अपनी हँसी रोके नहीं रोक पा रही थी।

तभी नजीर ने अपना व्यायाम करना आरंभ कर दिया। करीब दो-तीन मिनट तक उसने एक के बाद एक घूँसे बरसाए। फिर जब वह स्वयं पसीने से लथपथ हो गया तो तारीक को फर्श पर छटपटाते हुए पड़े छोड़ हाँफते-हाँफते कहा, "वाकई काफी मजबूत है। वैसे मेरा व्यायाम हो गया। मैं चलता हूँ।" साथ ही सुदर्शना से कहा, "चलो सुदर्शना, तुम्हें भी घर तक छोड़ दूँगा।"

इसी से नजीर और सुदर्शना तारीक को बाहोड़ी के हवाले छोड़ वहाँ से चले गए।

बाहोड़ी ने तारीक को एक बार वापस कुरसी पर ठीक से बैठाकर कहा, "अब मेरी बारी।"

...और शुरू हो गया वह बिना किसी रहम के अपना व्यायाम करना। मार-धाड़ करते-करते कुछ देर बाद जब बाहोड़ी ने देखा कि तारीक निष्क्रिय हो गया है। तो उसने ठहरकर उसकी नब्ज की जाँच की। देखा कि नब्ज चल रही थी, किंतु वह बेहोश हो चुका था। इसी से वह अपने हाथ की हथेली से अपने चेहरे का पसीना पोंछकर रिमांड रूम से बाहर आया और दरवाजे पर खड़े गार्ड से कहा, "ताला लगा दो और जब इसे होश आए तो मुझे सूचित करना।"

"जी सर।" गार्ड ने तड़ित कंठ-स्वर से कहा।

इसी से बाहोड़ी तारीक के होश आने के इंतजार में आरामशाला में आराम करने को चला गया।

...

सुबह तारीक के होश में आने पर गार्ड ने बाहोड़ी को सूचित किया।

बाहोड़ी ने रिमांड रूम में प्रवेश करते हुए कहा, "सुबह-सुबह व्यायाम करना तो वाकई बहुत स्वास्थ्यप्रद होता है।"

सुनकर तारीक रेंगते हुए दीवार से जा दुबका और कँपकँपाते हुए अपने हथकड़ी लगे हाथ जोड़कर दया की भीख माँगने लगा। यह देख बाहोड़ी ने टेबल पर बैठते हुए कहा, "मुझे पूरा यकीन है, तुम उन लोगों का दर्द महसूस कर रहे होंगे, जिन्हें तुमने अकारण मौत के मुँह में धकेल दिया। तारीक, अब मैं तुमसे कुछ पूछना चाहता हूँ, इसलिए मैं तुम्हें बोलने का पहला और आखिरी मौका दे रहा हूँ। मुझे सीधा-सटीक जवाब चाहिए, अन्यथा मेरे पास कुछ ऐसी बेहतरीन तकनीक हैं, जिनसे तुम्हारी रूह काँप उठेगी और यकीन मानो, तुम जैसों के लिए मुझसे बेरहम इस दुनिया में और कोई नहीं।"

तारीक सहमति में अपना सिर हिला रहा था। ठीक उसी वक्त डॉ. कृष्णन करनाई ने नजीर व सुदर्शना के साथ रिमांड रूम में प्रवेश किया, किंतु बाहोड़ी के कार्य में खलल नहीं डालना चाहते थे। इसी से अंदर आकर चुपचाप खड़े हो गए।

बाहोड़ी ने पास खड़े गार्ड की तरफ देखते हुए कहा, "इसे ठीक से बैठाकर पानी पिलाओ।"

गार्ड ने तारीक को कुरसी पर बैठने में मदद की, फिर मुँह से टेप हटाकर पानी पिलाया तो मानो किसी मरणोन्मुख प्राणी को जीवनदान मिल गया हो। तारीक ने एक ही साँस में पानी की पूरी बोटल खाली कर दी और मुँह खोलकर जोर-जोर से लंबी-लंबी साँसें भरने लगा।

"पिछली बार तुम अरमान से कब मिले?"

"मैं अरमान से सिर्फ एक बार मिला था। जयपुर हमले से ठीक दो दिन पहले।"

"कहाँ मिले थे उससे?"

"वह खुद मेरे बार-रेस्तराँ में आया था।"

"वह तुमसे मिलने क्यों आया था?"

"मैंने उसे विस्फोटक और हथियार उपलब्ध करवाए थे।"

"क्या जावेद से विस्फोटक तुमने ही खरीदा था?"

"हाँ।" तारीक ने कतराते हुए कहा।

"इस वक्त अरमान कहाँ है?"

"पिछले काफी समय से वह कश्मीर में था, किंतु अब वह कहाँ है, मुझे नहीं मालूम।"

"क्या वाकई अब तुम जीना नहीं चाहते?" बाहोड़ी ने उसके सिर के बाल पकड़कर खींचते हुए कहा।

"मैं सच कह रहा हूँ। मेरा यकीन करो, मुझे नहीं मालूम वह कहाँ है।" तारीक ने अपने हाथ जोड़ते हुए कहा।

"उसके साथ और कौन-कौन मिले हुए हैं?"

"मुझे नहीं मालूम। वह अपने मिलनेवालों का कभी एक-दूसरे से परिचय नहीं करवाता। मैं जावेद और ट्रक ड्राइवर को जानता था, किंतु दोनों मारे गए।"

"किसने मारा उन्हें?"

"मुझे नहीं मालूम···शायद अरमान।"

बाहोड़ी तारीक के जवाबों से खीझ उठा। बाहोड़ी वह सुनना चाहता था, जो वह चाहता था, किंतु ऐसा नहीं पाकर क्रोध की एक ज्वाला उसके भीतर अकस्मात् ही दहक उठी।

"मुझे दुःख है तारीक, मैंने तुम्हें मौका दिया, किंतु तुमने गँवा दिया।"

"मैं इससे ज्यादा और कुछ नहीं जानता और तुम्हारे व्यायाम से बेहतर है, तुम मुझे गोली मार दो।" तारीक ने बिलखते हुए कहा।

"मैं कुत्तों को गोली नहीं मारता। वैसे भी मुझे और भी बीसों काम हैं।" कहते हुए बाहोड़ी ने एक करारा घूँसा तारीक के जबड़े पर जमा दिया।

तारीक एक जोरदार धड़ाम की आवाज के साथ कुरसी सहित फर्श पर गिर पड़ा। अपने टूटे हुए जबड़े को हिलाने का असफल प्रयत्न करते हुए, जब तारीक बोलने में असमर्थ था, अपने हाथ जोड़कर फिर दया की भीख माँगने लगा। बाहोड़ी फिर तेजी से तारीक की ओर लपका कि डॉ. कृष्णन करनाई ने अपने हाथ के इशारे से उसे रुक जाने को कहा, किंतु बाहोड़ी मानो होशो-हवाश खो बैठा था। उसने एक जोरदार लात तारीक की कमर पर मारी कि वह घिसटता हुआ दीवार पर जा टकराया और दर्द से छटपटाने लगा। डॉ. कृष्णन करनाई के इशारे पर नजीर व गार्ड बाहोड़ी को रिमांड रूम से बाहर लेकर आए।

डॉ. कृष्णन करनाई ने तीव्र कंठ-स्वर से कहा, "राम, शांत रहो। उसे कुछ नहीं मालूम। अपना धैर्य बनाए रखो।"

"उसे बताना पड़ेगा, सर। वह झूठ बोल रहा है।" बाहोड़ी आग-बबूला हुए जा रहा था।

डॉ. कृष्णन करनाई ने धीरतापूर्वक गंभीरता से कहा, "राम, उसे वाकई कुछ नहीं मालूम। अगर उसे मालूम होता तो वह अब तक बक चुका होता। मुझे समझ नहीं आता कि तुम्हें हो क्या गया है। खुद पर काबू रखो।" आगे बाहोड़ी के कंधे पर अपना हाथ रखते हुए शांत भाव से कहा, "एक काम करो। तुम कुछ दिन छुट्टी लेकर आराम करो।"

"नहीं, मैं ठीक हूँ, सर।" बाहोड़ी ने शांत होकर अपने दोनों हाथ अपने चेहरे पर फेरते हुए सहज भाव से कहा।

"राम, लगातार काम करने से तुम्हें मानसिक थकान हो रही है। सप्ताह भर आराम करोगे तो कुछ नया सोच पाओगे, इसलिए यह मेरा आदेश है।" कहते हुए डॉ. कृष्णन करनाई वहाँ से चल दिए।

: 18 :

रात के तकरीबन दो बजे होंगे। बाहोड़ी ने बहुत ही इत्मीनान के साथ चाबी लगाकर बिना किसी आवाज के घर का दरवाजा खोला। भीतर प्रवेश करके उसने उसी इत्मीनान से वापस दरवाजा ठीक से बंद किया। रात्रि के गहरे सन्नाटे में घर में एक अद्भुत शांति व्याप्त थी, जिसे वह सहज ही महसूस कर सकता था। वह धीरे-धीरे कदम बढ़ाते हुए कमरे में चला आया। देखा कि असमाँ गहरी नींद में सो रही थी। वह किसी भी प्रकार से असमाँ की गहरी नींद में खलल नहीं डालना चाहता था। इसी से वह उसके सिरहाने की तरफ पलंग के पास ही कुरसी पर बैठ गया।

पूर्णिमा की चाँदनी रात थी। बाहोड़ी खिड़की से गगनचुंबी इमारतों के बीच आसमान में चमकता पूरा चाँद और अनगिनत टिमटिमाते सितारे देख सकता था। खिड़की से आती चंद्रमा की वह शीतल ज्योत्स्ना असमाँ के चेहरे पर पड़ रही थी। चंद्रमा के उस दूधिया प्रकाश से प्रदीप्त असमाँ के चेहरे को देखते हुए बाहोड़ी का जी नहीं भर रहा था। उसने एक बार खिड़की से बाहर आसमान में चाँद को देखा, फिर अगले ही क्षण उससे अपनी नजर हटाकर गुमान करते हुए असमाँ के चेहरे को टकटकी लगाए अपलक देखने लगा। एक पल को ऐसा लगा, मानो वह कोइ जादुई दिवास्वप्न देख रहा हो, किंतु जब उसे इसके सच होने का अहसास हुआ तो हृदय में बरबस ही असमाँ के प्रति प्रेम का सागर उमड़ आया। वह कर्जदार और प्रेम से परिपूर्ण निगाहों से असमाँ को अपलक देख रहा था। कुछ देर बाद असमाँ की खुली

हथेली देख बाहोड़ी ने धीरे से अपनी हथेली उसकी हथेली पर रखी तो असमाँ ने धीरे से अपनी मुट्ठी बंद करते हुए उसे कसकर पकड़ लिया। हृदय को एक बहुत ही सुखद अहसास हुआ। अपनी आँखें मूँदकर इसी सुखद अहसास को वह खुद में समेटने का प्रयत्न करने लगा।

सुबह चिड़ियाँ के चहकने की आवाज कानों में पड़ने और सूर्योदय का सुनहरा-मखमली प्रकाश चेहरे पर पड़ने के साथ ही बाहोड़ी ने अपनी आँखें खोलीं। देखा असमाँ को अब भी नींद लगी थी। उसने अब भी उसकी हथेली को कसकर पकड़ा था। बाहोड़ी असमाँ के जगने का इंतजार कर रहा था। फिर जब सूरज चढ़ आया और पंछियों का कलरव जोर-शोर से होने लगा तो असमाँ ने धीरे से अपनी आँखें खोलीं। सामने बाहोड़ी को पाकर बरबस ही उसके अधरों पर एक स्मित मुसकान छा गई। खुशी से उसकी आँखें नृत्य करने लगी थीं। आह्लादित होकर प्रेमजड़ित कंठ-स्वर से कहा, "राम…! क्या सारी रात तुम मुझे पहरा दे रहे थे?"

बाहोड़ी ने अपने दूसरे हाथ की हथेली भी असमाँ के हाथ पर रखते हुए कहा, "काश…! मैं सारी जिंदगी इसी तरह तुम्हारा पहरा दे पाता।"

असमाँ ने तुरंत ही टोकते हुए कहा, "राम…! तुमने मुझसे वादा किया था। तुम फिर शुरू हो गए।"

असमाँ को उदास होते देख बाहोड़ी ने कहा, "मुझे माफ कर दो, प्लीज।" और तुरंत असमाँ के पास आकर लेटते हुए उसे अपनी बाँहों में भरकर उसके मस्तक पर चूमते हुए कहा, "चौबीसवें जन्मदिवस की बहुत सारी हार्दिक बधाइयाँ और शुभकामनाएँ।"

असमाँ के हर्ष की आज सीमा नहीं थी। जब से बाहोड़ी दिल्ली गया था, उसके बाद आज पहली बार वह जन्मदिन पर उसके साथ था।

असमाँ ने अपने दोनों हाथ बाहोड़ी के गालों पर रखकर उसके अधरों पर चुंबन करते हुए कहा, "राम, तुम्हें भी अपने पच्चीसवें जन्मदिवस की ढेर सारी बधाइयाँ और शुभकामनाएँ।" कहते हुए वह बाहोड़ी से कसकर चिपट गई।

बहुत देर बाद भी जब असमाँ कुछ न बोली तो बाहोड़ी ने प्रेमजड़ित कंठ-स्वर कहा, "असमाँ, क्या तुम्हें जन्मदिन का उपहार नहीं चाहिए?"

"आज के दिन तुम मेरे साथ हो, यही मेरे लिए सबसे बड़ा उपहार है।" असमाँ ने आलिंगनबद्ध रहते हुए ही कहा।

बाहोड़ी ने सहज भाव से कहा, "वैसे मेरे आने का था नहीं, किंतु करनाई सर ने मुझे एक सप्ताह की आदेशात्मक छुट्टी पर भेजा है।"

"अच्छा किया उन्होंने। थोड़ा अपने लिए भी जी लिया करो।" असमाँ ने अपनी खुशी का इजहार करते हुए कहा।

"तो फिर जल्दी से तैयार हो जाओ। हम घूमने चल रहे हैं।"

असमाँ ने संकोचित भाव से मुसकराते हुए पूछा, "क्या वही, समंदर की सैर पर ?"

सुनकर बाहोड़ी धीमे से हँस पड़ा। फिर कहा, "नहीं, शहर की एक लंबी सैर पर। कुछ खास है।"

"ऐसा क्या है ?" असमाँ ने उत्साहित होकर पूछा।

"थोड़ी देर बाद तुम खुद ही देख लेना।"

असमाँ ने कुछ सोचते हुए कहा, "अच्छा।"

इसी से असमाँ और बाहोड़ी दोनों ही उठ खड़े हुए।

कुछ देर बाद बाहोड़ी और असमाँ दोनों घर से निकलकर नीचे भूमितल पर आए। पार्किंग की ओर बढ़ते हुए ही बाहोड़ी ने चलते-चलते ही अपने हाथों की उँगलियाँ असमाँ की आँखों पर लगाते हुए कहा, "तुम्हारे लिए कुछ खास है। बस चलती रहो।"

असमाँ ने चलते-चलते ही अपने दोनों हाथों से बाहोड़ी की कलाइयों को पकड़ते हुए कहा, "राम, ऐसा क्या खास है ?"

बाहोड़ी ने असमाँ के लिए खरीदी नई गाड़ी के सामने ठहरकर धीमे से उसके कान में कहा, "तुम खुद ही देख लो।" कहते हुए उसने असमाँ की आँखों से अपने हाथों की उँगलिकाओंनुमा परदा हटाया।

वह स्वदेश में निर्मित सबसे बड़ी मोटर वाहन निर्माता कंपनी टाटा मोटर्स की सबसे मजबूत, दमदार और शाही गाड़ी सफेद रंग की सफारी थी। असमाँ हृदय में बहुत उल्लास लिये गहरे भाव से उसे देख रही थी।

मुड़कर बाहोड़ी को आलिंगन में लेते हुए उसके गाल पर चूमकर कहा, "राम, इसकी क्या जरूरत थी।"

बाहोड़ी ने गाड़ी की चाबी असमाँ के हाथ में थमाकर सहज भाव से कहा, "जब से रॉ ज्वॉइन किया, तनख्वाह बैंक में व्यर्थ पड़ी थी। सोचा, कुछ उपयोग करूँ। फिर मैं चाहता हूँ कि तुम घर और अस्पताल के साथ सड़क पर भी सुरक्षित रहो।" कहते हुए उसने असमाँ के लिए गाड़ी का दरवाजा खोला।

असमाँ के गाड़ी में बैठ जाने पर बाहोड़ी भी दूसरी ओर जाकर गाड़ी में सवार हो गया।

गाड़ी की ड्राइविंग सीट पर बैठी असमाँ के हर्ष की सीमा न थी। अपनी खुशी जाहिर करते हुए कहा, “राम, तुमने गाड़ी के अंदर भी इस्माइली लटकाया है और गाड़ी की चाबी के छल्ले में भी···!”

बाहोड़ी ने गहन भाव के साथ मुसकराते हुए कहा, “हाँ···तुम्हें इस्माइली इतने पसंद जो हैं।”

“तो साहेब, आपको कहाँ चलना है?” असमाँ ने किसी ड्राइवर की भाँति इजाजत माँगते हुए पूछा।

“जहाँ आपका दिल चाहे, वहाँ ले चलिए, मेरे जीवन की ड्राइवर साहिबा।” बाहोड़ी ने एक प्रगाढ़ मुसकान के साथ असमाँ को अपलक देखते हुए कहा।

असमाँ ने मुसकराते हुए गाड़ी आगे बढ़ा दी।

बाहोड़ी को अब भी अपलक देखते हुए देख असमाँ ने गाड़ी चलाते हुए पूछा, “राम, तुम ऐसे क्यों देख रहे हो?”

“बस ऐसे ही। क्या नहीं देख सकता तुम्हें?”

“अच्छा देखो। फिर यह बताओ, क्या तुम्हें घर खरीदने को मन नहीं करता?”

“तुम ऐसा क्यों पूछ रही हो, क्या मुझे घर से निकालने का इरादा है तुम्हारा? देखो, ऐसा मत करना प्लीज। फिर अब तुम मुझे डरा नहीं सकती···।”

असमाँ ने बाहोड़ी की ओर देखकर हँसते हुए कहा, “तुम भी ना···जाने क्या-क्या सोचते रहते हो।” फिर आगे इतराकर कहा, “वैसे अब ऐसा क्या हो गया है?”

“मैंने तुम्हें इतना शानदार उपहार दिया है।”

“ओह···! अब समझ आया, यह मेहरबानी क्यों।” तनिक ठहरकर फिर कहा, “हाँ, वैसे अब तुम थोड़ा सा तो रोब झाड़ ही सकते हो मुझ पर।

सुनकर बाहोड़ी ने थोड़ा अकड़कर बैठते हुए आदेशात्मक भाव से कहा, “आगे से दाएँ मुड़ो ड्राइवर।”

यह देख असमाँ ने हँसते हुए दाईं तरफ मुड़कर कहा, “···ज्यादा नहीं। थोड़ा सा।”

बाहोड़ी ने वापस पहले की ही भाँति सहजतापूर्वक बैठते हुए कहा, “वैसे इतना काफी है।”

“राम···मैं बस ऐसे ही पूछ रही थी।” असमाँ ने सहज भाव से कहा।

बाहोड़ी ने गंभीरता से कहा, “असमाँ···तुम हो तो मेरे लिए घर है, वरना मुझे घर की क्या जरूरत। यह सारा देश मेरा घर ही तो है और अब जब तुमने घर खरीद लिया है तो मैं एक और घर खरीदकर क्या करूँगा। फिर भी अगर तुम चाहती हो

तो मैं इस बारे में सोच सकता हूँ।"

सुनकर असमाँ के हृदय में बाहोड़ी के लिए सम्मान और अधिक हुआ। प्रेम का सागर उमड़ आया। भावोद्भिद भाव से कहा, "राम, मैं तुम्हें खुद से अलग नहीं समझती। मैंने बस यूँ ही पूछा था। आनेवाले कल की सोचकर।"

"तुम जानती हो, मैं ज्यादा आगे की नहीं सोचता, बस आखिर की सोचता हूँ। फिर अपने आज में जीता हूँ। जब कभी जरूरत पड़ेगी तो खरीद लूँगा।" साथ ही आगे जिज्ञासावश पूछा, "अब तुम यह कहो कि तुम्हें यह गाड़ी कैसी लगी?"

"एकदम बिंदास है। ठीक तुम्हारी तरह। बहुत मजबूत, दमदार, भरोसेमंद, बहुत लंबी चलनेवाली, शरारती और···"

"···और।···और क्या? बोलो असमाँ। तुम कहते-कहते रुक क्यों गई?" कहते हुए बाहोड़ी की जिज्ञासा अपने चरम पर थी।

"···और बहुत प्यारी भी।"

"शुक्रिया।" बाहोड़ी ने खुद पर बड़ा अभिमान करते हुए कहा।

यह देख असमाँ ने मुसकराते हुए कहा, "मैं गाड़ी के बारे में बोल रही थी।"

"हाँ, मगर तुमने शरारती कहा। गाड़ी शरारती नहीं होती है।" अभिमान मानो राह में पीछे दूर छूट गया, किंतु बाहोड़ी ने तर्क देते हुए कहा।

"गाड़ी शरारती होती है।" असमाँ ने गाड़ी चलाते-चलाते ही मुसकराकर थोड़ा जोर देते हुए कहा।

"नहीं। नहीं होती है।"

"होती है।"

"नहीं, बिल्कुल नहीं होती है। यह सब तुमने मेरे लिए ही कहा था।"

"अच्छा, मान लेती हूँ। यह सब मैंने तुम्हारे लिए ही कहा था···बच्चू।"

एकबारगी बाहोड़ी के हर्ष की सीमा नहीं थी।

"क्···क्या तुमने मुझे बच्चू कहकर पुकारा? म्···मैं बच्चू नहीं हूँ। क्या मैं तुम्हें बच्चू लगता हूँ?"

"हाँ, क्योंकि आजकल तुम किसी जिद्दी बच्चे की तरह पेश आने लगे हो।"

"तो तुमने मुझे बच्चू कहा?"

"हाँ, मैंने तुम्हें बच्चू कहा। बच्चू।"

"तुमने मुझे फिर बच्चू कहा?"

"हाँ, मैंने कहा। लो, फिर कहती हूँ। बच्चू। बच्चू। बच्चू।" कहते हुए वह बाहोड़ी का चेहरा देख जोर से खिलखिलाकर हँस पड़ी।

"अच्छा ठीक है। कह लो, जितना तुम्हारा दिल कहे, मगर मैं बच्चू नहीं हूँ।" कहकर वह खिलखिलाकर हँस रही असमाँ को टकटकी लगाए अपलक देखने लगा।

कुछ देर बाद असमाँ ने सहज भाव से कहा, "राम, हम शहर से बहुत दूर आ गए हैं। फिर हम कहाँ चल रहे हैं?"

"मालूम नहीं।" थोड़ा करीब होकर बाहोड़ी ने असमाँ की सीट पर अपना हाथ रखकर उसकी जुल्फों से खेलते हुए गंभीरता से कहा, "असमाँ, मैं सिर्फ इतना जानता हूँ कि हम साथ चल रहे हैं और चाहता हूँ कि जीवन का सफर भी तुम्हारे साथ इसी तरह हँसते-हँसते गुजर जाए। जानती हो, तुमसे ज्यादा मोहब्बत मैं तुम्हारी बंदगी से करता हूँ। डरता हूँ तो इस बात से कि किसी दिन मुझे तुम्हारे बिना चलना पड़ा तो मैं चल नहीं पाऊँगा।"

सुनकर असमाँ के हृदय को अपार सुख हुआ। आँखें नम हो आई थीं। गंभीरता से कहा, "राम, यही हाल मेरा भी रहता है। फिर सोचो, तुम मुझे खुद से दूर करने की बात करते थे तो मेरे हृदय को कितना कष्ट होता था और इससे भी ज्यादा कष्ट यह सोचकर होता था कि कहीं तुम ऐसा करके खुद को बहुत बड़ी मुसीबत में न डाल लो।"

बाहोड़ी ने अपनी गलती स्वीकार करते हुए कहा, "मुझे माफ कर दो, प्लीज। मैं गलत था, किंतु अब मैं ऐसा नहीं सोचता।"

असमाँ ने अपना एक हाथ बाहोड़ी के गाल पर रखते हुए कहा, "आज मुझे ऐसा महसूस हो रहा है कि मैंने तुम्हें पूरी तरह पा लिया है।"

कुछ देर बाद असमाँ ने हाईवे छोड़कर एक रेस्तराँ पर गाड़ी रोकते हुए कहा, "मुझे भूख लगी है। क्या तुम भी कुछ खाना पसंद करोगे?"

"हाँ, मेरे पेट में भी कब से चूहे दौड़ रहे हैं।"

असमाँ जैसे ही गाड़ी का दरवाजा खोलने को हुई कि बाहोड़ी ने पकड़कर उसके अधरों पर चुंबन करते हुए कहा, "मैं बच्चू नहीं हूँ।"

असमाँ ने हँसते हुए धीरे से बाहोड़ी के गाल पर थप्पड़ मारकर कहा, "तुम बिल्कुल बच्चू ही हो।"

बाहोड़ी ने असमाँ की आँखों में घूरते हुए कहा, "आज मैं तुम्हें बताऊँगा कि मैं क्या हूँ।"

"देखी जाएगी। अभी चलें?"

"क्यों नहीं।"

दाना-पानी होने के बाद वापस घर लौटते वक्त बाहोड़ी गाड़ी चलाते वक्त बहुत देर से चुप था। असमाँ बाहोड़ी के सिर के पीछे अपना हाथ रखकर उसके बालों में उँगलियाँ चलाते हुए अपने प्रेम से परिपूर्ण नेत्रों से टकटकी लगाए, उसे देख रही थी।

बाहोड़ी को अब भी चुप्पी साधे देख असमाँ ने कहा, "राम, क्या अपने दिल की बात मुझसे कहने के लिए तुम्हें इतना सोचना पड़ता है?"

बाहोड़ी ने सहज भाव से कहा, "ऐसा नहीं है, असमाँ। दुनिया में सिर्फ एक तुम ही तो हो, जिससे मैं अपने दिल की बात कह सकता हूँ।"

"फिर ऐसा क्या है राम, जिसे कहने के लिए तुम इतना सोच रहे हो?"

बाहोड़ी ने एक बार असमाँ की ओर देखा। फिर आगे देखते हुए कहा, "वह सुदर्शना है ना।"

असमाँ ने थोड़ा गंभीर, किंतु मुसकराकर कहा, "हाँ, है तो?"

"मुझसे प्यार करती है।"

"तुम्हारा मन नहीं भरता मुझे परेशान करने से।" असमाँ ने मुसकराते हुए कहा।

बाहोड़ी ने असमाँ की आँखों में देखते हुए कहा, "मैं सच कह रहा हूँ।"

सुनकर असमाँ ने बाहोड़ी के सिर से अपना हाथ हटाकर ठीक से बैठते हुए गंभीरता से कहा, "अच्छी बात है कि वह तुमसे प्यार ही करती है। इसमें गलत क्या है, किंतु राम, तुम कभी कुछ ऐसा मत करना कि कोई लड़की तुमसे नफरत करने लगे।"

बाहोड़ी गाड़ी चलाते हुए असमाँ की बात पर बहुत गहराई से मनन कर रहा था।

"...और तुम...क्या तुम भी उससे प्यार करते हो?" एक धीमे कंठ-स्वर से आवाज हुई।

बाहोड़ी ने असमाँ की ओर देखा तो असमाँ बस सीधे आगे की तरफ सड़क पर देखे जा रही थी। बाहोड़ी ने इंतजार किया कि वह उसकी ओर देखे, किंतु मानो वह बाहोड़ी की ओर देखना ही नहीं चाह रही थी। यह देख बाहोड़ी मुसकराने लगा। फिर गंभीरतापूर्वक प्रेमजड़ित कंठ-स्वर से कहा, "असमाँ, तुमसे तुम्हारे राम को दुनिया की कोई भी लड़की छीन नहीं सकती।"

"कसम खाकर कहो।" असमाँ ने अगले ही क्षण कहा।

बाहोड़ी ने आश्चर्यजनक भाव से कहा, "तुम भी ना, एक डॉक्टर होकर ऐसा

कहती हो···! अगर कसम खाने से कुछ होता है तो क्यों ना मैं अपने दुश्मनों की कसम खाऊँ!"

"डॉक्टर हुई तो क्या हुआ, मैं एक लड़की भी हूँ। फिर अगर वाकई तुम्हारे लिए मेरे कोई मानी है, तो तुम मेरी झूठी कसम कभी नहीं खाओगे।" असमाँ ने अभी भी सीधे आगे देखते हुए हठी स्वभाव से कहा।

यह देख बाहोड़ी ने सड़क के किनारे गाड़ी रोकी। फिर अपने हाथ की उँगलियाँ असमाँ की ठोड़ी पर लगाकर उसे अपनी ओर दिखाकर उसकी आँखों में देखते हुए कहा, "अच्छा, कसम खाकर कहता हूँ। अब खुश।" फिर आगे कहा, "मैंने सिर्फ अपने दिल की बात तुमसे साझा की, जिसे मैं सिर्फ तुम्हारे साथ ही साझा कर सकता हूँ, किसी और के साथ कभी नहीं।"

असमाँ को मानो बहुत आनंद हुआ हो। मन-ही-मन मुसकराते हुए कहा, "अच्छा।"

"किंतु तुमने मुझ पर संदेह किया।" बाहोड़ी ने शिकवा किया।

असमाँ को अपनी गलती का अहसास हुआ तो उसके हृदय को बड़ा कष्ट हुआ। अपने दोनों हाथों की हथेलियाँ बाहोड़ी के गालों पर रखकर उसके अधरों पर चुंबन करते हुए कहा, "मुझे माफ कर दो राम। फिर कभी तुम पर संदेह नहीं करूँगी।"

"असमाँ, तुम मुझसे माफी मत कहा करो। इससे मेरे हृदय को बहुत कष्ट होता है।"

सुनकर असमाँ के हृदय में प्रेम का सागर उमड़ आया। उसने एक बार फिर बाहोड़ी को चुंबन करते हुए कहा, "कोशिश करूँगी।" कुछ देर प्रेमपूर्ण आँखों से बाहोड़ी की आँखों में देखते हुए असमाँ ने सहज भाव से कहा, "तुम्हें समझने की क्या कोई किताब बनी है?"

"नहीं। अब घर चले।"

"हाँ।"

···और बाहोड़ी ने गाड़ी राह पर आगे बढ़ा दी।

रात के दो बज चुके थे। नींद अभी भी बाहोड़ी से कोसों दूर थी। वह सीने तक चादर ओढ़े असमाँ के साथ लेटे हुए अरमान के विषय में सोच रहा था। तारीक के कहे वे शब्द उसके कानों में अब भी रह-रहकर गूँज रहे थे, "तुम अरमान तक कभी नहीं पहुँच पाओगे। तुम्हारे हर कदम से वो इत्तेफाक रहता है। जब तक तुम एक कदम चलते हो, वह दो कदम चल चुका होता है। तुम जितना उसके पीछे दौड़ोगे, खुद को उतना ही उससे पीछे खड़ा पाओगे।"

कुछ देर बाद जब असमाँ को अहसास हुआ तो उसने जगकर करवट लेकर बाहोड़ी के सीने पर आते हुए कहा, "राम, तुम अभी तक सोए नहीं। क्या परेशान हो?"

बाहोड़ी ने धीरे से अपना हाथ असमाँ की पीठ पर रखते हुए हताश भाव से कहा, "अरमान तक पहुँचने का कोई रास्ता ही दिखाई नहीं देता। न जाने अपने नापाक इरादे लिये वह क्या कर रहा होगा।"

असमाँ ने गंभीरता से कहा, "राम, तुम हार कैसे मान सकते हो… !"

"कुछ समझ नहीं आता कि उस तक कैसे पहुँचूँ। जल्द ही उसे सलाखों के पीछे नहीं डाला गया तो न जाने वह और कितने निर्दोष लोगों की जानें लेगा।"

"मैं जिस राम को जानती हूँ, वह कभी हार नहीं मान सकता। मैं जानती हूँ, तुम हमेशा की तरह कोई-न-कोई रास्ता जरूर निकाल लोगे। खुद पर भरोसा रखो।" कुछ ठहरकर फिर बाहोड़ी के कान में फुसफुसाते हुए कहा, "फिर नींद ठीक से पूरी होगी, तभी तो बेहतर सोच पाओगे राम। करनाई सर ने भी तो यही कहा था। अब सोचना बंद करो और सो जाओ।"

इसी से बाहोड़ी असमाँ के सिर को चूमकर उसे अपने सीने से लगाए आँखें मूँदकर गहरी नींद में चला गया।

: 19 :

अगले दिन साँझ ढल चुकी थी। अँधेरा हो गया था। डॉ. कृष्णन करनाई नजीर, सुदर्शना व कुछ अन्य एजेंट्स के साथ किसी विशेष मीटिंग में व्यस्त थे। ठीक उसी वक्त बाहोड़ी ने भीतर प्रवेश किया। डॉ. कृष्णन करनाई ने बाहोड़ी को पूरे एक सप्ताह आदेशात्मक छुट्टी पर भेजा था, किंतु अचानक वापस लौट आने से वे असमंजस में थे।

इसी से उन्होंने विस्मय भाव से पूछा, "राम, मैंने तुम्हें एक सप्ताह की छुट्टी पर भेजा था। फिर तुम पहले क्यों चले आए?"

"कुछ जरूरी बात है सर।" बाहोड़ी ने गंभीरता से कहा।

सीधे मीटिंग में चले आना और बाहोड़ी के चेहरे की भाव-भंगिमा पढ़कर डॉ. कृष्णन करनाई को कुछ महत्त्वपूर्ण जानकारी के होने का अंदेशा हुआ।

अपने सहकर्मियों से विनय भाव से कहा, "अच्छा दोस्तो, मेरे दिए गए दिशा-निर्देशों का कड़ाई से पालन करना और मुझे वापस रिपोर्ट करना। कल हम फिर इसी विषय पर चर्चा करेंगे।"

इसी से सभी उठकर अपने-अपने गंतव्य की ओर रुखसत हुए।

डॉ. कृष्णन करनाई ने गंभीरता से पूछा, "राम, ऐसी क्या बात है कि तुम्हें भरी सभा के बीच आना पड़ा?"

बाहोड़ी ने कुछ देर ठहरकर गंभीरता से कहा, "सर, हमारी रॉ में कोई है, जो दुश्मन से मिला हुआ है।"

"तुम रॉ पर संदेह कर रहे हो···!" विस्मित डॉ. कृष्णन करनाई के मुँह से बरबस ही शब्द हुए।

बाहोड़ी कुछ नहीं बोला। चुप था, किंतु उसकी गंभीरता और चुप्पी मुखर थी।

डॉ. कृष्णन करनाई ने शांत चित्त से गंभीरतापूर्वक कहा, "राम, तुम्हें ऐसा क्यों लगता है? क्या तुम्हारे पास कोई ठोस कारण है?"

"सर, तारीक ने कहा था कि अरमान हमारे हर कदम से इत्तेफाक रहता है। ऐसा तभी हो सकता है, जब हम में से कोई उसके साथ मिला हो। फिर पहले ट्रक ड्राइवर की हत्या और फिर जावेद की उसके परिवार सहित हत्या और दोनों की हत्या उन्हें गिरफ्तार करने की योजना से ठीक पहले हुई। इससे संदेह को और अधिक बल मिलता है।"

सुनकर डॉ. कृष्णन करनाई सोचने को विवश हो गए।

मसले की गंभीरता को समझते हुए उन्होंने किंचित् सोचते हुए कहा, "अरमान के विषय से जुड़ी जानकारी किसे रहती है? या तो तुम्हें, या तुम्हारे दोनों सहायक एजेंट्स नजीर और सुदर्शना को।" कुछ ठहरकर संदेहवश कहा, "कहीं तुम्हें नजीर पर तो···।"

"···बिल्कुल नहीं, सर। नजीर पर मुझे किंचित भी संदेह नहीं।" बाहोड़ी ने अविचल भाव से स्पष्ट कंठ-स्वर से कहा।

डॉ. कृष्णन करनाई ने बाहोड़ी की तार्किक क्षमता से प्रभावित होते हुए कहा, "राम, कहीं तुम्हें मुझ पर तो संदेह नहीं है?"

सुनकर बाहोड़ी कुछ देर डॉ. कृष्णन करनाई को शांत व सौम्य भाव से देखता रहा, फिर कहा, "···हम सुदर्शना के विषय में क्या जानते हैं?"

"क्या तुम्हें सुदर्शना पर संदेह है···!" डॉ. कृष्णन करनाई ने विस्मय भाव से कहा।

"संदेह नहीं है, सर, महज जिज्ञासा है।" बाहोड़ी ने सहज भाव से कहा।

डॉ. कृष्णन करनाई ने सहज भाव से कहा, "वह कश्मीरी मूल की लड़की है। दिल्ली के अनाथालयों में पली-बढ़ी हुई। फिर परीक्षा पास करके सेना में अधिकारी

के तौर पर नियुक्त हुई। उसके बाद उसकी काबिलियत को देखते हुए उसे रॉ में शामिल किया गया।"

सुनकर बाहोड़ी किसी गहरे चिंतन-मनन में डूब गया।

बाहोड़ी को गहरी सोच में डूबा देख डॉ. कृष्णन करनाई ने गंभीरता से कहा, "क्या तुम्हें सुदर्शना पर संदेह है ?"

एक गहरी खामोशी तोड़ते हुए बाहोड़ी ने गंभीरता से कहा, "नहीं सर।" और फिर वह गहरी सोच में डूब गया।

बाहोड़ी को अब भी गहरी सोच में डूबा देख डॉ. कृष्णन करनाई ने गंभीरता से कहा, "राम, वैसे रॉ एक अभेद्य किला है, किंतु तुम्हारा संदेह भी निराधार नहीं है। फिर खामी रह जाने की गुंजाइश हर जगह होती है। बुद्धिमानी इसी में है कि समय-समय पर हमें खुद को भी परखते रहना चाहिए, इसलिए मैं तुम्हारे इन विचारों का हृदय से स्वागत करता हूँ, क्योंकि ऐसा है तो यह हमारे लिए घातक सिद्ध होगा। मैं भी अपनी तरफ से पूरा प्रयास करूँगा और तुम भी प्रयास करो और अगर वाकई कोई दुश्मन से मिला हुआ है तो सोचना मत। वहीं ठोक देना साले को। फिर चाहे वो मैं ही क्यों न होऊँ।" कहते हुए उनकी आवाज और अधिक प्रखर हो उठी।

"यस सर।" बाहोड़ी ने तड़ित कंठ-स्वर से कहा।

: 20 :

रात के ग्यारह बजे होंगे। फोन पर आई.एस.आई. चीफ ने बहुत ही चिंतित भाव से जन्नत से पूछा, "क्या तारीक ने बाहोड़ी को कुछ बताया ?"

जन्नत ने विकलित हृदय से कहा, "मुझे अपने भाई से मिलना है।"

सुनकर आई.एस.आई. चीफ के चेहरे पर एक विषैली मुसकराहट छा गई। स्थिर कंठ-स्वर से कहा, "मिल लेना जन्नत। वह बिल्कुल ठीक है।"

"मुझे अब तुम पर भरोसा नहीं।"

"भरोसा रखो, जन्नत। बस कुछ दिन और इंतजार करो। हमारा मिशन कामयाब हो जाए, उसके बाद तुम्हें तुम्हारा भाई हमेशा के लिए मिल जाएगा। जब तक तुम हमारा साथ दोगी, तुम्हारे भाई को कुछ नहीं होगा। अब यह बताओ कि क्या तारीक ने कुछ बताया ?"

जन्नत ने अपने भीतर बिखरे हुए साहस को जुटाकर स्थिर कंठ-स्वर से कहा,

"नहीं, उसने कुछ नहीं बताया। फिर उस बेचारे के पास बताने को ऐसा है भी क्या, जो तुम इतना डर रहे हो।"

सुनकर आई.एस.आई. चीफ को थोड़ा धक्का सा लगा, किंतु फिर एतराज न जताते हुए कहा, "अच्छा, यह बताओ कि बाहोड़ी के दिमाग में क्या चल रहा है।"

"उसके दिमाग में क्या चलता है, यह सिर्फ वो ही जानता है, या फिर डॉ. करनाई, किंतु लगता है, उसके दिमाग में कुछ तो चल रहा है।"

"क्या चल रहा है, उसके दिमाग में?"

"यह नहीं मालूम।"

"तुम कुछ छुपा तो नहीं रही हो, जन्नत। अगर अपनी और अपने भाई की जान प्यारी है तो ऐसी गलती बिल्कुल मत करना।"

"ये गीदड़ भभकियाँ किसी और को देना। अगर मेरे भाई को कुछ हुआ तो याद रखना, तुम सब बहुत बड़ी मुसीबत में फँसोगे।" कहते हुए बरबस ही जन्नत की लाल हुई आँखें डबडबा आईं।

सुनकर आई.एस.आई. चीफ का दंभ पल भर में चूर हो गया, मानो उसे उसका आईना दिखा दिया गया हो। नम्रभाव से समझाते हुए कहा, "शांत हो जाओ जन्नत। होशो-हवास खोकर तुम ऐसा कोई कदम मत उठाना। तुम्हारा भाई बिल्कुल ठीक है। उसका पूरा खयाल रखा जा रहा है और बहुत जल्द तुम्हारे पास होगा। भरोसा रखो। खुदा-हाफिज।"

"खुदा-हाफिज।" बात पूरी होने पर अपने हाथों की उँगलियों से अपनी आँखों के अश्रुकण पोंछते हुए जैसे ही जन्नत पीछे मुड़ी, सामने गन ताने बाहोड़ी खड़ा था।

"खेल खत्म हुआ···।" बाहोड़ी ने शून्य भाव से सुदर्शना की आँखों में गंभीरता से देखते हुए कहा।

जन्नत के पैरों तले जमीन खिसक गई। हाथ-पैर ठंडे पड़ गए और शरीर सन्न रह गया। वह निस्तब्ध थी, किंतु बाहोड़ी की आँखों से आँखें मिलाए चुपचाप खड़ी थी।

जन्नत के पास कहीं कोई हथियार न हो, इस अंदेशे में बाहोड़ी ने सावधानीपूर्वक धीरे से पास आकर एक हाथ में गन थामे तथा दूसरे हाथ से उसकी तलाशी लेते हुए सहज व शांत भाव से कहा, "तुम्हें जानकर आश्चर्य होगा। पहला यह, कि मेरी नजरें कभी धोखा नहीं खातीं। दूसरा यह कि जीवन में आज तक मेरा संदेह कभी गलत साबित नहीं हुआ, जबकि इस बार मैं चाहता था कि काश! मेरा संदेह गलत हो। दिल मान ही नहीं रहा था कि तुम···, किंतु

संदेह की सुई जाने क्यों हर बार तुम पर आकर अटक जाती। इसी से मजबूर होकर ऐसा करना पड़ा।"

जब जन्नत के पास कोई हथियार नहीं मिला तो बाहोड़ी ने उसे एक कुरसी पर बैठने को इशारा किया।

जन्नत के कुरसी पर बैठ जाने के बाद, ठीक सामने ही बाहोड़ी ने एक अन्य कुरसी पर बैठते हुए कहा, "घर वाकई काफी अच्छा है तुम्हारा।"

जन्नत अभी भी कुछ नहीं बोली। वह चुप थी। चेहरे पर मृत्यु का खौफ नहीं, चिंता का एक गहरा भाव था, जो शायद अपने भाई को लेकर था।

कुछ ठहरकर बाहोड़ी ने गंभीरता से कहा, "जो कुछ भी जानती हो, सारी जानकारी चाहिए। अभी, इसी वक्त।"

जन्नत ने निर्भयपूर्वक स्थिर कंठ-स्वर से कहा, "तुम्हारी तरह मैं भी अपने मुल्क से बहुत प्यार करती हूँ। मैं अपने मुल्क के साथ गद्दारी कभी नहीं करूँगी।"

"मतलब···! क्या तुमने अपना मुल्क बदल लिया है?" बाहोड़ी ने विस्मय भाव से कहा।

"मैं अपना मुल्क क्यों बदलूँगी? मेरा मुल्क हमेशा से पाकिस्तान ही था, है और हमेशा रहेगा।"

"ओह···! अब समझ आया।" जानकर बाहोड़ी को बहुत आश्चर्य हुआ। अपने हाथ में पकड़ी गन पर पकड़ और अधिक मजबूत बनाते हुए गंभीरता से कहा, "यदि तुम यह सोच रही हो कि मैं तुम पर गोली नहीं चलाऊँगा तो तुम गलत सोच रही हो।"

"इससे बेहतर मौत और क्या होगी कि मैं तुम्हारे हाथों मरूँ।"

"अच्छी बात है।" बाहोड़ी जन्नत की आँखों की गहराई में देख रहा था, मानो उसने उसकी रूह को पढ़ लिया हो। आगे गंभीरता से कहा, "किंतु जिस देश का तुमने इतने सालों तक नमक खाया है, मरने से पहले इसका कर्ज अदा नहीं करना चाहोगी? कुछ प्रश्न हैं। उम्मीद करता हूँ, सही जवाब दोगी।"

जन्नत कुछ नहीं बोली। चुप थी।

बाहोड़ी ने जन्नत के चेहरे की भाव-भंगिमा पढ़ते हुए सहज भाव से कहा, "क्या अपना सही नाम बताने की मेहरबानी करोगी?"

कुछ देर की खामोशी तोड़कर जन्नत ने कुछ सोचते हुए धीमे कंठ-स्वर से कहा, "मेरा नाम जन्नत है।"

"जन्नत···! कितना प्यारा नाम है···!" बाहोड़ी के मुँह से बरबस ही शब्द हुए।

···और बाहोड़ी के ये शब्द जन्नत के कानों में पड़े, तो मानो बाहोड़ी ने जन्नत के दिल के तार छेड़ दिए हों।

"आई.एस.आई. के लिए पिछले कितने समय से काम कर रही हो?" बाहोड़ी ने गंभीरता से पूछा।

"मैं हमेशा से आई.एस.आई. के लिए ही काम करती हूँ। किसी और के लिए नहीं।"

सुनकर एक पल को बाहोड़ी को जन्नत से बड़ी घृणा हुई। फिर धीरतापूर्वक पूछा, "तुम्हारी हिम्मत की दाद देता हूँ। अब यह बताओ कि अरमान कहाँ है?"

"उस तक पहुँचना इतना आसान नहीं है। सीमा पार पाकिस्तान में बैठे आतंक के आकाओं का उस पर हाथ है। फिर उसकी मदद को यहाँ हिंदुस्तान में न-जाने कितने हाथ हैं।"

बाहोड़ी जन्नत की आँखों में अपनी पैनी निगाह गड़ाए, उसे अपलक घूरे जा रहा था। उसे जवाब पाने की उम्मीद थी।

कुछ देर सोचने के बाद जन्नत ने स्थिर कंठ-स्वर से कहा, "यह मत सोचना कि मैंने अपने मुल्क के साथ गद्दारी की या अपनी मौत से डरती हूँ। मैं सिर्फ तुम्हारी मदद करना चाहती हूँ।"

"जैसा तुम ठीक समझो।"

"अगर मुझे मालूम होता कि अरमान कहाँ है तो मैं तुम्हें जरूर बताती, किंतु इतना मालूम है कि वह फिर कोई बड़ा हमला करने की तैयारी कर रहा है।"

"कब?"

"यह नहीं मालूम।"

"कहाँ?"

"यकीन मानो मुझे बहुत खुशी होती, अगर मेरे पास तुम्हारे इन प्रश्नों का भी जवाब होता।"

बाहोड़ी ने अपनी निराशा व्यक्त करते हुए कहा, "वाह···! वाकई तुमने मेरी काफी मदद की है, जन्नत।" फिर आगे दृढ़ कंठ-स्वर से पूछा, "अब यह बताओ कि आर्मी में कार्यरत रहते तुमने आर्मी के बारे में क्या जानकारी पाकिस्तान के साथ साझा की?"

"इससे ज्यादा मैं तुम्हें और कुछ नहीं बता सकती।" जन्नत ने स्पष्ट कंठ-स्वर से कहा।

बाहोड़ी ने खड़े होकर गन जन्नत के सिर पर तानते हुए गंभीरता से कहा,

"मुझसे रहम की उम्मीद बिल्कुल मत करना।"

जन्नत ने आर्द्र कंठ-स्वर से कहा, "क्या कोई उस शख्स की जान ले सकता है, जो उसे दिल से चाहता हो ?"

"आज तुम्हें यकीन हो जाएगा। फिर यह सब बकवास है।" बाहोड़ी ने अपनी नजरें चुराकर कहा।

"तुमने कहा था कि तुम्हारी नजरें कभी धोखा नहीं खातीं। जरा गौर से देखो मेरी आँखों में। क्या तुम्हें इन आँखों में तुम्हारे लिए फरेब नजर आता है ?"

बाहोड़ी ने जन्नत की आँखों में देखते हुए कहा, "मेरा राष्ट्र ही मेरा धर्म है और इसकी रक्षा के लिए मुझे किसी की जान भी लेनी पड़े तो मैं जरा भी नहीं हिचकिचाऊँगा। फिर चाहे वो कोई भी हो। उम्मीद करता हूँ, तुम मुझे समझ सकती हो।"

"मुझसे बेहतर तुम्हारी मजबूरी कोई और क्या समझेगा, राम। गोली चलाओ। ऐसा करके मेरे दिल में तुम्हारे लिए मोहब्बत कम नहीं होगी। न ही तुम्हारे लिए सम्मान कम होगा, बल्कि मुझे गर्व होगा कि मुझे एक सच्चे राष्ट्रभक्त से मोहब्बत हुई, जिसके लिए अपना राष्ट्र ही परम धर्म था। फिर तुम्हारे हाथों मृत्यु पाकर तो मुझे जन्नत ही मिलेगी। इसलिए सोचने में वक्त खराब मत करो, राम। गोली चलाओ।"

बाहोड़ी के मस्तिष्क को मानो जंग लग गया हो। वह किसी गहरी सोच में डूब गया। निगाहें जन्नत पर जमीं जड़ रह गईं।

बाहोड़ी को अब भी गहरी सोच में डूबे देख जन्नत ने दृढ़ कंठ-स्वर से फिर कहा, "सोच क्या रहे हो, राम। गोली चलाओ।"

तंद्रा टूटने पर बाहोड़ी के जड़ हुए मस्तिष्क में फिर हलचल हुई। अपने मस्तिष्क के दौड़ते हुए घोड़ों की वल्गा थामकर अपना कंठ-स्वर सँभालते हुए कहा, "क्या गन तुम्हारे हाथ में होती, तो तुम भी यही करती ?"

"मैं खुशकिस्मत हूँ कि गन तुम्हारे हाथ में है।"

"कितनी मोहब्बत करती हो मुझसे ?" बाहोड़ी ने गंभीरता से पूछा।

जन्नत ने बाहोड़ी की आँखों में देखते हुए आर्द्र कंठ-स्वर से कहा, "खुद से ज्यादा। आजमाकर देख लो।"

बाहोड़ी ने किंचित् सोचते हुए गंभीरता से कहा, "जो मुझसे मोहब्बत करे, जो मुझे दिल से चाहे, मैं उसकी जान लेने का गुनाह कैसे कर सकता हूँ और फिर वही शख्स मेरे देश का दुश्मन हो तो मैं उसकी जान बख्श देने की गलती कर अपने देश का गुनाहगार कैसे बन सकता हूँ।" तनिक ठहरकर फिर दृढ़ कंठ-स्वर से कहा,

"यदि तुम वाकई मुझे सच्चे दिल से चाहती हो, तो तुम्हें इसी मोहब्बत की कसम, मुझ पर एक अहसान करो, खुद को खत्म कर लो।"

सुनकर जन्नत की आँखों के कोनों से यकायक ही जलधारा फूट पड़ी। शिराओं में बहता हुआ खून मानो जम सा गया, मानो किसी ने एक जहरीला बाण उसके हृदय में घोंप दिया हो, जिसकी असहनीय पीड़ा में उसके प्राण अटके हों। अपनी आँखें मूँदकर वह उस असहनीय पीड़ा को विजित करने के लिए साहस जुटाने का प्रयत्न करने लगी।

बाहोड़ी जन्नत के हृदय की उस वेदना को सहज ही महसूस कर सकता था। उसके हृदय को भी बड़ी पीड़ा हुई। बरबस ही आँखें डबडबा आईं, किंतु आँखों का पानी आँखों में ही सूखकर रह गया। कुछ ही दूर पड़े एक स्टूल को धीरे से सरकाकर जन्नत के सामने रखा। बाद अपनी कमर पर लगी एक रिवॉल्वर को उस स्टूल पर रखते हुए धीरतापूर्वक धीमे कंठ-स्वर से कहा, "ध्यान रहे, यदि इस रिवॉल्वर की नाल गलती से भी मेरी तरफ मुड़ी तो मेरी गन की गोलियाँ अपना लक्ष्य पाने को बेताब हैं।" कहते हुए सावधानीपूर्वक अपने हाथ में गन थामे वह वापस अपनी कुरसी पर बैठ गया।

एक लंबी खामोशी के बाद जन्नत ने आँखें खोलकर अपने हाथों की उँगलियों से अपनी आँखों के जलकण पोंछते हुए, वेदित हृदय से कहा, "अच्छी बात है। मैं तुम्हें गुनाहगार नहीं बनने दूँगी। फिर तुम्हारा प्यार और विश्वास मुझे मरकर ही नसीब होगा तो यही सही।"

सुनकर बाहोड़ी के हृदय की पीड़ा और अधिक हुई। अपने जेहन में वह शब्दों को खँगालने का प्रयत्न कर रहा था, किंतु समय की धारा में शब्द कहीं दूर बह चले थे। भीतर एक गहरी खामोशी व्याप्त थी। जो उसे अंदर-ही-अंदर खाए जा रही थी। लबों को मानो किसी ने सिल दिया हो। निःशब्द हुए वह गहरे भाव से जन्नत को अपलक देख रहा था।

एक लंबी खामोशी तोड़ते हुए जन्नत ने कहा, "मेरा जन्म पाकिस्तान के एक सामान्य परिवार में हुआ। अम्मा बचपन में ही चल बसी थी और बाबा फौज में थे। जब तेरह वर्ष की थी, तब एक दिन खबर मिली कि बाबा नहीं रहे। एल.ओ.सी पर दोनों देशों की आपसी गोलीबारी में शहीद हो गए। तीन वर्ष के एक छोटे भाई की जिम्मेदारी भी मुझ पर आ गई। एक दिन कुछ लोग घर आए। मुझे अपने बाबा की शहादत का प्रतिशोध लेने की बात कही, साथ ही मुझे नौकरी देने और मेरा व मेरे छोटे भाई का सारा खर्चा उठाने की बात कही। मेरे पास न तो

सोचने को इतना विवेक था और न ही सोचने को कुछ शेष था। मैं तैयार हो गई। मुझे आई.एस.आई. एजेंट के तौर पर कश्मीर होते हुए हिंदुस्तान भेज दिया गया। दिल्ली में अनाथालयों में रहने के दौरान हमारी हर जरूरत का ध्यान रखा जाता था। पढ़ने में बहुत अच्छी थी, इसलिए जैसा मुझे कहा गया, मैं पढ़-लिखकर सेना में अधिकारी बन गई। मेरी काबिलियत को देखते हुए मुझे रॉ में शामिल कर लिया गया। मुझे अपने देश के लिए काम करते हुए गर्व महसूस हो रहा था, किंतु धीरे-धीरे समझ आया कि मैं जिनके लिए काम कर रही हूँ, वे सब दहशतगर्दों के हाथों की महज कठपुतलियाँ हैं, जिन्हें पाकिस्तान में धर्मोंपदेशक की उपाधि देकर अल्लाह-ताला का दूत माना जाता है। मैंने खुद को ठगा हुआ महसूस किया। इसी दरम्यान तुम मेरी जिंदगी में आए।"

बाहोड़ी चुप्पी साधे गंभीरतापूर्वक जन्नत को शून्य भाव से अपलक देख रहा था।

कुछ देर का सन्नाटा तोड़ते हुए जन्नत ने खुद पर ही हँसते हुए हठात् से धीमे कंठ-स्वर से कहा, "खुद पर बहुत गुरूर किया करती थी मैं। दुनिया में बहुत से मर्द देखे मैंने। कइयों को बहुत करीब से जानती हूँ और कुछ मेरे अंतरंग मित्र भी हुए। क्या-कुछ नहीं किया उन्होंने मेरे लिए। एक इशारा करने मात्र से खुद को न्योछावर कर दें, किंतु तुमने मेरा गुरूर ही तोड़ दिया। सिर्फ दो जिस्मों के मिलन को ही मैं मोहब्बत समझ बैठी थी। दुनिया में न-जाने कितने और भी मर्द हैं, जो बहुत खूबसूरत हैं और कई मायनों में बहुत बेहतर भी, किंतु तुमसे पहले कोई ऐसा नहीं मिला, जो दिव्य खूबसूरती का धनी होने के साथ ही हर मायनों में दूसरों से बेहतर होने के बाद भी, जिसे खुद पर लेशमात्र भी गुमान नहीं। तुम्हारे भीतर के अद्भुत चुंबकत्व और तुम्हारे मृदुल स्वभाव ने मेरे वर्षों से सुषुप्त रहे हृदय में संवेदना उत्पन्न कर दी। जब तुम मेरे सामने होते हो तो मैं अपने हृदय की हर एक धड़कन को सहज ही महसूस कर पाती हूँ। हृदय पर मानो किसी अदृश्य दिव्य शक्ति ने अपना नियंत्रण कर लिया हो और मन एक छोटे बच्चे की भाँति तुम्हें पाने की जिद किए बैठा हो। मैंने जाना कि मोहब्बत दो जिस्मों का मिलन नहीं, दो आत्माओं का मिलन है। जिसे आँखों से नहीं देखा जाता, मन की गहराई से महसूस किया जाता है। तुम वह आईना हो, जिसमें देखकर मैंने अपनी आत्मा को महसूस किया और मुझे खुद को जानने का सौभाग्य प्राप्त हुआ।" कहते हुए जन्नत की आँखें डबडबा आईं।

पूरे घर में एक गहरा सन्नाटा व्याप्त था। खिड़की दरवाजों पर लगे परदे हवा

के वेग में धीमे-धीमे उड़ रहे थे। कहीं दूर बाहर भी किसी चीज की कोई आवाज होती तो वह बहुत देर तक कानों में गूँजती रहती।

गहरी खामोशी को तोड़ते हुए जन्नत ने धीमे कंठ-स्वर से कहा, "क्या मुझ पर एक अहसान करोगे, राम?"

"किस तरह का अहसान?" बाहोड़ी ने धीरतापूर्वक पूछा।

दीवार पर लगी एक तसवीर की तरफ देखकर जन्नत ने गंभीरता से कहा, "मैंने जब फैसला किया कि मैं दहशतगर्दों का साथ नहीं दूँगी और ऐसा करने पर उन्होंने मेरे छोटे भाई का अपहरण कर लिया। मजबूर होकर मुझे न चाहते हुए भी उनके लिए कार्य करना पड़ा। आबिद मेडिकल कॉलेज में द्वितीय वर्ष की पढ़ाई कर रहा है और मेरा यकीन मानो, उसका इन सबसे कोई लेना-देना नहीं है। उसे सिर्फ इतना ही पता है कि मैं आर्मी में ऑफिसर हूँ। मुझे डर है कि मेरे जाने के बाद वे लोग उसे बरगलाकर या लालच देकर दहशतगर्दी की राह पर न धकेल दें।" कुछ देर ठहरकर जन्नत ने अपना हृदय कठोर करते हुए कहा, "...और ऐसा नहीं करने पर हो सकता है, उसकी जान भी ले लें। हो सके तो उसे बचा लो। अगर तुम्हारा उससे मिलना हो तो उसे बताना कि मैंने दहशतगर्दों का साथ नहीं दिया। न ही उसे यह कहना कि मैंने खुद को गोली मारी। उसे कहना कि वह जीवन में एक अच्छा इनसान बने। अपने विवेक से काम ले और दहशतगर्दों के बहकावे में न आए।"

बाहोड़ी ने सहमति में अपना सिर हिलाते हुए गंभीरता से कहा, "क्या तुम जानती हो कि आबिद को कहाँ रखा गया है?"

"पक्के तौर पर तो नहीं, किंतु वह दिल्ली में ही है। ऐसी तीन जगह हैं, जहाँ उसके होने की संभावना है।" कहते हुए उसने धीरे से आगे झुककर स्टूल पर रिवॉल्वर के पास पड़ी एक डायरी में उन जगहों का पता लिखा, साथ ही कहा, "मुझे संदेह है कि वह पहले पते पर होगा।"

बाहोड़ी ने दृढ़ कंठ-स्वर से कहा, "अगर वाकई ऐसा है तो वादा करता हूँ, आबिद को मैं अपना छोटा भाई समझूँगा...और हर तरह से उसकी मदद करूँगा।"

जन्नत ने कृतज्ञ भाव से कहा, "तुम्हारा यह अहसान मैं एक और जन्म लेकर भी नहीं चुका पाऊँगी।"

"मुझ पर और जुल्म न करो। एक बार फिर सोच लो, जन्नत। सारी जानकारी हमें दे दो और हमारे साथ काम करो।" बाहोड़ी ने उम्मीद करते हुए गंभीरता से कहा।

"तुम यह अच्छी तरह जानते हो राम, ऐसा करने पर मेरे देश में मुझे देशद्रोही करार दिया जाएगा। फिर इस कलंक के साथ मैं जी नहीं पाऊँगी।"

बाहोड़ी की खामोशी व उसके चेहरे की भाव-भंगिमा को पढ़ते हुए जन्नत ने उसे प्रेम से परिपूर्ण निगाहों से देखते हुए कहा, "राम, क्या मैं तुमसे कुछ पूछ सकती हूँ, अगर बताना चाहो।"

"हाँ... जरूर पूछो।" बाहोड़ी ने भावोद्भिद भाव से कहा।

"क्या तुम्हारे जीवन में कोई लड़की है, जिसे तुम दिल से चाहते हो?"

बाहोड़ी ने सहमति में अपना सिर हिलाते हुए कहा, "हाँ।

"क्या मैं उसका नाम जान सकती हूँ?"

बाहोड़ी ने गंभीरता से कहा, "उसका नाम असमाँ है। वह मुंबई में एक चिकित्सालय में डॉक्टर है।"

कुछ देर की चुप्पी तोड़ते हुए जन्नत ने भावोद्भिद होकर कहा, "बहुत खुशकिस्मत होगी वो, जिसे तुम इस तरह बेपनाह मोहब्बत करते हो। काश...! एक बार मैं उससे मिल पाती।" कहते हुए वह किसी गहरी सोच में डूब गई।

कुछ देर बाद अपना कंठ-स्वर सँभालते हुए शुष्क कंठ-स्वर से कहा, "राम, क्या मेरे मरने का तुम्हें जरा भी अफसोस रहेगा?"

बाहोड़ी ने अपना हृदय कठोर कर गंभीरता से कहा, "...कहना मुश्किल है, किंतु इस अफसोस के साथ जीने के लिए हिम्मत जुटाने में वक्त तो लगेगा ही।"

बाहोड़ी के ये शब्द सुनकर जन्नत के हृदय को अपार सुख हुआ। भीतर एक गहरी शांति हुई, जिसे वह सहज ही महसूस कर सकती थी, मानो एक मृग, जो जीवन भर कस्तूरी की तलाश में जग में बन-बन भटक रहा था, उसने उसे अपने भीतर पा लिया हो। इसी से वह अपने भीतर ही कहीं खो गई।

एक लंबी खामोशी को तोड़कर जन्नत ने एक स्मित मुसकान के साथ कहा, "राम, क्या मेरी एक आखिरी ख्वाहिश पूरी करोगे?"

"कैसी ख्वाहिश?" बाहोड़ी ने शून्य भाव से पूछा।

"राम, इतने समय में अगर एक पल के लिए भी, तुम्हें मुझ पर कभी प्रेम आया हो तो प्लीज एक बार मुझे अपने सीने से लगा लो। मैं सुकून से मर सकूँगी।"

सुनकर बाहोड़ी अपनी बिखरी हुई हिम्मत को जुटाने का प्रयास कर रहा था। फिर कुछ देर बाद अपने हाथ में पकड़ी गन पर अपनी पकड़ और अधिक मजबूत बनाते हुए सावधानीपूर्वक वह हठात् से उठ खड़ा हुआ।

यह देख जन्नत भी धीरे से उठ खड़ी हुई। इस दरम्यान उसके चेहरे पर भय का

एक भी चिह्न नहीं था। वह अपने सामने रखे स्टूल को बचाकर बाहोड़ी के सामने पास आकर खड़ी हुई और बाहोड़ी की आँखों में देखते हुए स्मित मुसकान के साथ कहा, "राम, मेरे मरने का तुम्हें जीवन भर अफसोस रहेगा।" कहते हुए वह बाहोड़ी से आलिंगनबद्ध हो गई।

जन्नत के हृदय को एक अपार सुख और गहरी शांति हुई, मानो पलभर में उसने अपना पूरा जीवन जिया हो। चिंता, भय, द्वेष, हानि इत्यादि सभी मनोविकार कहीं विलुप्त हो गए थे। इसी से वह इस सुखद अहसास को खुद में समेटने का प्रयत्न कर रही थी। बाहोड़ी ने सहृदयता से अपना एक हाथ धीरे से जन्नत की पीठ पर रखा। ठीक उसी वक्त पूरे घर में एक आवाज गूँजी, "ठाक्...!"

एक पल को ऐसा लगा, मानो प्राण शरीर से अलग हो गए हों। कुछ चेतना के रहते, अगले ही क्षण बाहोड़ी ने पार्थिव देह को सँभालते हुए धीरे से आँगन पर लेटाया और धम से निढाल होकर कुरसी पर बैठ गया। स्टूल पर अपनी रिवॉल्वर यथावत् पड़ी होने के बाद भी आँगन में पड़ी एक अन्य रिवॉल्वर देख बाहोड़ी हतप्रभ था, जबकि उसने ठीक प्रकार से तलाशी ली थी।

"फिर जन्नत ने मुझ पर गोली नहीं चलाई...!" अकस्मात् ही उसके भीतर एक आवाज हुई।

बाहोड़ी का हृदय बड़ा क्षुब्ध था। आँखें डबडबा आई थीं। गोली लगने से चेहरा बिगड़ गया था। इसी से घर में से एक चादर ढूँढ़कर लाया और पार्थिव देह को ढक दिया। फिर निष्क्रिय एक हाथ अपने मुँह पर लगाए अपने हृदय की वेदना लिये वापस कुरसी पर बैठ गया।

सही हुआ या गलत, इसका निर्णय कर पाने में वह असमर्थ था। वक्त मानो थम सा गया था। घर में एक गहरा सन्नाटा पसरा था, जो उसे काटने को दौड़ रहा था। बाहर रात्रि का वह घना अँधेरा मानो खिड़की-दरवाजों से होता हुआ भीतर आकर उसके जेहन में समा रहा था।

कुछ देर बाद जब उसे आबिद का खयाल आया तो वह अपना साहस जुटाकर उठ खड़ा हुआ। उसने अपनी गन और स्टूल पर पड़ी अपनी रिवॉल्वर को उठाकर वापस अपनी कमर पर बेल्ट में फँसाया साथ ही डायरी से वह पन्ना निकालकर अपने कोट की जेब में रख लिया। बाद में फोन पर डॉ. कृष्णन करनाई को घटना के विषय में अवगत कराकर आबिद की तलाश में वहाँ से निकल गया।

: 21 :

आबिद को ढूँढ़ते–ढाँढ़ते बाहोड़ी जन्नत के बताए पहले पते पर पहुँचा। शहर से बाहर हाईवे किनारे एक पुराना जर्जर खँडहर था, जिस पर लकड़ी का टूटा–फूटा दरवाजा लगा था। अपने हाथ में पकड़ी गन पर अपनी पकड़ और अधिक मजबूत बनाते हुए बहुत सतर्कतापूर्वक उसने उस भूतिया जगह के भीतर प्रवेश किया। पूरे खँडहर में रात्रि का गहरा सन्नाटा व्याप्त था। हाँ, कबूतरों और चमगादड़ों की दस्तक वहाँ निरंतर महसूस हो रही थी। टूटी–फूटी छतों–दीवारों और खिड़की–दरवाजों से आते चंद्रमा के प्रकाश में तथा अपने दूसरे हाथ में पकड़ी टॉर्च के प्रकाश में बाहोड़ी हर हिस्से की तलाशी लेते हुए बहुत सावधानीपूर्वक धीरे–धीरे आगे बढ़ रहा था। पूरे खँडहर में कोई नहीं था। सिवाय कुरसी पर बंधक एक मृत शरीर के। जन्नत का संदेह और भय दोनों सही थे। वह आबिद की पार्थिव देह था। यह देख उसे खुद से बड़ी घृणा हुई। वह जोर से चीख पड़ा और घुटनों के बल जमीन पर बैठ गया। उसकी वह चीख पूरे खँडहर में गूँज उठी, जिससे कबूतर डरे–सहमे इधर–उधर उड़ने लगे और चमगादड़ खँडहर से बाहर की ओर उड़ने लगे। डरे–सहमे परिंदों को इधर–उधर उड़ते देख बाहोड़ी को अपनी गलती का भान हुआ। वह धीरे से उठ खड़ा हुआ और अपने हाथ से आबिद की खुली आँखों को बंद किया।

फिर सुबह जन्नत और आबिद के पार्थिव देह को मिट्टी देकर ससम्मान अंतिम संस्कार किया गया, जिसमें बाहोड़ी, डॉ. कृष्णन करनाई, नजीर व रॉ के कुछ अन्य कर्मचारी व ऑफिसर भी शामिल थे।

: 22 :

जन्नत को लेकर पूरे दिन बाहोड़ी का हृदय बड़ा विकलित था। मन बड़ा विरक्त हुए जा रहा था, फिर शाम को डॉ. कृष्णन करनाई से मुलाकात हुई।

डॉ. कृष्णन करनाई ने जन्नत को लेकर आश्चर्य जताते हुए कहा, “मुझे तो अब भी यकीन नहीं हो रहा।”

कुछ देर की खामोशी को तोड़ते हुए डॉ. कृष्णन करनाई ने कहा, “कोई हमारी नाक तले हमारी जानकारी दुश्मन तक पहुँचा रहा था और हमें महसूस तक नहीं हुआ।”

बाहोड़ी चुपचाप भावशून्य मुद्रा में निष्क्रिय बैठा, किसी गहरी सोच में डूबा था। उसका मन बहुत विचलित और अस्वस्थ था।

डॉ. कृष्णन करनाई ने संदेहास्पद भाव से किंचित् सोचते हुए कहा, "गोली जन्नत की रिवॉल्वर से ही चली थी। रिवॉल्वर पर उँगलियों के निशान भी उसी के थे। फिर समझ नहीं आता, वह खुद को गोली क्यों मारेगी? क्या उसने आत्महत्या की थी, ऐसा तो हो ही नहीं सकता। वह आत्महत्या क्यों करेगी?"

बाहोड़ी को अब भी कहीं खोया देख डॉ. कृष्णन करनाई ने थोड़ा तेज कंठ-स्वर से उसे पुकारते हुए कहा, "राम, क्या तुम मुझे सुन पा रहे हो? मैं तुमसे पूछ रहा हूँ।"

इसी से बाहोड़ी का ध्यान आकृष्ट हुआ।

डॉ. कृष्णन करनाई ने फिर पूछा, "...राम, क्या जन्नत ने आत्महत्या की थी?"

बाहोड़ी ने अपना हृदय कठोर कर गंभीरता से कहा, "सर, जिस दिन आपके प्रश्न का जवाब मुझे मिल जाएगा, मैं आपको जरूर बताऊँगा।" साथ ही अपने कोट की जेब से एक प्रार्थना-पत्र निकालकर धीरे से सामने टेबल पर रखकर उसे डॉ. कृष्णन करनाई की ओर सरकाते हुए कहा, "मुझे हफ्ते भर की छुट्टी चाहिए। अगर आप ठीक समझें तो।"

बाहोड़ी ने आई.बी. में काम करते हुए और अभी तक रॉ में काम करते हुए कभी छुट्टी नहीं ली। इसी से डॉ. कृष्णन करनाई प्रार्थना-पत्र अपने हाथ में लेते हुए उसे बड़े गहरे संशय भाव से देख रहे थे। भौहें सिकोड़कर अपनी अनुभवी आँखों से बाहोड़ी का सूक्ष्म निरीक्षण करते हुए स्नेह भाव से पूछा, "सब ठीक है ना, राम।"

बाहोड़ी ने शून्य भाव से कहा, "जी, सर।"

डॉ. कृष्णन करनाई ने बाहोड़ी की आँखों की गहराई में देखते हुए एक बार फिर उसके भीतर झाँकने का प्रयत्न किया। बाहोड़ी की मनःस्थिति को समझने का प्रयास करते हुए स्वीकृत भाव से कहा, "अच्छा, मेरी शुभकामनाएँ तुम्हारे साथ हैं।" साथ ही मन में एक सवाल लिये मुसकराते हुए कहा, "तो फिर जल्द वापस मुलाकात होगी।"

"यस सर।" बाहोड़ी ने गंभीरता से कहा और धीरे से मुड़कर बाहर की ओर चल दिया।

डॉ. कृष्णन करनाई बाहोड़ी को अपनी आँखों से ओझल होने तक टकटकी लगाए अपलक देखते रहे।

: 23 :

रात के ग्यारह बजे होंगे। बाहोड़ी ने बिना किसी आहट के घर में प्रवेश किया। टेलीविजन देख रही असमाँ को देख बाहोड़ी ने दरवाजा वापस बंद करते हुए, सहज व शांत भाव से कहा, "असमाँ, तुम सोई नहीं अभी तक…!"

बाहोड़ी की आवाज सुनकर असमाँ दौड़ी-दौड़ी आई और बाहोड़ी से आलिंगनबद्ध होते हुए बहुत चिंताजनक भाव से कहा, "अच्छा हुआ राम तुम आ गए। जब से गए थे, मेरा मन बहुत विचलित हो रहा था।"

बाहोड़ी ने असमाँ के मस्तक को चूमकर गंभीरता से कहा, "चिंता न करो। सब ठीक है।"

असमाँ ने विकलित हृदय से कहा, "तुम नहीं जानते, राम। कल सारी रात मुझे बुरे-बुरे ख्वाब आ रहे थे।"

असमाँ के चेहरे पर आए कुछ बालों को बाहोड़ी ने अपने हाथ की उँगलियों से ठीक करते हुए पूछा, "किस तरह के ख्वाब?"

असमाँ उस ख्वाब को अपने लफ्जों से बयाँ नहीं करना चाहती थी, किंतु फिर अपना हृदय कठोर कर कहा, "…किसी ने तुम्हारी पीठ पर गोली चलाई और ख्वाब टूट गया।" कहते हुए उसकी आँखों के कोनों से जल की दो बूँद छलककर बाहर गिर पड़ी।

बाहोड़ी ने अपने हाथों की उँगलियों से असमाँ की आँखों के अश्रुकण पोंछे, फिर उसकी चिंता दूर करने का प्रयास करते हुए सहज भाव से कहा, "बस इतनी सी बात। किसी दुश्मन की गोली में कहाँ इतना दम कि वह तुम्हारे राम की जान ले सके। मेरी जान तो तुम्हारी मुट्ठी में बंद है, फिर मुझे दुश्मन का क्या डर। …और फिर लग भी गई तो तुम डॉक्टर किस काम की। तुम मुझे मेरी मौत से भी चुरा लाओगी।"

"मैं डॉक्टर हूँ, कोई भगवान् नहीं।"

"तो क्या हुआ, तुम परी तो हो ना। तुम्हारी तो चलती ही होगी ना भगवान् के पास।"

असमाँ ने धीरे से बाहोड़ी के गाल पर थप्पड़ मारते हुए कहा, "मैं सोच रही हूँ…तुम्हें सुधारने की कोई दवा बनाऊँ।"

"फिर तो मैं सुधर ही जाऊँगा।" बाहोड़ी ने धीमे से हँसकर कहा।

टेलीविजन के सामने सोफे पर बैठकर बाहोड़ी ने अपना बायाँ हाथ असमाँ के

कंधों पर रखते हुए चिंतित भाव से पूछा, "खाना खाया तुमने?"

असमाँ ने रिमोट का बटन दबाकर टेलीविजन बंद करते हुए कहा, "हाँ, मैं पूरे दिन अम्मी-अब्बू के साथ ही थी। फिर खाना होने के बाद कुछ देर पहले ही यहाँ आई थी।" साथ ही व्याकुल हृदय से पूछा, "क्या तुमने खाया?"

बाहोड़ी ने असमाँ से नजरें चुराकर सहज भाव से कहा, "हाँ, मैंने सफर के दौरान फ्लाइट में खा लिया था।"

यह देख एक पल को असमाँ ने सूक्ष्म निगाह से बाहोड़ी की आँखों में देखा, मानो उसने बाहोड़ी के भीतर तक झाँककर उसके हृदय की वेदना को पढ़ लिया हो। फिर अपना एक हाथ बाहोड़ी की पीठ पर और दूसरा हाथ उसके गाल पर रखते हुए उसके अधरों पर चुंबन करके बहुत उत्साहपूर्वक कहा, "जानते हो राम, अम्मी-अब्बू ने तुम्हें घर पर बुलाया है।"

सुनकर बाहोड़ी को बड़ा हर्ष हुआ और आश्चर्य भी। मुसकराते हुए मुँह से बरबस ही शब्द हुए, "क्या तुम सच कह रही हो⋯!"

असमाँ ने अपना सिर हिलाकर मुसकराते हुए कहा, "हाँ बाबा, मैं सच कह रही हूँ। वे तुमसे मिलने को बहुत बेताब हैं।"

"मैं उनसे जरूर मिलूँगा।" बाहोड़ी ने मुसकराते हुए कहा।

"तो फिर तुम उनसे कब मिलना चाहोगे?"

"जब तुम्हारा दिल चाहे।"

असमाँ ने किंचित् सोचते हुए कहा, "क्या तुम कल उनसे मिल पाओगे?"

बाहोड़ी ने सहमत भाव से कहा, "हाँ, क्यों नहीं।"

"तो फिर अब खाना खाने चलें?" असमाँ ने अगले ही क्षण कहा।

सुनकर बाहोड़ी के चेहरे पर खुशी के चिह्न और मुसकराहट यकायक ही विलुप्त हो गए। फिर नजरें चुराकर थोड़ा जोर देते हुए कहा, "मैंने खा लिया है।"

असमाँ ने आश्चर्यजनक भाव से कहा, "राम, तुम मुझसे झूठ बोल रहे हो⋯!"

बाहोड़ी कुछ नहीं बोला। चुप था।

असमाँ ने धीरतापूर्वक पूछा, "क्या हुआ है राम? सब ठीक है ना? तुम अचानक वापस चले आए और फिर तुम मुझसे नजर चुराकर बात कर रहे हो⋯!"

एक लंबी खामोशी तोड़ते हुए बाहोड़ी ने गंभीरता से कहा, "वो सुदर्शना है ना।"

"हाँ⋯तो?" असमाँ के मुँह से जिज्ञासावश शब्द हुए।

"वह एक आई.एस.आई. एजेंट थी।"

असमाँ ने अनुमान करते हुए गंभीरता से कहा, "थी मतलब।"

बाहोड़ी कुछ नहीं बोला। चुप था।

असमाँ ने विचलित हृदय से डरते-डरते पूछा, "क्या तुमने उसका कत्ल किया है?"

एक लंबी खामोशी तोड़कर बाहोड़ी ने क्षुब्ध हृदय से कहा, "जरूरत नहीं पड़ी।"

असमाँ बहुत असमंजस में थी। संदेहवश पूछा, "क्या उसने आत्महत्या की?"

कुछ देर की गहरी खामोशी तोड़कर बाहोड़ी ने गंभीरतापूर्वक शून्य भाव से कहा, "वह एक बहादुर लड़की थी।"

"तो फिर क्या हुआ उसके साथ, राम॰॰तुम कुछ बताते क्यों नहीं, किसने मारा उसे?"

बाहोड़ी कुछ न बोला। चुप रहा।

बरबस ही असमाँ की आँखें भर आईं। बाहोड़ी की पीठ पर रखा अपना हाथ खींचकर वह थोड़ा दूर खिसक गई।

इससे बाहोड़ी के दुःखित हृदय को बड़ी पीड़ा हुई। खुद से बहुत घृणा होने लगी। चुप्पी साधे वह भावशून्य निष्क्रिय बैठा था।

असमाँ ने एक गहरी श्वास भरकर अपने दोनों हाथ अपने चेहरे पर फेरते हुए भयवश कहा, "राम, कभी-कभी मुझे तुमसे बहुत डर लगता है। माफिया रहते तुम कभी किसी की जान तो नहीं लेते थे, अब तो तुम एक पेशेवर कातिल बन गए हो।"

यह सुनकर बाहोड़ी के हृदय की पीड़ा और अधिक हुई। आश्चर्यजनक भाव से ऊर्जाहीन कंठ-स्वर से कहा, "क्या तुम्हारी नजरों में मैं सिर्फ एक कातिल हूँ?"

असमाँ ने कोई जवाब नहीं दिया। वह चुप थी।

बाहोड़ी ने हठात् गंभीरतापूर्वक कहा, "बहुत से लोग सिर्फ एक फैसला लेने में अपना पूरा जीवन गुजार देते हैं या फिर अपने जीवन का एक बहुत बड़ा हिस्सा खो चुके होते हैं, मगर वहाँ जब तुम्हें यह बतानेवाला कोई नहीं होता कि क्या सही है और क्या गलत और दुश्मन तुम्हारी जान लेने को आमादा हो, तुम्हें क्षणभर में खुद ही निर्णय करना पड़ता है। एक बार यह भी खयाल आता है कि क्या एक भी ऐसी ठोस वजह है, जिसके लिए उसे छोड़ दिया जाए, किंतु जब अंदर से आवाज आती है, नहीं, तो ट्रिगर खुद ही दब जाता है।"

असमाँ अब भी चुप थी। वह निष्क्रिय सी बैठी थी। असमाँ को चुप्पी साधे देख बाहोड़ी भी चुप हो गया। घर में एक गहरी खामोशी व्याप्त थी, साथ होने के बाद भी

बाहोड़ी असमाँ को खुद से जुदा महसूस कर रहा था। ठीक उसी वक्त घर में पसरे सन्नाटे को तोड़ते हुए बाहोड़ी के फोन की घंटी बजने लगी। वह डॉ. कृष्णन करनाई का फोन था। बाहोड़ी उठकर बाहर बालकनी में चला गया।

असमाँ का हृदय बहुत भयभीत और विचलित था। वह किसी भी प्रकार से निर्णय ले पाने की स्थिति में नहीं थी।

कुछ देर बाद बाहोड़ी ने भीतर आकर अपने फोन पर उँगलियाँ चलाते हुए गंभीरता से कहा, "करनाई सर का फोन था। अरमान ने एक होटल हाइजैक कर लिया है। मरने-मारने पर आमादा है। डेढ़ सौ लोग होटल में फँसे हैं। मुझे जाना होगा।"

जानकर असमाँ हतप्रभ रह गई। फिर बाहोड़ी ने जाने का नाम लिया तो उसका हृदय और अधिक विकलित हो उठा।

कुछ ठहरकर बाहोड़ी ने आगे कहा, "मैंने तुम्हारे फोन पर करनाई सर के नंबर भेजे हैं। किसी तरह की परेशानी हो तो उन्हें बताना, हर मुमकिन मदद करेंगे।" कहते हुए उसने अपना फोन अपने कोट की जेब में रख लिया।

बाहोड़ी ने कुछ देर इंतजार किया कि असमाँ कुछ बोले, किंतु अब भी उसको चुप्पी साधे देख उसने अपना हृदय कठोर कर गंभीरता से कहा, "अच्छा, चलता हूँ। अपना खयाल रखना। जब तक शहर में खतरा है, बाहर मत जाना।" और वह धीरे से मुड़कर अपनी गन निकालकर उसकी जाँच करते हुए बाहर चला गया।

यकायक ही असमाँ की आँखों के कोनों से जलधारा फूट पड़ी। हृदय को असहनीय पीड़ा हुई। वह बाहोड़ी से कुछ कहना चाहती थी। उससे बात करना चाहती थी, किंतु इतनी देर में उसका मन इतना भारी हो गया कि कुछ कहने को वह हिम्मत ही नहीं जुटा पाई। पूरा शरीर मानो बोझिल हुए जा रहा था। कुछ चेतना हुई तो वह हिम्मत जुटाकर खड़ी हुई और शीघ्रता से बालकनी में जाकर नीचे की ओर देखा, किंतु वहाँ बाहोड़ी के दिखाई नहीं देने पर बाहर जाने को दरवाजे की ओर दौड़ पड़ी।

असमाँ को खुद से जुदा पाकर बाहोड़ी के हृदय को प्राणकष्ट हुआ। ऐसा लगा, मानो अब तक वह कोई दिवास्वप्न देख रहा था, जो पलक झपकते ही टूट गया। यह उसका हृदय स्वीकार नहीं कर पा रहा था। अपने हृदय की अनंत पीड़ा लिये वह दीवार से अपनी पीठ लगाकर निढाल सा खड़ा था। आँखें भर आईं। फिर अरमान का खयाल आने पर आँखों का पानी आँखों में ही सूख गया। अपने सकल

साहस को जुटाकर वह सीधा खड़ा हुआ और सीढ़ियों की ओर कदम बढ़ाया कि असमाँ दरवाजा खोलकर बाहर आई।

अपने अश्रुपूरित नेत्र लिये उसके मुँह से बरबस ही शब्द हुआ, "राम···!"

"असमाँ···!" बाहोड़ी के मुँह से भी असमाँ को देखकर यकायक ही शब्द हुआ।

असमाँ ने बाहोड़ी को आलिंगनबद्ध कर उसके अधरों पर चूमते हुए कहा, "मुझे माफ कर दो, राम। मैं बहुत डरी हुई थी। मैंने तुम्हें गलत समझा। तुमसे भूलकर भी कभी कोई गलती नहीं हो सकती। म्···।"

बाहोड़ी ने असमाँ को अपनी बाँहों में भरकर अपने हाथ की उँगली उसके अधरों पर लगाते हुए कहा, "श··श्··श्। मैं जानता हूँ। तुम्हें कुछ कहने की जरूरत नहीं।"

असमाँ ने गाड़ी की चाबी देते हुए कहा, "राम··मैं तुम्हारा इंतजार करूँगी।"

बाहोड़ी ने गाड़ी की चाबी लेकर असमाँ के मस्तक पर चूमते हुए कहा, "जानता हूँ। शुक्रिया।"

"मुझे तुम पर गर्व है, राम।" असमाँ ने गर्वित भाव से एक धीमी प्रगाढ़ मुसकराहट के साथ कहा।

सूखा हुआ पौधा मानो फिर जीवंत हो उठा हो। एक नव ऊर्जा का संचार पूरे शरीर में हुआ। कुछ पल के लिए चेहरे पर एक मंद-प्रगाढ़ मुसकान लिये वह असमाँ के मुसकराते हुए चेहरे को अपने प्रेम से परिपूर्ण नेत्रों से निहारता रहा। मुँह से बरबस ही शब्द हुआ, "शुक्रिया।" और उस सूरत को अपनी आँखों में सँजोकर वह अपने गंतव्य की ओर बढ़ गया।

असमाँ अपनी सजल आँखों से बाहोड़ी के ओझल हो जाने तक उसे टकटकी लगाए अपलक देखती रही।

: 24 :

उस पूरे बहुमंजिला होटल को पुलिस के हथियारबंद जवानों ने चारों तरफ से घेर रखा था। इमारत के एक हिस्से को आतंकवादियों ने बम धमाके के साथ उड़ा दिया था, जिससे धुएँ और आग की लपटें अभी भी निरंतर निकल रही थीं। शेष हिस्से में अरमान व पड़ोसी मुल्क पाकिस्तान से आए अत्याधुनिक हथियारबंद आतंकवादियों ने करीब डेढ़ सौ लोगों को बंदूक की नोक पर रोक रखा था।

किसी तरह की कोई माँगें नहीं थीं। बस निर्दोष लोगों को मौत के घाट उतारकर दहशत का माहौल बनाना ही उनके लिए जिहाद का मतलब था। कुछ लोग बम धमाके में मारे जा चुके थे। उसके बाद बर्बरता ऐसी कि एक जिंदा व्यक्ति को इमारत के सबसे ऊपरी तल से सीधा नीचे जमीन पर फेंक दिया गया और नीचे खड़े पुलिस के जवानों और बंधकों के परिजनों और लोगों पर ताबड़तोड़ गोलियाँ बरसा दी गईं, जिसमें कई पुलिसकर्मी, पत्रकार और लोग घायल हो गए। इसलिए सभी लोगों को आतंकवादियों की गोलीबारी की जद से बहुत दूर रखा गया। होटल के चारों तरफ पुलिसकर्मियों की घेराबंदी के साथ ही अग्निशमन वाहन, पुलिसकर्मियों के वाहन, पत्रकारों के वाहन, मंत्रियों के सरकारी वाहन और घायलों को अस्पताल ले जाने के लिए वाहनों की कतारें लगी थीं। मुंबई शहर ही नहीं, पूरा देश दहशत के माहौल में था और सरकार एक बार फिर घुटनों के बल लाचार पड़ी थी।

माननीय गृहमंत्रीजी, डॉ. कृष्णन करनाई, राष्ट्रीय सुरक्षा सलाहकार व पुलिस के उच्च आला अधिकारियों के साथ बंधकों को आतंकवादियों से मुक्त कराने की योजना पर चर्चा कर रहे थे। डॉ. कृष्णन करनाई के पास ही दाईं तरफ बाहोड़ी भी चुपचाप बैठा, गंभीरता से सभी को सुन रहा था, साथ ही सबके सामने टेबल पर लगे होटल के नक्शे का बहुत गहनतापूर्वक निरीक्षण कर रहा था।

मंत्रीजी इस घटना से बहुत आतंकित थे और अपना आपा खोए जा रहे थे। गरजते हुए आदेशात्मक भाव से कहा, "आतंकवादी जिंदा रहे या मरे, मुझे फर्क नहीं पड़ता। मुझे मेरे लोग सुरक्षित चाहिए, बस।"

डॉ. कृष्णन करनाई ने विनय भाव से कहा, "माननीय, आप तो ऐसे बात कर रहे हैं, जैसे लोगों की परवाह सिर्फ आप ही करते हैं। क्या हमें लोगों की कोई परवाह नहीं?"

सुनकर मंत्रीजी को अपनी गलती का अहसास हुआ तो शांत होते हुए कहा, "मेरा मतलब था, क्या हमारे पास कोई ऐसा रास्ता है, जिससे साँप भी मर जाए और लाठी भी नहीं टूटे। उन्हें जो चाहिए, दे दो।"

पुलिस कमिश्नर ने गंभीरता से कहा, "माननीय, यह वाकई बहुत ही हृदय-विदारक है। आतंकवादियों की कोई भी माँगें नहीं हैं। केवल निर्दोष लोगों को मारकर देश में दहशत का माहौल बनाना चाहते हैं। यह जानते हुए कि वे स्वयं वापस जिंदा नहीं जा पाएँगे। फिर आतंकवादियों के पास अत्याधुनिक हथियार हैं। पुलिस के जवान उनके सामने ज्यादा देर नहीं टिक पाएँगे।"

मंत्रीजी ने सुझाव देते हुए कहा, "हमारे पास पैरा कमांडोस, ब्लैक कमांडोस, घातक फोर्स, एन.एस.जी. जैसे बेहतरीन कमांडोस हैं, हम उनकी मदद ले सकते हैं।"

राष्ट्रीय सुरक्षा सलाहकार ने गंभीरता से कहा, "आपका कहना बिल्कुल सही है, माननीय।" फिर टेबल पर लगे होटल के नक्शे पर एक पतली छड़ी से इंगित करते हुए कहा, "मुझे लगता है कि इस मिशन के लिए एन.एस.जी. के कमांडोस ठीक रहेंगे। कमांडोस ठीक पास वाली इमारत पर हेलीकॉप्टर के माध्यम से उतरकर केबल के माध्यम से इस होटल में प्रवेश कर सकते हैं।"

मंत्रीजी ने सहमति में सिर हिलाते हुए कहा, "मुझे लगता है कि यह उपाय कारगर है।" साथ ही आगे सभी से सलाह माँगते हुए कहा, "क्या इस योजना पर आप सब सहमत हैं?"

डॉ. कृष्णन करनाई ने किंचित् सोचते हुए कहा, "मुझे लगता है कि ऐसा करना आतंकवादियों को ललकारना होगा। ऐसे समय में जब सैकड़ों निर्दोष लोगों की जानें दाँव पर लगी हैं, वे उन्हें नुकसान पहुँचा सकते हैं। हमें होटल में प्रवेश करने का कोई ऐसा रास्ता निकालना चाहिए, जिससे उन्हें भनक भी नहीं पड़े।"

मंत्रीजी ने जिज्ञासावश पूछा, "क्या आपके पास ऐसा कोई कारगर उपाय है, जो लोगों की पूर्ण सुरक्षा की जिम्मेदारी लेता हो?"

डॉ. कृष्णन करनाई ने गंभीरता से कहा, "पूर्ण सुरक्षा तो इस वक्त किसी के पास नहीं है, माननीय, किंतु मेरे काबिल ऑफिसर राम के पास इससे बेहतर उपाय है, जिसमें कम-से-कम जानें जाने की जिम्मेदारी है और संभव है कि सभी को सुरक्षित निकाल लिया जाए।"

"स्वागत है।" मंत्रीजी ने जिज्ञासावश कहा।

बाहोड़ी ने छड़ी से नक्शे पर इंगित करते हुए स्पष्ट व दृढ़ कंठ-स्वर से कहा, "इस होटल के नीचे से मुख्य सीवेज लाइन गुजरती है, जिसकी देखरेख व सफाई के लिए एक ढक्कन होटल के नीचे बेसमेंट की पार्किंग में खुलता है। सीवेज का दूसरा ढक्कन होटल के पीछे करीब पाँच सौ मीटर की दूरी पर है, जहाँ से हम प्रवेश कर सकते हैं। फिर आतंकवादियों की हलचल सिर्फ इमारत के सबसे ऊपरी दो तलों में दिखाई दे रही है, इसलिए सीधे छत पर उतरने के बजाय हम नीचे के रास्ते से आसानी से प्रवेश कर सकते हैं। वे न तो हमें देख पाएँगे और न ही हमारे भीतर होने की उन्हें भनक हो पाएगी।"

सुनकर वहाँ उपस्थित सभी सहमत भी थे और प्रभावित भी।

मंत्रीजी ने जिज्ञासावश पूछा, "यह सिर्फ प्रवेश की योजना है। क्या आगे की कोई योजना है?"

बाहोड़ी ने सहज व शांत भाव से कहा, "मैं ज्यादा आगे की नहीं सोचता सर, बस आखिर की सोचता हूँ, क्योंकि आगे की योजना अंदर पहुँचने के बाद वहाँ की स्थिति को जानकर ही बनाई जा सकती है। फिर क्या कोई यह निश्चित बता सकता है कि भीतर कितने आतंकवादी हैं?"

बाहोड़ी के प्रश्न का किसी के पास कोई जवाब नहीं था। सभी चुप थे और डॉ. कृष्णन करनाई मन-ही-मन मुसकरा रहे थे।

कुछ देर की खामोशी तोड़ते हुए मंत्रीजी ने संकोचित भाव से पूछा, "तुम्हारी योजना तो वाकई दमदार है और अनुकरणीय भी, किंतु क्या तुम अंदर जाकर खुद यह करना चाहोगे?"

"यदि मैं ऐसा कर पाया तो खुद को बहुत खुशनसीब समझूँगा, सर।" बाहोड़ी ने दृढ़तापूर्वक कहा।

मंत्रीजी की शिराओं में थमा हुआ खून मानो फिर दौड़ने लगा हो। आशान्वित होकर गंभीरता से कहा, "राम, हम सब तुम पर भरोसा करते हैं। मिशन के लिए तुम्हें जो कुछ भी चाहिए, सब उपलब्ध है। दहशतगर्दें मरें या जिएँ, बस किसी तरह लोगों को सुरक्षित बाहर ले आओ।"

"मैं आपको निराश नहीं करूँगा, सर। मुझे बीस एन.एस.जी. के जवान चाहिए, पूरे बंदोबस्त के साथ। पंद्रह ऑपरेशन के लिए और पाँच बैकअप के लिए। जो हमारे भीतर प्रवेश करने पर वहीं रुक जाएँगे और जरूरत पड़ने पर काम भी आ सकेंगे।" बाहोड़ी ने दृढ़ कंठ-स्वर से कहा।

"समझो मिल गए। भीतर जाने की तैयारी करो।" मंत्रीजी ने गंभीरता से कहा।

योजना के मुताबिक बाहोड़ी ने बीस एन.एस.जी. कमांडोस के साथ सीवेज लाइन में प्रवेश किया और सभी कमांडोस टॉर्च के प्रकाश में सीवेज के नक्शे का अनुसरण करते हुए होटल के बेसमेंट वाले ढक्कन तक पहुँचे। ढक्कन ऊँचा था, किंतु एक आदमी के लिए चढ़ने-उतरने की व्यवस्था भी थी। बाहोड़ी ने उस सीढ़ीनुमा व्यवस्था का उपयोग करते हुए ऊपर ढक्कन तक पहुँचकर उस पर अपना कान लगाकर बेसमेंट में आवाज और हलचल को महसूस करने का प्रयास किया। जब उसने केवल खामोशी पाई तो बहुत सावधानीपूर्वक ढक्कन को थोड़ा सा खोलकर बेसमेंट में अपनी पैनी नजर घुमाई। जब वहाँ गाड़ियों के सिवा और कोई दिखाई नहीं दिया तो उसने पूरा ढक्कन खोला और बाहर चारों तरफ नजर घुमाकर

ठीक प्रकार से जाँच की। जब किसी प्रकार की कोई बाधा महसूस नहीं हुई तो वह बाहर निकला और सभी कमांडोस को बाहर आने को अपने हाथ से इशारा किया। मिनट भर के भीतर एक के बाद एक बीसों कमांडोस बाहर निकलकर बाहोड़ी के समक्ष खड़े उसका अगला आदेश पाने को तत्पर खड़े थे।

बाहोड़ी ने धीमे और स्पष्ट कंठ-स्वर से कहा, "फिलहाल यहाँ किसी को ठहरने की आवश्यकता नहीं है। हम सभी इमारत के हर एक तल की बहुत गहनता से जाँच करते हुए ऊपरी तल की ओर बढ़ेंगे। मेरे इशारों को ठीक से समझने का प्रयास करना।"

सभी कमांडोस बाहोड़ी के पीछे-पीछे साहसपूर्वक दबे पाँव आगे बढ़ने लगे। पार्किंग से सीढ़ियों के रास्ते पहले तल पर पहुँचकर तनावमुक्त स्थिति देख बाहोड़ी ने सभी कमांडोस को पूरे तल की सावधानीपूर्वक जाँच करने का इशारा किया। पूरा तल खाली था। चंद मिनट में ही सभी कमांडोस बाहोड़ी के समक्ष वापस उपस्थित हुए और किसी तरह का कोई खतरा नहीं होने का इशारा भर किया। इसी प्रकार प्रत्येक तल की गहनता से जाँच करते हुए, जब वे आठवें तल पर पहुँचे तो ठीक ऊपरी तल पर स्पष्ट हलचल महसूस हुई। बाहोड़ी ने सभी कमांडोस को सतर्क होने का इशारा किया। फिर स्वयं वहीं ठहरकर सभी कमांडोस को पहले आठवें तल की तलाशी लेने का इशारा किया। आठवाँ तल भी पूरी तरह खाली और सुरक्षित था। कमांडोस फिर बाहोड़ी के समक्ष थे।

सभी कमांडोस सतर्कतापूर्वक सीढ़ियों में बाहोड़ी के पीछे अपनी-अपनी स्थिति सँभाले हुए थे, वहीं बाहोड़ी ऊपरी तल की स्थिति की टोह ले रहा था। वह ऊपर से आ रही आतंकवादियों की आवाजों को बहुत ध्यानपूर्वक कान लगाकर सुन रहा था, साथ ही उन आवाजों को पहचानने की कोशिश कर रहा था। बहुत देर तक टोह लेने के बाद यह स्पष्ट हुआ कि ऊपर आठ आतंकवादी हैं, जो नियमित समय पर हॉल के भीतर जाकर लोगों को धमकाते हैं और वापस बाहर गलियारे में आकर हॉल के दरवाजों पर दूर ही खड़े आपस में बातें करते हैं, साथ ही जब दिल चाहा, हवाई फायर कर रहे थे।

बाहोड़ी ने सीढ़ियों में सबसे पीछे व सबसे नीचे अपनी स्थिति सँभाले पाँच अतिरिक्त कमांडोस को अपने हाथ से यहीं ठहरने का इशारा किया, साथ ही शेष कमांडोस को तैयार रहने का इशारा किया। पाँचों कमांडोस एक सीढ़ी नीचे उतर गए। शेष कमांडोस बाहोड़ी के अगले इशारे के इंतजार में थे, जैसे ही सभी आठ आतंकवादी हॉल के भीतर गए तो बाहोड़ी ने हाथ से सभी को आगे बढ़ने का इशारा

किया। पलक झपकते ही बिजली की भाँति सभी कमांडोस ने बाहोड़ी के साथ ऊपर गलियारे में पहुँचकर अपनी-अपनी स्थिति सँभाल ली और आतंकवादियों के बाहर आने का इंतजार करने लगे।

जैसे ही आतंकवादी बाहर आए आठों ही किसी कटे पेड़ की भाँति फर्श पर गिर पड़े। फिर बाहोड़ी और पंद्रह कमांडोस ने एक साथ गोली चलाई तो ऐसा लगा, मानो किसी ने एक हवाई फायर किया हो। बाद में बाहोड़ी ने तीव्रता से हॉल के भीतर प्रवेश किया और सभी लोगों को चुप व शांत रहने का इशारा किया। बाहर आकर बाहोड़ी ने पाँच कमांडोस को धीमे कंठ-स्वर से निर्देश देते हुए कहा, "ध्यान रहे, किसी तरह का कोई शोर-शराबा न हो। लोगों से तालमेल बनाए रखना और कितना भी जरूरी काम हो, जब तक मैं न कहूँ, तब तक कोई बाहर नहीं आएगा। तुम पाँचों ठीक आतंकवादियों की तरह बाहर आकर समय-समय पर हवाई फायर करते रहना।"

पाँचों की एक साथ धीरे से आवाज हुई, "यस सर।"

बाहोड़ी शेष दस कमांडोस के साथ आगे बढ़ गया। थोड़ी ही दूर आगे बढ़ने पर दाईं तरफ उसे फिर उसी प्रकार की हलचल सुनाई पड़ी। बाहोड़ी अपने कमांडोस के साथ सतर्क होकर आगे दाएँ मुड़ने से ठीक पहले दीवार के पास कान लगाकर टोह लेने लगा। स्थिति ठीक पहले की भाँति ही थी। सात आतंकवादी थे और सातों को ही पहले की भाँति बहुत सतर्कता बरतते हुए आसानी से मार गिराया और पाँच कमांडोस को लोगों की सुरक्षा में छोड़कर बाहोड़ी शेष पाँच कमांडोस के साथ आगे बढ़ गया। नौवाँ तल अब पूरी तरह सुरक्षित था, साथ ही बाहोड़ी को अब यह भी निश्चित हुआ कि अरमान ऊपरी तल पर ही है। यह जानकर अपने हाथ में पकड़ी गन पर अपनी पकड़ और अधिक मजबूत बनाते हुए वह सीढ़ियों की ओर बढ़ गया।

ऊपर से आती आवाज और हलचल महसूस कर बाहोड़ी व पाँचों कमांडोस ने सीढ़ियों में अपनी-अपनी स्थिति सँभाल ली। बाहोड़ी अपना कान लगाकर बहुत ध्यानपूर्वक ऊपरी और आखिरी तल की टोह ले रहा था। ऊपर से चार आतंकवादियों की स्पष्ट आवाज आ रही थी, जिनमें एक आवाज को पहचानते उसे तनिक भी देर नहीं हुई। वह अरमान था। कुछ देर के लिए वह कहीं खो गया। फिर अपना समस्त साहस जुटाकर वह ध्यानपूर्वक उनके हॉल के भीतर जाने का इंतजार करने लगा। जैसे ही उनके भीतर जाकर लोगों को डराने-धमकाने की आवाजें आने लगीं, बाहोड़ी अपने पाँचों कमांडोस के साथ ऊपर गलियारे में पहुँचकर अपनी स्थिति सँभाले चारों के बाहर आने का इंतजार करने लगा।

जैसे ही चारों बाहर आए, तीनों साथी आतंकवादी ढेर हो गए, किंतु अरमान चालाकी से बचकर जवाबी गोलीबारी करते हुए एक कमांडो के पैर की जाँघ गंभीर रूप से घायल कर वापस भीतर चला गया। बहुत चपलता से बाहोड़ी पलक झपकते ही दूसरे दरवाजे से हॉल के भीतर पहुँचा। देखा तो अरमान लोगों पर गोलीबारी करने ही वाला था कि बाहोड़ी ने उसकी गन पर गोली चलाई। अरमान की गन उछलकर दूर गिर पड़ी, साथ ही गन का ट्रिगर दबानेवाली उसकी उँगली पूरी तरह खत्म हो चुकी थी। यह भयानक नुकसान देख अरमान क्रोध की ज्वाला में तिलमिला उठा। वह महज एक कदम आगे बढ़ा कि बाहोड़ी ने उसके पैर के घुटने पर गोली चलाई। घुटने पर गोली लगने के साथ ही अरमान घुटनों के बल फर्श पर गिर पड़ा। अब अरमान का साहस जवाब दे चुका था। वह आत्मसमर्पण का संकेत करके एक कपड़ा पूरी तरह कट चुकी उँगली के स्थान पर लगाकर घुटनों के बल निष्क्रिय बैठा रहा। बाहोड़ी ने पास आकर उसके सिर पर गन तानकर दो कमांडोस को, घायल कमांडो को तुरंत नीचे ले जाने का आदेश दिया तथा अन्य दो कमांडोस को सभी कमांडोस को यह सूचित करने को आदेश दिया कि वे लोगों को सुरक्षित और बिना किसी भगदड़ के शांतिपूर्वक होटल से बाहर ले जाएँ।

दो कमांडोस अपने घायल साथी कमांडो को सहारा देकर उसे नीचे की ओर ले गए। बंधक लोग शांतिपूर्वक अन्य कमांडोस की सहायता से सीढ़ियों के रास्ते से नीचे जा रहे थे।

सभी के चले जाने के बाद बाहोड़ी ने गंभीरता से कहा, "कहा था ना, अगर रास्ता गलत चुन लिया हो तो वक्त पर उसे बदल लेने में ही समझदारी है। तुम्हें खत्म करने के आदेश हैं।"

"तो चलाओ गोली। रुक क्यों गए? अच्छा है, मुझे जन्नत नसीब होगी। फिर अब जीने की तमन्ना भी नहीं।" कहते हुए उसकी आँखों के कोनों से दो बूँद अश्रुकण छलक आए।

बाहोड़ी ने एक पल भी विचलित हुए बिना सहज भाव से कहा, "बुराई कितना भी तांडव क्यों न मचा ले, जीत आखिर अच्छाई की ही होती है।"

"अब्बूजान ने खयाल नहीं रखा मेरा। मेरी गलतियों को बच्चा समझकर ढकते रहे। गलतियाँ मेरी होती थीं और डाँट व गालियाँ तुम्हें सुननी पड़ती थीं। इसी से मुझे शह मिलती रही और मैं गलत कार्य करता रहा। तुम मेरे साथ पढ़ते थे, किंतु तुमने भी मेरा ध्यान नहीं रखा।"

"याद है···उस दिन तुमने मेरे सिर पर अपना हाथ रखकर कसम खाई थी।

किसी को दोष देने से खुद के गुनाह कम नहीं होते, अरमान। जीवन का हर लम्हा हमारे सामने विकल्प प्रस्तुत करता है और चुनाव हम खुद करते हैं। वर्तमान समय में हमारे द्वारा चुने गए विकल्प ही हमारा भविष्य निर्धारित करते हैं। फिर तुम बच्चे नहीं थे, जब यह रास्ता तुमने खुद चुना।"

अरमान ने सहमत होते हुए कहा, "कुछ लोगों के बहकावे में आ गया था मैं। उन्होंने धर्म के नाम पर झूठे उपदेश देकर मुझे बरगला दिया था। बहक गया था मैं। वापस भी आना चाहता था, किंतु मानो मैंने घोर दलदल में पैर रख दिया था। जितना बाहर निकलने की कोशिश करता, उतना ही भीतर धँसता जाता। कोई रास्ता ही नहीं बचा था।" कहते हुए वह फफककर रो पड़ा।

अरमान को रोते-बिलखते देख एक पल को बाहोड़ी का भ्रातृत्व का भाव उमड़ आया। बचपन की यादें आँखों में किन्हीं सिनेमाई दृश्यों की भाँति तैरने लगीं। उसकी आँखें डबडबा आनेवाली थीं कि वह पीछे मुड़कर खिड़की से बाहर की ओर देखने लगा।

ठीक उसी वक्त एक जोरदार ठाक् की आवाज के साथ बाहोड़ी की पीठ पर गोली लगी, जिससे वह सँभल नहीं सका और खिड़की को पकड़कर आगे दीवार पर झुक गया। कठिनता से मुड़कर पीछे देखा तो अरमान एक विषैली मुसकराहट के साथ उस पर गन ताने घुटनों के बल बैठा था।

बाहोड़ी हतप्रभ भाव से अपनी सजल आँखों से अरमान को देख रहा था।

अरमान ने दंभ करते हुए कहा, "बाहोड़ी···ओह···! माफी चाहता हूँ, तुम्हारा नाम तो राम है। राम, तुम अपने लक्ष्य से भटक सकते हो, मैं नहीं। फिर तुम्हें आखिर मिला क्या इस राष्ट्रभक्ति में? अपने इस भाई का साथ देते तो दुनिया हमारी मुट्ठी में होती। दौलत और शोहरत हमारे कदमों में होती और सरकारें हमारी सरपरस्त होतीं।"

बाहोड़ी ने गर्वित भाव से असहनीय पीड़ा को विजित करने का साहस जुटाते हुए कहा, "मुझे इस बात का बहुत दुःख है कि उस दिन मैंने अपना भाई खो दिया, जिस दिन तुमने यह बुराई की राह चुनी। तुम्हारे जैसा अधर्मी, पापी और आततायी क्या जानें कि राम होने में क्या आनंद है।"

अरमान ने उपहासपूर्वक कहा, "ओह···वैसे सिर्फ नाम राम होने से कोई राम नहीं हो जाता।"

बाहोड़ी ने कठिनता से कहा, "त्···तुम्हारे लिए तो मैं ही श्रीराम हूँ और जब-जब इस दुनिया में बुराई अपना सिर उठाएगी, तब-तब निश्चित ही इस धरा पर श्रीराम का जन्म जरूर होगा।"

सुनकर अरमान उपहासपूर्वक जोर से हँस पड़ा, "हा…हा…हा…।" फिर आगे अहंकार जताते हुए कहा, "तो फिर सुनो श्रीराम, अब तुम्हारे परलोक सिधारने का वक्त आ गया है। हाँ, जाने से पहले तुम्हें एक मजेदार बात बताता हूँ। हमने जैविक हथियार इजाद किए हैं। लोग मरेंगे। लाखों की तादाद में और कोई कुछ नहीं कर पाएगा। अलविदा।" कहते हुए उसने फिर गोली चलाने को ट्रिगर दबाया, किंतु गन में गोलियाँ नहीं थीं। फिर बाहोड़ी को अपने हाथ में अभी भी मजबूती से गन पकड़े देख उसके चेहरे पर मृत्यु के चिह्न स्पष्ट उभर आए।

बाहोड़ी ने मुसकराते हुए कठिनता से कहा, "मूर्ख…श्रीराम तो कण-कण में बसे हैं। घट-घट में। उन्हें मिटाना तुम्हारे बस की बात नहीं…क्योंकि उन्हें मिटानेवाले खुद मिट जाते हैं। अ्…और वे उसी के साथ होते हैं, जिसकी बुनियाद सत्य पर टिकी हो। काश…! तुमने चुनाव सही किया होता। तुम एक अच्छे अभिनेता होते।"

फर्श पर अब भी घुटनों के बल बैठे अरमान की आँखों में व उसके चेहरे पर मृत्यु के चिह्नों में अब दया की भीख नजर आने लगी थी। आँखों में घड़ियाली आँसू लिये हाथ जोड़कर गिड़गिड़ाने लगा, "मेरी जान बख्श दो, मुझे माफ कर दो राम…।"

"सत्यमेव…जयते।" कहने के साथ ही बाहोड़ी ने गिरते-गिरते ही एक ठाक् की आवाज के साथ गाली चलाई, जो अरमान के सिर में लगी।

पलक झपकते ही अरमान ढेर होकर फर्श पर औंधे मुँह गिर पड़ा, साथ ही बाहोड़ी भी निढाल होकर पीठ के बल फर्श पर गिर पड़ा।

वक्त मानो थम सा गया था। बाहर नाना प्रकार का शोर-शराबा होने के बाद भी हॉल में एक गहरी खामोशी व्याप्त थी। हर प्रकार की आवाजें नदारद थीं। बाहोड़ी हृदय में वेदना लिये और शरीर में असहनीय पीड़ा लिये, अपनी सजल आँखों से अरमान को अपलक देख रहा था। आँखों के कोनों से दो बूँद गरम-गरम जलकण छलककर उसके गालों पर लकीर बनाते हुए फर्श पर गिर पड़े।

फिर जब वह ऊपर छत की ओर देखने लगा तो बरबस ही उसकी आँखों में असमाँ का मुसकराता हुआ छायाचित्र तैरने लगा और मानो वह कह रही हो, "राम, मैं तुम्हारा इंतजार करूँगी।"

कुछ देर वह असमाँ के उस मुसकराते हुए छायाचित्र को अपनी सजल आँखों में सँजोए हुए मुसकराता रहा, फिर मूर्च्छित हो गया।

सभी लोगों को सुरक्षित होटल से बाहर छोड़कर कमांडोस डॉ. कृष्णन करनाई के साथ वापस आए तो अरमान के साथ बाहोड़ी को भी फर्श पर अचेत पड़ा देख सब चकित थे। डॉ. कृष्णन करनाई दौड़े-दौड़े बाहोड़ी के पास आए और हाथ की नब्ज की जाँच की। उन्होंने नब्ज को चलते हुए पाकर कमांडोस को शीघ्रता से हॉस्पिटल लेकर चलने का आदेश दिया। तभी एक कमांडो ने अपना कान अरमान के सीने पर लगाकर उसके हृदय की धड़कन की जाँच कर कहा, "सर, धड़कन अभी भी चल रही है।"

"साथ ले लो। बेहतर होगा कि हेलीकॉप्टर का उपयोग करो।" डॉ. कृष्णन करनाई ने एक पल भी सोचे बिना तत्क्षण आदेश दिया।

: 25 :

वे देश-दुनिया के जाने-माने हृदय रोग विशेषज्ञ डॉ. पास्कल डिसूजा थे। असमाँ भी उनके साथ थी। ऑपरेशन थिएटर के बाहर डॉ. कृष्णन करनाई और माननीय गृहमंत्रीजी डॉ. पास्कल डिसूजा के साथ बाहोड़ी के विषय में बात कर रहे थे।

मंत्रीजी ने गंभीरता से पूछा, "डॉक्टर क्या कोई उम्मीद है ?"

डॉ. कृष्णन करनाई भी चिंतित भाव से उनका जवाब पाने को बहुत व्याकुल थे। असमाँ भी अपना क्षुब्ध हृदय लिये चुप खड़ी उन्हें सुन रही थी।

डॉ. पास्कल डिसूजा ने गंभीरता से कहा, "गोली इतनी पास से चली थी कि उनके बुलेटप्रूफ जैकेट को भेदकर उनकी पीठ में बहुत गहराई में जा धँसी, जिससे उनके हृदय को गंभीर क्षति पहुँची है। उनके दिल के वापस दुरुस्त होने की कोई उम्मीद नहीं है⋯।"

डॉ. कृष्णन करनाई ने विनम्रतापूर्वक चिंताजनक भाव से पूछा, "डिसूजा साहब कोई तो रास्ता होगा। दुनिया के किसी भी कोने में कोई तो उपाय होगा।"

डॉ. पास्कल डिसूजा ने किंचित् सोचते हुए कहा, "उपाय तो है, किंतु⋯।" कहते हुए वे सभी के चेहरों को पढ़ने की कोशिश करने लगे।

"⋯किंतु क्या डिसूजा साहब ? बोलिए।" डॉ. कृष्णन करनाई ने व्याग्र भाव से कहा।

मंत्रीजी के कान भी जवाब सुनने को व्याकुल रहे थे।

डॉ. पास्कल डिसूजा ने धीरतापूर्वक कहा, "अरमान की मृत्यु गोली लगने के

साथ ही हो गई थी, किंतु उसका दिल अभी भी काम कर रहा है। मेरी साथी डॉ. असमाँ कुरैशी से मुझे कुछ बहुत ही उपयोगी जानकारी मिली है। अगर आप दोनों इजाजत दें तो उन्हें अरमान का हृदय प्रत्यारोपित किया जा सकता है।"

"सोचिए मत डिसूजा साहब। जल्दी कीजिए।" डॉ. कृष्णन करनाई ने उद्विग्न भाव से कहा।

मंत्रीजी ने किंचित् सोचते हुए कहा, "क्या ऐसे जाँबाज देशभक्त के सीने में एक आतंकवादी का दिल लगाएँगे? क्या हमारे देश में कोई और दिल नहीं।"

डॉ. कृष्णन करनाई को उस दिन आई.बी. चीफ से कहे बाहोड़ी के शब्द याद हो आए। उन्होंने मंत्रीजी की विकृत मानसिकता को दूर करने का प्रयास करते हुए धीरतापूर्वक कहा, "सर, क्या एक मृत शरीर आतंकवादी होता है? मैं आतंकवाद से नफरत करता हूँ, आतंकवादी से नहीं। मैं गुनाहों से नफरत करता हूँ, गुनाहगार से नहीं। फिर मृत–पार्थिव देह से कैसी नफरत? मिट्टी से कैसी नफरत? यह मैं नहीं कह रहा हूँ, माननीय, ये शब्द उसी जाँबाज देशभक्त के हैं। फिर इस वक्त अनुकूल हृदय हम कहाँ ढूँढ़ सकेंगे?"

मंत्रीजी के पास कोई जवाब नहीं था। अपना सिर हिलाते हुए उन्होंने अपनी सहमति जताई।

"शीघ्र कीजिए डिसूजा साहब, कहीं देर न हो जाए।" डॉ. कृष्णन करनाई ने गंभीरता से कहा।

"निश्चिंत रहिए। आप सब ईश्वर से प्रार्थना कीजिएगा।" कहकर डॉ. पास्कल डिसूजा जाने को हुए कि असमाँ भी उनके साथ चलने को हुई।

डॉ. पास्कल डिसूजा ने किंचित् ठहरकर गंभीरता से कहा, "डॉ. असमाँ, मैं तुम्हारे हृदय की पीड़ा समझ सकता हूँ, किंतु इस वक्त तुम्हारा साथ रहना ठीक नहीं है। भरोसा रखो। सब ठीक हो जाएगा। फिर मुझे यह जानकर खुशी है कि उसके जीने की एक वजह तुम भी हो।" कहकर उन्होंने स्नेह भाव से असमाँ के सिर पर अपना हाथ फेरा और ऑपरेशन थिएटर में चले गए।

असमाँ की आँखों के कोनों से बरबस ही जलधारा फूट पड़ी।

तभी डॉ. कृष्णन करनाई ने पास आकर गर्वित भाव से कहा, "चिंता मत करो। वह एक योद्धा है। जितना मैं उसे जानता हूँ, मृत्य के साथ खेलना उसका शौक है। इतनी आसानी से वह मौत को गले नहीं लगाएगा। फिर मुझे अब उसकी कोई चिंता नहीं। तुम जो उसके साथ हो। आओ, हम सब मिलकर प्रार्थना करें…।"

: 26 :

एक महीने बाद

पूरी तरह स्वस्थ होने के बाद जब बाहोड़ी को कुछ चेतना हुई तो उसने अपने हाथ पर एक सुखद स्पर्श पाया। पहचानते हुए तनिक भी देर नहीं हुई कि यह स्पर्श असमाँ का था। धीरे से उसने अपनी आँखें खोलीं तो खुद को अस्पताल के बिस्तर पर पाया। बाईं तरफ असमाँ उसके कंधे के पास पलंग पर अपना सिर रखे, उसके हाथ पर अपना हाथ रखे कुरसी पर बैठे ही उसकी आँख लगी थी। बाहोड़ी ने हठात् से अपनी मुट्ठी बंद कर असमाँ का हाथ ठीक से अपने हाथ में पकड़ा, फिर अपने दाएँ हाथ को उठाकर उसके चेहरे पर आए बालों को ठीक करने का प्रयास किया, किंतु जाने क्यों रुक गया। फिर दोबारा प्रयास करते हुए, उसने बहुत धीरे से उसके बालों को ठीक किया तो यकायक ही असमाँ की तंद्रा टूटी। आँखें खोलीं तो बाहोड़ी ने मुसकराते हुए धीमे कंठ-स्वर से कहा, "शुभ प्रभात।"

असमाँ के बेजान शरीर में मानो फिर से प्राण लौट आए हों। बरबस ही आँखें भर आईं, किंतु कुछ बोल न सकी।

कुछ देर बाद जब वह सहज हुई तो धीमे कंठ-स्वर से कहा, "राम···तुम कितनी देर से जगे हो?"

"बस अभी-अभी।" कहते हुए बाहोड़ी धीरे से उठ बैठा, साथ ही असमाँ के हाथों को अपने हाथों में थामे उसे पलंग पर अपने पास बैठाया।

बाहोड़ी को अपने समक्ष पूरी तरह स्वस्थ पाकर खुशी से असमाँ की आँखों में ठहरा जल बाहर छलक पड़ा।

बाहोड़ी ने चेहरे पर एक प्रगाढ़ मुसकान लिये हठात् अपने हाथ की उँगलियों से असमाँ की आँखों के जलकण पोंछे।

"अब कैसा महसूस कर रहे हो?" असमाँ ने आर्द्र कंठ-स्वर से पूछा।

बाहोड़ी ने असमंजस भाव से कहा, "थोड़ा अजीब महसूस कर रहा हूँ। दिमाग कुछ और चाहता है और दिल कुछ और कहता है।"

सुनकर असमाँ मुसकरा रही थी।

बाहोड़ी ने आगे कहा, "जैसे अभी थोड़ी देर पहले जब मेरी आँख खुली तो मैंने अपनी मुट्ठी बंद कर तुम्हारा हाथ अच्छे से पकड़ना चाहा, किंतु ऐसा महसूस हुआ कि मुझे ऐसा नहीं करना चाहिए। फिर जब मैंने तुम्हारे चेहरे पर आए बालों

को ठीक करना चाहा तो ऐसा लगा, मुझे तुम्हें नहीं छूना चाहिए। पता नहीं मुझे ऐसा क्यों महसूस हो रहा है ? ऐसा मुझे पहले कभी महसूस नहीं हुआ।"

"यह राज की बात है।" कहते हुए असमाँ मुसकरा रही थी।

"किस तरह का राज ?" बाहोड़ी ने जिज्ञासावश पूछा।

असमाँ ने थोड़ा गंभीर होकर धैर्यपूर्वक मुसकराते हुए कहा, "क्योंकि तुम्हारे सीने में जो दिल धड़क रहा है, वह अरमान का है।"

"क्या…!" बाहोड़ी के मुँह से बरबस ही शब्द हुए।

"हाँ। ऐसा कुछ दिनों तक रहेगा, फिर सब ठीक हो जाएगा।"

सुनकर बाहोड़ी कहीं खो गया।

अरमान की वह बात याद हो आई, "मेरा जीवन बचाकर मुझ पर तुम्हारा कर्ज रहा, बाहोड़ी। किसी रोज मौका मिला तो जान देकर भी चुकाऊँगा। मैंने अपना रास्ता चुन लिया है। जानता हूँ कि अम्मी-अब्बू और तुम्हें बहुत कष्ट होगा, किंतु हो सके तो मुझे माफ कर देना। असमाँ को मेरा शुक्रिया कहना।"

बरबस ही उसकी आँखें भर आईं। असमाँ ने अपने हाथों की उँगलियों से बाहोड़ी की आँखों के जलकण पोंछते हुए कहा, "क्या हुआ, राम? तुम कहाँ खो गए ?"

"कुछ नहीं बस…अरमान की याद आ गई।" फिर आगे मुसकराते हुए कहा, "तुम्हें एक राज की बात बताऊँ ?"

"कैसा राज ?" असमाँ ने जिज्ञासावश पूछा।

"अरमान तुमसे वाकई बहुत प्यार करता था। यह मैं सहज ही महसूस कर सकता हूँ।"

असमाँ ने मुसकराते हुए कहा, "ठीक है। तुम कहते हो तो मान लेती हूँ।" कहते हुए असमाँ ने अपने दोनों हाथ बाहोड़ी के गालों पर रखकर उसके मस्तक पर एक चुंबन किया।

बाहोड़ी ने चुहलबाजी करते हुए कहा, "तो यह किसके लिए था। मेरे लिए या अरमान के लिए ?"

"अच्छा है, अब मुझे परेशान करने के लिए तुम्हारे पास एक और वजह है।"

तभी डॉ. पास्कल डिसूजा ने भीतर प्रवेश करते हुए कहा, "दखल देने के लिए माफी चाहता हूँ।"

असमाँ धीरे से बाहोड़ी से अपना हाथ छुड़ाकर डॉ. पास्कल डिसूजा के पास खड़ी हो गई।

डॉ. पास्कल डिसूजा ने सहज भाव से कहा, "अब कैसा महसूस कर रहे हैं? वैसे असमाँ ने आपको सब कुछ बता दिया होगा।"

बाहोड़ी ने कृतज्ञ भाव से कहा, "बहुत अच्छा महसूस कर रहा हूँ। दिल की गहराई से आपका बहुत-बहुत शुक्रिया।"

"शुक्रगुजार तो पूरा देश आपका है, किंतु कहने के लिए शब्द बहुत कम पड़ रहे हैं।"

"शुक्रगुजार तो मैं उन सभी का हूँ, जिन्होंने मुझ पर भरोसा किया, जिन्होंने मुझे इस लायक समझा।"

डॉ. पास्कल डिसूजा ने अपने हाथ में पकड़ी फाइल के पन्ने उलटकर उसे बहुत जिज्ञासावश देखते हुए गंभीरता से कहा, "मैंने अपने जीवन में अब तक न जाने कितने मरीजों के हृदय प्रत्यारोपित किए। वे अपनी सामान्य जिंदगी जीने के लायक तो हो जाते हैं, लेकिन पूरी तरह से स्वस्थ हो पाना बहुत मुश्किल होता है, किंतु आपका मामला बहुत ही विचित्र है। आपके स्वास्थ्य में बहुत ही तेजी से सुधार हुआ है और आप पूरी तरह स्वस्थ भी हैं। यह वाकई बहुत आश्चर्यजनक है। क्या आप इसकी कोई वजह बता सकते हैं?"

बाहोड़ी ने एक धीमी प्रगाढ़ मुसकराहट के साथ सहज भाव से कहा, "जहाँ दिलों में नफरत की जगह प्रेम बसता है ना सर, वहाँ खुशहाली स्वयं दौड़ी चली आती है।"

"यही तो हमारे देश की संस्कृति है।" कहते हुए डॉ. पास्कल डिसूजा के गंभीर चेहरे पर बरबस ही एक मधुर मुसकराहट छा गई।

कुछ देर बाहोड़ी को अपलक देखते रहने के बाद उन्होंने सहज भाव से कहा, "आज कुछ जरूरी जाँचें करनी हैं, फिर कल आप अपने घर जा सकेंगे, किंतु अगले कुछ दिनों तक कुछ बातों का विशेष ध्यान रखना होगा। बताने की जरूरत नहीं है, क्योंकि असमाँ जैसी मेधावी डॉक्टर स्वयं आपके साथ है। उसके बाद आप अपने काम पर निश्चित ही लौट पाएँगे। मेरी शुभकामनाएँ आपके साथ हैं।"

"आपका बहुत-बहुत शुक्रिया, सर।" बाहोड़ी ने कृतज्ञ भाव से कहा।

"आपसे कोई मिलना चाहते हैं। बाहर इंतजार कर रहे हैं। मैं उन्हें भेज दूँगा।" कहते हुए उन्होंने मुसकुराते हुए एक बार अपने पास खड़ी असमाँ की ओर देखा, फिर बाहोड़ी के मस्तिष्क में प्रश्न छोड़कर बाहर चले गए।

बाहोड़ी ने असमाँ की ओर देखा तो वह भी अपनी शरारती आँखों से उसे देखते हुए मुसकरा रही थी। बाहोड़ी को समझते तनिक भी देर नहीं हुई।

असमाँ की आँखों में देखते हुए सहज भाव से कहा, "अम्मी और अब्बू।"

सुनकर असमाँ की मुसकराहट को न चाहते हुए भी और अधिक बल मिल गया।

यह देख बाहोड़ी ने नाटक करते हुए, ठीक से बैठने की कोशिश करते हुए कहा, "असमाँ···तुम यहाँ आ जाओ। मेरे पास। मुझे बहुत बैचेनी हो रही है।"

यह देख असमाँ चिंतित होते हुए शीघ्रता से पास आकर पलंग पर बैठी और बाहोड़ी का हाथ पकड़कर कहा, "राम, मैं अम्मी-अब्बू के सामने ऐसा नहीं कर सकती। तुम बस शांत रहो। वे सिर्फ तुम्हारा स्वास्थ्य पूछना चाहते हैं।"

"तुम सोच लो। तुम्हें अपने अम्मी-अब्बू की परवाह है या फिर मेरे स्वास्थ्य की।"

तभी दरवाजे पर असमाँ के अम्मी और अब्बू ने दस्तक दी तो असमाँ ने अपना हाथ छुड़ाने का प्रयास किया, किंतु बाहोड़ी ने कसकर पकड़ लिया। इसी से असमाँ न चाहते हुए भी वापस पलंग पर बैठ गई।

असमाँ ने क्रुद्ध होकर आश्चर्यचकित भाव से धीरे से कहा, "यकीन नहीं होता, तुम डर रहे हो···!"

असमाँ के अम्मी-अब्बू भीतर आए तो दोनों को देखकर मुसकरा रहे थे। दोनों पास रखी एक बेंच पर बैठ गए।

असमाँ बोल पड़ी, "वो दरअसल डॉ. डिसूजा ने कहा था कि अगर राम को डर या बैचेनी की स्थिति हो तो पास में रहना···।" कहते हुए उसकी आवाज कहीं गुम हो गई।

"हाँ···उन्होंने ऐसा ही कहा था।" बाहोड़ी ने भी असमाँ का साथ देते हुए कहा।

किंतु उनकी नजरें उनके हाथों पर पड़ीं तो असमाँ का हाथ बाहोड़ी को पकड़े देख दोनों की मुसकराहट को और अधिक बल मिला।

यह देख बाहोड़ी ने असमाँ का हाथ छोड़ दिया। असमाँ ने भी अपना हाथ खींच लिया, साथ ही अपना गुस्सा जाहिर करते हुए दूसरे हाथ से उसकी कमर पर जोर से चिकोटी काट दी।

"आह···!" बरबस ही बाहोड़ी के मुँह से शब्द हुआ।

असमाँ की अम्मी ने चिंतित होते हुए पूछा, "क्या हुआ बेटे, तुम ठीक हो ना?"

बाहोड़ी ने अपने दिल पर हाथ लगाते हुए सहज भाव से कहा, "वो दिल का ऑपरेशन हुआ है ना, इसलिए।"

चिंतित भाव से असमाँ की ओर देखा तो असमाँ ने मुसकराते हुए कहा, "हाँ··· चिंता की कोई बात नहीं है। ऐसा अकसर होता है।"

यह देख दोनों के ही हृदय में प्रेम का सागर उमड़ आया।

असमाँ के अब्बू ने स्नेहजड़ित कंठ-स्वर से मुसकराते हुए कहा, "तुम्हें देखकर तो लगता है, तुम्हारा स्वास्थ्य पूछने की जरूरत ही नहीं है।"

असमाँ की अम्मी ने अपने हाथों से नजर उतारते हुए कहा, "तुम दोनों को नजर न लगे किसी की।"

बाहोड़ी चेहरे पर एक मंद मुसकान लिये प्रेम से परिपूर्ण नेत्रों से उन्हें सहज भाव से देख रहा था।

असमाँ के अब्बू ने कहा, "मैं बहुत चिंतित था, किंतु तुमसे मिलकर सारी चिंता दूर हो गई। मुझे फक्र है कि तुम असमाँ के हमसफर हो।"

बाहोड़ी ने सहज भाव से कहा, "मैं असमाँ का बहुत कर्जदार हूँ कि इसने मुझे अपना हमसफर चुना।"

सुनकर उनके हृदय के सभी क्लेश और चिंता स्वतः ही दूर हो गए।

असमाँ की अम्मी की आँखें मानो खुशी से नृत्य कर रही थीं। स्नेहजड़ित कंठ-स्वर से कहा, "जब से तुम्हारा यह हाल हुआ था, इसने यही अपना घर बना लिया है। एक बार भी घर नहीं आई।"

असमाँ के अब्बू ने कहा, "हमेशा एक बेटे की कमी खलती थी, किंतु आज पूरी हो गई।"

असमाँ की अम्मी ने कहा, "मैं तो तुम दोनों को तुम्हारे बचपने से देखती आई हूँ। असमाँ के लबों पर हमेशा से तुम्हारा ही नाम था। फिर मुझे पूरा यकीन था। इंतजार था तो बस इसी पल का कि कब तुम्हारे साथ बैठकर मैं ढेर सारी बातें कर पाऊँगी, किंतु अस्पताल में मिलना होगा, ऐसा कभी नहीं सोचा।"

असमाँ के अम्मी-अब्बू का अपने प्रति अगाध प्रेम देख बाहोड़ी का गला भर आया। आर्द्र कंठ-स्वर से कहा, "आप दोनों का मुझ पर इतना प्रेम देख, मुझे एक बार फिर माँ-बाबा मिल गए।"

सुनकर दोनों की ही आँखें भर आईं।

असमाँ के अब्बू ने किंचित् सोचते हुए कहा, "राम···क्या मैं एक बात पूछ सकता हूँ?"

सुनकर बाहोड़ी के हृदय को बड़ा कष्ट हुआ। व्याकुल हृदय से कहा, "आप यह कैसी बात कर रहे हैं, मुझ पर अपना अधिकार समझकर पूछिए।"

"क्या असमाँ को अपना मजहब बदलना होगा?"

बाहोड़ी ने स्पष्ट कंठ-स्वर से विनय भाव से कहा, "आपकी चिंता व्यर्थ है। असमाँ कुरैशी हमेशा असमाँ कुरैशी ही रहेगी।"

सुनकर असमाँ के अब्बू की चिंता हवा हो गई। मुसकराते हुए कहा, "मुझे अब कोई चिंता नहीं। अब तुम आराम करो। फिर घर पर ढेर सारी बातें करेंगे।" कहते हुए वे उठ खड़े हुए।

असमाँ की अम्मी भी उठकर खड़ी हुई और बाहोड़ी के पास आकर अपने दोनों हाथों से उसका सिर पकड़कर उसके मस्तक पर चूमते हुए असमाँ से कहा, "खयाल रखना मेरे राम का।"

यह सुनकर असमाँ को एक पल को बाहोड़ी से बड़ी जलन हुई। फिर क्या अब तक वह खयाल नहीं रख रही थी।

चेहरे पर एक झूठी मुसकान लिये मुँह बिगाड़कर कहा, "जो आज्ञा अम्मी··· जान।"

यह देख असमाँ की अम्मी मुसकरा उठी। फिर धीरे से अपना हाथ असमाँ के गाल पर लगाकर वह उसके अब्बू के साथ बाहर चली गई।

: 27 :

बाहोड़ी अपने बिस्तर से उठकर घर जाने को असमाँ के साथ बाहर आया तो सामने डॉ. कृष्णन करनाई आ रहे थे। उन्हें देख बाहोड़ी वहीं थम गया और मुसकराते हुए उन्हें देखने लगा।

डॉ. कृष्णन करनाई पास आकर खड़े हुए तो बाहोड़ी ने अपने जैकेट की जेब से एक लिफाफा निकालकर उनके हाथ में थमाया, फिर ठीक पहले की तरह प्रत्यंचा पर चढ़े तीर की भाँति उनका आदेश पाने को आतुर खड़ा हो गया।

लिफाफा अपने कोट की जेब में रखते हुए डॉ. कृष्णन करनाई ने गर्वित भाव से कहा, "एक योद्धा, जो अपने पैरों पर खड़ा हो, उससे यह पूछना कि तुम कैसे हो, शोभा नहीं देता।"

बाहोड़ी को अभी भी उसी मुद्रा में चुपचाप खड़ा देख डॉ. कृष्णन करनाई ने मुसकराते हुए कहा, "जानता हूँ, एक योद्धा के लिए आराम करना बहुत कष्टदायक होता है, किंतु डिसूजा साहब से मेरी बात हुई थी। इस वक्त तुम्हारे लिए कुछ दिनों तक आराम करना बहुत जरूरी है। फिर यह जानकर मुझे अतीव हर्ष है कि असमाँ

तुम्हारे साथ है।"

फिर असमाँ की ओर देखते हुए कहा, "···और जानती हो असमाँ। इस कमीने ने मुझसे कभी भी तुम्हारे बारे में खुलकर जिक्र नहीं किया। साला, मुझ पर भी भरोसा नहीं करता।"

सुनकर असमाँ मंद-मंद मुसकरा रही थी।

"···ऐसा नहीं है, सर। मुझे आप पर पूरा भरोसा है।" बाहोड़ी ने सफाई देते हुए कहा।

"फिर तुमने असमाँ को मुझसे छुपाकर क्यों रखा ?"

"आप यह अच्छी तरह जानते हैं। उस दिन के बाद दोबारा कभी बैठकर हमारी बात नहीं हो पाई। फिर जिक्र करने का मौका ही नहीं मिला।" बाहोड़ी ने एक बार फिर अपनी सफाई दी।

डॉ. कृष्णन करनाई सहमति में अपना सिर हिलाकर कुछ देर बाहोड़ी और असमाँ को देखते रहे। खुशी से उनकी आँखें सितारों की भाँति चमक रही थीं। सहज भाव से बाहोड़ी से कहा, "राम, तुम वाकई बहुत खुशनसीब हो।"

"असमाँ भी है सर··· !" बाहोड़ी ने धीरे से कहा।

असमाँ ने डॉ. कृष्णन करनाई को मुसकराते हुए कहा, "कुछ भी हो जाए, हमेशा अपनी ही टाँग ऊपर रखनी है।"

"जानता हूँ इस कमीने को।" कहते हुए डॉ. कृष्णन करनाई हँस पड़े।

कुछ देर ठहरकर फिर कहा, "राम, मैं अपने फैसलों पर गर्व किया करता हूँ, किंतु तुम्हें अपने देश के सिपाही के तौर पर चुने गए अपने फैसले पर मुझे अभिमान है।"

"मैं बहुत खुशनसीब हूँ सर कि आपने मुझे इस लायक समझा।" बाहोड़ी ने कृतज्ञ भाव से कहा।

"मुझे उस दिन का बहुत बेसब्री से इंतजार रहेगा, जब तुम फिर काम पर लौट आओगे।"

"मैं बहुत जल्द आऊँगा, सर।"

"मुझे तुमसे यही उम्मीद है।" कहकर डॉ. कृष्णन करनाई अपने गंतव्य की ओर आगे बढ़ गए।

बाहोड़ी और असमाँ अस्पताल से बाहर आकर द्वार पर खड़े हुए कि असमाँ ने बाहोड़ी से सहज भाव से पूछा, "राम···घूमने चलें ?

बाहोड़ी ने जिज्ञासावश प्रेमजड़ित कंठ-स्वर से पूछा, "कहाँ ?"

असमाँ ने अपनी शरारती आँखों से बाहोड़ी की आँखों में देखते हुए कहा, "वहीं···समंदर की सैर पर।"

सुनकर बाहोड़ी असमाँ के चेहरे को पढ़ने की कोशिश कर रहा था कि वह उसका उपहास तो नहीं कर रही।

फिर असमाँ के चेहरे पर धीरे-धीरे मुसकान छाने लगी तो दोनों ही खिलखिलाकर हँस पड़े।

असमाँ ने बाहोड़ी का हाथ पकड़कर अपने कंधों पर रखते हुए कहा, "तो फिर चलें?"

"क्यों नहीं···।"

□□□